HEYNE <

EMMA STERNBERG

EIN GARTEN FÜR ZWEI

ROMAN

WILHELM HEYNE VERLAG
MÜNCHEN

FSC
www.fsc.org
MIX
Papier aus verantwortungsvollen Quellen
FSC® C014496

Penguin Random House Verlagsgruppe FSC® N001967

Originalausgabe 06/2021

Redaktion: Steffi Korda, Büro für Kinder- und Jugendliteratur
Printed in Germany
Umschlaggestaltung: Favoritbüro
Illustrationen: © Elisabeth Moch
Satz: Leingärtner, Nabburg
Druck und Bindung: GGP Media GmbH, Pößneck
ISBN: 978-3-453-42339-8

www.heyne.de

1

ES GIBT MOMENTE in meinem Leben, in denen ich heilfroh bin, dass meine Mutter mich nicht sieht.

Dieser hier ist so einer: Meine Aktentasche ist gepackt, ich bin geduscht, frisiert, dezent geschminkt, die Nägel sind in einem zurückhaltenden Rosenholzton lackiert. Es ist genau 8:58 Uhr, und in zwei Minuten wird der Chef der Malerfirma klingeln, um meine Wohnung zu besichtigen und mir danach einen Kostenvoranschlag zu erstellen. Für 9:15 Uhr habe ich meinen Lieblingstaxifahrer bestellt, damit ich um 9:30 Uhr in der Kanzlei sein kann, wo um Punkt 9:45 Uhr die Sitzung zur Übernahme von A-Z Hotels beginnt. Der Morgen ist also ganz genau durchgetaktet – und ich? Renne in meiner Wohnung hin und her und finde meinen Schlüsselbund nicht.

Ich suche wirklich überall: In allen Mantel- und Jackentaschen, auch von jenen, die ich seit Wochen nicht mehr anhatte. Neben, in und unter der Alessi-Schale auf dem Sideboard, in die ich ihn normalerweise immer lege. Ich suche auf dem Küchentresen, wo außer einer Packung Aspirin direkt nur eine Nespressomaschine und ein noch nie benutzter Smoothiemaker stehen. Ich suche auf dem Nachttisch neben meinem Bett, auf dem aber nur meine Schlafbrille und das Ladekabel fürs Smartphone liegen (wer auch immer behauptet, man solle auf keinen Fall neben seinem Smartphone schlafen, der ist noch nie nachts aufgewacht, weil ihm plötzlich eingefallen ist, mit welcher Argumentation man die Fusion zweier Sportartikelhersteller garantiert beim Bundeskartellamt durchkriegt). Ich suche alle relevanten Ecken des Wohnzimmers ab: den Esstisch mit dem riesigen Kerzenleuchter in der Mitte, auf dem ich fein säuberlich die Rechnungen sammle, die ich immer sonntags beim Anne-Will-Gucken in einem Schwung überweise. Den Couchtisch, den ein Stapel ungelesener Magazine und ein Schälchen Studentenfutter zieren. Das riesige, hellgraue Sofa, das ich mir nach meinem Eintritt bei Steinkopf Ahmadi LLP selbst geschenkt habe, und das, weil ich eigentlich immer nur Sonntagabend darauf sitze, immer noch wie neu aussieht. Ich sehe im Bad nach, wobei ich in der Badewanne eine tote Spinne entdecke, die ich angewidert mit viel Wasser hinunterspüle (und die mich wieder einmal darin bestätigt, dass die Frau, die mir die Putzfirma neuerdings schickt, entweder schludrig oder blind ist). In meiner Verzweiflung suche ich auch noch im Gästezimmer, obwohl ich das eigentlich kaum betrete, seit dort der gigantische Crosstrainer steht, den ich mir zugelegt habe, als ich irgendwann keine Zeit mehr fürs Fitnessstudio hatte (und den ich ebenfalls nicht benutze, weil einem nämlich schwindelig wird, wenn man versucht, darauf irgendwelche Akten zu lesen). Am Ende gucke ich sogar auf mein Handy, das ich nach dem Aufstehen stets bis zur letzten Minute an meinem Zweitladekabel im Flur hängen lasse, um mit möglichst vollem Akku in den Tag zu starten. Aber das zeigt natürlich nichts an – außer, dass meine Mutter heute schon dreimal angerufen haben muss, und dass es bereits drei Minuten nach neun ist. Hatte ich dem Mann nicht klargemacht, dass ich Anschlusstermine habe?!

Wieder laufe ich durchs Wohnzimmer. Wo ist, verdammt noch mal, mein Schlüssel?

Ich gehe ins Bad und kontrolliere meinen Dutt. Mein Haar ist ziemlich störrisch, und natürlich hat sich wieder eine lockige, dunkelbraune Strähne gelöst. Dann sehe ich noch einmal auf mein Smartphone. 9:05 Uhr.

Ich denke gerade daran, Kumar in seinem Taxi Bescheid zu geben, dass sich mein Zeitplan etwas nach hinten verschiebt, da klingelt es. Endlich.

Wenig später schiebe ich einen kleinen, irgendwie windig aussehenden Mann in blauen Latzhosen durch meine Wohnung, der sich mit Müller vorstellt. Hastig zeige ich ihm die verschiedenen Macken und Flecken an meinen Wänden und diktiere ihm, was in welchem Farbton aus der Farrow-&-Ball-Palette gestrichen werden soll:

»Das Schlafzimmer bitte in Farbton Nummer 229, Elephant's Breath …«

»… Nummer 229 …«, notiert er artig auf seinem Klemmbrett, während ich weiter Ausschau nach dem Schüsselbund halte.

»Das Gästeklo in Nummer 32, Cooking Apple Green …«

»… Cooking Apple Green …«

Wo ist dieses blöde Ding nur? Warum habe ich nicht schon längst einen Ersatzschlüssel machen lassen? Wieso habe ich überhaupt zugelassen, dass Konstantin nach

New York zieht, ohne mir den Zweitschlüssel zurückzugeben?

»… und das Bad in Dead Salmon, Nummer 28.«

»Dead Salmon?« Herr Müller sieht mich irritiert an.

»Wieso fragen Sie?«

»Toter Lachs, so heißt der Farbton?«

»Äh, ja?«

»Sie zahlen 150 Euro pro Eimer für eine Farbe, die wie ein verwesender Fisch heißt?«

Jetzt bin ich es, die ihn irritiert ansieht. Ich meine, ich weiß, dass die Wandfarben von Farrow & Ball leicht überteuert sind, aber sie halten dafür auch jahrzehntelang und sind wirklich irrsinnig schön. Und die Namen … tja. Bis jetzt fand ich eigentlich, dass sie die Farben sogar noch schöner machen. Ich meine, Dead Salmon, das ist doch geradezu poetisch! Leider habe ich gerade aber wirklich keine Zeit, das mit Herrn Müller auszudiskutieren. Schließlich habe ich immer noch keinen Schlüssel.

»Wollen Sie den Auftrag oder nicht?«, kürze ich das Gespräch kurzerhand ab.

»Alles gut. Habe nichts gesagt«, pariert er.

»Brav«, sage ich und marschiere weiter mit ihm durch die Wohnung. »Dann hätten wir im Flur noch Dove Tale, Nummer 267, und im Gästezimmer noch Nummer 27, Parma Gray …«

Als wir wieder im Flur sind, gucke ich noch einmal auf mein Handy. 9:12 Uhr. Sehr gut. Eilig öffne ich Herrn Müller die Tür. »Danke«, sage ich und reiche ihm die Hand. »Wenn wir noch etwas besprechen müssen, können Sie mich jederzeit tele…«

»Alles gut«, sagt Herr Müller. »Wir sehen uns in zwei Wochen.« Er schlägt ein, doch statt sich umzudrehen und zu gehen, fügt er noch etwas an. »Übrigens …«

»Ja?«

»Falls Sie Ihren Schlüssel suchen …« Er deutet auf das Türschild neben mir.

»Oh«, sage ich und kann es kaum glauben. Da baumelt er friedlich vor sich hin.

2

MEIN HERZ RAST, als ich unten aus der Haustür trete, aber immerhin: Es ist exakt 9:14 Uhr. So bleibt mir sogar noch eine Minute, um mich gedanklich zu sortieren. Ich schließe die Augen und atme tief ein und aus. Ich spüre, wie mein Puls sich senkt, wie mein Herzschlag langsam entschleunigt. Gut so, denke ich, und freue mich, dass das immer funktioniert: dass ich mich stets zusammenreißen kann und auch in stressigen Situationen den Kopf nicht verliere. Sonst wäre ich wahrscheinlich auch falsch in einer internationalen Top-Kanzlei für Compliance, Wettbewerbs- und Kartellrecht. Ich meine, ich habe in den letzten Jahren schon Dax-Vorstände vor Nervosität weinen sehen – aber wer internationale Konzerne erfolgreich durch Firmenfusionen oder Ermittlungen aufgrund von kartellrechtlichen Verstößen führen will, der sollte besser gute Nerven haben und vor allem gut organisiert sein.

Als ich die Augen wieder öffne, kommt Kumars Taxi gerade neben mir zum Stehen.

»Guten Morgen, Kumar«, sage ich, als ich hinten eingestiegen bin.

»Morgen, Lu.« Kumar strahlt mich an, seine weißen

Zähne blitzen. Wie immer trägt er hinterm Steuer Hemd und Krawatte und jetzt im Winter einen perfekt gepflegten Wollpulli darüber. »Alles gut?«

»Alles top!«, sage ich und lege das Smartphone auf den Sitz neben mir. Dann hebe ich unauffällig den Hintern an und streiche meinen Hosenanzug glatt – erst unterm Po, dann unter den Oberschenkeln. Schließlich beuge ich mich vor und entknittere den Stoff am unteren Rücken. Eigentlich bin ich gar nicht so eitel: Bis zu meinem Einstieg bei Steinkopf Ahmadi habe ich nie auch nur eine Bluse gebügelt. Aber inzwischen wird meine Arbeit mit 350 Euro pro Stunde berechnet, und da kann ich nicht wie eine zerfledderte Pendlerin in Klientenmeetings aufschlagen.

Ich will gerade zu meinem Smartphone greifen, doch da fällt mir etwas ein, und ich beuge mich zu Kumar nach vorn. »Und, hast du es gestern Abend noch zum Einkaufen geschafft?«

»Zum Glück, Lu, zum Glück. Frühstück und Abendessen sind gesichert!«

»Super«, sage ich und drücke ihm kurz die Schulter. Dann sage ich noch einmal: »Super!«

»Und du, Lu?«, fragt er zurück.

»Leider nein.« Ich sehe ihn durch den Rückspiegel lachend an.

Ich meine, Kumar und ich, wir führen wirklich komplett verschiedene Leben – er ist tagsüber Taxifahrer und schreibt abends an seiner Germanistik-Doktorarbeit, ich bin Anwältin für internationales Kartellrecht bei Steinkopf Ahmadi LLP, einer der besten Kanzleien Deutschlands. Er wohnt mit Frau und drei Kindern in einer kleinen Wohnung in

Lichtenberg – ich in meiner Charlottenburger Eigentumswohnung. Ich verdiene ein Vielfaches von dem, was er mit nach Hause nimmt, und lebe natürlich eine Million Mal privilegierter. Vermutlich würde er sich nie im Leben ein Taxi nehmen, nur weil er ein bisschen in Zeitnot ist. Und doch sind wir beide uns irgendwie ähnlich: Denn wir haben weder Angst vor harter Arbeit noch eine besonders innige Beziehung zum Wörtchen »Feierabend«. Oft ist es so, dass ich morgens zwischen acht und neun seine erste Kundin bin und abends gegen zehn die letzte. Wie ich gibt Kumar alles: Obwohl er Nacht für Nacht über seiner Promotion über die poetischen Korrespondenzen in den Gedichten von Paul Celan und Ingeborg Bachmann brütet, kennt er jede Baustelle, beobachtet rund um die Uhr den Staumelder, weiß stets, welche Strecke zu welcher Uhrzeit am schnellsten ist. Es ist unter seiner Würde, dumm nach Navi zu fahren, und es gibt wenig, was für ihn befriedigender ist, als nörgelnden Kunden mittels Karte zu beweisen, dass der Weg, den er genommen hat, eben doch der kürzeste war. Außerdem hat Kumar Verständnis für Leute, die viel zu tun haben, und scheint stets instinktiv zu spüren, wann man hinten im Taxi arbeiten muss und wann man Lust hat, eine neue irre Geschichte über seine durchgeknallte tamilische Familie zu hören. Und noch etwas gibt es, das an Kumar toll ist: Ich muss nie umständlich beschreiben, wo ich hinwill. Er kennt genau meine Zeiten und Wege.

»In die Kanzlei, Lu?«

»Jep!«

Kumar gibt Gas, und ich habe zum ersten Mal seit dem Frühstück Gelegenheit, mich um meine Mails zu kümmern.

Als ich mein Smartphone nehme, fällt mir auf, dass es immer noch im Nicht-stören-Modus ist – und dass meine Mutter schon wieder versucht hat, mich zu erreichen. Aber für einen Rückruf habe ich an diesem Vormittag wirklich keinen Nerv. Ich muss versuchen, wenigstens einen Teil der Mails abzuarbeiten, die über Nacht reingekommen sind. Eigentlich bräuchte ich jeden Tag zwei Tage. Einen für die europäischen und deutschen Mandate und einen für die Klienten, die wir in den USA haben. Andererseits macht es auch Spaß, doppelt so viel wie eigentlich möglich zu schaffen. Letztlich ist alles nur eine Frage der Organisation. Alles.

Meine Finger rasen nur so über den Bildschirm, während draußen vor dem Fenster Berlin vorüberzieht. Eigentlich liebe ich die Stadt, ihren Lärm, ihr Leben, aber jetzt nehme ich nur aus der Ferne wahr, wie es hupt und röhrt, quietscht und schimpft, wie Kumar leise vor sich hin flucht, wie der Verkehr an- und wieder abschwillt. Sonst merke ich nicht viel. Ich sehe nichts vom schicken Kurfürstendamm, nichts von den herrschaftlichen Häusern am Lützowufer, nichts von der Nationalgalerie, der Staatsbibliothek, der Philharmonie.

Erst, als wir vor einem der glitzernden Hochhäuser am Potsdamer Platz anhalten, schrecke ich auf. »Oh«, sage ich und schicke die E-Mail, die ich gerade geschrieben habe, hastig ab.

»Da sind wir.«

Kumar muss mir keinen Fahrpreis nennen.

»Ich warte immer noch auf den Tag, an dem ich endlich bei dir anschreiben kann«, witzle ich, während ich mein

Portemonnaie herauskrame – ein Witz, den ich schon zweihundertmal gemacht habe.

»Dürftest du jederzeit gerne, Lu«, erwidert er, wie immer, und nimmt mit seiner gepflegten, hell-dunklen Hand das Geld in Empfang.

»Dann, vielleicht bis später«, sage ich und steige aus.

»Ja, vielleicht. Hab einen schönen Tag!« Und damit braust er davon.

3

SEIT MEINEM EXAMEN vor acht Jahren arbeite ich nun schon bei Steinkopf Ahmadi LLP, erst als First-Year-Associate, dann als Associate, und inzwischen bin ich zum Senior Associate aufgestiegen. Ich habe eine Firmenkreditkarte, ein schickes Büro und verdiene mehr, als ein alleinstehender Mensch jemals ausgeben könnte. Und doch habe ich immer noch Herzklopfen, wenn der Lift im achten Stock zum Stehen kommt und sich die Tür fast lautlos öffnet. Es ist eine seltsame Mischung aus Vorfreude, Lampenfieber und Angst, die in meinem Bauch aufsteigt: Vorfreude auf die Arbeit und meine Kollegen, von denen manche inzwischen fast so etwas wie eine Familie geworden sind – immerhin verbringe ich mit niemandem mehr Zeit als mit ihnen. Lampenfieber, weil man als Anwältin immer performen muss, weil man ja irgendwie eine Rolle spielt. Und Angst, tja … die würde ich öffentlich natürlich niemals zugeben, aber da ist sie immer: Angst davor, eines Tages vor einer Aufgabe zu stehen, der ich nicht gewachsen bin. Angst, gezwungen zu sein, einen Klienten an eine erfahrenere Kollegin oder einen Kollegen verweisen zu müssen. Angst: zu scheitern.

All das strömt gleichzeitig durch meine Adern, wenn ich unsere perfekt designten Kanzleiräume betrete und meine Schritte durch die Eingangslobby hallen. Aber dann holt mich auch schon die Realität wieder ein, und während ich auf den Empfangstresen zulaufe, fallen mir all die Dinge ein, die ich als Erstes erledigen muss: E-Mails, Post, ein wichtiges Telefonat, eine noch wichtigere Akte.

»Morgen!«, grüße ich Romina hinter ihrem Tresen und marschiere an ihr vorbei.

»Guten Morgen, Frau Thome!« Romina sieht nur halb von ihrem Computer auf, und ihr dunkelrot geschminkter Mund verzieht sich zu einem säuerlichen Lächeln. Ich habe lange nicht verstanden, warum Carl Steinkopf sie eingestellt hat, denn für eine Empfangsdame ist sie wirklich unfassbar unfreundlich. Obendrein ist sie spindeldürr und vom Wesen her ungefähr so einladend wie ein Sack Nägel. Andererseits ist sie angstfrei und wirklich sehr penibel. Sie würde unter Einsatz ihrer langen Fingernägel verhindern, dass irgendjemand Unberechtigtes die Kanzleiräume betritt.

»Gibt es Post für mich?«

»Hat Frau Marquez schon abgeholt.«

Frau Marquez ist Cecilia, meine Sekretärin. Na gut, eigentlich ist sie nicht meine Sekretärin, sondern nur die von meinem Chef, Carl Steinkopf, dem Gründer der Firma. Als Senior Associate hätte ich gar keinen Anspruch auf eine eigene Assistentin – schließlich hat jede unserer Abteilungen eine ganze Handvoll Rechtsanwaltsgehilfinnen und -gehilfen. Aber vor ein paar Monaten hat Carl mich dabei ertappt, wie ich die ganze Nacht durchgearbeitet habe. Von dem Tag an bin ich irgendwie in seinem Ansehen ein Stück nach oben gerutscht, und er hat Cecilia angewiesen, in Zukunft auch mich zu unterstützen, zumal sich ihr Schreibtisch ohnehin fast direkt vor meinem Zimmer befindet.

Und tatsächlich, als sie mich sieht, wedelt mir Cecilia schon mit einem Stapel Dokumente entgegen. »Pohoost!«, ruft sie ungeduldig, und nimmt noch hastig einen Löffel von der veganen Vollwert-Bowl, die sie sich seit Neuestem jeden Morgen zum Frühstück mit ins Büro bringt. Unwillkürlich wandert mein Blick zu der offen stehenden Schreibtischschublade neben ihr. Früher war die randvoll gefüllt mit einem herrlichen Vorrat aus Schokoriegeln, Gummibärchen und diversem Knabberzeugs, den sie bereitwillig mit jedem teilte, der es mal wieder nicht zum Essen geschafft hatte. Aber seit sie vor ein paar Wochen eine angeblich Augen öffnende Fernsehdoku über die Lebensmittelindustrie gesehen hat, stapeln sich darin nur noch Trockenfrüchte und fair gehandelte Rohkostsnacks, die immer irgendwie nach Blumenerde schmecken und wahnsinnig krümeln. Ich meine, grundsätzlich finde ich es ja nicht falsch, halbwegs bewusste Konsumentscheidungen zu treffen – aber muss man sich deshalb so sehr selbst kasteien? Zumal die Lebensmittelbranche ja jetzt auch nicht schlimmer als alle anderen Branchen ist. Würde sie aufhören, Taxi zu fahren, nur weil die Ölindustrie böse ist? Steigt sie auf Jutekleidung um, bloß, weil Textilhersteller kein Gewissen haben? Schmeißt sie ihre Teakholz-Balkonmöbel weg, weil dafür Regenwald gerodet wurde? Na? Eben.

»Danke«, sage ich und sehe rasch die Briefe durch. Das klingt so langweilig, ist aber immer einer der aufregendsten Momente des Tages – schließlich werden alle wirklich ärgerlichen Schreiben immer noch mit der Post oder sogar per Fax versandt. Sind irgendwelche Bußgeldbescheide oder Klageschriften dabei? Heute offenbar nicht, hurra.

Obwohl, was ist das? Einen schweren, großen Briefumschlag aus handgeschöpftem Papier sehe ich mir genauer an. Patricia de Blasio & Konstantin Hildebrandt steht da in verschnörkelten Lettern als Absender auf dem Umschlag, dazu eine Adresse in New York, Lafayette Street, was, wenn ich mich nicht täusche, mitten im schicksten SoHo ist.

Puh, ein Brief von Konstantin. Das ist doch wohl nicht etwa …?

Ich merke, dass Cecilia mich kauend betrachtet, und lege den Brief unauffällig zurück auf den Stapel. Dann ziehe ich mich damit in mein Büro zurück. Doch als ich die Tür gerade hinter mir zuziehen will, fällt Cecilia noch etwas ein: »Ach so, und Ihre Mutter bittet dringend um Rückruf!«

»Ah, danke«, sage ich wie nebenbei, aber innerlich stöhne ich auf. Manche Leute finden im Rentenalter ja angeblich zur Ruhe, aber seit meine Mutter sich aus dem Berufsleben zurückgezogen hat, dreht sie erst so richtig auf. Sie hatte bis vor drei Jahren eine gut gehende Agentur, die sich auf PR für die Kosmetikbranche spezialisiert hat, und arbeitet immer noch als freie Beraterin für zwei kleine, aber feine Labels. Das nimmt sie aber längst nicht ausreichend in

Beschlag, weshalb sie ununterbrochen Nachbarschaftsinitiativen gründet, Liederabende und Vernissagen organisiert, und die Welt von früh bis spät mit vermeintlich wichtigen Anrufen tyrannisiert. Mein Vater, der früher Patentanwalt war und nur unwesentlich länger als meine Mutter in Rente ist, hat seine beruflichen Kämpfe ebenfalls ins Privatleben verlagert: Er spielt nun täglich mit seinen alten Kollegen Tennis, und zwar mit einem Ehrgeiz, den ich schrecklich und gleichzeitig bewundernswert finde. Aber immerhin würde es ihm niemals einfallen, die ganze Kanzlei aufzuschrecken, nur um mich an die Strippe zu kriegen.

Ich signalisiere Cecilia mit einer Geste, dass ich mich bei meiner Mutter melden werde, und schließe endlich meine Bürotür hinter mir. Dann nehme ich Konstantins Brief noch einmal in die Hand und öffne ihn.

Und es ist wirklich wahr:

Together with their families Patricia de Blasio and Konstantin Hildebrandt request the pleasure of your company as they exchange marriage vows steht da in golden geschwungenen Buchstaben unter einem wirklich ausgesuchten und geschmackvoll illustrierten Blütenmotiv. Darunter in etwas schlichterer Schrift die Details: *Old Whaling Church, Edgartown, Martha's Vinyard, dinner and dancing to follow.* Trauzeugen sind Konstantins alter Freund Alex und eine gewisse Dahlia McEwan. R.S.V.P. bis 31. Mai.

Ich klappe die Karte wieder zu und warte schicksalsergeben darauf, dass ich in Tränen ausbreche. Doch komischerweise empfinde ich: nichts. Keinen Schmerz. Keine Trauer. Nicht einmal ein eifersüchtiges Ziehen in der

Brust. Dabei waren wir immerhin fast eineinhalb Jahre zusammen. Bin ich wirklich so wenig verliebt in Konstantin gewesen, dass es mir überhaupt gar nichts ausmacht, wenn er meine direkte Nachfolgerin schon nach wenigen Monaten heiraten will? Wo es ihm bei mir schon schwerfiel, beim Mittagessen mal sein Tiramisu mit mir zu teilen?

Unwillkürlich ziehen die Monate unserer Beziehung an mir vorüber. Nein, die große Liebe ist das wirklich nicht gewesen. Irgendwie hat sich das mit uns so ergeben. Er hat bei Snyder Schirmer Precht gearbeitet, einer Kanzlei für IT-Recht zwei Etagen tiefer, und so kam es, dass wir öfter mal zusammen zum Lunch draußen waren. Dann ist es nach einer Firmenfeier passiert. Aber eigentlich waren wir von Anfang an auf eine Weise zusammen, wie es andere Paare höchstens ganz am Ende ihrer Beziehung sind. Ich meine, wir haben uns wirklich gut verstanden, viel gelacht und hatten immer viel zu bequatschen – dämliche Konzern-Chefjustiziare, nervige Kartellamtssekretärinnen, die Fallstricke bestimmter Paragrafen, die Handgepäckverordnungen der Lufthansa. Wir mochten dieselben Serien auf Netflix, lasen die gleichen Zeitungen und konnten uns immer wunderbar auf eine Sushi-Auswahl von unserem Lieblingslokal auf Lieferando einigen. Und irgendwie passten wir auch im Bett gut zusammen. Klar, so richtig wild und leidenschaftlich wurde es bei uns nie, aber es machte Spaß und war schön, und wir kamen immer auf unsere Kosten. Lästerer würden vielleicht behaupten, dass unser Sex effizient war, aber das trifft es nicht und ist auch ein blödes Wort. Zugegeben: Hinterher griffen wir als Allererstes zu unseren Smartphones – aber auch das klingt viel unromantischer, als es gewesen ist. Denn meistens bekamen wir abends wirklich noch wichtige E-Mails, und oft lasen wir uns auch die neuesten Nachrichten gegenseitig vor. Also, eigentlich war es ganz schön mit Konstantin.

Trotzdem war uns in dem Moment, als er in die USA versetzt wurde, beiden klar, dass wir nicht zusammenbleiben würden. Für eine Fernbeziehung hatten wir zu viel um die Ohren, und unsere Leidenschaft war letztlich nicht groß genug. Wir probierten es nicht einmal aus – wir verabschiedeten uns einfach. Ich erinnere mich noch genau an den Tag, an dem ich ihn zum Flughafen brachte, wir uns zum Abschied umarmten, wir uns nicht einmal mehr küssten. Und wie ich dann doch irgendwie traurig im Taxi saß, und wie sich, als ich meine Wohnung aufschloss, in diese Traurigkeit über den Abschied noch eine viel größere Traurigkeit mischte: nämlich darüber, wie wenig Spuren er hinterlassen hatte. Es war fast so, als wäre er nie hier gewesen, als sei das mit uns nie wirklich passiert. Und als ich nach ein paar Wochen in dem Klamottenhaufen, der sich auf meinem Crosstrainer gebildet hat, einen vergessenen Pulli entdeckte, mit V-Ausschnitt und in dezentem Dunkelblau, da kam mir dieser Fund so unwirklich vor, dass es einen Augenblick lang dauerte, bis ich begriff, was ich in meinen Händen hielt.

War es sonderbar, dass Konstantin mir die Einladung zu seiner Hochzeit an meine Büroadresse geschickt hatte? Eigentlich nicht. Eigentlich war es sogar bezeichnend. Im Prinzip waren wir mehr ein Team als ein Paar gewesen, mochten einander mehr mit dem Kopf als mit dem Herzen. Eigentlich hätten wir statt des Bettes lieber ein Büro teilen sollen.

»Ja, bitte?«

Es hat an der Tür geklopft, und im selben Moment steht Carl Steinkopf vor mir, mein Chef und Mentor. Ein Mann, den man schon allein dafür bewundern muss, dass er es geschafft hat, in einer so superernsten Branche wie der unseren Erfolg zu haben, und das, obwohl er selbst bei Terminen im Bundeskartellamt Comic-Socken trägt, den furchtbarsten Krawattengeschmack der Welt hat und bei Geschäftsessen mit DAX-Vorständen mit größter Selbstverständlichkeit Spezi trinkt, selbst dann, wenn alle anderen teuren Bordeaux nippen. Er hat wirklich ein unerschütterliches Selbstbewusstsein, und, das vermute ich zumindest, in seinem ganzen Leben noch keine einzige Sekunde lang darüber nachgedacht, was andere von ihm halten. Auch bei anderen Leuten sind ihm Oberflächlichkeiten egal. Ob jemand dünn oder dick, schwarz oder weiß ist, ob er teure oder billige Anzüge trägt – ihn interessiert ausschließlich, was in einem steckt, und wie viel einer leistet. Deshalb war es für ihn auch überhaupt kein Thema, einen pakistanischen Einwanderer zum Partner zu machen – und das zu einer Zeit, als deutsche Top-Kanzleien fast ausschließlich von irgendwelchen »Von und Zus« geführt wurden. Und er hatte recht: Hamid Ahmadi ist einer der besten Wirtschaftsjuristen, die Harvard je verlassen haben. Auf alle Fälle bin ich irre stolz, dass Carl Steinkopf mich einfach so von der Uni weg eingestellt hat. Und noch viel stolzer macht mich die Tatsache, dass er mich so fördert und protegiert. Ohne ihn wäre ich nicht da, wo ich bin. Er scheint wirklich an mich und meine Fähigkeiten zu glauben. Mein Lieblingskollege Felix behauptet sogar, dass Carl Steinkopf mich demnächst befördern werde, und zwar zur Partnerin. »Lu Thome«, sagt er immer wieder, »ich bin mir sicher, dass du meine nächste Chefin wirst.« Ich antworte dann zwar, er solle sich jemand anderen suchen für seine dummen Witze, aber ganz ehrlich? Tatsächlich könnte da etwas dran sein. Schon klar, so eine Beförderung wäre natürlich eine riesige Anerkennung und würde mir noch mal einen ganz anderen Status verleihen. Immerhin müsste ich mich als Partnerin wahrscheinlich nie wieder von irgendwelchen CEO-Klienten mit Testosteron-High wie eine unfähige Studentin behandeln lassen. Und ich würde nie wieder Momente erleben wie den neulich, als mich der Richter am Oberlandesgericht Düsseldorf vor Verhandlungsbeginn erst wie Luft behandelte und mich dann irgendwann fragte, wo mein Chef denn nun bliebe. Aber … es würde vor allem auch bedeuten: noch mehr Druck. Und noch viel mehr Stress. Und über noch mehr Stress kann ich im Augenblick nicht nachdenken.

»Guten Morgen, Carl!« Ich lasse Konstantins Hochzeitseinladung hastig unter einem Stapel Akten verschwinden und ziehe mit geschäftigem Gesichtsausdruck den nächstbesten Ordner zu mir heran. Auch wenn Carl Steinkopf mich mag – er ist immer noch Partner in einer Top-Kanzlei, und wenn Partner in Top-Kanzleien gegen etwas allergisch sind, dann dagegen, dass man sich im Büro mit Privatkram beschäftigt, statt ohne Unterbrechung *billables* zu produzieren. *Billables*, das sind all jene Tätigkeiten, die wir unseren Klienten in Rechnung stellen können, und zwar in Einheiten von genau sechs Minuten. Wer in unserer Branche etwas auf sich hält, sieht zu, dass er 1800 davon im Monat schafft, und leistet also neun Stunden abrechenbare Arbeit am Tag. Das heißt natürlich auch, dass er bei allen nicht abrechenbaren Tätigkeiten sehr, sehr schnell sein muss, also beim Tippen, beim Hin- und Herlaufen, beim Sprechen und bei der Zufuhr und Abfuhr von Kaffee.

»Hören Sie, Luise.« Carl Steinkopf ist der einzige Mensch, der mich außer meiner Mutter nicht bei meinem Spitznamen nennt, was ich anfangs befremdlich fand, woran ich mich aber inzwischen gewöhnt habe. Ich glaube, für ihn ist es eine Geste des Respekts, anders als für meine Mutter, bei der es immer auch ein bisschen Ausdruck der Distanziertheit war. »Könnten Sie sich bitte bis zu unserem Meeting nachher noch mal diese Dokumente ansehen? Ich habe das Gefühl, dass sich darin noch ein paar Daten verstecken, die wir im Argumentationsentwurf für die Ossietzki-Übernahme berücksichtigen sollten.«

Er legt eine Akte aus hellrotem Karton zu den vielen anderen Akten auf meinem Tisch. Eigentlich arbeiten Kartellrechtsanwälte heute fast ausschließlich digital, aber Carl Steinkopf ist einfach alte Schule und druckt wichtige Dokumente grundsätzlich aus. Er ist überzeugt, dass man mehr entdeckt, wenn man Schriftstücke vor sich hat und nicht nur digitale Datensätze mittels Stichwortsuche durchstöbert.

»Mache ich«, antworte ich und ziehe die Mappe zu mir heran. Ich habe keine Ahnung, wie ich bis zu unserem Termin um zwölf noch irgendetwas durchsehen soll, das länger ist als die Bedienungsanleitung für eine Taschenlampe, denn ich habe vorher noch zwei andere Meetings, auf die ich mich ebenfalls vorbereiten muss. Eigentlich müsste das meinem Chef auch klar sein, immerhin ist er bei einem dieser beiden Meetings dabei, und über das andere ist er ebenfalls unterrichtet. Aber offenbar kommt es in Carl Steinkopfs Vorstellungskraft nicht vor, dass ausgerechnet seiner Lieblingsmitarbeiterin jemals irgendetwas zu viel sein könnte. Ich meine, er ist wirklich nett und alles, aber vor ihm gibt es auch keine Ausreden. Wenn jemand seine Arbeit nicht schafft, dann stellt er ihm jederzeit noch mehr Ressourcen zur Verfügung: seine Assistentin, einen Referendar, einen arbeitswütigen first-year. Und wenn er sie dann immer noch nicht schafft ... na ja. So ein Steinkopf-Ahmadi-Vertrag ist auch ziemlich schnell wieder gekündigt. Ich habe in den letzten Jahren ganz schön viele verheißungsvolle Talente kommen und wieder gehen sehen. Letzteres selten freiwillig.

»Ich fange gleich damit an«, sage ich und schenke ihm ein zuversichtliches Lächeln.

»Danke«, sagt Carl Steinkopf.

Als er mein Büro verlässt, atme ich tief durch und mache mich an die Arbeit. Wenn ich in den Jahren bei Steinkopf Ahmadi etwas gelernt habe, dann, dass es nichts nutzt, mit den Aufgaben, die einem das Leben stellt, zu hadern. Wenn man anfängt, darüber nachzudenken, ob man etwas schafft oder nicht, dann kann man eigentlich gleich wieder einpacken. Man tut einfach, was zu tun ist, und wenn es die ganze Nacht lang dauert. Eigentlich ist das sogar gut, weil so mehr *billables* zusammenkommen. Das kann wehtun in arbeitsreichen Zeiten, aber *so what*? Wir sind Anwälte. Von uns wird erwartet, dass wir unsere Arbeit unter Kontrolle haben. Dass wir keine Fehler machen, und niemals und zu keinem Zeitpunkt auch nur ansatzweise überfordert wirken. Für unsere Mandanten sind wir nur besonders ansprechend gestaltete Maschinen; Computer, die Leitz-Ordner am liebsten dann vertilgen, wenn möglichst viele Paragrafen darin stehen. Und keine Lebewesen, die sich abends gern in rosa Kuschelsocken vor den Fernseher legen würden, um sich bei Chips und Eiscreme zum siebenunddreißigsten Mal die erste Staffel von Suits anzusehen.

»Auf Wiedersehen, Herr Pasdorf«, verabschiede ich unseren Klienten, als das zweite Meeting dieses Tages pünktlich um zwölf Uhr zu Ende ist. »Seien Sie versichert, dass eine Selbstanzeige in Ihrem Fall am besten ist.«

»Sie haben bestimmt recht, Frau Thome«, sagt Herr Pasdorf, doch man merkt ihm immer noch an, dass er verwirrt ist. Der Chefjurist seiner Firma hat ihm dringend davon abgeraten, sich selbst anzuzeigen, trotz der ganz offensichtlich vorliegenden wettbewerbsrechtlichen Verstöße. Aber Felix und ich haben ihn mit vereinten Kräften überzeugt, dass das die beste und sauberste Möglichkeit ist. Schließlich ist die Pasdorf GmbH kein Weltkonzern, der die drohenden Strafzahlungen einfach so wegrechnen könnte, sondern ein mittelständischer

Betrieb, der durch solche Summen leicht in die Insolvenz rutschen kann.

Er wendet sich noch einmal an Felix. »Danke auch Ihnen für Ihre Einschätzung, Herr von Loewen. Ich bin froh, dass ich noch einmal externen Rat eingeholt habe.«

»Wir auch, Herr Pasdorf«, sagt Felix und setzt sein schönstes Klienten-Lächeln auf: warmherzig, verschmitzt, aber doch seriös und verbindlich.

»Cecilia wird Sie rausbringen«, sage ich und winke Cecilia herbei, die sofort von ihrem Platz aufsteht.

»Auf Wiedersehen!«

»Tun Sie das Richtige!«

Als Herr Pasdorf um die Ecke ist, dreht Felix sich zu mir um und rollt mit seinen braunen Augen. »Manchen Leuten sollte man wirklich verbieten, als Juristen ihr Geld zu verdienen.«

»Du meinst den Pasburg-Justiziar?«

Felix nickt. Er holt Luft und seine Augen blitzen – man sieht ihm an, dass er noch etwas sagen will. Aber dann verkneift er es sich doch. Wenn man bei einer Top-Kanzlei anfängt, hat man zu Beginn noch das ständige Bedürfnis, über all die Feld-, Wald- und Wiesenrechtsanwälte da draußen zu lästern, aber irgendwann lässt man's einfach. Immerhin muss es schlechte Juristen geben, damit es gute geben kann.

»Happahappa?«, fragt Felix stattdessen, und für einen Augenblick wirkt er mit seinem immer leicht zerzausten Schopf kein bisschen wie ein erfolgreicher Anwalt, sondern eher wie ein netter Student, der gern lang schläft, um den Rest des Tages im Café herumzuslacken.

Ich seufze. Eigentlich würde ich jetzt nichts lieber tun, als mit ihm essen zu gehen und den Pasdorf-Termin dabei noch einmal genüsslich durchzusprechen. »Analyse«, nennen wir solche Gespräche, vor allem dann, wenn sie spätabends im Negroni stattfinden. Doch statt mich bei Felix einzuhaken, mache ich ein gequältes Gesicht.

»Och Mensch, Thome«, sagt Felix enttäuscht. »Wirklich? Arbeit? Wir könnten zu Tonio gehen!«

Ich hebe entschuldigend die Schultern und nicke. Felix ist einer meiner engsten Kollegen, und seit er letztes Jahr bei Steinkopf Ahmadi angefangen hat, ist er definitiv der Mitarbeiter der Kanzlei, mit dem ich am allerallerliebsten essen gehe. Er ist ungefähr in meinem Alter, wir haben einen ähnlichen Humor, und wir verstehen uns blendend mit und ohne Worte. Und wir mögen beide den kleinen Italiener im Untergeschoss der nahen Einkaufspassage. Offenbar sind wir da die Einzigen in der Kanzlei, denn es kommt kaum vor, dass wir dort Kollegen begegnen, weshalb das Ristorante da Tonio der perfekte Ort für konspirative Treffen in der Mittagspause ist.

»Ich muss das Ossietzki-Meeting noch vorbereiten«, erkläre ich schließlich.

»Hast du das nicht gestern schon gemacht?«, fragt er, zurecht erstaunt, immerhin haben ich gestern lang und breit zwei wichtige Detailfragen mit ihm diskutiert.

»Dachte ich auch.«

»Aber?«

»Cheffe hat mir heute Morgen noch etwas auf den Tisch gelegt. Sieht ziemlich interessant aus. Ich glaube, ich muss mir das wirklich noch mal ansehen.«

»Mist.« Felix macht ein mitleidiges Gesicht. »Soll ich dir was mitbringen?«

»Gerne«, sage ich und bleibe stehen, denn wir sind vor meinem Büro angekommen. »Vielleicht ein Ciabatta?«

»Mit?«

»Lu?«

Verwirrt sehe ich mich um. Das war Cecilia. Eigentlich ist es nicht ihre Art, dass sie einen im Gespräch unterbricht. Irritiert versuche ich einfach weiterzureden.

»Gerne mit Parmaschi…«

»Lu?« Sie unterbricht mich schon wieder.

»Was ist denn?«, frage ich sie konsterniert.

»Telefon«, sagt sie und hält mir den Hörer entgegen.

Etwas verwundert zögere ich. Normalerweise würde sie Anrufer immer in mein Zimmer durchstellen, vor allem dann, wenn es wichtig ist – schließlich sind die meisten Gespräche, die wir führen, streng vertraulich. Doch diesmal scheint irgendetwas anders zu sein, denn sie hält mir das Telefon noch ein Stückchen näher hin.

»Wer ist es denn?«, frage ich, doch da habe ich es schon in den Händen. »Thome?«, melde ich mich.

Am anderen Ende schnieft es.

»Mama?«, frage ich. Es fühlt sich seltsam an, mitten im Großraumbereich der Kanzlei so mit ihr zu reden. »Mama, was ist denn?«

»Es …« Sie weint immer noch.

»Ist etwas mit Papi?«, frage ich erschrocken. Die Vorstellung, dass meinem geliebten Papi etwas zugestoßen sein könnte, greift nach mir wie eine eiskalte Hand, und als meine Mutter nicht gleich etwas sagt, bleibt mir das Herz stehen.

»Mama?«, flüstere ich hilflos.

»Nein, Papa geht's gut. Aber Philipp …«

»Pip?«

»Er … Er …«

»Mama?«, fiepse ich.

»Es gab einen Unfall. Er ist tot.«

4

ICH SPÜRE, wie es mir den edlen, achatgrauen Teppich unter den Füßen wegzieht. Wie ich taumle, torkle, und nur zwei starke Arme verhindern, dass ich ganz zu Boden gehe. Ich habe das Gefühl, dass sich tausend Augen auf mich richten, dass jede einzelne Mitarbeiterin und jeder einzelne Mitarbeiter von Steinkopf Ahmadi mich ansieht. Irgendwie gelingt es Felix und Cecilia, meine zitternden Überreste fürsorglich in mein Büro zu bringen und mich vorsichtig auf das kleine Sofa gegenüber von meinem Schreibtisch zu bugsieren. Sie knien sich neben mich, reden beide auf mich ein, aber ich verstehe nicht, was sie wollen. Doch ich sehe ihre Gesichter wie durch eine Nebelwand hindurch, höre ihre Stimmen wie aus weiter Ferne. Irgendwann ist Cecilia verschwunden und nur noch Felix da. Nach einer Weile lässt auch er mich allein.

Pip.

Mein großer Bruder, Pip.

Pip, zu Tode gekommen am Rande eines Ackers, überrollt von einem Lkw. Ein banaler, lausiger Unfall, der ihn aus dem Leben riss.

Meine Wange liegt auf dem edlen Samtbezug des Sofas.

Mir fällt auf, dass ich noch nie darauf gelegen habe, ja, dass ich eigentlich nicht einmal darauf saß. Ich betrachte meinen Schreibtisch und merke, dass ich aufgehört habe zu weinen, dass es plötzlich ganz still in mir ist.

Mir fällt ein, dass er mich letzte Woche angerufen hat, während ich in einem endlosen Meeting saß, und dass ich bis heute nicht dazu gekommen bin, ihn zurückzurufen. Ich will zu meinem Handy greifen und es sofort nachholen, aber das geht natürlich nicht. Warum habe ich es nicht gleich getan? Warum war wieder einmal alles andere wichtiger? Wann habe ich überhaupt das letzte Mal mit ihm telefoniert?

Plötzlich weine ich doch wieder.

Und weine.

Und weine.

Ich würde nichts lieber tun, als ihn anrufen. Seine Stimme hören.

Ich schließe schniefend die Augen, und dann höre ich sie tatsächlich. Pips Stimme, wie er sich am Telefon meldet. Pip, wie er meinen Namen sagt. Pip, wie er mich grinsend Workaholic nennt, und wie ich ihm zur Strafe dafür einen Klaps mit der zusammengerollten Zeitung gebe.

Plötzlich strömen tausend Erinnerungen auf mich ein.

Pip und ich, wie wir, eng aneinandergedrängt, unter dem Esstisch Höhle spielen.

Pip und ich, wie wir uns in der Krone der Buche in unserem Garten verstecken, und wie wir kichernd beobachten, wie unsere Mutter uns nicht findet.

Pip und ich, wie wir zusammen unter einer viel zu warmen Decke Bücher lesen.

Pip.

Ich.

Jetzt nur noch: ich?

Plötzlich wird es ganz still in meinem Kopf.

Das Gedankenkarussell bleibt stehen.

Ich atme ein, ich atme aus.

Und wieder.

Und wieder.

Ich weine nicht. Ich atme. Fast wundere ich mich darüber, dass so etwas Fundamentales wie Atmen noch funktioniert. Pip ist tot, doch ich atme. Ist das falsch? Oder nur verrückt?

Dann klingelt das Telefon, und ich bemerke die erste Sache, die nicht mehr geht: Ich schaffe es nicht, meine Füße auf den Fußboden zu setzen, meine Beine dazu zu bringen, sich zu bewegen. Ich schaffe es nicht, mich aufzusetzen, oder auch nur den Finger zu rühren. Ich liege einfach nur da, Das Gesicht auf dem Samt des unbequemen Sofas. Liege da, bis das Telefon wieder verstummt ist. Ich liege da, weine und weine nicht, liege da, bis es dunkel ist.

5

ICH WEISS NICHT, ob ich es schön oder absolut schrecklich finden soll, aber am Himmel steht eine quietschfidele Vormittagssonne und strahlt. Fast unbarmherzig heiter scheint sie auf uns herab, auf uns, die wir quälend langsam zur Grabstätte laufen. In dem hellen Licht wirkt die Szene fast unwirklich: unsere schwarzen, warmen Mäntel, unsere rot geränderten Augen, die Tatsache, dass Pip wirklich tot ist, immer noch tot. Da vorn in der Urne soll er drin sein, in diesem eckig-modernen Holzkasten, den Pips ältester Freund Johann vor sich herträgt wie ein heißes Blech Kuchen oder Pizza. Es sieht sonderbar aus, wie er da läuft, der lange, dürre Johann. So aufrecht und steif, fast, als hätte er in jeder Sekunde Angst zu stolpern.

Vorhin, als wir uns am Eingang des Friedwalds versammelt haben, hat Lara ein Lied auf der Geige gespielt, ein trauriges Stück von Händel, das uns alle noch trauriger machte und doch irgendwie tröstete. Jetzt jedoch ist es still. Man hört nur unsere vom Waldboden gedämpften Schritte, dazu ein leises Rascheln der immer noch winterlich kahlen Zweige und den Gesang eines Vogels, der sich irgendwo in den Baumkronen über uns versteckt hat. Ich starre auf den Boden vor mir, unfähig, irgendjemanden anzusehen.

Dabei sind so viele gekommen: ehemalige Klassenkameraden und Freunde aus unserer früheren Nachbarschaft. Studienkolleginnen und -kollegen aus der Kunstakademie. Langjährige Geschäftspartner, Mitarbeiter, ferne Verwandte. Menschen, die ich seit Kindertagen kenne, Menschen, die ich noch nie gesehen habe. Und ich bin froh, dass so viele die Reise zu diesem Friedwald auf sich genommen haben.

Nach Pips Unfall habe ich mich mit meiner Mutter mehrmals fast gestritten, weil sie eine klassische Beerdigung wollte, am Friedhof Blankenese, mit Trauerfeier, Pfarrer, Grabstein und Sarg. Aber ich wusste einfach, dass Pip damit nicht einverstanden gewesen wäre. Er glaubte nicht an Gott, schon lange nicht mehr. Wenn überhaupt, dann hat er mit dem Buddhismus sympathisiert, zumindest, seit er in dieser Burn-out-Klinik gelernt hat zu meditieren. Er glaubte nicht an Gott, nicht an irgendein Schicksal, er glaubte an die Natur und ihren ewigen Kreislauf von Wachsen und Welken, von Werden und Vergehen. Außerdem hat er mir erst letztes Jahr von diesem Friedwald erzählt, den er zufällig einmal besichtigt hat, und den er so still und schön fand, so bescheiden und würdevoll, ganz anders als normale Friedhöfe, wo die Grabsteine voller Protz sind und voller Lüge. »In diesem Friedwald, Luilein, da geht der Mensch wieder dorthin zurück, wo er hergekommen ist.« Irgend so etwas hat er damals erzählt. »Da nimmt die Natur ihn wieder zurück.«

Ob er eine Ahnung hatte, wie schnell das passieren würde?

Jetzt verlangsamt sich Johanns Schritt, und wir sind endlich da, an der Buche, die mich gleich beim ersten Besuch irgendwie angesprochen hat. Sie passt zu Pip, weil sie nicht so alt und knorrig ist wie viele andere Bäume hier, weil sie noch wachsen wird und etwas vor sich hat, so, wie Pip doch eigentlich noch etwas vor sich gehabt hätte. Sie steht etwas abseits, und macht, ehrlich gesagt, nicht sonderlich viel her, aber das fand ich gerade schön. Meine Mutter hat sich natürlich erst mal geweigert, ihren Sohn unter einem solch unscheinbaren Baum zu bestatten, aber als sie bei der Verwaltung des Friedwalds anrief, um einen präsentableren Baum für ihn zu erzwingen, da erfuhr sie, dass ohnehin keine Plätze unter den ihr viel passender erscheinenden Jahrhunderteichen des Waldes mehr frei waren, und außer der Buche nur noch ein paar Büsche und dürre Birken zur Verfügung standen, sodass die Diskussion damit erledigt war.

Nun geht Johann in die Knie und kauert sich vor das kleine Loch, das man zwischen den Wurzeln der Buche für uns ausgehoben hat. Er legt einen Moment den Kopf nieder, dann setzt er die Urne hinein. Die Urne ist aus Kirschholz, eckig und schlicht. Ich glaube, sie hätte Pip gefallen. Und doch gehört sie nicht in dieses Loch, denke ich, Pip gehört nicht in dieses Loch. Ich spüre, wie die Tränen in mir aufsteigen, und kann mich nur mit Mühe dazu zwingen, an das kleine Grab zu treten, ein Schäufelchen Erde auf die Urne zu werfen und dann Platz zu machen für die lange, lange Schlange nach mir.

Es ist feucht hier im Wald. Mir fällt auf, wie wenig Wärme die Sonne im März spendet, obwohl sie so hell ist, so gleißend. Es ist so kalt, so klamm.

Plötzlich weine ich doch. Ich hatte gehofft, ich könnte die Beerdigung ohne Heulen durchstehen. Irgendwie habe ich mich davor gefürchtet, allen zu zeigen, wie schrecklich es mir geht. Aber jetzt fließen die Tränen einfach so aus mir heraus, und ich bin fast dankbar für sie. Sie sind wie ein Schleier, der mich von allem trennt – von diesem Ort, von all den Leuten, die jetzt zu mir treten, die meine Hände schütteln, mich schluchzend umarmen. Ich weine und bin fast froh darum, dass ich das darf, dass ich mich als Schwester des Verstorbenen von der Trauer der anderen umspülen lassen darf, dass ich nichts machen muss, nichts als nicken und weinen und umarmen. Es ist so stumpf und wohltuend und traurig.

Mein Vater steht neben mir und schafft es nicht, irgendjemandem in die Augen zu sehen. Meine Mutter daneben weint hinter ihrer großen Sonnenbrille laut und heftig wie ein Kind. Wir stehen nebeneinander wie aufgereiht und ausgestellt, stehen da und nicken und weinen und murmeln danke. Einmal, als ich nach einer besonders innigen Umarmung ins Torkeln gerate, spüre ich, wie mein Papi mir seine Hand an den Rücken legt – nicht nur, um mir wieder zurück ins Gleichgewicht zu helfen, sondern auch, um mich zu unterstützen, um mir mitzuteilen, dass ich das hier irgendwie durchstehen muss, dass ich jetzt nicht einknicken darf.

Ich richte mich also auf und halte mein Gesicht wieder in die Trauer wie in einen Regenguss.

Plötzlich entdecke ich eine kleine, schmale Frau mit schwarzen, kurzen Haaren und akkurat gezogenem Lippenstift – und zucke innerlich zusammen.

Saskia.

Ich wusste natürlich, dass sie kommt, aber als sie jetzt plötzlich vor mir steht, bin ich nicht darauf vorbereitet, und sehe sie hilflos an. Ihr nervöses Gesicht sagt mir, dass sie ebenfalls verunsichert ist, und nach einem Augenblick, in dem wir uns ratlos anstarren, gelingt uns eine halbherzige Umarmung. Von außen könnte es so aussehen, als hätten wir Trost oder Mitgefühl füreinander übrig.

»Puh«, sagt sie, als wir unsere Umarmung lösen.

»Puh«, stimme ich ihr zu.

Irgendwie schaffe ich es, ihr ein Lächeln zu schenken. Sie lächelt dankbar zurück. Dann umarmt sie meine Mutter und meinen Vater und stellt sich neben mich. Man spürt, dass sie sich uns zugehörig fühlt, uns, Pips Familie. Dabei hatte sie nach Pips Unfall vor allem mit meiner Mutter Kontakt. Einmal habe ich sie angerufen. Immerhin ist sie sieben Jahre lang mit meinem Bruder verheiratet gewesen und ist es auf dem Papier immer noch, und irgendwie dachte ich, dass wir doch nun etwas gemeinsam hätten, nämlich die Trauer um Pip. Aber das Gespräch dauerte nicht lange. Kaum, dass sie meinen Anruf angenommen hatte, sprudelten die Tränen aus mir heraus, und ich konnte kaum etwas sagen. Saskia blieb seltsam wortkarg, und ich verstand, dass sie kein Interesse daran hatte, sich mir zu öffnen – mir, der kleinen Schwester, die irgendwie immer so etwas wie eine Konkurrentin um den Mann an ihrer Seite war. Und so ging der Moment vorüber, in dem ich dachte, ich könnte ihr verzeihen, dass sie Pip genau in dem Moment hängen gelassen hatte, in dem er am schwächsten war. Denn so war es: Als er ihre Liebe gebraucht hätte, stürzte sie sich in die Arbeit. Als Pip plötzlich nur noch ganz kleine Schritte machen konnte, ist sie auf Abstand zu ihm gegangen.

6

LEICHENSCHMAUS, was für ein grässliches Wort.

Es klingt, als würde man zusammenkommen, um eine Leiche zu verspeisen, sie mit Messer und Gabel genüsslich verzehren, und, na ja, irgendwie ist da ja auch was dran. Der Leichenschmaus ist die Verabredung, nach dem Weinen wieder zu lachen. Die Ordnung der Welt wiederherzustellen. Die Toten tot sein zu lassen und sich darüber zu freuen, dass man selbst noch lebendig ist.

Ich weiß nicht, was ich davon halten soll. Seit Pips Beerdigung sind gerade mal vier Stunden vergangen – ein Wimpernschlag, wenn man bedenkt, dass er vierzig Jahre lang gelebt hat. Und trotzdem sind alle, aber auch wirklich alle, sturzblau. Und das schon mittags! In der Gaststätte, die wir gemietet haben, herrscht eine Atmosphäre wie spätnachts: Es ist stickig, es ist laut, rote Wangen blühen, glasige Augen starren, Gläser klirren, es wird gekichert, gejohlt. Erst habe ich noch gedacht, dass alle zum Alkohol greifen, weil sie ganz schön was zu schlucken haben, aber inzwischen redet schon lange keiner mehr über Pip. Johann lallt einer alten Klassenkameradin etwas von seiner Firma ins Ohr, Onkel Justus palavert über den olfaktorischen Unterschied zwischen Weinen aus dem Rheingau und aus Rheinhessen. Mein Vater hat einen dicken Rotweinfleck auf dem Hemd, den er erst mit Salz bestreut und dann vergessen hat. Sogar meine Mutter, die am Anfang des Leichenschmauses noch geweint hat, lächelt inzwischen über die langweiligen Urlaubserlebnisse unserer ehemaligen Nachbarin in Othmarschen.

Und ich? Ich versuche ebenfalls mitzulachen, doch es gelingt mir nicht. Ich sitze da, nippe an meiner Weißweinschorle, die immer wärmer wird, ziehe alle paar Minuten mein Smartphone aus der Tasche, wo eine E-Mail nach der anderen eingeht. Einer unserer Klienten wird schon wieder wegen illegaler Preisabsprachen beschuldigt. Die Limburg GmbH stellt Schaltnetzteile her – das sind kleine Bauelemente, ohne die LED-Glühlampen flackern würden –, und gestern hat sich ein ehemaliger Mitarbeiter an uns gewendet und uns mitgeteilt, es hätte während seiner Zeit bei der Firma Absprachen im Sperrwandler-Geschäft gegeben. Das Blöde ist, dass wir bei Steinkopf Ahmadi erst letztes Jahr einen ganz ähnlichen Fall hatten, bei dem ein Limburg-Mitarbeiter genau das Gleiche über den Abwärtswandler-Bereich behauptet hat. Aber da haben wir am Ende eindeutig und zweifelsfrei nachweisen können, dass der Mitarbeiter nur seinem Chef schaden wollte, weil der seine Beförderung verhindert hatte. Dass es jetzt schon wieder so eine Behauptung gibt, macht mich wahnsinnig nervös. Am liebsten würde ich auf der Stelle hinauslaufen und den Mann anrufen, aber das geht natürlich allein aus juristischen Gründen nicht. Also bleibe ich sitzen, lasse mich doch wieder von meiner Traurigkeit einlullen und von all den Menschen zutexten, die sich zu mir setzen und versuchen, mich mit freundlichen Worten aufzumuntern. So wie jetzt gerade Georg, ein alter Schulfreund, den ich das letzte Mal vor über zehn Jahren beim Klassentreffen gesehen habe und dessen Bäuchlein seitdem noch größer geworden ist.

»Na?«, sagt er und setzt sich gegenüber von mir hin. Er trägt ein eigens für die Beerdigung gekauftes Hemd, was ich daran erkenne, dass es nach Plastiktüte riecht und man die Falten aus der Verpackung sieht. Darunter zeichnet sich ein T-Shirt ab, bedruckt mit dem Logo des HSV, dessen schwarz-weiß-blaue Raute vollständig durch den dünnen Stoff scheint. Plötzlich muss ich an Konstantin denken, der stets jene hautfarbenen Unterhemden trug, die ihm sein Maßschneider empfohlen hat, weil sie unter hellen Hemden komplett unsichtbar sind.

»Na?«, frage ich so freundlich, wie es geht, zurück.

Georg ist die halbe Gymnasialzeit über mein bester Freund gewesen, aber schon beim Klassentreffen hatte ich das Gefühl, dass uns nicht mehr viel verbindet. Als ich mein Studium begonnen habe, hat er eine Lehre zum Hotelfachmann gemacht. Als ich nach New York gegangen bin, hat er eine Frau geheiratet, die in seinem Ausbildungshotel als Frühstücksdame gearbeitet hat. Und als ich bei Steinkopf Ahmadi meine ersten internationalen Klienten übernommen habe, ist er in das Haus seiner Eltern gezogen und hat sein erstes Kind gekriegt.

»Wie geht's dir?«, fragt er einfühlsam.

Ich zucke mit den Schultern. »Und dir?«

»Steffi ist wieder schwanger«, antwortet er.

»Wirklich«, sage ich und versuche erstaunt zu klingen.

Er zieht seine Brieftasche heraus und zeigt mir ein schwarzes Foto, auf dem ein weißes Geschwür zu sehen ist.

»Toll«, sage ich und bemühe mich, noch einmal zu lächeln. »Herzlichen Glückwunsch!«

»Es wird ein Mädchen«, sagt er stolz und nippt an seinem Bier.

»Und … äh …« Ich überlege, ob sein erstes Kind ein Junge oder ein Mädchen war.

»Leon?«

»Richtig. Freut er sich?«

»Und wie! Er gibt jetzt schon den großen Bruder.« Er grinst, dann fällt ihm plötzlich ein, mit wem er spricht. Erschrocken sieht er mich an. »Entschuldige«, sagt er.

Ich winke ab. »Alles gut«, sage ich. »Ich freue mich für dich.«

»Danke«, sagt er. Dann schiebt er hinterher: »Tut mir wirklich leid, das mit Pip.«

Ich lächle und sage nichts. Plötzlich fühle ich mich wahnsinnig einsam.

»Also«, sagt er. »Ich, äh … ich wollte noch mal mit Johann schnacken.«

»Klar«, sage ich und sehe ihn trauriger an, als mir lieb ist.

Als Georg weg ist, ziehe ich wieder mein Smartphone aus der Tasche. Ich habe elf neue Mails bekommen, was sich gut und zugleich bedrohlich anfühlt: Die Welt dreht sich weiter, ob ich will oder nicht.

Eine Weile sitze ich noch da, denke an Pip, an die Sache mit diesem Limburg-Mitarbeiter, dann wieder an Pip. Ich sitze da und spüre, wie mein Smartphone bei jeder neuen Mail leise vibriert. Es fühlt sich völlig falsch an, diese Mails zu bekommen, aber es fühlt sich mindestens genauso falsch an, sie zu ignorieren.

Und dann, irgendwann, halte ich es nicht mehr aus. Ich rufe die Deutsche-Bahn-App auf und suche die nächste Verbindung nach Berlin heraus. Einen Zug habe ich gerade verpasst, und es fährt erst wieder einer in zwei Stunden. Aber das ist mir in diesem Moment egal, ich werde trotzdem gehen. Ich sitze schon viel zu lange hier.

Ich lasse meine Weißweinschorle stehen und gehe hinüber zu meinen Eltern, die mit glühenden Wangen am Tisch sitzen und gerade für den Bruchteil einer Sekunde allein sind.

Schnell setze ich mich zu ihnen. »Ich haue ab«, sage ich ohne Umschweife.

»Luise«, sagt meine Mutter tadelnd, als hätte ich etwas absolut Unerhörtes vorgeschlagen.

»Ich kann nicht mehr«, sage ich müde – eine Begründung, die ich nach diesem Tag eigentlich ausreichend finde.

»Ich kann auch nicht mehr«, erklärt sie schnippisch. »Und ich gehe trotzdem nicht.«

Das ist so typisch: Sie spielt die Märtyrerin, die, die sich mehr aufopfert als irgendjemand sonst – aber mit nichts anderem im Sinne, als mir ein schlechtes Gewissen zu machen.

»Lass sie doch«, mischt sich mein Vater ein. »Es war ein langer Tag. Lu ist extra aus Berlin angereist.«

»Und ich bin extra aus Ham…«

»Liebling.« Mein Vater legt ihr die Hand auf den Arm.

Liebling, so nennt er sie wirklich nur im Notfall, und es funktioniert sofort: Sie verstummt. »Lu hat so viel um die Ohren«, sagt er mitfühlend.

»Das stimmt«, sage ich schnell. »In der Kanzlei ist natürlich ausgerechnet diese Woche der Teufel los.«

»Kommst du zurecht?«, fragt mein Vater mich besorgt.

»Klar«, sage ich, obwohl ich schon nervös werde, wenn ich nur an meinen E-Mail-Eingang denke.

»Soll ich dich nicht wenigstens zum Bahnhof zu bringen?«, fragt mein Papi, und plötzlich finde ich, dass der Rotweinfleck neben seiner etwas locker sitzenden Krawatte wie ein Orden aussieht.

»Danke, ich gehe lieber zu Fuß. Ein bisschen Luft tut mir vielleicht ganz gut«, sage ich.

»Ja, bestimmt«, nickt er, wahrscheinlich ganz froh, dass ich ihn nicht hinters Steuer zwinge.

Ich umarme ihn fest, danach meine Mutter, wenn auch nicht ganz so innig. Dann verschwinde ich. Als ich die schwere Holztür der Gaststätte öffne, schlägt mir eine feuchte Kälte entgegen, die mich sofort wieder daran erinnert, dass noch lange nicht so richtig Frühling ist, auch, wenn man das heute Vormittag hätte denken können. Wo vorhin noch eine surreale Sonne strahlte, drängen sich nun dicke, dunkle Wolken. Es muss geregnet haben, während wir im Gasthaus waren, denn der Boden glänzt nass. Das Licht versickert irgendwo am grauen Horizont, dabei ist es gerade einmal früher Nachmittag.

Ich laufe über den knirschenden Kies des Parkplatzes, vorbei an tropfnassen Kühlerhauben, an Anhängerkupplungen und Sylt-Aufklebern, an Kindersitzen, zerkratzten

Rückspiegeln, kaltem Metall. Fast alle Trauergäste sind aus Hamburg gekommen, wo ich aufgewachsen bin, und wo Pip bis zum Schluss gelebt hat. Aber manche Autos haben andere Nummernschilder: Berlin, Potsdam, Köln. An der Parkplatzausfahrt biege ich nach rechts ab und folge der Straße, die nach etwas mehr als zwei Kilometern zum Bahnhof führen muss, so sagt es mir zumindest ein schneller Blick auf Google Maps. Fast freue ich mich darauf, endlich im Zug zu sitzen. Ich werde mich in irgendeinem Abteil verkriechen, die Stirn an die kalte Scheibe lehnen und die eineinhalbstündige Fahrtzeit dazu nutzen, mich in der Limburg-Sache auf Stand zu bringen. Mich in Trauer zu suhlen hat mir noch nie gutgetan, und auch heute wird es mir helfen, mich in die Arbeit zu stürzen. Bald, da bin ich mir sicher, wird es mir wieder besser gehen, denn irgendwann geht es einem immer besser, ganz egal, was passiert. Irgendwann ist man wieder voll da, auch, wenn ich mir das jetzt noch nicht so richtig vorstellen kann.

Nach ein paar Schritten fängt es an zu tröpfeln. Ich beschleunige meinen Schritt, denn ich habe nur meinen dünnen, schwarzen Wollmantel an und keinen Schirm eingepackt.

Hinter mir nähert sich ein Wagen. Er fährt langsam, sehr langsam. Nach einer Weile hat er mich eingeholt und rollt neben mir her. Es ist ein nigelnagelneuer Mini in elegantem Billardkugelgrün, und als ich genauer hinsehe, erkenne ich Saskia, die ihn lenkt.

Plötzlich geht das Fenster hinunter. »Magst du mitfahren?«, fragt sie mit etwas müde klingender Stimme. Ihr Haar ist ziemlich zerzaust.

»Fährst du nach Berlin?«, frage ich. Ich komme mir ein bisschen blöde dabei vor, aber ganz ehrlich: Es ist unmöglich vorherzusehen, wo Saskia gerade lebt. Eigentlich hatten Pip und sie ihre Wohnung in Hamburg, aber es gab auch eine zweite Wohnung in Berlin, in der vor allem Saskia immer mal wieder für ein paar Tage oder Wochen lebte. Denn eigentlich saßen fast alle ihre Kunden in Berlin, und in manchen Zeiten schaffte sie es kaum mal für ein Wochenende nach Hamburg zurück.

Sie nickt. »Ich hab morgen ein wichtiges Meeting«, erklärt sie.

Ich überlege einen Augenblick. Dann sage ich: »Danke, eigentlich gerne. Aber ich hab schon mein Zugticket und, um ehrlich zu sein, auch ganz schön viel Arbeit.«

»Soll ich dich wenigstens zum Bahnhof bringen?«

Ich bleibe stehen, und der Mini stoppt ebenfalls. Ein dicker Regentropfen landet auf meiner Nase. Eigentlich habe ich keine Lust, mich von Saskia zum Bahnhof kutschieren zu lassen, aber andererseits: Das Angebot ist wirklich nett. Und ich habe den Eindruck, dass der Regen stärker wird.

Also steige ich ein, schlage die Beifahrertür zu, schnalle mich an. Aus der Nähe sehe ich, dass Saskias Augen-Make-up verschmiert ist, und mir fällt auf, dass sie ziemlich stark nach Alkohol riecht. Sie hat eine richtige Fahne.

Plötzlich ist mir nicht ganz wohl dabei, hier neben ihr zu sitzen. Doch ehe ich meine Bedenken äußern kann, gibt sie auch schon Gas, und ein paar Minuten später sind wir am Bahnhof angekommen. Sie biegt schwungvoll auf den Vorplatz ein und hält ziemlich ruppig an.

»Danke, Saskia«, sage ich, erleichtert, dass wir keinen Unfall gebaut haben. Mein Instinkt sagt mir nur raus hier, aber dann spreche ich es doch an. »Kannst du wirklich noch fahren?«, frage ich vorsichtig.

»Klar«, antwortet sie. »Ich hab fast nichts getrunken, und in der letzten Stunde nur noch Wasser.«

»Sicher?«, hake ich nach, denn nach »fast nichts« sieht die Gute wirklich nicht aus.

»Sicher.« Sie lächelt selbstgewiss. »Aber danke, dass du dir Sorgen machst.«

»Na gut. Aber fahr vorsichtig, ja?« Wie zur Bekräftigung lege ich meine Hand auf ihre, die immer noch die Gangschaltung hält. Und ganz plötzlich fühle ich mich doch ein wenig mit ihr verbunden. Ich meine, sie ist meine Ex-Schwägerin, das ist doch irgendwie auch Familie, oder?

Doch dann fällt mir ein, dass ich mich schon öfter so gefühlt habe. Wenn ich Pip in Hamburg besuchen kam und bei ihm und Saskia wohnte, dann haben wir uns eigentlich immer genau in dem Augenblick am besten verstanden, wenn wir uns verabschieden konnten und wussten, dass wir nun unsere Ruhe voreinander hatten. Manchmal mochte ich sie in diesen Momenten richtig gerne, aber irgendwann verstand ich, dass das nur das High der Erleichterung war.

»Ich werde aufpassen wie ein Luchs«, sagt sie.

»Brav«, sage ich. »Also dann.«

Also dann. Ich habe die Autotür gerade einen Spalt geöffnet, da schlage ich sie auch schon wieder zu. Denn auf einen Schlag hat sich der leichte Niesel von gerade eben in einen Platzregen verwandelt, der sich gewaschen hat.

Plötzlich fällt mir das winzige Wartehäuschen am Bahnhof ein, in dem ich fast zwei Stunden werde ausharren müssen, bis ich endlich in den Zug nach Berlin springen kann.

»Willst du nicht doch lieber mitfahren?«, schlägt Saskia vor. Ich kann mir nicht helfen, aber ihr Lächeln sieht irgendwie siegessicher aus.

Als wir eine gute halbe Stunde gefahren sind, fasst Saskia mich plötzlich am Arm. »Bieg da vorn mal links ab.«

»Aber laut Navi müssten wir rechts lang«, widerspreche ich. »Und da steht's auch auf dem Schild: Berlin, nach rechts.«

»Bitte«, sagt sie nachdrücklich, und ich gehorche. Immerhin kann ich froh sein, dass sie sich auf meinen Vorschlag eingelassen hat, mich an ihrer Stelle fahren zu lassen. Ich setze den Blinker und biege auf eine winzige Landstraße ab. Die Stimme im Navigationssystem rebelliert, und Saskia schaltet sie kurz entschlossen ab. Der Regen wird schwächer.

»Da vorn wieder rechts«, sagt sie. Und nach einer Weile: »Hier halb links.«

Ich gehorche ihren Befehlen, ohne auch nur einen Schimmer zu haben, wohin sie mit mir will. Nach einer Weile frage ich sie, doch sie antwortet nur unbestimmt. Wir fahren durch eintönige Wälder und winzige Dörfer irgendwo im Nirgendwo nordwestlich von Berlin. Grünwalde, Hohensee, Mersehof – keins der Ortsschilder sagt mir etwas. Am Horizont erstrecken sich braune, öde Felder, darüber ein betongrauer Himmel. Hin und wieder passieren wir einen verfallenen Bauernhof, eine verlassene Baustelle, einen Plattenbau mitten im Nichts.

Doch plötzlich kommt mir ein Ortsname bekannt vor: Petershof. Und als ich auf dem nächsten Ortsschild Friedersdorf lese, begreife ich es endlich. Im Leben hätte ich nicht gedacht, dass Saskia ausgerechnet zu Pips Garten will. Denn warum sollte sie? Gab es deswegen nicht immer nur Streit zwischen den beiden? Und hat Saskia sich von Pip nicht auch deshalb getrennt, weil der ständig hierher geflohen ist, und sie nicht verstanden hat, was er hier will? Was also will sie hier?

Schweigend fahren wir am Ortsschild vorbei. Schwarz auf Sonnenblumengelb: Klein-Wiesenthal. Noch ein paar Meter, dann sind wir auch schon da. Ich drücke sanft auf die Bremse und bringe den Wagen direkt vor Pips Grundstück zum Stehen.

Gemeinsam sehen wir hinüber zu der Laube, die durch die ziemlich dichte Hecke kaum zu erkennen ist. Das winzige Häuschen mit der überdachten Terrasse, die geschlossenen, hellblauen Fensterläden, der in den Himmel ragende Schornstein: All das kann man von hier aus gerade nur so erahnen.

Um ehrlich zu sein: Auch ich konnte nie verstehen, was mein Bruder an diesem Ort wollte. Warum er ständig nur noch hier war und kein anderes Thema mehr hatte als Unkraut, Nistkästen und den Schwänzeltanz von irgendwelchen Wildbienen. Einmal habe ich ihn besucht, zusammen mit Konstantin. Ich weiß noch, wie fehl am Platze wir uns fühlten, vor allem Konstantin, der sich auf der rostigen Hollywoodschaukel hinterm Haus ein Loch in den teuren Kaschmirpulli riss, aber auch ich, die ich ständig auf irgendetwas trat, das in meinen Augen nichts anderes als

Unkraut war, das Pip dann jedoch als besonders schützenswerte Pflanzenart anpries. Wie fremd wir um irgendwelche Beete herumstanden, vor schlecht wachsenden Heckenpflanzen und winzigen Büschen. Wie uns, bevor wir endlich in Konstantins Volvo verschwinden konnten, zum Abschied noch ein Geschwader Mücken zerstach, juckend und fies. Ich war selten in meinem Leben so froh, wieder in meiner Wohnung zu sein, bei meiner Badewanne, meinem Fernseher, meinem Lieferdienst.

Auch nun würde ich gern dorthin zurück, aber ich ahne, dass Saskia etwas vorhat.

»Und jetzt?«, frage ich also.

»Tja«, sagt sie.

7

VON DEM WEISS LACKIERTEN Gartentor blättert an einigen Stellen die Farbe ab. Es ist abgeschlossen, aber Saskia zieht einen kleinen Schlüsselbund aus ihrer Tasche: Offenbar ist es der von Pip. Sie probiert erst zwei falsche, ehe sie den richtigen Schlüssel findet, und auch der dreht sich nur widerwillig. Doch dann öffnet sich das Türchen, laut quietschend. Wir müssen uns ein bisschen bücken, als wir den Garten betreten, so überwachsen ist die Pforte. Ein feuchter Zweig streicht mir übers Gesicht.

Der Regen hat fast aufgehört, stattdessen hängt nun ein leichter Niesel wie Spinnweben in der Luft. Der Boden ist nass und matschig. Eigentlich ist das hier doch ein Garten, denke ich, aber wo ist dann all das Grün? Die Bäume und Büsche sind kahl, in den Beeten hocken braun verdorrte Pflanzen, in einer Ecke verrottet ein Blätterhaufen, in einer anderen dorrt ein Berg Reisig. Ich meine, ich weiß natürlich, dass Gärten im Winter anders als im Sommer aussehen, und dass auch dieser Garten in der warmen Jahreszeit viel freundlicher wirkte. Aber so, wie sich das Grundstück jetzt präsentiert, hat es wirklich nichts, was einen einlädt zu bleiben, im Gegenteil: Statt nach Sommer und Blumen riecht es nach nasser Erde und Verfall.

Unsicher gehen wir weiter. Meine Schuhe schmatzen bei jedem Schritt, und ich kann jetzt schon spüren, wie sich die Feuchtigkeit langsam durch das teure Leder frisst. Am Gartenzaun zum Nachbargrundstück entdecke ich einen Mann, der mit finsterem Gesicht in unsere Richtung schaut und sich schnell umdreht, als er bemerkt, dass ich ihn gesehen habe. Und auch die Laube sieht mit ihren verschlossenen Fensterläden ziemlich abweisend aus. Neben der Haustür stapeln sich zusammengeklappte Biergartenstühle, von denen die x-te Schicht Lack abplatzt.

Kurz bevor wir auf die überdachte Terrasse treten, bleibt Saskia plötzlich stehen. »Kannst du für mich reingehen?«, sagt sie leise.

»Ich?«

»Ich … ich kann das nicht«, erklärt sie und hält mir den Schlüssel hin.

Ich auch nicht, denke ich. Doch stattdessen sage ich: »Und dann?«

Ich weiß wirklich nicht, was ich da drinnen soll, weiß vor allem nicht, was mich erwarten wird. Als Konstantin und ich Pip besucht haben, haben wir nur einen ganz kurzen Blick in das beengte Innere geworfen und sind ganz froh gewesen, dass es warm genug war, um draußen zu sitzen, dass wir uns nicht um den winzigen Tisch drängen mussten, der außer einem einfachen Bett das einzige Möbelstück ist, an das ich mich erinnere.

»Pip …«, sagt sie. »Er hat zuletzt immer Tagebuch geführt.«

Ich nicke, denn Pip hat immer wieder mal Tagebuch geführt – wobei das Wort »Tagebuch« es eigentlich nicht trifft. Es waren eher Zeichenkladden, die er ständig mit sich herumtrug, und in denen er alles Mögliche festhielt: Gedanken, Skizzen, Kochrezepte, Sätze, die er irgendwo gelesen hat. Was ihm eben so durch den Kopf ging.

»Aber sein letztes Tagebuch kann ich in Hamburg nicht finden.« Sie sieht mich hilflos an.

»Was willst du denn damit?«, frage ich, weil es mir irgendwie unanständig vorkommt, dass ausgerechnet Pips Noch-Ehefrau sein Tagebuch haben will.

»Verstehen, was geschehen ist«, sagt sie.

Einen Augenblick lang denke ich nach. Alles in mir sträubt sich dagegen, einfach so in Pips Häuschen einzudringen, um dort sein Tagebuch zu suchen. Aber dann … Irgendwie verstehe ich ihren Wunsch. Pips Gefühle waren in letzter Zeit wirklich undurchdringlich, und wenn ich ehrlich bin, würde auch ich gern mehr über das wissen, was in ihm vorgegangen ist. Und doch: Wäre er einverstanden, wenn sie es in die Finger bekäme? Fände er es okay, wenn ausgerechnet sie erführe, was ihn in der letzten Zeit bewegte? Mir hat er seine Kladden zwar manchmal gezeigt, aber eigentlich immer nur unverfängliche Seiten. Wer weiß schon, was sonst noch darin steht!

Andererseits … Soll ich mich wirklich weigern? Und das, obwohl ich gar nicht sicher sein kann, dass es überhaupt dort drinnen ist?

Ich weiß nicht, wie Saskia das hingekriegt hat, aber plötzlich halte ich den schmalen Schlüsselbund in den Händen. Erst jetzt fällt mir auf, dass ein Anhänger ihn schmückt, ein kleiner, aus Holz geschnitzter Spaten. Ich sehe die Schlüssel durch und entscheide mich für den großen rostigen. Er gleitet so willig ins Schloss, als hätte er nur auf diesen Moment gewartet. Während ich ihn umdrehe, verschwindet Saskia hinter der nächsten Ecke, ganz so, als wolle sie Diskretion wahren oder nicht sehen, was nun passiert.

Die Tür öffnet sich lautlos, und ich finde den Lichtschalter sofort. Drinnen ist es genauso kalt und klamm wie draußen. Die kleine Küchenzeile, das einfache Bett, der kleine Tisch – alles sieht seltsam verlassen und leblos aus.

Irgendwie ist es gruselig. Als würde gleich eine nistende Taube laut aufflattern, eine Katze fauchen oder eine Tür sich wie von Geisterhand schließen.

Auf keinen Fall werde ich hier ein Tagebuch suchen.

Ich will nur eins: Raus hier.

Ich bin gerade im Begriff, mich umzudrehen, die Tür hinter mir zuzuziehen und mich vom Acker zu machen. Im Geiste bin ich schon draußen: wieder im Hellen, an der frischen Luft. Doch da entdecke ich plötzlich ihn.

Pip.

Er ist es wirklich.

Oder zumindest glaube ich das im ersten Moment. Pip, wie er schon Hunderte Male vor mir gestanden hat.

Aber natürlich ist er es nicht, sondern nur sein alter grüner Parka, der über ein paar anderen Jacken an einem Garderobenhaken hängt. Sein Lieblingsparka, den er viele Jahre lang getragen hat, egal zu welchem Anlass, egal bei welchem Wetter. Der Parka, der so etwas wie eine zweite Haut für ihn war, in einer Zeit, als noch alles gut war. In einer Zeit, als es noch keine Saskia in seinem Leben gab, keine stressige Agentur, keinen Burn-out. Als er noch der Pip mit den funkelnden Augen war, der Pip, den ich immer kannte, und der immer noch in meinem Herzen lebt.

Und genau das spielt jetzt verrückt. Mit weichen Knien mache ich einen Schritt auf den Parka zu, strecke meine Hand nach ihm aus, fahre mit den Fingerkuppen über den Ärmel. Mir wird heiß. Und dann kalt. Es ist fast so, als würde ich meinen Bruder berühren, als könnte ich ihn wieder in den Arm nehmen und an mich drücken, so wie immer.

Mit rasendem Puls sehe ich mich um. Mein Blick wandert durch den kleinen Raum, und es ist so, als würde ich die Laube erst jetzt wirklich sehen.

Zwischen den Stühlen an dem kleinen Holztisch entdecke ich Pips alten Lieblingsstuhl, ein weiß lackierter Küchenstuhl aus Großmutters Zeiten, das erste Möbelstück, das er sich selbst gekauft hat, auf dem Flohmarkt in Eppendorf. Ich bin sogar dabei gewesen und habe ihm geholfen, ihn auf dem Fahrrad nach Hause zu kutschieren. Dann bemerke ich den alten Nachttisch, ein Erbstück von Oma Ilse, ebenfalls weiß lackiert, mit speckiger Marmorplatte. Er ist Teil eines Paares, dessen anderen Teil ich lange Zeit besaß – bis ich ihn irgendwann mit heftigem, aber nicht lang andauerndem schlechtem Gewissen vor einem meiner diversen Umzüge an den Straßenrand gestellt habe. Und schließlich fällt mir noch eine alte Stehlampe auf, ein Space-Age-Stück mit rotem Lampenschirm, das mein Bruder schon als Jugendlicher in seinem Zimmer hatte.

Wer Pip nicht kannte, könnte denken, er sei einfach nur ein sparsamer Typ gewesen, der sich nicht viel aus Ästhetik machte und seine Gartenlaube deshalb mit altem Gerümpel vom Dachboden möblierte. Natürlich war genau das Gegenteil der Fall – immerhin war er Grafiker und Künstler mit eigener Agentur und hatte ein Herz fürs Gute und Schöne. Aber sparsam war er schon auch – er hätte niemals etwas weggeschmissen, nur, um sich leichtfertig etwas Neues kaufen zu können. Er hing an den Dingen. Aber nur, um es nicht auf den Sperrmüll geben zu müssen, hätte er auch nichts aufbewahrt.

Ich sehe mich weiter um, und ich finde noch mehr. Ein zerfleddertes, in Leinen gebundenes, handgeschriebenes Backbuch von unserer Oma. Im Küchenschrank die weißen Espressotassen mit schwarz-rotem Lavazza-Aufdruck, die ich ihm vor ungefähr 25 Jahren zum Geburtstag geschenkt habe. Und in dem kleinen Fünfziger-Jahre-Kleiderschrank hängt ein bunter Wollschal, mit dem ich mich zur bestandenen Führerscheinprüfung belohnt habe, und den ich vor einer halben Ewigkeit einmal laut fluchend zu Hause gesucht habe.

Mir ist, als würde es mir das Herz in Stücke reißen, und als würde mein Bruder mich gleichzeitig sanft und tröstend in die Arme nehmen.

Plötzlich ist Pip wieder da, ganz nah, ganz bei mir.

Ich entdecke Saskia auf der anderen Seite des Hauses. Sie hockt vor einem Beet voller welker Stauden und betrachtet sie traurig.

»Da war kein Tagebuch«, sage ich mit leiser Stimme.

»Und die Kletterhortensie ist auch tot«, erwidert sie. Sie sieht zu mir auf, und während ich mich noch frage, was sie eigentlich gemeint hat, und ob sie wohl merken wird, dass ich geweint habe, fängt plötzlich sie zu heulen an.

Saskia, die starke, erfolgreiche Saskia, weint plötzlich wie ein kleines Baby.

Einen Augenblick lang zögere ich, doch dann kann ich nicht anders: Ich gehe zu ihr und drücke sie fest an mich. Ich spüre, wir ihr Herz klopft, wie es in ihr zuckt und pulsiert, wie sie bebt und atmet. Ich muss sie lange halten, bis sie sich wieder ein bisschen beruhigt hat.

Es ist dunkel, als wir endlich in Berlin ankommen, und je näher wir ins Zentrum vorrücken, desto leichter wird mir ums Herz – es ist fast, als würde mir die Stadt etwas von meiner Trauer nehmen, sie mir abnehmen wie einen schweren Mantel. Ich fahre Saskia zu ihrer Wohnung, parke ihren Mini und begleite sie bis zur Haustür des schick sanierten Altbaus, in dem sie ihre Zweitwohnung besitzt. Trotz all der Ereignisse des Tages ist unser Abschied eher zurückhaltend, beinahe distanziert. Fast so, als würden wir nun aus dem Taumel der Gefühle erwachen und uns daran erinnern, wie wir eigentlich zueinander stehen.

»Tausend Dank fürs Fahren«, sagt sie.

»Keine Ursache«, erwidere ich. »Danke fürs Mitnehmen.«

»Meld dich, wenn du was brauchst, ja?«

Ich nicke. »Und du auch!«

Die Tür fällt zu, sie verschwindet im Haus. Ich muss kurz überlegen, in welche Richtung ich gehen muss. Als ich mich orientiert habe, laufe ich los, laufe, endlich. Ich laufe durch ein Stück von Prenzlauer Berg und weiter durch

Mitte, mitten durchs glitzernde, blinkende, hupende Berlin. Es tut gut, wieder mittendrin zu sein, wieder geschluckt zu werden von der Stadt, der egal ist, ob ich traurig oder fröhlich bin, der egal ist, wo ich heute war, was ich gesehen habe, was gespürt. Berlin lärmt einfach weiter, die Welt lärmt einfach weiter, und ich spüre, wie dieser Gedanke mir etwas Kraft gibt. Hinfallen, aufstehen, Krone richten – ist das nicht immer mein Motto gewesen? Hat es mir in Krisen nicht stets geholfen, mich nicht gehen zu lassen, sondern weiterzumachen, mit der Arbeit, mit dem Leben?

Ich sehe auf die Uhr. 17:30 Uhr. Spät, aber keine Zeit, zu der man sich nur noch erschöpft aufs Sofa legen könnte.

Und plötzlich weiß ich, was mir jetzt guttun wird: Ich werde ins Büro gehen und mir endlich die Behauptungen dieses ehemaligen Limburg-Mitarbeiters ansehen. Ich habe immer noch meine schwarzen Sachen an und in meinen Schuhen steckt die Feuchtigkeit der Wiese in Pips Garten. Obendrein liegt meine Aktentasche zu Hause, und ohne die bin ich eigentlich nur eine halbe Frau. Aber trotzdem: Mein Gefühl sagt mir, dass irgendetwas an der Sache stinkt. Und ich kann mich ohnehin nicht ausruhen, ohne herausgefunden zu haben, was genau das ist.

8

DREI TAGE NACH der Beerdigung gehen Felix und ich zu Tonio. Es ist genau 13:27 Uhr, als wir uns setzen, denn halb zwei ist der letzte mögliche Zeitpunkt, um den Mittagstisch zu bestellen. Eigentlich wäre es klüger, etwas später zu essen, um abends länger am Schreibtisch durchzuhalten, aber Felix und ich nehmen für unseren Italiener das Magenknurren am Abend in Kauf.

Alles ist wie immer: Um uns herum wird gegessen und gelacht, werden Apfelschorlen bestellt und geschäftige Gespräche geführt. Das Neonlicht der Einkaufspassage am Potsdamer Platz lässt sommers wie winters alle gleich krank aussehen: die shoppenden Mütter mit Kinderwägen, die hektisch essenden Gäste des Restaurants, die Kellner, die Teller und Tabletts durch den viel zu eng bestuhlten Restaurantbereich bugsieren. Wir bestellen wie immer eine große Flasche stilles Wasser, danach nimmt Felix eine Lasagne und ich die Seezungenröllchen mit Zitronenbutter, die ein normaler Mensch niemals in einem Untergeschoss ordern würde, die hier aber sonderbarerweise immer frischer und leckerer sind als in jedem anderen Restaurant – wer weiß, welche mafiösen Verbindungen die Chefs haben, dass sie an solche Ware überhaupt herankommen.

»Also, in welche Richtung gehen wir?«, fragt Felix, als wir bestellt haben.

»Du meinst bei diesem Borowski?«

Felix hat in den letzten Tagen ziemlich viele Informationen über den Mann zusammengetragen, der unseren Mandanten wegen illegaler Preisabsprachen beschuldigt.

Felix nickt. »Ich habe heute Morgen den Verkaufsleiter und damit ehemaligen Chef von Borowski erreicht, und der hat mit versichert, dass nichts dergleichen vorgefallen ist. So einen Skandal könnten die sich überhaupt nicht leisten, und die drohenden Strafzahlungen würden die auch nicht überleben.«

»Du bist also sicher, dass der Typ lügt?«

Felix nickt wieder und füllt unsere Gläser auf, die der leicht überforderte Kellner nur fingerbreit eingeschenkt hat. »Ich denke, wir sollten bei der Befragung vor allem auf Widersprüchlichkeiten in seiner Aussage achten. Normalerweise sind Verkaufsleute gute Geschichtenerzähler, aber keine besonders guten Lügner.«

Ich nicke und will etwas Schlaues zu dem Thema sagen, aber irgendwie fällt mir nichts ein. Schon seit Tagen stehe ich neben mir – als ich mir gestern auf dem Weg ins Büro einen Coffee to go geholt habe, habe ich doch tatsächlich das Wechselgeld vergessen, immerhin über 15 Euro. Doch das ist mir erst aufgefallen, als mir die Besitzerin des Cafés hinterhergelaufen ist und unter Einsatz ihres Lebens Kumars Taxi zum Stehen gebracht hat.

Also sage ich nur: »Nein, gute Lügner sind sie absolut nicht.«

Dämlicher Kommentar. Aber zum Glück kommt jetzt unser Essen.

»Sechs Minuten und 15 Sekunden«, sagt Felix anerkennend nach einem Blick auf die Uhr seines Smartphones.

Er spielt damit auf die Lunch-Challenge an, die wir mit ein paar Kollegen am Laufen haben – einen informellen Wettkampf, bei dem es darum geht, herauszufinden, in welchem Restaurant der Nachbarschaft man am schnellsten essen kann. Es gibt dabei zwei Disziplinen: Disziplin A ist die Zeit von der Bestellung bis zum Servieren des Essens, Disziplin B ist die Gesamtverweildauer. In der Disziplin A liegt Tonio ziemlich weit vorn, mit einem Spitzenwert von viereinhalb Minuten zwischen Bestellen und Servieren. Leider schneidet unser Stammrestaurant bei der Gesamtverweildauer viel schlechter ab als die anderen, denn aus mysteriösen Gründen dauert es grundsätzlich eine Ewigkeit, bis man am Ende endlich seine Rechnung bekommt. Nur der Vollwert-Imbiss im ersten Stock ist noch langsamer, aber dort gehe ich allenfalls manchmal mit Cecilia hin – das Körnerzeugs dort schmeckt einfach zu ökig und irgendwie immer ein bisschen nach Sägespänen. Außerdem wird ohnehin viel zu viel Theater um diesen Biokram gemacht.

Wir fangen an zu essen, und Felix redet weiter. »Ich bin mir ziemlich sicher, dass er spätestens dann ins Haspeln kommt, wenn wir ihn fragen, warum er seine Vorwürfe erst jetzt vorbringt und nicht schon die Stimme erhoben hat, als er die Preisabsprachen hätte verhindern können.«

»Glaub ich auch«, sage ich und kaue ein bisschen unentschlossen auf meiner Seezunge herum. Schmeckt sie heute anders? Sie ist nicht unbedingt schlecht, aber irgendwie … Ich weiß nicht … auch nicht so richtig lecker. Vielleicht fehlt ein wenig Salz? Ich greife zum Streuer, aber auch danach ist das Aroma komisch. Entweder es stimmt etwas mit dem Fisch nicht, oder ich werde krank. Das würde zumindest meine mentale Verfassung erklären.

»Ich würde sagen, wir laden ihn in den Verhörraum ein«, sagt Felix.

Damit meint er unser großes Besprechungszimmer – ein Raum, der voll auf Repräsentation gebürstet ist. Denn darin gibt es nicht nur einen endlos langen Eames-Table, an dem gut und gerne dreißig Leute Platz haben, sondern auch eine ziemlich einschüchternde Fensterfront mit einem beeindruckenden Blick über den Potsdamer Platz. Obendrein wurden darin spezielle Akustik-Panels verbaut, die dafür sorgen, dass man gleichermaßen brüllen und flüstern kann und die Lautstärke gleich bleibt. Auch das ist irgendwie ziemlich Ehrfurcht einflößend. Der Raum hat sich für Termine, die dem Gegenüber Respekt einjagen sollen, ziemlich bewährt. Denn man muss schon ziemlich mutig sein, um zwei Steinkopf-Ahmadi-Associates vor dieser Kulisse Paroli zu bieten.

»Auf alle Fälle«, sage ich und schiebe die Seezunge auf dem Teller hin und her.

»Und ich würde sagen, wir schlagen einen besonders frühen Termin vor, so etwas wie halb acht morgens. Um die Zeit ist kein Mensch richtig schlagfertig und ausgeschlafen.«

»Schickst du mir den Termin dann noch mal?«, sage ich. Auch die Kartoffeln schmecken komisch.

»Stimmt was nicht?«, fragt Felix.

»Ich weiß nicht, irgendwie schmeckt die Seezunge heute anders.«

»Das meine ich nicht«, sagt er.

»Ach so?« Ich tue so, als würde an der Theke hinter ihm etwas Interessantes passieren, denn ich wage es nicht, ihm in die Augen zu blicken.

»Irgendwie bist du heute anders.«

»Ja?« Ich suche nach einer Erklärung. »Na ja, die Beerdigung …«, sage ich, aber ich spüre, dass diese Ausrede Unsinn ist. Ich meine, die Beerdigung hängt mir ganz sicher noch in den Knochen, aber eigentlich haben mich persönliche Krisen noch nie vom Denken abgehalten. Im Gegenteil, meistens bin ich nach solchen Katastrophen besonders scharf und bissig. »Und irgendwie habe ich das Gefühl, mir irgendetwas eingefangen zu haben.«

»Du fühlst dich krank?« Felix rückt mit gespieltem Entsetzen ein Stück nach hinten.

»Nein«, schüttle ich den Kopf. »Nur ein bisschen angeschlagen.«

»Krieg bloß keine Grippe«, sagt Felix warnend. »Geh am besten gleich in die Apotheke, und hol dir was.«

»Mach ich. Ich wollte sowieso noch mal zu Mister Minit. Ich brauche dringend einen Ersatzschlüssel für meine Wohnung.«

»Sehr gut!« Felix guckt zufrieden. »Dann geh, während du auf den Schlüssel wartest, in die Apotheke nebenan, und hol dir Immuboost Forte. Das ist sauteuer, aber es hilft!«

»Gute Idee«, sage ich und schiebe meine kaum berührte Seezunge erleichtert von mir. Immuboost Forte hat mir auch mal ein Freund von Konstantin empfohlen, das ist so ein Vitaminmix, den Chemotherapie-Patienten zum Aufpäppeln ihres Immunsystems trinken müssen. Wenn das bei Krebs hilft, dann wird es bei mentaler Matschigkeit ja wohl nicht schaden. »Macht es dir was aus, wenn ich dich kurz hier sitzen lasse?«

»Lauf schon«, sagt Felix und nickt mir aufmunternd zu. »Ich warte auf dich.«

»Und wenn ich länger brauche?«

Felix lacht. »Länger als die Rechnung?«

9

DREI TAGE SPÄTER sitzt Volker Borowski vor uns im Verhörraum. Wir haben ihn zum Interview geladen, angeblich, um mehr über seine Behauptungen zu erfahren. Aber in Wirklichkeit dient dieses Treffen vor allem dazu, diese Vorwürfe abzuschmettern. Unten auf dem Potsdamer Platz bilden sich die ersten Rush-Hour-Staus, wie von ganz weit entfernt klingt das Hupen der entnervten Pendler zu uns herauf. Wir grillen den armen Mann jetzt schon seit einer halben Stunde, und genauso lange kann man beobachten, wie Borowski mehr und mehr in seinem Stuhl zusammensackt. Felix ist deutlich anzumerken, wie schwer es ihm fällt, nicht ununterbrochen zu grinsen. Seine Taktik geht voll auf.

Borowski war Mitarbeiter der Verkaufsabteilung der Limburg GmbH und wurde gefeuert, weil er dabei erwischt wurde, wie er sich im Büro Sadomaso-Pornos auf den Firmenlaptop heruntergeladen hat. Nur wenige Wochen vorher hat er sich auf Kredit einen Porsche Taycan gekauft, den er nach der Kündigung natürlich verkaufen musste, und zwar zu einem Preis, von dem er die Kreditraten nicht mal annähernd begleichen kann – denn er hat unmittelbar nach seinem Rausschmiss noch auf dem Firmenparkplatz vor lauter Wut eine fette Delle in den Wagen gefahren. Als er zu uns ins Büro gekommen ist, hat er sich noch ziemlich wütend aufgeplustert, doch nun sieht er in dem großen Lederstuhl sehr verletzlich und klein aus. Denn Felix hat die letzten fünfzehn Minuten darauf verwendet, ihn mit diversen schmutzigen Details aus den heruntergeladenen Pornos zu konfrontieren, was eigentlich rein gar nichts zur Sache tut, aber natürlich Wirkung zeigt. Borowski streitet zwar alles ab – aber gut, was soll er dazu auch sagen?

Als Felix mit seiner Befragung zum Thema Peitschen, Fesseln und Lackpumps fertig ist, wechselt er abrupt das Thema. »Würden Sie sagen, dass Sie ein Mensch sind, der sich verpflichtet fühlt, die Wahrheit zu sagen, Herr Borowski?«

Borowski befingert die Manschetten seines schlecht gebügelten Hemdes. Sein Blick wandert, wie schon den ganzen Morgen, immer wieder zum Fenster hinaus. Offenbar lenkt ihn die Kulisse wie geplant ordentlich ab.

»Herr Borowski?«, hakt Felix nach.

»Auf alle Fälle fühle ich mich der Wahrheit verpflichtet«, antwortet er endlich.

Felix sieht mich auffordernd an, offenbar möchte er, dass ich den nächsten Teil des Interviews übernehme. Ich schüttle unmerklich den Kopf. Ich habe in den letzten Tagen eine halbe Monatspackung Immuboost Forte zu mir genommen, aber ich bin immer noch nicht wieder ganz auf dem Damm. Wieder ganz? Eigentlich ist sogar das Gegenteil der Fall, meine Konzentration wird von Tag zu Tag schlechter. Gestern war ich sogar beim Arzt, um sicherzugehen, dass es nichts Ernstes ist. Aber der hat, trotz eingehender Privatversicherten-Untersuchung, nichts, aber auch rein gar nichts feststellen können. »Sie sind völlig gesund«, hat er gesagt. »Vielleicht brauchen Sie einfach ein bisschen Urlaub.«

Urlaub, ha ha. Ich habe ja gerade erst Urlaub gehabt, nach Pips Tod, um die Beerdigung vorzubereiten. Noch mehr freie Tage kann ich mir im Augenblick wirklich nicht erlauben. Die Kanzlei erstickt geradezu in Arbeit.

Felix redet weiter. »Wenn Sie sich der Wahrheit so verpflichtet fühlen, warum haben Sie dann nichts gesagt, als Ihr Chef Sie auf diese Pornos angesprochen hat?«

»Weil ich sie nicht heruntergeladen habe.« Borowski sieht ihn trotzig an.

»Aber sie wurden auf Ihrem Rechner gefunden.«

»Ich habe sie da nicht draufgespielt.«

»Sie sind während Ihrer Arbeitszeit darauf gelandet.«

»Ich habe gesagt, dass ich das nicht war.« Borowski sieht ziemlich erregt aus. Sein Gesicht hat sich rot gefärbt, und an seiner Stirn tritt eine Ader hervor, als wolle sie gleich platzen.

»Das EDV-System von Limburg hat aufgezeichnet, dass sie heruntergeladen wurden, während Sie eingeloggt waren.«

»Ich war es aber nicht!«

Schon wieder sieht Felix mich an. Normalerweise spielen wir in emotionalen Situationen wie diesen Good Cop, Bad Cop – unter gewöhnlichen Umständen würde ich jetzt einspringen und Borowski einen Ausweg zeigen, etwas, das ihm aus der Patsche hilft, vielleicht mit einer kleinen

Ausgleichszahlung verbunden ist, aber auf alle Fälle damit, dass er die Vorwürfe gegen seinen Arbeitgeber fallen lässt. Aber mir fällt nichts ein. In meinem Kopf ist nur Matsch. Brei. Glibber. Quark. Ich kann keinen klaren Gedanken fassen, geschweige denn, eine geniale Idee produzieren. Ich kenne das überhaupt nicht von mir, dass ich so wenig fokussiert bin und neben mir stehe, und das schon seit Tagen. Mein Zustand macht mich nervös. Ständig habe ich das Gefühl, als würde mein Herz zu schnell klopfen, mein Puls rasen. Wenn ich meine Hände von der Tischplatte nehme, zittern sie, und ich kann nichts dagegen machen.

Ich weiche Felix' Blick aus, deshalb bleibt ihm nichts anderes übrig, als an meiner Stelle zu übernehmen. »Wir halten also fest, dass Sie es mit der Wahrheit doch nicht immer so ganz genau nehmen«, fasst er zusammen, und ich tippe in den Laptop vor mir, einfach nur, damit es den Anschein hat, ich würde auch irgendetwas zu diesem Treffen beitragen.

»Doch, das tue ich!«, sagt Borowski.

»Und Sie denken, dass irgendein Gericht Ihnen glaubt?«

»Warum nicht? Ich bin ein ehrlicher Mann, dem unrecht getan wurde.«

Doch Felix lässt sich nicht beirren. Denn plötzlich, das sieht man ihm an der Nasenspitze an, hat er eine Idee. »Sie glauben, dass irgendein Gericht jemandem glaubt, der bei der Bank unsaubere Unterlagen eingereicht hat, um an einen 180 000-Euro-Kredit für einen Porsche Taycan Turbo S zu gelangen?«

Borowski wird blass und sieht Felix erschrocken an. »Wo… woher wissen Sie das?«

Als wir den Verhörraum verlassen und Borowski bei Cecilia abgegeben haben, grinst Felix wie ein Schneekönig. »Das war geil, oder?« Er strahlt mich an, wie er mich seit Ewigkeiten nicht mehr angestrahlt hat.

»Allerdings«, sage ich, denn obwohl ich in allererster Linie damit beschäftigt war, mein eigenes Versagen wahrzunehmen, habe ich natürlich bemerkt, dass er eine ziemlich gute Show abgeliefert hat, die letztlich dazu führte, dass Herr Borowski versprochen hat, noch einmal in sich zu gehen und die Vorwürfe gegen die Limburg GmbH zu überdenken.

Immerhin scheint Felix nichts Ungewöhnliches an mir aufgefallen zu sein, denn er redet einfach weiter. »Wirklich, Thome, ich bin froh, dass du mich das hast durchziehen lassen. Als hättest du gewusst, dass ich diese Idee haben würde.«

»Tja«, sage ich einigermaßen erratisch, denn ich bin natürlich auch froh – von der Idee allerdings hatte ich keine Ahnung.

Wir gehen ein paar Schritte in Richtung unserer Büros, auf halber Strecke bleibt er wieder stehen. »Das Gesicht von dem!« Er lacht. »Der sah aus, als hätte man ihn bei Wer-weiß-was erwischt! Ha!«

»Wie bist du denn überhaupt darauf gekommen?«, traue ich mich endlich zu fragen.

»Auf die Sache mit dem Kredit? Ich saß neulich neben einer Bankberaterin im Flieger. Und die erzählte mir, dass eigentlich alle Leute, die Kredite aufnehmen, irgendwo ein bisschen schummeln – was die Banken natürlich einpreisen und was ihnen, wenn es im Rahmen bleibt, auch egal ist. Schließlich wollen sie die Kredite ja vergeben.«

»Du hast ihn also rein auf Verdacht beschuldigt?«

»Verrat mich nicht!« Er hebt entschuldigend die Arme.

»Felix«, sage ich tadelnd. Doch dann grinse ich ebenfalls – ein Grinsen, das mir sofort vom Gesicht fällt, als ich wieder allein bin.

10

»IST ALLES IN ORDNUNG, Lu?«, fragt Kumar und betrachtet mich im Rückspiegel, als ich mal wieder versuche, alles gleichzeitig zu machen: Ins Auto steigen, während ich mit der rechten Hand eine Mail ins Smartphone tippe, mit der linken gleichzeitig einen Coffee-to-go-Becher halte und mit dem Daumen einen wichtigen Absatz in einer aufgeschlagenen Akte markiere.

»Klar«, sage ich mit etwas zu hoher Stimme. »Was soll sein?« Ich lege mein Smartphone zur Seite, hebe den Po und streiche meinen Hosenanzug zurecht – Po, Oberschenkel, Rücken. Dann tippe ich die Mail weiter. *Lieber Herr Schumacher, wie versprochen leite …*

»Ich weiß auch nicht, Lu … In letzter Zeit … Vielleicht solltest du mal wieder Urlaub nehmen.«

Ich sehe auf. Die Mail ist wirklich wichtig, aber Kumar, der ist es natürlich auch.

»Hm, ja, du hast wahrscheinlich recht«, gestehe ich. »Aber, Himmel, wann soll ich den nehmen? Du weißt ja, wie es ist …« Ich sehe ihn entschuldigend an. Dann vibriert das Smartphone in meiner Hand. »Oh, entschuldige, da muss ich mal eben … Ja, hallo?«

»Ich weiß, wie es ist, Lu, ich weiß«, höre ich ihn im Hintergrund erwidern. »Arbeit, Arbeit, Arbeit.«

Ahbeit, Ahbeit, Ahbeit – so klingt das bei ihm, denn obwohl sein Deutsch perfekt ist, schlägt der tamilische Akzent manchmal durch. Aber so richtig nehme ich seine Worte nicht mehr wahr. Denn am Telefon ist Carl Steinkopf.

»Luise? Wo sind Sie?«

»Unterwegs in die Kanzlei, wieso?«

»Weil wir seit fünfzehn Minuten verabredet sind?«

Siedend heiß fällt es mir ein. Carl Steinkopf ist gestern Nachmittag in mein Büro gekommen und hat mich darum gebeten, mir bis heute Morgen die Dokumente, die uns die Rechtsabteilung von MayPay geschickt hat, durchzusehen. MayPay ist ein neuer Klient, der gerade versucht, ein ziemlich erfolgreiches FinTech-Startup zu kaufen. Aber irgendwie … habe ich es vergessen. Nicht nur unseren Termin heute Morgen, sondern auch die Dokumente.

»Tut mir total leid«, entschuldige ich mich. »Ich … mir ist was dazwischengekommen … und …«

Er unterbricht mein Gehaspele. »Luise, so kenne ich Sie gar nicht.« Er schweigt unerträglich lange. Dann sagt er: »Neuer Termin. 14:30 Uhr in meinem Büro.«

»Klar, auf alle Fälle!«

Und schon hat er aufgelegt.

Ich beiße mir auf die Lippe. Ich glaube, er ist ganz schön angefressen. Mist.

Als ich zwanzig Minuten später im achten Stock aus dem Lift steige, habe ich richtiges Herzrasen, und diesmal vor allem aus Schiss. Doch wer könnte Carl Steinkopf seinen

Ärger verübeln? Es ist mir wahnsinnig peinlich, dass ausgerechnet er jetzt etwas von meinem kleinen Formtief mitbekommen hat.

»Morgen!«, grüße ich Romina, die hungerhakig und griesgrämig hinter ihrem Tresen sitzt. Ich bemühe mich darum, einigermaßen heiter zu klingen, aber irgendwie kommen die Worte dünn und gepresst aus meiner Kehle.

»Morgen, Lu!« Wie jeden Morgen sieht Romina grimmig von ihrem Computer auf.

Ein bisschen wackelig marschiere ich an ihr vorbei.

Sie sieht mich fragend an.

»Ist was?«, will ich verunsichert wissen.

»Ihre Post … die hat Frau Marquez schon abgeholt.«

»Ah!«, mache ich und gehe weiter zu meinem Büro, während ich hoffe, dass mir nicht gleich die halbe Kanzlei meinen Zustand an der Nasenspitze ansieht.

Als sie mich erblickt, wedelt mir Cecilia schon mit einem Stapel Briefe entgegen. »Pohoost!«, ruft sie, noch ungeduldiger als sonst, denn sie ist bereits fertig mit ihrem Frühstück.

»Danke, Cecilia.« Ich nehme die Briefe an mich.

»Also, der Chef war ziemlich … äh … verschnupft, dass Sie den Termin heute Morgen nicht wahrnehmen konnten«, sagt sie, während ich den Stapel Post durchsehe.

»Ja, tut mir leid … Ich habe schon mit ihm geredet.«

Manchmal komme ich mir beim Briefe durchschauen vor wie eine Pokerspielerin, die zum ersten Mal ihr Blatt inspiziert. Was ist diesmal für mich drin? Rechnungen, irgendeine Einladung, Werbung – und dann ein Fax. Mit trommelndem Puls starre ich es an. Alles Blut sackt mir in die Füße.

Es ist vom Oberlandesgericht Düsseldorf. Die Frist zur Anfechtung des Bußgelds im Radeburg-Fall ist abgelaufen.

Ich habe sie verpasst.

Prompt fängt mein Herz noch stärker an zu klopfen.

»Alles in Ordnung?«, fragt Cecilia so unschuldig, dass mir sofort klar ist, dass sie sich das Fax nicht näher angesehen hat.

»Ja ja, alles bestens«, lüge ich, denn Assistentinnen müssen schließlich nicht alles wissen. Ich lächle fest, falte das Fax zusammen und verstecke es mit zitternden Fingern ganz unten im Stapel. Um diese Sache muss ich mich unbedingt auf der Stelle kümmern. Von Konstantin weiß ich, dass man ausnahmsweise eine Nachfrist erwirken kann, aber nur, wenn man schnell ist und wirklich sehr, sehr viel Charme an den Tag legt. Selbst dann klappt es nur manchmal. Am besten, ich rufe da sofort an.

»Morgen!«

Ich fahre erschrocken herum, aber es ist nur Felix, der mit wippendem Haarschopf auf mich zustapft. Unwillkürlich stopfe ich das Fax in die Handtasche, denn Faxe sind hier in der Kanzlei eigentlich immer ein schlechtes Zeichen.

Doch Felix scheint nichts von meinem Elend zu ahnen. »Gehen wir nachher lunchen?«, fragt er heiter.

»Äh«, mache ich und muss an all die Dinge denken, die ich heute zu erledigen habe. »Ich habe heute, glaube ich, zu viel zu tun.«

»Thome«, sagt er bedauernd.

Ich hebe entschuldigend die Arme.

»Dann Drinks. Ja? Wir haben etwas zu feiern!«

Ich sehe ihn fragend an.

»Borowski hat seine Vorwürfe zurückgezogen«, antwortet er.

»Wir haben gewonnen?«, frage ich.

Felix lächelt siegesgewiss. »Drinks«, sagt er noch einmal. »Ich hole dich ab!«

Als ich endlich am Schreibtischstuhl sitze, klingelt das Telefon. Cecilia ist dran, mit einem Anrufer in der Leitung. »Lu, da ist der Herr Schumacher für Sie. Darf ich durchstellen?«

»Klar, stellen Sie ihn durch.«

Christian Schumacher ist einer der Mandanten, mit denen ich zurzeit am häufigsten zu tun habe. Er ist der CEO von A-Z Hotels, einem großen, europaweit agierenden Hotelkonzern, der kurz vor der Übernahme einer Kette kleinerer Wellnesshotels steht. Ich warte einen Moment, dann habe ich ihn am Apparat. »Herr Schumacher! Was gibt es?« Ich versuche, professionell-heiter zu klingen.

Die Stimme am anderen Ende der Leitung jedoch ist unverhohlen verärgert. »Frau Thome, ich habe keine Mail von Ihnen bekommen.«

»Nein? Eigentlich hatte ich …« Plötzlich wird mir schon wieder heiß. Instinktiv greife ich zu meinem Smartphone. Ich meine, ich hatte doch …

Herr Schumacher unterbricht meinen Gedanken. »Nein, hatten Sie offenbar nicht.«

»Moment, ich sehe einmal …«

Hektisch tippe ich auf dem Display herum und entdecke die Mail schließlich im Entwürfe-Ordner. Ich habe sie getippt und dann vergessen abzuschicken. »Oh«, mache ich überrascht. »Die ist irgendwie … nicht rausgegangen.«

»Nicht rausgegangen«, wiederholt er süffisant. »Leider fängt in zwanzig Minuten unsere Vorstandssitzung an.«

»Ich … ich schicke sie in eben dieser Sekunde noch einmal ab, ja?«

»Danke«, sagt er, immer noch ziemlich genervt und legt auf.

Und mir, mir entweicht mit einem Mal alle Energie aus dem Körper.

Ich sitze da und starre auf die Dokumentenstapel und den Terminkalender auf dem Bildschirm vor mir, auf dem kein noch so winziges Feld weiß ist. Ich sitze da, aufrecht, doch innerlich falle ich in mich selbst zusammen. Es ist als … Ich bekomme meine Gedanken nicht sortiert, kriege die Fäden in meinem Kopf nicht zusammen. Irgendwie bin ich zwar anwesend, aber nur physisch, nicht psychisch. Ich gebe vor, wieder einsatzfähig zu sein, aber in Wirklichkeit … Ich weiß auch nicht.

Von außen betrachtet, stimmt eigentlich alles. Ich stehe morgens auf, putze mir die Zähne, versetze das Vogelnest auf meinem Kopf in einen akzeptablen Zustand, ziehe meine Business-Sachen an. Ich trage Akten hin und her, schreibe wie eine Bekloppte Mails und Memos, sitze in wichtigen Meetings. Aber irgendwie … bin ich nicht so richtig bei der Sache. Und das ist nicht nur in der Kanzlei so: Gestern Abend, als ich mir endlich wieder einmal die Augenbrauen zupfen wollte, habe ich mich vollkommen vergessen und gerade noch so bemerkt, dass ich im Begriff war, mich in ein gerupftes Huhn zu verwandeln. Neulich habe ich dieselbe Ladung Wäsche zweimal hintereinander gewaschen. Und heute Morgen hätte ich im Café unten im Haus beinahe meinen Kaffeebecher stehen lassen. Ich bin einfach so losgelaufen, nur mit dem Wechselgeld in der Hand.

Und mein Herz, das pocht. Ich spüre es die ganze Zeit, wie es in meiner Brust boxt und holpert.

Ich verstehe es selber nicht. Ich habe ständig das Gefühl, etwas Wichtiges vergessen zu haben. Und das hat nichts damit zu tun, dass ich ständig wichtige Sachen vergesse. Ich fühle mich eher so wie vor drei Jahren, als man mir in New York die Handtasche geklaut hat, mit allem drin, Geld, Handy, Schlüssel, Papieren: hilflos, ängstlich, nackt. Meine Hände hören nicht auf zu zittern.

Was ist das?

Ist das der Tod von Pip?

Irgendetwas in mir ist aus dem Gleichgewicht geraten.

Ich meine, Pips Beisetzung ist nun zehn Tage her. In den Augen meiner Kolleginnen und Kollegen scheint das eine lange Zeit zu sein. Alle benehmen sich so, als hätte ich mit der Beerdigung das Schlimmste bereits hinter mir. Aber mir geht es ganz anders. Ich habe das Gefühl, als würde das Schlimmste noch vor mir liegen: die nächsten Tage. Die nächsten Wochen. Mein ganzes restliches Leben.

Ich nehme meine Hände vors Gesicht. Strecke die Finger aus. Sie zittern.

Aber verdammt, ich muss da jetzt irgendwie durch. Carl Steinkopf will mich heute Nachmittag sehen, und bis dahin sollte ich wenigstens die Mappe mit diesen Dokumenten durchgucken.

Und tatsächlich, es gelingt. Irgendwie schaffe ich es, mich zusammenzureißen und mich auf den Inhalt der Mappe zu konzentrieren. Ich arbeite Paragrafen durch, habe sogar ein paar Ideen, und als ich die später Carl Steinkopf präsentiere, ist er: zufrieden.

Ich bin so erleichtert, ich fange schon wieder an zu zittern. Schnell lasse ich meine Hände unter dem Besprechungstisch verschwinden.

Doch Carl Steinkopf scheint nichts zu bemerken. Bevor ich aufstehen kann, um mich wieder in meinem Büro zu verstecken, spricht er mich noch einmal an. »Ach, Luise, da wir gerade zusammensitzen …«

Ich mache ein aufmerksames Gesicht.

»Ich würde Sie gerne in der nächsten Woche einmal zum Abendessen treffen.«

»Oh«, sage ich etwas dämlich.

»Ja, bitte sprechen Sie doch Cecilia wegen eines Termins an. Ich glaube, bei mir müsste es am Dienstag oder Donnerstag gehen.«

»Sehr gerne«, sage ich höflich und verkneife es mir zu fragen, warum er mich sprechen will. Natürlich habe ich da so eine Ahnung. Es geht um meine Beförderung zur Partnerin.

»Gut, sehr gut«, sagt Carl Steinkopf und wendet sich wieder den Akten auf seinem Schreibtisch zu. »Ich freue mich drauf.«

»Ich auch«, sage ich, und spüre, wie ein Gefühl auftaucht, dass ich bis jetzt nicht kannte: Panik.

»Wieso solltest du das nicht schaffen?«, sagt Felix, als ich später mit ihm auf unseren verabredeten Drink im Negroni sitze. Zwei Gläser Champagner haben wir schon getrunken, zur Feier der neuesten Entwicklungen in der Limburg-Sache, doch inzwischen haben wir das Thema gewechselt.

»Ich weiß auch nicht«, erwidere ich und starre auf das Weißweinglas vor mir. Etwas in mir will einfach rausplatzen mit dem, was in den letzten Tagen geschehen ist, will ihm von meiner Fahrigkeit und Verwirrtheit erzählen, von den nicht abgesendeten E-Mails und versäumten Fristen. Etwas in mir will ihn fragen, wie ich bitte sehr einen Karriereschritt machen soll, wenn ich das Gefühl habe, gerade den Boden unter den Füßen zu verlieren? Denn Felix ist mein liebster Kollege. Normalerweise würde ich sogar sagen: Er ist ein guter Freund. Und sollte man guten Freunden nicht zeigen, wie es in einem drin aussieht? Sollte man da nicht mit offenen Karten spielen?

Aber dann wage ich mich doch nur so halb aus der Deckung. »Ich frage mich nur, ob ich dem Stress, den man als Partnerin hat, wirklich gewachsen bin«, deute ich vorsichtig an. »Ob ich überhaupt gut genug für die Aufgabe bin.«

Nervös greife ich zu meinem Weinglas und nehme einen großen Schluck. Irgendwie erwarte ich, dass er meine Zweifel ernst nimmt, dass er meine Hilflosigkeit sieht, dass er mir die Hand reicht, um mir aus meinem Loch herauszuhelfen.

Doch Felix scheint nicht zu verstehen, was ich meine. »Thome«, ermahnt er mich, als würde ich bloß bescheiden versuchen, mein Licht unter den Scheffel zu stellen. »Du bist die beste Anwältin, die ich kenne. Du wirst das großartig machen.«

»Aber ...«

»Nichts aber.« Er legt seine Hand auf meine. »Thome, wenn dir eines schlecht steht, dann, wenn du dich unnötig klein machst.«

»Aber ich bin klein«, widerspreche ich.

Er schüttelt den Kopf. »Du bist die Größte, Lu.«

Verzagt sehe ich ihn an, sehe ihm in die Augen, die mir stolz und warmherzig entgegen strahlen. Plötzlich muss ich an den Abend denken, an dem ich mich in diesen Augen schon einmal verloren habe. Es war nach der letzten Steinkopf-Ahmadi-Weihnachtsfeier, als Konstantin schon längst nach New York gezogen war. Damals hat Felix etwas ganz Ähnliches zu mir gesagt, und es klang so charmant und aufregend und schmeichelnd, dass mein Herz zu klopfen begann. Wir hingen fast den ganzen Abend zusammen, und als wir später in der Nacht herausfanden, dass wir beinahe Nachbarn waren, beschlossen wir, uns ein Taxi zu teilen. Darin küssten wir uns. Wir knutschten die ganze Fahrt, wie verknallte Teenager, und ich glaube, wenn einer von uns versucht hätte, einen Schritt weiterzugehen, dann wäre wir übereinander hergefallen wie wilde Tiere. Aber komischerweise gingen wir keinen Schritt weiter. Wir stiegen aus dem Taxi, küssten uns lang und innig, und küssten uns zum Abschied noch einmal. Und dann gingen wir in verschiedene Richtungen auseinander. Warum eigentlich? Das habe ich mich nach dem Abend noch länger gefragt. Weil uns eingefallen war, dass wir eben doch keine Teenager mehr sind? Weil wir in Wirklichkeit gar nichts voneinander wollten? Oder weil wir in Wirklichkeit eben doch etwas voneinander wollten, bei unserer Einstellung aber beide den Steinkopf-Ahmadi-Business-Code-of-Conduct unterschrieben haben, der besagt, dass Beziehungen zwischen Mitarbeiterinnen und Mitarbeitern der Firmenleitung zu melden und ansonsten verboten sind?

Jetzt, wo er mich so lieb anlächelt, denke ich wieder daran. Doch diesmal finde ich, dass es schon gut war, dass wir das damals haben bleiben lassen. Ich meine, Felix ist süß und toll und irgendwie auch sexy mit seinen klugen Augen und den sanft geschwungenen Lippen. Ich liebe es, mit ihm Zeit zu verbringen, und ich liebe die Art, wie er sich die Haare aus dem Gesicht streicht, so selbstbewusst und smart und doch ohne jede Selbstverliebtheit. Und wenn wir keine Kollegen wären … Wer weiß? Vielleicht würde ich es dann mit ihm wagen. Aber so … Was soll schon dabei herauskommen, wenn wir versuchen würden, eine Affäre miteinander zu starten? Ich meine damit nicht nur die Tatsache, dass wir Kollegen sind und unsere Affäre früher oder später Carl Steinkopf beichten müssten, der uns garantiert in verschiedene Abteilungen versetzen würde. Ich meine auch nicht das Getratsche in der Kanzlei und auch nicht all die Implikationen, die so eine Beziehung für unsere Karrieren haben könnte. Ich meine nicht einmal den Ärger, den wir hätten, wenn wir uns irgendwann trennen würden und jeder Kollege in jedem Augenblick spekulieren würde, was eigentlich mit uns los ist.

Ich meine eher die Tatsache, dass am Ende wahrscheinlich eine Beziehung wie mit Konstantin dabei rauskommen würde, mit dem ich zwar jedes noch so winzige juristische Detail besprechen konnte, aber niemals irgendwelche persönlichen Probleme. Mit dem ich stundenlang über die Firma reden konnte, aber nie darüber, wie es mir eigentlich ging. Bei dem so wenig Platz für Befindlichkeiten war, dass ich nicht einmal mehr über meine Gefühle nachdachte. Wir sahen uns als Profis, und Profis jammern nicht. Wenn wir über etwas grübelten, dann über die Arbeit, und wenn wir uns über etwas freuten, dann darüber, dass uns ein besonders geschickter Winkelzug eingefallen war.

Irgendwie glaube ich, dass es mit Felix ganz ähnlich laufen würde. Es würde so laufen wie jetzt gerade eben. Da wäre kein Raum für Schwäche. Kein Platz für Realität. Für Menschen wie Felix gibt es nur Lösungen, keine Probleme. Wenn jemand am Boden liegt, wird er so lange mit Motivationssprüchen aufgepumpt, bis er wieder fliegt.

Immer noch blickt Felix mich an, und plötzlich frage ich mich, was er eigentlich sieht. Mich? Oder doch nur das, was er in mir sehen will?

Plötzlich muss ich an die Sitzung denken, die ich für morgen noch vorzubereiten habe. Eigentlich keine große Sache. Normalerweise würde ich jetzt mit Felix noch ein zweites Glas Wein trinken und dann gemütlich nach Hause fahren, um mir die Unterlagen noch einmal in aller Ruhe anzusehen. Wenn etwas kompliziert erscheinen würde, würde ich mir den Wecker früh stellen und mich zur Not noch einmal mit einem Kollegen oder Carl Steinkopf beraten.

Doch plötzlich macht mir der Gedanke an diese Sitzung Angst.

Ich leere mein Glas in einem Zug. »Ich muss heute noch ganz schön was machen«, erkläre ich und stelle das Glas wieder ab.

»Für morgen früh?«

Ich nicke und suche meine Handtasche nach meinem Portemonnaie ab. »Ich habe noch gar nicht in die Akten geguckt, weißt du.«

»Mach dir keine Sorgen«, sagt Felix. »Das hast du dir in einer halben Stunde angeschaut. Wir können ruhig noch einen trinken.«

»Na ja, ich will trotzdem lieber …« Ich verstumme, als ich das Fax von heute Morgen ertaste. Verdammt. Ist das wirklich wahr? Mit einem Mal fange ich an zu schwitzen. Ich muss daran denken, wie teuer dieser Fehler vielleicht wird. Vielleicht? Ziemlich sicher, da ich den rettenden Anruf einfach verschusselt habe. Mein Herz rast.

»Trotzdem willst du lieber was?«

Ich sehe ihn an und schlucke. »Ich glaube, ich will morgen lieber einen klaren Kopf haben.«

11

ALS ICH DAS NEGRONI verlasse, kocht Panik in mir hoch. Ich laufe noch schneller. Mehrmals vergewissere ich mich, dass ich die Aktentasche mit den Unterlagen, die ich brauche, auch wirklich bei mir habe.

Ich komme zu Hause an, stürze durch die Wohnungstür, stolpere über ein herumliegendes Paar Pumps. Ich schimpfe leise und kicke die Schuhe weg. Plötzlich fällt mir auf, dass meine tolle Altbauwohnung mit dem schönen Parkett und den hohen Decken seit Pips Tod im Chaos versinkt. Auf dem Couchtisch stehen Plastikschalen vom Take-away herum, auf dem Küchentresen stapeln sich ungeöffnete Briefe. Die Blütenblätter der Orchidee kräuseln sich welk, auf dem Sofa knittern haufenweise Klamotten vor sich hin. Wie aufgescheucht, laufe ich hin und her. Ich suche einen Platz zum Arbeiten, aber überall stehen Dinge herum, die dort nicht hin gehören. Ich räume also Sachen hin und her: Geschirr in die Küche, Arbeitsunterlagen zum Schreibtisch. Essstäbchen in den langsam überquellenden Müll. Ich öffne ein paar Briefe, entdecke eine Mahnung vom Finanzamt, eine horrende Kreditkartenabrechnung und eine längst fällige Rechnung von der letzten Zahnreinigung.

Ich bügle eine Bluse für den nächsten Tag und wasche ein paar Söckchen im Waschbecken aus.

Dann mache ich mich an die Arbeit. Ich blättere hin, blättere her, doch ich bin zu nervös, um mich zu konzentrieren. Also öffne ich eine Flasche Wein, zur Beruhigung, gieße das Glas viel zu voll und trinke es trotzdem. Als ich aufstehe, um mir ein zweites Glas zu holen, stelle ich fest, dass bereits das erste eigentlich zu viel war. Ich wanke zur Espressomaschine, mache mir einen Kaffee und finde den Zucker nicht. Also kippe ich die Milch hinein, die schon länger im Kühlschrank steht und die sich in Flöckchen auf dem Kaffee absetzt.

Als ich auf die Uhr sehe, stelle ich fest, dass es bereits fünf Uhr morgens ist. Ich setze mich wieder an die Arbeit, aber ich weiß nicht, was das ist – ich kann mich einfach nicht darauf konzentrieren.

Nachdem ich es eine Weile probiert habe, klingelt es. Ich laufe zur Tür und stelle erschrocken fest, dass da zwei Männer in blauen Latzhosen stehen. Es ist ein ziemlich ungleiches Paar, denn der eine ist dunkelhaarig, schüchtern und eher klein, der andere ist ziemlich hochgewachsen und hat grün und blau gefärbte Haare, die an den Seiten rasiert sind. Beide sind schwer bewaffnet – mit Leiter und Rollen und Eimern und, so wirkt es, ziemlich schlechter Laune.

Schlagartig wird mir klar, wer das ist. Die fehlen mir jetzt gerade noch.

»Juten Tach, Firma Müller!«, sagt der mit dem bunten Schopf.

»Morgen!«

Unwillig öffne ich die Tür. Wollte dieser Malertrupp

echt heute kommen? Irgendwie muss mir auch dieser Termin durchgerutscht sein. Ich mache einen Schritt zur Seite, damit die Männer eintreten können, und als sie an mir vorbeimarschieren, zieht auch eine absurd intensive Duftwolke aus Schweiß, Zigarettenrauch und Alkohol vorüber. Igitt.

Ich frage mich, ob ich ansprechen soll, dass in meiner Wohnung bitte nicht geraucht wird und dass sie dann zumindest auf den Balkon gehen mögen. Doch ich komme nicht dazu, irgendwelche Regeln vorzugeben.

»Wie soll'n wa denn hier streichen«, meckert der Blau-Grüne.

»Bitte?«

»Es ist ja alles volljestellt! Wie ham se sich denn das nu jedacht? Dass wir um die Schränke und Bilder drumrum malen, oder wie?«

»Nein, natürlich nicht. Aber, also, ehrlich gesagt …« Ich hadere mit mir. Soll ich zugeben, dass ich weder an den Renovierungstermin gedacht habe noch daran, die Wände frei zu räumen? »Ehrlich gesagt, …«

»Ehrlich gesagt, können wir so nicht anfangen«, meckert der mit den bunten Haaren wieder. Mir fällt auf, dass der andere noch kein Wort gesagt hat, und ich frage mich, ob er überhaupt sprechen kann.

»Ja, das verstehe ich«, komme ich dem Buntschopf entgegen. »Aber wissen Sie, ich hatte in den letzten Tagen so wahnsinnig viel zu tun, und …«

»Na, da können ja wohl nu wir nüscht dafür.«

»Aber vielleicht …« Plötzlich habe ich eine Idee. Ich hole meine Handtasche, krame mein Portemonnaie hervor und ziehe zwei Hunderter heraus. Das ist vermutlich deutlich zu viel, aber ich muss jetzt wirklich endlich diese Akte durchsehen, und manchmal muss man Dinge einfach lösen. »Vielleicht könnten Sie mich beim Freiräumen ein bisschen unterstützen?«

Als ich endlich so weit bin, die Wohnung zu verlassen, schiebt das Renovierungsduo gerade ziemlich ruppig meine Lieblingskommode von der Wand weg – und es klingt, als hätte ich eine fiese Schramme in meinem schönen Parkett. Aber ich habe weder Zeit noch Kraft, mich darum zu kümmern. Ich muss mich irgendwie auf meinen Termin mit Carl Steinkopf konzentrieren. Also kontrolliere ich noch mal, ob ich alle Unterlagen eingepackt habe, und rufe anschließend Kumar an. Während ich auf ihn warte, tupfe ich eine weitere Schicht Concealer über meine Augenringe und lege den Handwerkern den frisch angefertigten Zweitschlüssel für meine Wohnung hin. Der mit den bunten Haaren hat sich jetzt doch eine Zigarette angezündet, aber ich bin viel zu gerädert, als dass ich ihm eine Standpauke halten könnte. Ich beschließe, die beiden einfach machen zu lassen – etwas anderes bleibt mir ohnehin nicht übrig. Zumal ich gar nicht sicher weiß, ob sich so ein Aufstand überhaupt lohnen würde. Vielleicht geht der Rauchgeruch durchs Streichen ja einfach weg, und selbst wenn nicht – hinterher werde ich meine Bude ohnehin lüften müssen, wegen der Ausdünstungen der Farbe.

»Dann viel Erfolg!«, rufe ich den beiden zu.

»Tschö!«, brummt der Bunte, während er mit Kippe im Mundwinkel das große gerahmte Camera-Obscura-Bild von der Brooklyn Bridge von der Wand nimmt, das ich während meines Auslandsstudiums in New York gekauft habe.

Ich schließe die Tür. Ab jetzt regiert das Schicksal.

Auf wackeligen Beinen gehe ich hinunter. Ich hole mir noch einen Coffee to go in dem Café unten im Haus, dann kommt Kumar auch schon angerollt, und ich steige ins Taxi. Ich streiche meine Klamotten glatt und versuche, während wir durch die Stadt düsen, einigermaßen gerade zu sitzen. Ich habe zwar die ganze Nacht nicht geschlafen, aber das heißt nicht, dass ich die Kontrolle über mein Leben verloren hätte.

Am Empfang von Steinkopf Ahmadi gelingt es mir, sowohl Romina zu grüßen als auch nach der Post zu fragen. Als Cecilia sie mir übergibt, schaffe ich es sogar, irgendeinen netten Witz zu machen, über den meine Assistentin laut lacht. Ich gehe in mein Büro, lege Akten- und Handtasche ab, greife mir dann noch einmal die Unterlagen und schaue sie mir an, bis es leise an der Tür klopft.

Felix steckt den Kopf rein. »Fit?«, grinst er fröhlich.

Ich strecke ihm müde meinen Daumen entgegen.

»Top«, freut er, der offenbar niemals irgendetwas merkt, sich. »Gehen wir?«

»Ist es schon zehn?«, frage ich erschrocken.

»Zwei vor.«

»Oh, okay.« Mit zittrigen Fingern sammle ich die Dokumente ein, die ich vor mir auf dem Schreibtisch ausgebreitet habe. »Dann gehen wir wohl mal lieber.«

Ich weiß nicht, warum mein Herz plötzlich rast. Ich meine, wir haben doch wirklich schon tausendmal so zusammengesessen: Carl Steinkopf, Hamid Ahmadi, Ludger von Berenburg, zwei Klienten, Felix und ich. Aber mein Herz klopft so laut, dass ich kaum in der Lage bin, dem Gespräch zu folgen.

Es klopft und klopft und klopft.

»Luise?«

Ich sehe erschrocken auf. Das klang, als hätte Carl Steinkopf meinen Namen schon ein paarmal wiederholen müssen. »Bitte?«

»Ich habe eben gesagt, dass Sie uns Näheres über Ihre Auswertung der Marktdaten erläutern können.«

»Äh … ja«, murmle ich und raschle hektisch mit meinen Unterlagen. Mein Herz pocht nun noch stärker. Ich starre auf die Blätter vor mir, doch ich kann nichts erkennen. Alles scheint vor meinen Augen zu verschwimmen. Ich kralle mich an der Tischplatte fest. Plötzlich habe ich das Gefühl, auf meinem Stuhl das Gleichgewicht zu verlieren.

»Luise?«

Carl Steinkopfs Stimme dringt wie aus weiter Ferne zu mir. Plötzlich bemerke ich, dass ich schwitze. Mein Großvater fällt mir ein, wie er an heißen Sommertagen in seinem Garten saß und lächelnd witzelte, dass er schwitze wie ein Iltis.

Wo kommt diese Erinnerung plötzlich her? Wann habe ich das letzte Mal an Opa gedacht?

»Lu?« Das ist die Stimme von Felix. »Ist alles in Ordnung?«

»Ich … ich fühle mich gerade nicht gut«, bekomme ich mühsam heraus.

Irgendjemand schiebt mir ein Glas Wasser hinüber. Statt zu trinken, stehe ich auf, nehme meine Handtasche und lasse sonst alles stehen und liegen. »Verzeihung«, murmle ich noch, dann stürze ich durch die Tür, den Gang entlang, an Romina vorbei, in den Lift, nach draußen.

Nach draußen.

Eigentlich will ich nur aufs Sofa fallen. Oder drei Stunden lang duschen. Oder ebenso lange in der Badewanne versinken, zusammen mit einer dicken Prise Kalahari-Desert-Detox-Badesalz von African Botanics.

Aber als ich nach Hause komme, sind die Handwerker natürlich noch da. Sie sitzen auf meinem notdürftig mit Folie abgedeckten Sofa und rauchen, meine Lieblingstasse als Aschenbecher auf dem Couchtisch. Alles ist durcheinander, aber wie durcheinander, das erkennt man nicht, denn meine Wohnung besteht nur noch aus hellgelbem Kreppband, Folienbergen und Malervlies.

»Wir machen gleich Feierahmd«, sagt der Blau-Grüne und nippt an seinem Bier.

»Ah«, mache ich und frage mich, was »gleich Feierahmd« bedeutet, wenn man gerade chillend auf dem Sofa sitzt. Dass sie sich noch Brote schmieren und dann in mein Bett umziehen?

»Wollten Sie hier rein?« Er meint meine Wohnung.

»Also, eigentlich …«

»War eijentlich nicht so abgemacht, oder? Ich meine, is Ihre Wohnung, klar. Aber janz ehrlich? So richtig dienlich isses nich, wenn Sie uns hier im Weg rumstehen.«

Mein Handy piepst, und ich sehe, dass ich in der letzten

Stunde drei SMS bekommen habe. Eine von Cecilia und eine von Felix, die beide wissen wollen, was mit mir los ist. Und eine von Carl Steinkopf, der mir vorschlägt, mal zum Arzt zu gehen und auf alle Fälle ein paar Tage frei zu nehmen. *Und dann sehen wir uns nächste Woche, in alter Frische.*

Irgendwie ist es mir gelungen, ein paar Sachen zusammenzuraffen. Etwas Wäsche, einen dicken Pulli, eine bequeme Hose. Ich habe alles in meine Handtasche gestopft, die nun voluminös und sperrig unter meinem Arm sitzt. Den dünnen Trenchcoat, mit dem ich immer ins Büro gehe, habe ich gegen meinen schwarzen Wollmantel getauscht. Doch auch der ist viel zu dünn, und ich friere. Ich stehe unten an der Straße, es regnet. Erst nur ganz wenig, dann ein bisschen mehr.

Ich habe keine Ahnung, was ich machen soll. Carl Steinkopf hat mich in den Urlaub geschickt, und ich weiß nicht, wie er das gemeint hat. Als Trost? Oder als Strafe? Und wo soll ich hin? Ich laufe ein paar Schritte Richtung U-Bahn. Vielleicht ins Hotel? Aber in welches? Und dann? Was mache ich dort?

Ich stecke die Hände in die Taschen und schlage die andere Richtung ein. Es ist die Richtung, in der Felix wohnt. Aber Felix ist bestimmt noch in der Kanzlei, und selbst, wenn er es nicht wäre, wäre es mir zu peinlich, ihm jetzt in die Augen zu sehen. Ich laufe also an seiner Wohnung vorbei, die Hände in die Manteltaschen geknüllt, die Frisur fast völlig aufgelöst und langsam ziemlich feucht. Meine Finger umkrallen etwas, aber das merke ich erst nach einer Weile. Ich ziehe die Hand aus der Tasche und stelle fest, dass es der Schlüssel zu Pips Gartenlaube ist.

Eigentlich hat es mir dort nicht gefallen.

Eigentlich ist es dort genauso kalt und klamm wie hier.

Aber plötzlich spüre ich Pip in meinem Herzen. Und etwas sagt mir, dass dieses kalte, klamme Loch jetzt genau der richtige Ort für mich ist.

12

»UND DU BIST wirklich sicher, dass die hundert Euro reichen?«, sage ich.

»Die reichen, Lu. Auf alle Fälle.«

Kumar macht die kleine Lampe über uns an, denn es ist bereits dunkler Abend. Er nimmt den Schein und lässt ihn in seiner schweren Kellnerbörse verschwinden. Dann dreht er sich zu mir um und zeigt mir mit einem warmen Lächeln sein schneeweißes Gebiss. Als er gehört hat, wohin die Reise gehen soll, hat er das Fahrziel als Erstes in sein Navi eingegeben, dann das Taxameter wieder ausgeschaltet und mir einen Fixpreis angeboten, weil die Fahrt sonst viel zu teuer würde. Aber erst nachdem er mir versichert hat, dass das die Lösung ist, die auch ihm am liebsten ist, habe ich eingewilligt.

»Kann ich dir sonst noch irgendwie helfen?«, fragt er.

»Ach, Kumar. Du hast mir doch schon so geholfen«, sage ich, und dann tue ich etwas, das ich noch nie getan habe: Ich rutsche ein Stück nach vorn und umarme ihn. Zum ersten Mal in all den Jahren berührt meine Wange seine, und im Schein der funzeligen Innenraumbeleuchtung glaube ich zu erkennen, dass er leicht errötet.

»Danke« sage ich noch einmal. »Ich melde mich, falls ich dich für die Rückfahrt brauche, okay?«

»Bitte, mach das, Lu. Ich hole dich, wann immer du das möchtest.«

»Danke«, sage ich ein allerletztes Mal. Dann öffne ich die Tür.

Kumars Taxi war angenehm beheizt, und als ich aussteige, friere ich auf der Stelle. Es regnet etwas, aber es fühlt sich so an, als würde es nicht vom Himmel tröpfeln, sondern eher so, als würden mich Nacht und Niesel von allen Seiten umwirbeln. Unwillkürlich ziehe ich meinen Mantel fester zusammen und drehe mich noch einmal zum Taxi um – vielleicht sollte ich mich einfach wieder ins Warme setzen und gemütlich nach Berlin zurückfahren lassen?

Doch schon der Gedanke an die Stadt lässt mich erschauern, ist sie doch der Ort, von dem ich gerade geflohen bin. Also ziehe ich den Schlüssel aus der Tasche und schließe das Gartentor auf, das sich leise quietschend öffnet. Ich drehe mich ein letztes Mal zu Kumar um, aber hinter den dunklen Scheiben erkenne ich nur seinen Umriss. Ich kann nicht sehen, ob er zu mir hinüberblickt. Im nächsten Moment startet der Motor seines Taxis, und ich sehe zu, wie er langsam anfährt und hinter der nächsten Biegung verschwindet.

Also dann.

Pips Garten ist das vorletzte Grundstück am Rande des Dorfes, dahinter erstrecken sich weite Felder. Links und rechts davon stehen zwei schöne, hell erleuchtete Häuser – Pips winzige, dunkle Laube dazwischen wirkt wie jemand, der sich auf eine Party eingeschmuggelt hat, auf die er eigentlich nicht gehört. Aber genau das macht irgendwie auch den Reiz des Gartens aus, dass zwischen lauter Wohnhäusern plötzlich so ein Winzling steht, der eigentlich viel zu klein ist, um darin zu wohnen. Schön eingewachsen ist der Garten auch: Von allen vier Seiten umgrenzen ihn Hecken, und nach vorn hin ist die grüne Mauer so hoch, dass man die Straße von innen nicht mehr sieht. Von der Straße aus ist das Grundstück ein wenig abschüssig. Man läuft eine Wiese voller knorriger Obstbäume hinab, ehe man zu dem kleinen Häuschen kommt. Ums Haus und die Terrasse herum gibt es ein paar Beete, die jetzt im Winter nicht besonders ansehnlich sind. Überhaupt wirkt das düstere Haus gerade nicht besonders einladend.

Etwas unsicher laufe ich darauf zu. Es ist gerade noch zu erahnen, wo der Weg über die nasse Obstbaumwiese führt. Als ich über die kleine überdachte Terrasse gehe, rascheln meine Schritte – denn dort haben sich so viel Laub und Dreck gesammelt, dass ich meine Tasche nicht abstelle, als ich die Laube aufschließe.

Dumpfe Feuchtigkeit schlägt mir entgegen, und drinnen scheint es mir noch viel kühler als draußen zu sein. Ich muss mich richtig dazu zwingen, ins Haus zu treten, als wäre es ein Schritt ins Nichts. Was will ich hier eigentlich? Als ich neulich mit Saskia da war, hat mich alles in dem kleinen Haus an Pip erinnert. Aber jetzt wirkt der Raum nur dunkel und abweisend.

Hätte ich mir doch lieber ein Hotelzimmer nehmen sollen? Eines mit Spa-Bereich und Sauna? Dort hätte ich mich einmal gründlich entspannen können, und spätestens übermorgen wäre ich wieder ins Büro gegangen, als sei nichts passiert.

Als sei nichts passiert. Ha, ha.

Wieder holt mich die Erinnerung an heute Vormittag ein. An meinen Blackout. An mein grandioses Versagen. Und daran, dass ich dann auch noch weggerannt bin, geflüchtet vor einer ganz alltäglichen Aufgabe. Wie ein verzweifeltes Kleinkind. Wie eine hysterische Tussi. Ausgerechnet ich, die Frau, die eher drei Tage lang nicht gegessen und nicht geschlafen hätte, als wegen egal welcher Sache klein beizugeben! Ausgerechnet ich, Kronprinzessin von Carl Steinkopf! Oh, ich könnte heulen!

Ein paar Augenblicke lang stehe ich weiter einfach so da, ganz so, als könnte ich diesen Tag rückgängig machen, indem ich nun keinen Schritt mehr weitergehe. Immer wieder denke ich an den Moment, in dem ich ohne nachzudenken kapituliert habe. Nach diesem Auftritt heute ist mein steiler Aufstieg bei Steinkopf Ahmadi zu Ende, das ahne ich. Ob ich mich dort überhaupt jemals wieder blicken lassen kann?

O Mann.

Ich lasse meine Tasche auf den Boden fallen und schließe die Tür hinter mir. Immerhin, der Lichtschalter funktioniert noch: Warmes, schummriges Licht strömt aus einer altmodisch emaillierten Deckenlampe. Ich hänge meinen Mantel auf den Garderobenhaken neben Pips Parka, und stelle fest, dass er in der kleinen Laube wie ein Fremdkörper wirkt. Wie ein Paar Prada-Pumps in einem Trekking-Laden. Das umso mehr, als der Mantel tatsächlich von Prada ist.

Ich sehe an mir hinab, an meinem teuren Hosenanzug und den glänzenden Brogues von Céline, die nach dem kurzen Marsch durch den Garten Wasserflecken bekommen haben. Kaum zu glauben, dass ich mich einmal so professionell gefühlt habe, wie ich aussehe!

Schon nach ein paar Minuten kriecht mir die Kälte in die Kleider, und ich sehe mich nach einer Heizung um. Alles, was ich entdecke, ist ein kleiner, altmodischer Ofen auf geschwungenen Füßen, aus dem ein langes, schwarzes Ofenrohr ragt, das weiter oben in die Wand führt. Damit soll man das ganze Haus heizen können? Mit diesem kleinen Ding?

Alles, was ich in meinem Leben entzündet habe, waren heimliche Zigaretten auf dem Schulhof und Holzkohlegrills. Pip, der hat gerne mal gezündelt, aber ich?

Na ja.

In einem großen Weidenkorb neben dem Ofen entdecke ich ein paar alte Zeitungen. Und kleine Holzstücke liegen auch schon parat. War da nicht auch ein Brennholzstapel neben dem Schuppen hinter dem Haus? Ich schnappe mir die Taschenlampe, schlüpfe in meinen Mantel und gehe noch einmal in den Nieselregen hinaus.

Wenig später habe ich nasse Haare, und mein schöner Mantel sieht aus, als hätte ich mich damit in den Komposthaufen gelegt. Aber ich habe auch ein paar Holzscheite in den Ofen gequetscht und stopfe den Rest der Brennkammer mit zusammengeknüllter Zeitung aus. In der Küche finde ich eine Schachtel Streichhölzer, und beim dritten Versuch entzündet sich schließlich eines davon. Vorsichtig halte ich es an einen Zipfel Papier. Es fängt sofort Feuer, und wenig später fangen auch die kleineren Holzstücke an zu glühen. Als zu viel von dem Rauch ins Zimmer dringt, schließe ich schnell die Ofentür. Ich warte ein paar Minuten und merke, wie der Ofen verheißungsvoll warm wird.

Wer sagt's denn.

Motiviert stopfe ich ein weiteres Holzscheit in den Qualm hinter der Ofentür – viel hilft viel, und sicher ist sicher. Dann setze ich mich aufs Bett, ganz nah an den Ofen heran. Ich halte meine Hände in die Wärme und lausche, wie es knackst und leise bullert. Es riecht nach Holz und Lagerfeuer, ein Geruch, der mich langsam einlullt. Ich werde benommen und schläfrig. Na gut: Benommen und schläfrig war ich vorher schon, aber jetzt und hier, auf dieser weichen Matratze, an diesem knisternden Ofen, da überrollt mich die Müdigkeit wie eine Lawine.

Wie es wohl ist, sich ins Bett von jemandem zu legen, der gestorben ist? Vorsichtig streiche ich mit der Hand über die Decke, die sich befremdlich klamm, aber auf sonderbare Weise auch vertraut anfühlt. Ich schlage sie auf – und plötzlich duftet es ganz leicht nach schlafendem Pip.

Ist das wirklich wahr? Ich beuge mich ein bisschen herunter, schnüffle … und es stimmt. Es ist, als sei Pip gerade eben erst aufgestanden, und als würde er sich schon im nächsten Augenblick wieder ins Bett legen.

Jetzt vermisse ich ihn, vermisse ihn ganz furchtbar schrecklich. Tränen steigen in mir auf, und ich vergrabe mein Gesicht in Pips Kissen.

Plötzlich erinnere ich mich, wie ich als Kind abends manchmal aufgestanden bin, mich in Pips Zimmer geschlichen und zu ihm ins Bett gelegt habe, heimlich natürlich, denn unsere Mutter hat es gar nicht gern gesehen, wenn wir so innig und vertraut beieinanderhingen. Pip war nur 13 Monate älter als ich. Die Schwangerschaft mit mir verdankte unsere Mutter dem dummen Irrglauben, dass man nicht schwanger werden könne, solange man stillt. Ich war also eine ziemlich böse Überraschung für sie, bin das immer geblieben, und es gab nichts, was sie mehr fuchste als die Tatsache, dass ihr geliebter erstgeborener Sohn ausgerechnet mich zu seiner besten Freundin auserkoren hatte. Dass ausgerechnet die nichtsnutzige Nachzüglerin mit dem Vogelnest auf dem Kopf und der durchdringend lauten Stimme, ihm, dem charmanten, feingliedrigen, gut aussehenden Pip, so furchtbar wichtig war. Das war ungerecht, und so empfand ich es auch. Gleichzeitig war es so ungerecht, dass ich irgendwann begriff, dass diese Ungerechtigkeit nichts mit mir zu tun haben konnte, und dass sich nichts verändern würde, wenn ich mich anders verhielte oder versuchte, mich ihren Wünschen anzupassen. Und, tja, was soll ich sagen? Der rationale Blick auf meine Lage ließ mich die Situation eigentlich ganz gut ertragen – zumindest habe ich nicht das Gefühl, irgendein Trauma davongetragen zu haben. Außerdem war ich ja nicht allein. Ich hatte Pip, und ich hatte Papi, dem es wiederum gefiel, dass ich so kopfgesteuert, vernünftig und eigenständig war. Nicht, dass er meine Mutter und mich je gegeneinander ausgespielt hätte – dazu wäre er viel zu gutmütig. Aber er versuchte selten, mein Verständnis für sie zu wecken. Ehrlich gesagt: Ich glaube, dass er es insgeheim ein bisschen genoss, meine Liebe ganz für sich allein zu haben.

Vor ein paar Jahren hat Papi mir erzählt, dass ich die ersten Jahre meines Lebens dachte, wir müssten Zwillinge sein, Pip und ich. Mein Leben war für mich ohne ihn überhaupt nicht denkbar. Er war einfach immer da, wie mein Bauchnabel oder meine rechte Hand. Und plötzlich habe ich das Gefühl, dass etwas von ihm hiergeblieben ist, in dieser Laube, in diesem Bett, zwischen diesen nur langsam wärmer werdenden Kissen.

13

HIMMEL, IST DAS KALT. Wie spät ist es? Draußen ist es stockdunkel, nur hier im Zimmer brennt noch Licht. Verwirrt richte ich mich auf, und mein Blick fällt auf den Ofen, der stumm und kalt in der Ecke steht. Was ist aus meinem Feuer geworden? In die Bettdecke gewickelt, stehe ich auf und hocke mich vor die kleine Tür.

Das Papier ist weg, aber die Holzscheite liegen noch genauso darin, wie ich sie hineingesteckt habe. Sie sind nur ein bisschen angekokelt.

Bin ich wirklich unfähig zu überleben, bloß, weil ich mal eine Nacht lang außerhalb des Geschäftsgebiets von Lieferando bin? Oder ist dieser Ofen einfach zu schrottig? Wieso brennt das blöde Ding nicht?

Wütend und müde stopfe ich erneut Zeitungspapier in den kleinen Brennraum, diesmal alles, was in dem Korb neben dem Ofen liegt. Dabei entdecke ich ganz unten einen einzelnen Grillanzünder. Na, wer sagt's denn! Ich stecke das weiße, nach Chemie riechende Teil hinein, zünde es an, mache die Klappe wieder zu und taumle zurück ins Bett, wo ich augenblicklich wieder in tiefen Schlaf sinke.

Als ich am Morgen aufwache, regnet es noch immer. Der Ofen ist schon wieder ausgegangen, und die Kälte streift wie eine böse Ahnung durch den Raum. Am liebsten würde ich mich auf der Stelle wieder hinlegen und weiterschlafen, aber ich habe Hunger und Durst und war außerdem in Berlin zum letzten Mal auf der Toilette. Aber raus vor die Tür?

Bitte nicht.

Und doch: Es bleibt mir nichts anderes übrig.

Im Schrank finde ich einen dicken Wollpulli mit übergroßem Karomuster, den Pip vor ungefähr zwanzig Jahren von unserer Oma zu Weihnachten geschenkt bekommen hat. Er ist eigentlich viel zu weit und zu lang für mich, aber als ich ihn überziehe, fühlt sich diese Größe genau richtig an, gemütlich und wärmend. Ich finde außerdem ein Paar Clogs aus dunkelgrünem Plastik, die einigermaßen passen, wenn ich Pips dicke Ringelsocken anziehe, die ich in einem Schuhkarton im Schrank entdeckt habe. Zum ersten Mal im Leben freue ich mich über meine großen Füße.

Ich laufe ewig hin und her, bis ich herausbekomme, wo man das Wasser anstellt: Hinter dem Haus führen ein paar unauffällige Stufen in einen winzigen, vollgeramschten Keller hinab, wo ich hinter ein paar Brettern und Latten den Haupthahn finde. Zurück in der Küche, kommt erst einmal braune Brühe aus dem Hahn, aber als das Wasser endlich klar wird, trinke ich gierig mehrere große Gläser hintereinander. Dann durchwühle ich den Küchenschrank und finde zwischen Schraubgläsern mit Salz, Zucker und Teebeuteln, zwischen Kondensmilch, längst abgelaufener Hühnerbrühe und selbst gekochtem Apfelmus einen beachtlichen Vorrat an Knäckebrot. Pip hatte schon immer ein Faible für das Zeug, je härter und kerniger, desto besser. Außerdem entdecke ich einige Packungen Nudeln und eine Flasche Olivenöl, das sich in der Kälte der letzten Winterwochen gut gehalten hat. Zumindest riecht es nicht ranzig. Es ist ein ziemlich seltsames Frühstück, das ich mir bereite und am Ende hastig hinunterschlinge, aber die Mahlzeit macht satt und wärmt mich ein bisschen auf, zumindest innerlich. Zum Nachtisch öffne ich was von dem Apfelmus und löffle es direkt aus dem Glas – aber dann bin ich so verblüfft von dem feinen Geschmack, dass ich es nur langsam löffle, fast andächtig. Während ich esse, betrachte ich Pips Handschrift auf dem schlichten Etikett. Er hat einen kleinen Apfel daraufgemalt, und wie so oft staune ich über seine Fähigkeit, Gegenstände, die völlig banal zu sein scheinen, in etwas zu verzaubern, das pure Schönheit ist. Mit wenigen Strichen verwandelte er eine weiße Fläche in etwas, das so dunkel und tief wie ein Ozean war, ganz egal, ob er einen Apfel malte oder eine zerbrochene Jägermeisterflasche am Straßenrand, ob ein altes Paar Ski im Keller unserer Eltern, die alte Frau vor den Toiletten am Övelgönner Elbstrand oder einen berühmten Schauspieler.

Er konnte Staub zu Gold verwandeln, so hat es damals sein Professor an der Kunsthochschule ausgedrückt.

Ich wasche das Glas vorsichtig aus, stelle es auf den Tisch und stecke ein paar große Federn hinein, die ich auf der Fensterbank entdecke – wahrscheinlich Fundstücke von einem langen Spaziergang. Ich brauche eine Weile, bis ich einen schönen Platz dafür finde, und am Ende landet es auf dem kleinen Bord über dem Bett, zwischen Vogelbüchern und Pilzratgebern. Dann lege ich mich hin und betrachte das Stillleben eine Weile, müde, satt und seltsam zufrieden.

Plötzlich fällt mir ein Traum von letzter Nacht ein. Darin habe ich die Szene von gestern noch einmal erlebt, nur, dass die Bilder seltsam verstärkt und verzerrt waren. Ich konnte mich selber von oben sehen: wie ich da sitze und an meinen Opa denke, wie Carl Steinkopf auf einmal meinen Namen sagt, wie nach einer Weile auch Hamid Ahmadi einstimmt, dann Ludger von Berenburg, schließlich die Klienten und Felix. Luise, Luise, Luise, rufen sie mir zu, und ich sitze da und weiß nicht, wen sie meinen, denn in diesem Traum heiße ich nicht Luise. Aber mir fällt nicht mehr ein, was mein wirklicher Name ist. Luise, Luise, Luise, sagen sie, und dann finde ich mein Handy nicht, ich suche es überall, aber es ist und bleibt verschwunden.

In dem Moment fällt mir auf, dass ich wirklich keine Ahnung habe, wo es ist. Wo kann es sein? Wann habe ich zum letzten Mal daraufgeschaut?

Erschrocken stehe ich auf, torkle durch das Zimmer und durchwühle panisch meine Handtasche. Da ist es nicht. Ich laufe zu meinem Mantel, taste hektisch die Taschen ab und kann es auch dort nicht finden. Schlagartig sackt mir alles Blut in die Füße. Habe ich es etwa im Taxi vergessen? Oder, schlimmer noch, liegt es irgendwo da draußen im Regen auf der Wiese? Und wieso hat Pip hier draußen kein Telefon, mit dem ich das Handy einfach anrufen könnte? Fluchend suche ich meine Tasche noch einmal ab und finde es schließlich in einer Seitentasche – keine Ahnung, wie es dort hingekommen ist.

Der Akku ist leer, aber da ich das Haus niemals ohne Ladekabel verlasse, ist das kein Problem. Ich hänge es an den Strom, schalte es wieder ein, und sofort vibriert es mehrmals. Meine Mails schaue ich mir gar nicht erst an. Ich muss den Button mit dem kleinen Briefumschlag nur ansehen, damit mein Herz wieder auf genau dieselbe Art zu klopfen beginnt wie gestern, als ich aus der Kanzlei geflüchtet bin.

Aber meine WhatsApp-Nachrichten? Denen kann ich nicht widerstehen. Also lese ich – und bereue es auf der Stelle. Denn da ist eine Nachricht von Felix, der wissen will, ob ich wieder okay bin. *Und noch was, komische Sache*, schreibt er. *Wir haben da einen Bußgeldbescheid vom OLG Düsseldorf bekommen, für die Radeburg GmbH. Das hatten wir doch eigentlich gefixt, oder? Melde dich mal.*

Mein Puls fängt an zu hämmern, als ich Felix' Zeilen lese. Das Radeburg-Bußgeld! Ich muss nicht nachsehen, um zu wissen, dass das Fax vom OLG immer noch in meiner Handtasche liegt. Ich habe es nicht gefixt, weiß der Himmel, warum. Und der Gedanke daran, es fixen zu müssen … überfordert mich. Ich kann nicht einmal über diesen Bescheid nachdenken geschweige denn, deshalb etwas unternehmen. Irgendetwas ist mit mir, und es ist durch eine Mütze Schlaf nicht einfach so weggegangen.

Sorry, Felix, ich bin noch längst nicht wieder okay, tippe ich. Dann halte ich inne und lösche meine Worte wieder. Stattdessen schreibe ich: *Keine Ahnung. Kannst du das bitte übernehmen?*

Ich drücke auf Senden, gleichzeitig erleichtert und voller Schuldgefühle.

Dann lese ich die nächste Nachricht, sie ist von Carl Steinkopf: *Guten Tag, Luise, erholen Sie sich gut? Hätten Sie zwischendurch Gelegenheit, mir Ihre finale Einschätzung zu MayPay zu geben?*

MayPay. Wenn ich den Namen nur höre, wird mir schlecht, und wenn ich an den Fall denke, klettert mein Puls in schwindelnde Höhen.

Aber Carl Steinkopfs Nachricht unbeantwortet lassen? Unmöglich.

Hallo Carl, das mache ich gerne. Ich melde mich, sobald es mir bessergeht, tippe ich, maximal unverbindlich und vage. Ich hoffe, er kommt nicht auf die Idee nachzufragen, was eigentlich nicht mit mir stimmt.

Und dann ist noch eine Nachricht angekommen, von Cecilia. Sie schreibt: *Liebe Lu, ich hoffe, es geht Ihnen gut, und Sie sind halbwegs okay. Bitte melden Sie sich, wenn ich etwas für Sie tun kann oder Sie etwas brauchen. Ich bin immer für Sie da.*

Eine Weile lang starre ich Cecilias Worte an. Ich bin immer für Sie da, wann hat mir jemand so etwas zum letzten Mal geschrieben? Und wann klang zum letzten Mal eine Nachricht so ernst gemeint, so aufrichtig?

Meine Assistentin habe ich bisher immer nur als Frau mit seltsamen Ernährungsgewohnheiten gesehen. Aber was weiß ich wirklich über sie, abgesehen von ihrer Durchwahlnummer? Ist sie verheiratet? Hat sie Familie? Macht sie Sport? Liest sie? Ich versuche irgendetwas zu finden, was ich mit Sicherheit über sie weiß, aber mir fällt nichts ein, absolut gar nichts.

Plötzlich muss ich an die Torte denken, mit der mir

mein Team zur Beförderung zum Senior Associate gratuliert hat. Es war eine dreistöckige, schneeweiße, üppig verzierte Hochzeitstorte. Obendrauf eine Braut, die mit verliebtem Blick einen Stapel Akten anschaut. Ludger hatte die Idee, denn er wusste: Als Senior Associate ist man endgültig verheiratet mit seinem Job. Man interessiert sich für nichts anderes mehr – allenfalls noch für gutes Sushi.

Und ist es nicht genauso gekommen?

Eine Weile lang liege ich still auf dem Bett. Immer wieder gehen mir Cecilias Worte durch den Kopf. Ich bin immer für Sie da. Ich will ihr etwas antworten, etwas, das genauso ernst gemeint klingt. Aber mir fällt nichts ein. Und so schreibe ich, obwohl so viel mehr in meinem Herzen ist: *Danke, Cecilia.*

So dünn. So lausig.

Ich lege das Handy beiseite. Unzufrieden liege ich da, starre die mit Holz verkleidete Decke an, die Astlöcher darin, die abschätzig auf mich herabstieren.

Dann fällt mir noch etwas anderes ein. Ich nehme das Handy ein letztes Mal zur Hand.

Liebe Saskia, tippe ich. *Du, ich muss mal raus, den Kopf freikriegen. Ist es okay für dich, wenn ich mich für ein paar Tage in Klein Wiesenthal verkrieche?*

Die Antwort kommt sofort. *Kein Problem.* Und eine Minute später: *Solange du willst, meine Liebe!*

Erleichtert lege ich mich wieder ins Bett, kuschle mich ganz tief hinein, doch diesmal gleite ich nicht so schnell in den Schlaf. Stattdessen sehe ich mich in der Laube um. Mir fällt auf, dass Pip den Esstisch offenbar selbst gezimmert hat. Mir fällt auf, dass die Wände nicht weiß gestrichen sind, sondern in einem schönen, zarten Grau – es erinnert mich an einen der hellen Neutraltöne von Farrow & Ball, auch, wenn Pip hier bestimmt nicht so teure Farben verwendet hat. Mir fällt auf, dass in der Deckenlampe eine echte Glühbirne steckt und keine LED-Lampe, wie sie inzwischen fast überall selbstverständlich sind. Mir fallen die dünnen Vorhänge aus hellem Leinwandstoff auf, den Pip schon immer billig im Künstlerbedarfladen gekauft hat und als Tischdecke, als Sofaüberwurf, als einfaches Sonnensegel benutzte. Mir fallen die rustikalen Flickenteppiche auf und der schöne, weichgelaufene Dielenboden. Und als ich die Bücher auf dem Nachttisch durchsehe, entdecke ich plötzlich ein schwarzes Notizheft – das Tagebuch, wegen dem Saskia unbedingt hierher wollte. Ich schlage es auf, aber dann schlage ich es schnell wieder zu. Undenkbar, einfach so darin zu lesen!

Ich will mich wieder hinlegen, da entdecke ich noch etwas: die Bank hinter dem kleinen Esstisch. Die Sitzfläche scheint aufklappbar zu sein, und als ich nachsehe, kann ich sie tatsächlich öffnen. Und was liegt da drin zwischen einem Karton mit einer selbstaufblasenden Isomatte und einer Wolldecke? Ein kleiner, orangefarbener Plastikapparat, vielleicht aus den Siebzigerjahren, mit dem Aufdruck Made in GDR.

Ein Heizlüfter!

Wenn man sich direkt davorsetzt, hilft er, also … ein wenig. Und so hocke ich da, direkt auf dem Flickenteppich, lasse mich warm anpusten und taue langsam auf, zumindest äußerlich.

Plötzlich werde ich aus meiner Kontemplation gerissen,

denn mein Handy piepst schon wieder. Es ist eine Nachricht von Saskia. *Liebe Lu, kannst du bei Gelegenheit noch mal nachsehen, ob die Kletterhortensie tatsächlich tot ist? Eilt nicht! Irgendwann! LG!*

Ich stöhne. Was Saskia nur mit dieser komischen Pflanze hat? Eine Weile bleibe ich vor dem wärmenden Gebläse sitzen, aber dann beschließe ich zu erledigen, was zu erledigen ist. Ich schlüpfe wieder in die Plastikclogs und streife mir Pips Parka über, denn draußen hat der Regen immer noch nicht aufgehört. Dann stecke ich mein Handy ein und gehe auf die Seite der Laube, auf der ich Saskia bei unserem Besuch angetroffen habe. Ich weiß nicht mehr genau, welche der vielen Pflanzen es ist, die Saskia damals betrauert hat, aber nachdem ich alle genauer begutachtet habe, entscheide ich mich für einen verdorrten Pflanzenrest, von dem ein paar braune Stiele in Richtung Fassade zeigen, und fotografiere ihn. Das Bild schicke ich ihr.

Danke, schreibt sie mir zurück und schickt dazu ein trauriges Emoji mit Träne im Gesicht.

Wieso ist diese Kletterhortensie denn so wichtig?, frage ich endlich.

Ich beobachte, wie Saskia schreibt und wieder zu schreiben aufhört und dann doch wieder zu schreiben beginnt. Irgendwann kommt die Antwort: *Ach, ist sie eigentlich nicht. Es ist nur die einzige Pflanze, die ich in Klein-Wiesenthal einsetzen durfte.*

Verstehe, antworte ich und sende ein lächelndes Emoji hinterher, ehe ich das Handy ausschalte.

Dabei verstehe ich eigentlich nichts.

14

DIE STUNDEN, die nächsten zwei Tage, Helligkeit und Dunkelheit – das alles verschwimmt. Draußen fällt der Regen, und ich bleibe in Pips Höhle, verkrieche, verbarrikadiere mich. Ich stehe kaum auf, koche nur hin und wieder eine Portion Nudeln oder mache mir ein Knäckebrot, auf das ich etwas von Pips süßer, selbstgekochter Marmelade schmiere.

Ich schlafe viel. Nachts träume ich. Dann begegnen mir Pip und meine Eltern, Carl Steinkopf und Cecilia, Christian Schumacher und Volker Borowski. Einmal träume ich davon, mit Felix zu schlafen, was mich von allen Träumen am meisten verwirrt.

Wenn ich nicht schlafe oder esse, setze ich mich auf und blättere nun doch in Pips Tagebuch – ich kann nicht anders, ich brauche seine Nähe. Und irgendetwas tröstet mich daran, seine Handschrift zu sehen, den zarten Strick, mit dem er schrieb und kritzelte und skizzierte. So ganz ergibt es keinen Sinn, was in dem Skizzenbuch steht – es ist ein wildes Durcheinander aus Notizen und Gedanken, aus Zeichnungen und Listen. Meistens geht es um den Garten, manchmal schreibt er etwas über einzelne Pflanzen oder Tiere. Alles, was er über sich erzählt, bleibt irgendwie kryptisch. Oder bin ich nur nicht in der Lage, es zu entziffern, so leer und ängstlich, wie ich mich fühle? Am liebsten sehe ich mir seine Skizzen an, die er oft bloß mit schnellem Strich aufs Papier geworfen hat, die manchmal aber vor Genauigkeit und Detailverliebtheit nur so strotzen, wie bei der von dem Marienkäfer, der in einem Pflanzenstängel überwintert.

Einmal ruft meine Mutter an, die eigentlich nur wissen will, ob die Rechnung für Pips Grabstelle bei mir angekommen ist. Schließlich fragt sie dann doch noch nach, als ich ihr sage, dass ich gerade nicht in meinen Briefkasten gucken könne. »Bist du verreist?« Sie klingt so konsterniert, als hätte ich sie dafür um Erlaubnis bitten müssen.

»Ich habe mir eine Auszeit genommen«, antworte ich knapp.

»Du hattest doch gerade Urlaub«, sagt sie, als hätte ich nicht meinen Bruder beerdigt, sondern als wäre ich vier Wochen in der Karibik gewesen.

»Na ja«, antworte ich.

»Und wo steckst du?«, fragt sie.

»In Pips Laube«, antworte ich, so verschämt wie an dem Tag, nachdem Pip zu Hause ausgezogen war und sie entdeckte, dass ich mit einem Kapuzenpulli, den er in meinem Zimmer vergessen hatte, schlief.

»Und die Kanzlei?«, fragt sie.

»Die wissen Bescheid«, lüge ich.

»Na dann«, sagt sie in einem Tonfall, der eher nach *Na, wenn das mal gut geht* klingt.

»Also dann«, antworte ich und lege auf.

Dann sitze ich wieder nur so da, in die warme Decke gekuschelt, und lausche dem endlosen Regen. Ich betrachte den Nagellack an meinen Fingern, der langsam abblättert, und habe das Gefühl, als säße ich in einer winzigen Blase. Als würde die Welt da draußen sich immer weiter zurückziehen.

Aber dann kommt sie doch immer wieder zurück. Manchmal wache ich nachts auf und denke an die Kanzlei, und ich kann nicht mehr einschlafen, so schlecht ist mein Gewissen. Dann wälze ich mich im Bett und höre unter der Bettdecke versteckt meine Mailbox ab – aber nur, um die Nachrichten mit klopfendem Herzen noch zu löschen, bevor mein Handy sie abspielen kann. Ich checke auch meine Nachrichten, um sicherzugehen, dass nichts Wichtiges passiert ist. Aber nichts von alledem, was ich lese, kommt mir wichtig vor. Im Gegenteil, es wirkt irgendwie verrückt auf mich, und ich kann kaum nachdenken, ohne wieder Herzrasen zu kriegen.

Ich kann noch nicht in die Kanzlei zurück. Die Panik ist immer noch da, sie lauert da draußen, direkt hinter dem Fenster. Ich funktioniere nicht mehr, das spüre ich. Dabei habe ich das so lange getan: funktioniert. Was ist nur los mit mir?

15

MÜSSTE ES MIR NICHT langsam mal besser gehen? Drei Tage bin ich nun schon im Exil. Drei Tage, in denen ich so wenig getan und so viel geschlafen habe wie seit Jahren nicht mehr. Außer Tee und Knäckebrot habe ich kaum etwas zu mir genommen – ich habe als quasi gefastet. Außerdem hat es endlich aufgehört zu regnen, und das, nachdem es drei Tage lang ohne Unterlass geschüttet hat.

Aber nein: Statt dass ich mich ausgeruht und wieder aufgetankt fühle, geht es mir, als ich morgens wach werde, schlechter als je zuvor. Ich fühle mich benebelt, meine Nase ist verstopft, mein Hals kratzt erbärmlich. Eigentlich ist es kein Wunder, dass ich hier draußen auch noch krank werde. Dieser blöde Heizlüfter hat die Luft vor allem ausgetrocknet, ohne die Temperatur merklich zu verändern.

Mühselig richte ich mich auf, schlüpfe wieder in Pips Pulli und schlurfe in die Küche. Eigentlich könnte ich einen Kaffee gebrauchen, aber mein Hals fühlt sich so entzündet an, dass ich doch auf das Päckchen Pfefferminztee umschwenke, das ich im Schrank finde. Eine große, heiße Tasse mache ich mir, mit einem dicken Löffel Honig.

Ich bin wirklich heilfroh, dass heute meine Wohnung fertig ist und ich wieder zurück in die Stadt kann. Krank zu sein, das ist schon Mist, aber hier draußen krank zu sein ist wirklich das Allerletzte, was ich in meinem Zustand brauche! Was ich brauche, ist ein heißes Erkältungsbad und eine gut sortierte Apotheke.

Hustend nehme ich mein Handy zur Hand und wähle die Nummer von Herrn Müller, dem Chef der Malerfirma. Während es klingelt, werfe ich ein paar herumliegende Klamotten in meine Tasche. Dann geht die Mailbox dran.

»Hallo, Herr Müller, Thome hier«, sage ich und bemühe mich, wie die Frau zu klingeln, die ihn vor gerade einmal zwei Wochen im Stechschritt durch die Wohnung kommandiert hat. »Da ich heute wieder nach Berlin zurückkehre, wollte ich mich erkundigen, ob alles gut gelaufen ist. Und ich wollte Sie daran erinnern, auf der Rechnung die Arbeitszeit Ihrer Männer getrennt auszuweisen, wegen der Steuer. Vielleicht melden Sie sich noch mal? Danke und bis dahin!«

Ich lege auf und setze mich erschöpft aufs Bett, denn ich bin völlig außer Atem. Mir fällt auf, dass ich zum ersten Mal seit drei Tagen gesprochen habe. Mein Hals schmerzt gleich noch mehr als vorher. Als Nächstes müsste ich Kumar anrufen, aber schon beim Gedanken daran, noch einmal zu sprechen, rebelliert mein Rachen. Deshalb rufe ich den WhatsApp-Chat mit Kumar auf.

Hallo, lieber Kumar. Gilt dein Angebot, mich heute wieder in Klein-Wiesenthal abzuholen? Ich richte mich zeitlich ganz nach dir – irgendwann im Laufe des Tages? Dank und liebe Grüße aus dem verregneten Garten!

Die Antwort kommt sofort: *Liebe Lu, es tut mir so leid, aber ich kann nicht. Ich hatte einen Unfall, und leider habe ich mir dabei das Kreuzband gerissen. Es ist noch unklar, wann ich wieder Auto fahren kann.*

O nein! du Ärmster!, antworte ich.

Es tut mir so leid, antwortet er.

Mach dir keine Sorgen, ich kann völlig problemlos den Zug nehmen. Liebe Grüße und gute Besserung!!!

Oh, Mist. Eine Weile starre ich unseren Chatverlauf an, als könnte ich ihn durch die Macht meiner Verzweiflung verändern, aber natürlich tut sich nichts. Ich fühle in meinen Körper hinein, in seine schmerzenden Glieder, und stelle mir vor, wie dieser Körper an zugigen Haltestellen sitzt und in einem deutschen Provinzzug durchgeschüttelt wird. Auf der Stelle fühle ich mich noch kränker.

Ich fasse mir an die Stirn. Bekomme ich etwa Fieber?

Fieber? Quatsch! Ich nehme mir vor, das zu tun, was ich immer tue, wenn ich mich kränklich fühle: weitermachen und die Symptome ignorieren. Krank wird man nämlich erst, wenn man einer Krankheit nachgibt, Noro-Virus und Malaria vielleicht ausgenommen.

Also koche ich mir noch einen Pfefferminztee, setze mich an den Tisch und konsultiere die Deutsche-Bahn-App auf meinem Handy. Ich erfahre, dass einer der beiden Busse, die täglich im Dorf halten, bereits weggefahren ist, und dass der nächste erst in vier Stunden kommt. Er fährt zu einem Provinzbahnhof, von dem ich noch nie gehört habe, und von dort fährt dann eine Regionalbahn nach Berlin.

Berlin: Ich starre das Wort eine ganze Weile an. Es macht mir ein bisschen Angst, aber andererseits: Ich kann wirklich nicht mehr bleiben. Ich muss raus aus dieser zugigen, kalten Bude. Ich darf nicht krank werden, und das werde ich hier ganz sicher.

Immerhin: Vier Stunden sind genügend Zeit, um in Ruhe alles fertig zu machen. Ich packe also meine Sachen, spüle das benutzte Geschirr und mache das Bett wieder ordentlich – ganz so, als käme Pip bald in die Laube zurück. Zwischendurch lege ich mich immer wieder kurz hin, gurgele mit Salzwasser, wickle mir den bunten Schal um den Hals, den ich Pips Schrank gefunden habe. Ich stelle die Plastikclogs zurück, lege den dicken Pulli wieder in den Schrank und auch die dicken Socken. Nur den Schal behalte ich, immerhin gehört der eigentlich mir. Ich bringe den Müll zur Mülltonne, die ganz vorn auf dem Grundstück steht. Und als es so weit ist, gehe ich in den Keller und stelle das Wasser wieder ab. Wer weiß, was Pip für einen Grund dafür hatte, dass er es nach seinem letzten Besuch abdrehte.

Zur Bushaltestelle ist es nicht weit: ein Stück die kopfsteingepflasterte Straße hinunter, vorbei an kleinen Häusern und gepflegten Vorgärtchen. Jetzt, wo ich mich zum allerersten Mal ins Dorf hineinbegebe, fällt mir auf, dass der Ort eigentlich ganz hübsch sein könnte. Die Häuser sind alt, zum Teil noch mit Fachwerk, und vor allem in der Mitte des Ortes ziemlich schmuck. Hier teilt sich die Hauptstraße und führt um einen kleinen Teich und eine große Wiese herum, an deren einem Ende eine kleine Kirche aus Feldstein steht und am anderen ein ziemlich spektakuläres, blau gestrichenes Haus mit wunderschönen alten Kastenfenstern und schneeweißen Kassettenfensterläden, das, so wirkt es zumindest, mal ein Gasthof gewesen ist. Doch inzwischen scheint dort kein Betrieb mehr zu sein, denn die Fenster sind völlig verdreckt und zum Teil sogar gesprungen.

In der Mitte der Wiese steht ein riesiger dicker Baum, der bestimmt hundert oder zweihundert Jahre alt ist – ich bin da leider keine Expertin. Um ehrlich zu sein, ich könnte nicht einmal sagen, was für ein Baum das ist. Er trägt keine Blätter, schließlich ist es noch Winter, und so wirkt er ein bisschen tot. Auch das Dorf sieht ziemlich ausgestorben aus: Niemand scheint zu Hause zu sein und niemand ist unterwegs, allein eine Katze, die hinter dem Sprossenfenster eines alten Bauernhauses sitzt, weist darauf hin, dass hier ein paar Menschen leben.

Die Haltestelle besteht bloß aus einem Schild und einem ziemlich heruntergekommenen Wartehäuschen. Viel zu früh komme ich an. Ich fühle mich immer noch schwach, darum setze ich mich hin, obwohl die Bank ziemlich verdreckt ist, und ich kein sonderlich gutes Gefühl dabei habe – Stichwort: Prada-Mantel. Bei jedem Motorengeräusch stehe ich auf, um nachzusehen, ob es endlich der Bus ist, der da kommt. Aber erst donnern zwei gigantische Traktoren wie unwirkliche Riesen durch das Dorf, und anschließend der Tanklaster eines Abwasserentsorgungsunternehmens. Dann, endlich, nähert sich der Bus.

Entschlossen suche ich mein Portemonnaie heraus und nehme es in die Hand. Ich mache einen Schritt zur Straße hin und versuche, Blickkontakt mit dem Fahrer aufzunehmen, damit der begreift, dass ich einsteigen will. Daraufhin wird das Gefährt tatsächlich langsamer. Und im nächsten Augenblick höre ich mein Handy klingeln. Ich habe es laut geschaltet, wegen der Malerfirma, und als ich drangehe, ist tatsächlich Herr Müller am anderen Ende der Leitung.

»Frau Thome?«

»Ja?« Ich klemme mir das Handy unters Ohr, um mein Portemonnaie zu öffnen. Der Bus kommt neben mir zum Stehen.

»Hören Sie, es tut mir leid.«

»Wieso?« Ich fummle ein paar Münzen aus dem Kleingeldfach. Die Tür öffnet sich zischend, und aus dem Augenwinkel bemerke ich, wie der Fahrer mich auffordernd ansieht.

»Es gab ein paar Verzögerungen und …«

Als ich zusehe, wie der Bus hinter der nächsten Biegung verschwindet, bin ich kurz so sauer, dass ich sogar vergesse, wie krank ich mich fühle. Hat man Töne! Die Firma ist nicht fertig geworden?! Angeblich, weil es Lieferschwierigkeiten bei Farrow & Ball gegeben hat. Und das fällt denen erst am allerletzten Tag ein, also genau an dem Tag, an dem ich davon ausgegangen bin, zurück in meine Wohnung zu können? Oh, ich könnte schreien vor Wut! Was mache ich denn jetzt? Hier in diesem Drecksloch?

Mein Blick fällt auf den aushängenden Fahrplan, und mir wird klar, wie dumm ich gewesen bin. Warum bin ich Idiotin nicht einfach trotzdem eingestiegen? Dann wäre ich immerhin auf dem Weg nach Berlin! Ich könnte endlich das tun, was ich von Anfang an hätte tun sollen, nämlich mir ein schickes Hotel raussuchen und die Nacht in einer angenehm temperierten Junior Suite verbringen, mit Badewanne, Room Service, Praline auf dem Kopfkissen und Tee-Menü auf dem Zimmer. Vielleicht sogar mit Netflix! Ich könnte mich ausruhen, an einem Ort, an dem gut geschultes Personal alles dafür tut, dass es mir dort gut geht. Und was habe ich stattdessen gewählt? Eine weitere Nacht in der kalten Gartenlaube, ein weiteres Mal Nudeln mit Olivenöl vor dem Heizlüfter und Marmeladenknäckebrot zum Frühstück. Und das alles nur, weil ich plötzlich das Gefühl hatte, es wäre gut, nicht in den Bus zu steigen, sondern hierzubleiben, wo wenigstens keine Baustelle ist.

Missmutig stapfe ich zurück zu Pips Laube, werfe meine Tasche hinein und schalte den Heizlüfter an. Dann gehe ich in den Keller, um den Hauptwasserhahn wieder aufzudrehen. Dabei fällt mir ein, dass ich mich mal im Büro melden sollte, immerhin hat Carl Steinkopf mich nur für eine Woche freigestellt und wird damit rechnen, dass ich spätestens übermorgen wieder da bin. Also ziehe ich mein Handy aus der Tasche und schreibe Cecilia eine etwas umständliche Nachricht, in der es um Renovierungsarbeiten und den schlechten Handyempfang in dem Landhaus geht, in dem ich untergekommen bin. Ich schicke sie ab und lese mit Erleichterung die Antwort, die ich schon nach wenigen Sekunden bekomme: *Kein Problem, Lu! Ich kümmere mich um alles und gebe Steinkopf Bescheid. Viele Grüße!*

Die Kellertreppe führt direkt in den Garten, und ich gehe ein paar Schritte zu dem Blumenbeet mit Saskias verwelkter Kletterhortensie. Die verdorrten Pflanzen darin sind ein so deprimierender Anblick, dass ich beschließe, das Gestrüpp zu entfernen. Staude um Staude reiße ich heraus, nur die berühmte Kletterhortensie lasse ich stehen. Das tut so gut, dass ich immer weitermache und am Ende

Arm um Arm voll braunem Blattwerk zum Komposthaufen bringe.

Doch plötzlich höre ich eine Stimme. »Was machen Sie denn da?«

Ich blicke auf und entdecke einen großen, nicht gerade schlanken Mann im Garten nebenan, der mit seiner dicken, schwarzen Wollmütze ausschaut wie ein Hafenarbeiter oder ein Taschendieb. Finster guckt er zu mir herüber. Den Kerl habe ich doch schon mal gesehen! Hat er nicht schon bei meinem Besuch mit Saskia so feindselig herübergeschaut?

»Bitte?«, frage ich irritiert, denn ich bin es nicht gewohnt, dass jemand aus der Nachbarschaft sich in meine Angelegenheiten einmischt.

»Was Sie da machen, frage ich!«

»Äh, Ordnung?«, frage ich mürrisch zurück und arbeite weiter. Wusste ich es doch. Selbst bei den deprimierendsten Tätigkeiten der Welt mischt sich auf dem Land jemand ein.

»Diese Pflanzenstängel stehen nicht umsonst da«, belehrt mich der Kerl mit leicht aggressiver Stimme.

»Auch das noch«, antworte ich, ohne ihn anzusehen.

»Wildbienen legen ihre Eier da hinein. Und nicht nur die. Heuschrecken nutzen sie auch. Und Ohrwürmer.«

»O weh!«, antworte ich zynisch. Ich meine, Hallo? Wer will schon ernsthaft noch mehr Krabbelvieh in seinem Garten, als dort eh schon ist? Und was hat sich der Kerl eigentlich für Pips Blumenbeete zu interessieren?

»Na ja. Geht mich ja nichts an«, sagt der Nachbar in einem Tonfall, der wie eine Kriegserklärung klingt.

»Eben«, antworte ich und sehe zu, wie er wieder verschwindet.

Genervt werfe ich die letzte Ladung verwelkter Pflanzen auf den Komposthaufen. Dann wische ich mir die Hände an meiner Anzughose ab. Ich habe es aufgegeben, sie hier draußen schonend zu behandeln – Opfer müssen eben manchmal sein.

Ich betrachte mein Werk. Ohne das ganze deprimierende Gesträuche sieht das Beet schon viel gepflegter aus, und mich überkommt ein leises Gefühl von Zufriedenheit. Wartet die dunkle Erde nicht geradezu darauf, dass man ein paar hübsche Blümlein einpflanzt? Stiefmütterchen oder was weiß ich?

Dann gehe ich hinters Haus und wasche mir die Hände an dem altmodischen, steinernen Gartenwaschbecken, das dort angebracht ist. Dabei stelle ich fest, dass das Kratzen im Hals schlimmer geworden ist. Auch das noch.

Eigentlich ist mir nicht nach noch einem Spaziergang, sondern eher danach, mich ins Bett zu legen. Trotzdem beschließe ich erneut loszulaufen, denn ich habe noch längst nicht das ganze Dorf gesehen. Vielleicht gibt es irgendwo eine Apotheke? Oder wenigstens einen Laden, bei dem ich frischen Ingwer oder Halsbonbons kaufen kann?

Allerdings: Ich finde nichts dergleichen. Im Ort gibt es kein einziges Geschäft, ja, nicht einmal einen Kiosk. Nur einen Kindergarten, in dessen Garten keine Kinder zu entdecken sind. Außerdem eine vor Jahren geschlossene Kneipe und einen Elektrikerbetrieb. Es gab sogar mal eine Apotheke, doch die ist mit Brettern vernagelt. Stattdessen steht an der Bushaltestelle ein Briefkasten, in den man seine Rezepte einwerfen kann, offenbar werden die Medikamente dann nach Hause geliefert. Ich habe aber kein Rezept, nur eine Erkältung.

Der einzige Ort, an dem Leben herrscht, ist einer der Nachbargärten, in dem sich eine Schar Spatzen um ein verdrecktes Vogelhäuschen herumdrückt wie eine Feiercrew vor einem beliebten Späti.

Ich seufze, dann gehe ich zurück in Richtung Laune und will gerade das Gartentor aufdrücken, da höre ich eine weibliche Stimme.

»Guten Tag!«, sagt sie.

Wer ist denn das schon wieder? Ich blicke auf und entdecke auf dem Nachbargrundstück eine Frau mit langen, grauen Locken, die unter einer lilafarbenen Wollmütze hervorquellen wie ein wilder Wasserfall.

»Hallo«, sage ich.

»Du musst Pips Schwester sein.«

»Die bin ich«, sage ich und lächle. Offenbar ist diese Nachbarin mir wesentlich freundlicher zugetan ist als der Typ auf der anderen Seite des Grundstücks.

»Nele«, sagt sie und lächelt breit. »Nele Paschek.«

»Lu«, erwidere ich und muss ein bisschen mit mir ringen, ehe ich den nächsten Satz hervorbringe, denn ich bin es nicht gewohnt, fremde Menschen einfach so zu duzen. Aber aus Förmlichkeiten scheint sich diese Frau mit den bunten Wollklamotten offenbar nicht viel zu machen, also überwinde ich mich. »Du kanntest Pip?«

»Na ja«, lacht sie. »Wir waren Nachbarn.«

»Nachbarn – also, da wo ich herkomme, bedeutet das nicht viel«, erwidere ich.

»Du meinst in Berlin?«

Ich nicke. Offenbar hat Pip ihr von mir erzählt.

»Hier leider auch nicht mehr unbedingt«, sagt sie. »Aber Gartennachbarn, das ist was anderes. Immerhin teilen wir uns das Wohnzimmer.«

»Das Wohnzimmer?«

»Die Natur! Wir kümmern uns umeinander und wir kümmern uns um unsere Gärten, aber am Allermeisten kümmern sich unsere Gärten um uns. Das ist eine Erfahrung, die verbindet.«

»Schön«, sage ich – und mich streift zum ersten Mal der Gedanke, dass Pip hier draußen vielleicht gar nicht so eigenbrötlerisch gelebt hat, wie ich immer dachte. Aber dann fällt mir mein anderer Nachbar ein.

»Wir haben uns auf der Beerdigung schon mal gesehen«, sagt Nele. »Also, ich habe dich gesehen. Du hattest ja ziemlich viel um die Ohren, da wollte ich nicht auch noch ankommen.«

»Du warst da?«, frage ich erstaunt.

»Ehrensache, so als Nachbarn«, lächelt sie. »Die Zeremonie war wirklich sehr schön. Überhaupt – der ganze Friedwald ist fantastisch. Und die Buche hat toll zu Pip gepasst.«

»Danke, dass du das sagst«, sage ich. »Ich habe sie ausgesucht. Es waren nicht alle gleich einverstanden.«

»Das glaube ich«, sagt Nele vieldeutig, so, als wisse sie bereits einiges über meine Familie. Doch plötzlich richtet sie ihren Blick auf die Wiese neben mir. »Au weia«, sagt sie. »Es fängt gleich an zu regnen.«

»Wirklich?« Mein Blick richtet sich in den Himmel, der

genauso aussieht wie den ganzen Tag schon – grau und abweisend.

»Na ja, ein, zwei Minuten haben wir noch.« Sie lächelt, dann nickt sie in Richtung Laube. »Hast du da drinnen alles?«, fragt sie.

»Ja, danke«, lüge ich.

»Sicher?«, fragt sie ungläubig nach.

»Na ja«, sage ich zögernd. »Eine Sache wäre da vielleicht doch …«

Sie sieht mich an und schmunzelt. »Hab ich's doch geahnt«, sagt sie.

16

TATSÄCHLICH GEHT GENAU in dem Moment ein kräftiger Regenguss nieder, als Nele und ich die Laube betreten.

»Woher hast du das gewusst?«, frage ich baff.

»Die Glockenblumen haben die Blüten geschlossen. Das tun sie immer kurz bevor es regnet«, sagt sie als sei es die selbstverständlichste Fähigkeit der Welt, anhand der Pflanzen im Blumenbeet vorhersehen zu können, wie das Wetter wird. Ich zum Beispiel wüsste nicht einmal, wie eine Glockenblume überhaupt aussieht.

»Funktioniert das immer?«, frage ich neugierig.

»Meistens zumindest. Manchmal muss man sich, um ganz sicher zu sein, ein paar Pflanzen mehr angucken. Schließen sich die Tannenzapfen? Wie stark duften die Birken? Lässt der Sauerklee den Kopf hängen? Das alles deutet darauf hin, dass es bald ungemütlich wird«, erklärt sie. »So, jetzt zeig aber erst mal, was da schiefgegangen ist.«

Sie geht zum Ofen, öffnet die Klappe einen Spalt und hält eine Feuerzeugflamme davor. Dann schließt sie die Klappe wieder und betrachtet einen der Holzscheite, die ich von draußen reingeholt habe und die nun neben dem Ofen liegen. Sie dreht ihn hin und her und fährt mit dem

Finger über die Maserung. »Der ist ja noch viel zu feucht«, sagt sie schließlich. »Das ist Apfel, oder? Wo hast du den her?«

»Von dem Stapel hinter dem Haus«, sage ich.

»Du meinst den am Schuppen?«

Ich nicke.

»Kein Wunder, dass du den Ofen nicht angekriegt hast. Das sind die beiden alten Apfelbäume, die Pip letztes Jahr fällen musste, weil sie durch diese schreckliche Dürre einfach vertrocknet sind.«

»Und trotzdem ist das Holz noch nicht trocken? Auf mich wirkte es überhaupt nicht mehr frisch.«

»Drei Sommer lang muss es liegen, bevor es trocken genug ist«, erklärt sie. »Aber es gibt noch einen anderen Holzstoß. Komm mal mit.«

Gemeinsam gehen wir zurück in den Garten. Der Regen hat sich zum Glück wieder gelegt. Wir stapfen durch das feuchte Gras bis zu einer Stelle hinter dem Komposthaufen, wo direkt an den Nachbarzaun gelehnt ein weiterer großer Holzstapel steht – abgedeckt nur von einem langen Streifen Dachpappe. An den Seiten sieht es ziemlich feucht aus, und ich wäre im Leben nicht auf die Idee gekommen, es zu nehmen. Doch Nele ist sich sicher, dass dieses Holz schon seit Jahren dort liegt und deswegen trocken ist.

»Hier, nimm mal«, sagt sie und reicht mir ein paar Scheite, die ich umständlich an mich nehme. »Jetzt brauchen wir nur noch Anzündholz.« Sie verschwindet im Schuppen und kommt kurz darauf mit einer Axt wieder. »Willst du?«, fragt sie.

Ich schüttle entsetzt den Kopf.

»Eigentlich ist es ganz einfach«, sagt sie und platziert einen der Scheite auf einem abgeschnittenen Baumstamm, der in der Nähe des Schuppens steht. »Aufstellen, zielen, und …« Sie lässt die Axt auf das Scheit niedersausen. Er zerfällt in zwei Teile. Diese hebt sie wieder auf und zerteilt sie noch mal. Und dann noch einmal. »Fertig«, sagt sie und grinst.

»O Gott, du bist offenbar komplett lebensmüde«, sage ich mit einer Mischung aus Angst und Bewunderung. Ich meine, ich würde mich für eine Person halten, die sich so einiges zutraut, aber mit einer Axt um mich herumzuschlagen, das halte ich doch für einigermaßen selbstmörderisch.

»Komm, gehen wir rein, Feuer machen.«

Zurück im Haus macht Nele mir vor, wie man das Holz richtig im Ofen stapelt – erst die dicken Scheite, dann das frisch zerkleinerte Anzündholz obendrauf. Zuletzt zeigt sie auf eine Schale voller Kiefernzapfen, die auf dem Regal neben dem Ofen steht und die ich für eine nicht besonders gelungene Deko gehalten hatte.

»Das sind die selbst gemachten Ofenanzünder, die wir seit letztem Jahr verwenden. Pip hat irgendwo davon gelesen, dass man Zapfen in geschmolzenes Wachs tauchen und dafür verwenden kann. Seither schmeißen wir Kerzenreste nicht mehr weg, sondern nehmen sie dafür. Sieht hübsch aus, brennt ganz wunderbar, wir müssen weniger wegwerfen und sind vor allem nicht mehr auf dieses Chemiezeug angewiesen.« Sie legt zwei dieser Zapfen in den Ofen »So, jetzt mach!«

»Meinst du?«

»Na, aber sicher!«

Sie reicht mir eine Schachtel Streichhölzer. Das erste, das ich versuche, geht nicht an. Das zweite bricht ab. Aber das dritte brennt schließlich. Ich halte es an den Kiefernzapfen, der sogleich Feuer fängt. Er steckt schon wenige Augenblicke später das Anzündholz an, und im nächsten Moment prasselt und knistert es.

»Ab jetzt läuft es«, sagt Nele zufrieden. »Lass die Tür noch ein paar Minuten angelehnt, danach kannst du sie schließen.«

»Toll!« Begeistert rücke ich ans Feuer. Die Hitze tut gut, und jetzt, da ich sitze, merke ich wieder, wie angeschlagen ich bin. Die Wärme, die der Ofen langsam aufbaut, lässt mich richtig frösteln.

»Geht's dir nicht gut? Du wirkst ziemlich erschöpft«, sagt Nele.

»Ach«, sage ich und winke ab.

Aber dann erzähle ich doch. Nicht alles natürlich. Aber zumindest dies: dass ich das Gefühl habe, krank zu werden. Dass mir Pips Tod möglicherweise mehr zugesetzt hat, als ich mir hätte vorstellen können. »Ich habe das Gefühl, dass ich von innen heraus friere«, erkläre ich.

»Wenn jemand geht, nimmt er immer auch etwas von uns mit«, sagt Nele und sieht mich nachdenklich an. »Einen Teil unserer Kraft. Unserer Energie. Man wird nicht wieder der Mensch, der man vorher war. Manchmal muss man sich verändern, damit man wieder funktioniert.«

»Na ja«, sage ich knapp.

»Was meinst du?«, fragt Nele.

»Also irgendwie … eigentlich glaube ich nicht an solche Theorien. Ich glaube nicht, dass Menschen irgendwohin gehen, wenn sie sterben. Und ich glaube auch nicht, dass sie etwas mitnehmen können. Ich glaube, dass das Leben einfach vorbei ist. Für alles andere bin ich zu pragmatisch.« Ich zucke mit den Schultern. Klar, ich verstehe schon, dass manche Leute daran glauben wollen, dass es ihren Liebsten nach ihrem Tod an einem anderen Ort viel besser geht als hier. Aber ich glaube, dass die es sich damit zu einfach machen. Mit kommt das als Trost zu billig vor. Ich glaube, wir müssen damit klarkommen, dass die, die sterben, einfach weg sind. Verschwunden. Ausradiert.

»Wieso denkst du das?«, fragt Nele.

»Weil alles andere nicht plausibel ist. Ich bin es gewohnt, mir die Fakten anzusehen. Und die sprechen nicht dafür, dass Energien zurückbleiben oder eben verschwinden, wenn jemand stirbt. Oder gar, dass jemand, der stirbt, etwas mitnehmen könnte, ganz egal, was es ist.«

»Und doch sitzt du hier und fühlst dich elend«, stellt sie mit penetrant freundlichem Blick fest.

»Ach, ich glaube, ich habe mir nur etwas eingefangen. Das, was ich über Pips Tod gesagt habe, das war nur … Irgendwie war mir in letzter Zeit einfach alles ein bisschen zu viel. Ich bin ganz schön angegriffen. Und an den Einfluss des psychischen Befindens aufs Immunsystem, an den glaube ich durchaus. Der ist nämlich in x Studien belegt und logisch.«

»Ach ja?«, fragt Nele, immer noch ziemlich freundlich.

»Klar, es gibt dazu einen eigenen Forschungszweig, die Psychoneuroimmunologie. Ein dauerhaft erhöhter Cortisolspiegel reduziert die Zahl der Immunzellen: Stress macht krank. Erst kürzlich stand im Wall Street Journal etwas über den Zusammenhang von Morbus Crohn und Investmentbanking. Und ich weiß von einer Studie, die belegt, dass der Prüfungsstress im Studium diverse Immunfunktionen vermindert«, kläre ich sie auf.

»Verstehe«, sagt Nele. Einen Moment lang überlegt sie. Dann rückt sie näher und mustert mich streng. »Hast du Fieber?«

»Ich glaube nicht.«

»Schnupfen?«

Ich schüttle den Kopf.

»Halsweh?«

Ich nicke.

»Gliederschmerzen?«

»Ein bisschen.«

»Und kannst du schlafen?«

»Ja«, sage ich und schiebe hinterher: »Wenn auch etwas unruhig.«

Sie sieht mich nachdenklich an. Im Ofen knackst das Holz. Das erinnert mich an die Tür. Ich schließe sie, und Nele nickt zustimmend.

»Vielleicht habe ich etwas, das dir hilft«, sagt sie. »Bin gleich wieder da. Setz schon mal Wasser auf.«

»Wasser?«, frage ich entgeistert.

»Eine Tasse genügt.«

Als das Wasser kocht, kommt Nele zurück – mit einem große Teebeutel mit einer Mischung aus verschiedenen Kräutern. »Selbst zusammengestellt«, sagt sie. Als sie den Tee aufgießt, steigt ziemlich abstoßend riechender Dampf auf, und als ich ein paar Minuten später den ersten Schluck nehme, mache ich kein besonders begeistertes Gesicht.

»Schmeckt er dir?«, fragt sie überflüssigerweise.

»Hm«, mache ich, etwas ungnädig.

»Nein?« Sie sieht mich aufmerksam an.

»Nicht besonders«, gestehe ich.

»Empfindest du starken Widerwillen dagegen, ihn zu trinken?« Sie guckt alarmiert.

Ich nehme noch einen Schluck. »Nein, eigentlich geht es.«

»Gut«, sagt sie erleichtert. »Widerwille wäre ein schlechtes Zeichen gewesen, aber solange der Geschmack nur gewöhnungsbedürftig ist, ist alles in Ordnung.«

»Eigentlich finde ich es sogar ganz gut, das Zeug zu trinken. Obwohl es nicht schmeckt.«

»Sehr gut!« Sie sieht mich erfreut an.

»Was ist das für ein Tee?«, frage ich.

»Eine Mischung aus Ingwer, Angelika, Süßholz und Ginseng«, sagt sie. »Das sind Heilpflanzen, zum Teil aus der chinesischen Medizin, die bei schwerer Erschöpfung eingesetzt werden. Sie stärken die Mitte, wie das die chinesischen Ärzte nennen.«

»O je, jetzt sag nicht, dass du Heilpraktikerin oder so was bist«, sage ich.

»Nein, bin ich nicht«, beruhigt sie mich. »Aber fast.«

»Was dann?«

»Gelernt habe ich Apothekerin.«

»Oh! Hast du …?« Ich muss an die vernagelte Apotheke im Ort denken.

»Genau. Die Wiesen-Apotheke hat früher mal mir gehört.«

»Und warum hast du sie zugemacht?«

»Ach, weißt du, dafür gab es mehrere Gründe«, antwortet sie vage.

»Erzähl!«

»Na ja. Ich habe so viele Jahre Medikamente verkauft. Und dabei habe ich vor allem festgestellt, dass die meisten Pillen, die die Leute schlucken, überhaupt nicht wirken.«

»Ach ja?« Ich sehe sie skeptisch an. Ihre Einleitung erinnert mich an eine alte Schulfreundin, die, als sie zum ersten Mal schwanger war, plötzlich ihr Vertrauen in die Medizin verlor und sich nur noch von ihrer Hebamme untersuchen ließ. Als ihr Sohn dann auf der Welt war, wurde er plötzlich sehr krank – und sie ging nicht zum Arzt, sondern versuchte, sein Fieber mit einem Tee aus Weidenrinde zu senken. Der Kleine wäre fast gestorben, wäre sein Vater nicht doch mit ihm in die Klinik marschiert.

»Das heißt nicht, dass ich die Schulmedizin ablehne. Es gibt tolle Medikamente, die Leben retten und ohne die es manchen Menschen sehr schlecht gehen würde. Aber ganz ehrlich? Das meiste Zeug, das in dem Regal direkt hinter meinem Rücken stand, damit die Leute es sehen und kaufen, ist erwiesenermaßen wirkungslos. All diese Halstabletten, Schlafmittel, Potenztropfen, Vitaminpräparate, die die Leute nehmen, weil ihnen ein teures Produkt mit langem Beipackzettel lieber ist als Ruhe, viel Flüssigkeit und eine einfache Tasse Tee!«

Sofort denke ich an meinen Arzneischrank zu Hause in Berlin, in dem sich neben einem riesigen Immuboost-Forte-Vorrat jede Menge teurer Schächtelchen und Fläschchen gegen alle möglichen Symptome aneinanderreihen.

Halstabletten, Pillen gegen Schnupfen, Baldriandragees. »Du findest, dass die meisten Arzneien nicht helfen?«

Nele nickt. »Das ist nachweislich so, und jeder Apotheker weiß das: Eine Erkältung dauert mit Medikamenten eine Woche lang und ohne sieben Tage. Trotzdem setzt die Pharmaindustrie jedes Jahr Milliarden damit um. Das ist schizophren.«

»Aber … ehrlich gesagt, mich hat noch nie ein Apotheker wieder nach Hause geschickt, wenn ich nach so einem Mittel verlangt habe.«

»Warum wohl? Die Leute leben von dem Zeug!« Sie hebt ergeben die Schultern.

»Irgendwie …«, widerspreche ich.

»… glaubst du das nicht«, ergänzt Nele.

»Nein, wirklich! Ich meine, Apothekerinnen und Apotheker müssen doch einen Eid ablegen, oder? Und jetzt willst du mir erzählen, dass das allesamt Betrüger sind?«

»Nein, das behaupte ich natürlich nicht«, sagt Nele sanft.

»Sondern?«

»Na ja. Dass sie eben Geld verdienen müssen, und das geht am besten, wenn die Leute nicht allzu gesund sind.«

»Aber du bist natürlich ganz anders«, sage ich provozierend, denn irgendwie kommt mir ihr Argumentationsmuster ein bisschen so vor wie bei manchen Ökofirmen, die der Konkurrenz ständig vorrechnen, wie umweltschädlich diese ist, und dabei großzügig darüber hinwegsehen, dass ihre eigenen Produkte nur unwesentlich weniger schädlich sind. »Oder willst du mir weismachen, dass du deinen Laden zugemacht hast, weil du es nicht ertragen hast, die Leute länger zu betrügen?«

»Na ja«, Nele lacht. »Ganz so war es dann auch wieder nicht. Seit der Wende sind so viele Menschen aus dem Ort weggezogen, dass es sich irgendwann nicht mehr gelohnt hat. Also habe ich angefangen, mich weiterzubilden, vor allem in Sachen TCM und Naturheilkunde.«

»TCM? Sind das nicht diese Leute, die einen, wenn man eh schon Migräne hat, noch mit gigantischen Nadeln malträtieren?«, frage ich, denn ich hatte mal ein Erlebnis mit einem so genannten Arzt, zu dessen Besuch mich Carl Steinkopfs Frau drängte, als ich ein paar Tage lang ziemlich Kopfweh hatte.

»Viele denken, dass die Traditionelle Chinesische Medizin vor allem aus Akupunktur besteht, aber der viel wichtigere Teil ist eigentlich die Kräuterheilkunde.«

»Also das hier«, sage ich und hebe meine Tasse.

»Genau. Das Wissen der alten Chinesen hat mich so beeindruckt, dass ich angefangen habe, die wichtigsten Kräuter in meinem Garten anzubauen – auch, weil ich mir nie ganz sicher war, ob die Kräuter und Dekokte, die man aus China bestellen kann, nicht doch mit Schadstoffen belastet sind. Die Chinesen sind ja nun nicht gerade bekannt für besonders harte Bio-Siegel. Eigentlich habe ich das nur für mich getan und natürlich für ein paar Leute hier in der Gegend. Aber dann hat Pip mich auf die Idee gebracht, meine Kräutertee-Mischungen professionell zu vertreiben – an Berliner Bioläden.«

Ich lache. »Das passt zu Pip. Zieht sich aufs Land zurück, um sich von seinem Burn-out zu erholen und Abstand zu seinem Job zu bekommen und entwickelt dort gleich als Erstes wieder eine Geschäftsidee.«

»Ich bin ihm dankbar dafür«, sagt Nele. »Ich meine, ich brauche nicht viel Geld, weil mein Haus mir gehört, ich selbst anbaue und aus meiner Zeit als Apothekerin eine kleine Rente kriege. Aber die Idee, noch mal etwas Eigenes auf die Beine zu stellen …« Ihre Augen blitzen.

»Irgendeine Aufgabe braucht man eben,« stimme ich ihr zu. »Sonst macht das Leben ja gar keinen Sinn. Also, ich zumindest wüsste gar nicht, wer ich ohne meinen Job eigentlich bin.«

Nele sieht mich fragend an, dann rückt sie das, was ich gesagt habe, für sich zurecht. »Um Selbstverwirklichung geht es mir gar nicht. Was ich vor allem toll finde, ist die Vorstellung, dass noch mehr Leute von dem alten Wissen profitieren. Dass sie begreifen, dass man für die meisten Wehwehchen keine Chemie braucht und nicht einmal exotische Superpflanzen, sondern dass die Natur alles bereithält, direkt vor der eigenen Tür.«

»Du meinst zum Beispiel so was wie Weidenrinde gegen Fieber?«

Sie sieht mich überrascht an. »Ja, zum Beispiel.«

»Ah.«

Ich lächle sie an, aber innerlich rolle ich mit den Augen. Eine Kräuterhexe als Nachbarin – eigentlich hätte ich Lust, das Gebräu in meiner Tasse in die Spüle zu kippen. Aber das tue ich natürlich nicht, eine Sache der Kinderstube. Außerdem meldet sich die Anwältin in mir zu Wort, jener Teil meiner Persönlichkeit, der immer ganz genau wissen will, wie die Dinge funktionieren.

»Arbeitest du denn wirklich richtig regional? Stammen alle Kräuter hier direkt aus der Gegend?«, frage ich.

»Absolut«, sagt sie. »Alle Kräuter baue ich in meinem Garten an oder finde sie einfach in der Natur, wie Brennnesseln, Quecke oder eben Weidenrinde. Mir ist wichtig, dass alles komplett frei von Schadstoffen und Pestiziden ist. Darüber wache ich wie ein Adler.«

»Weil man solche Tees heutzutage am besten als Bio-Tees verkaufen kann.«

»Genau. Und auch, weil ich es richtig finde.«

»Müssen deine Produkte dann nicht zugelassen werden?«, frage ich. Als Juristin könnte ich das eigentlich wissen, aber ich habe mich bisher nicht sonderlich für diesen Ökokram interessiert.

»Klar«, sagt Nele. »Je nachdem, welches Siegel man haben will, ist das mehr oder weniger aufwändig.«

»Und du holst dir natürlich das strengste Siegel«, sage ich grinsend. »Oder schätze ich dich da etwa falsch ein?«

Nele lacht auf und errötet ein wenig. »Du hast recht«, sagt sie. »Ich will natürlich das Bioherb-Siegel haben, das strengste Siegel für Kräuterprodukte und Tees. Die Zulassung läuft gerade. Und wenn die durch ist, muss ich eigentlich nur noch produzieren. Die Verpackungen werden gerade hergestellt. Pip hat sie für mich entworfen.«

»Wirklich?«, frage ich.

»Gleich als Allererstes«, lächelt sie.

»Das passt wieder zu ihm«, sage ich lächelnd – stolz und ein bisschen wehmütig.

17

ALS ICH AM NÄCHSTEN MORGEN aufwache, geht es mir tatsächlich besser. Mein Hals ist immer noch etwas belegt, aber ich fühle mich kräftiger, wacher, irgendwie vitaler. Vielleicht, weil draußen zum ersten Mal die Sonne scheint? Oder ist das wirklich Neles Tee? Daran will ich eigentlich nicht so gerne glauben. Andererseits: Wenn es so wäre, dann sollte ich sie mit zu Steinkopf Ahmadi schleppen und mir meinen Anteil an den Millionen sichern, die sie bekommt, wenn sie ihre Firma in ein paar Jahren an Nestlé vertickt.

Der Gedanke macht mir so gute Laune, dass ich mein Arme-Leute-Frühstück aus Knäckebrot, Marmelade und Kaffee mit einem Lächeln auf den Lippen verschlinge. Dabei betrachte ich die Laube ein weiteres Mal und stelle fest, dass sie sich, obwohl ich doch eigentlich gerade erst saubergemacht habe, insgesamt in keinem tollen Zustand befindet. Auf den Fensterbrettern und Regalen liegt Staub, und bei jeder Bewegung, die ich mache, huschen Wollmäuse über die Dielen. In den Ecken hängen Spinnweben, und die Fenster wurden offenbar seit einer halben Ewigkeit nicht mehr poliert.

Eigentlich hasse ich putzen. Ich meine, wer hat schon Lust, sich nach einem 14-Stunden-Tag noch um die Fugen seiner Duschkabine zu kümmern? Ich kann mich kaum erinnern, wann ich das letzte Mal meine Wohnung sauber gemacht habe. Im Studium? Als ich noch zu Hause gewohnt habe?

Um ehrlich zu sein: Ich habe es noch nie getan. Als ich noch bei meinen Eltern wohnte, hatten wir eine Putz- und Bügelhilfe – meine Mutter fand es unter ihrer Würde, Dinge zu tun, die Mütter meiner Klassenkameraden ganz selbstverständlich taten. Und als ich ausgezogen bin, habe ich mir nicht ohne Grund wieder eine WG mit Putzfrau gesucht. Ich fand das als Konzept so stimmig, dass ich nie wieder darauf verzichtet habe.

Doch jetzt juckt es mich in den Fingern. Nach all den Tagen, die ich reglos im Bett gelegen habe, habe ich plötzlich das Gefühl, etwas tun zu müssen. Also binde ich mir die störrischen Locken aus dem Gesicht, suche mir einen Lappen und einen Eimer und putze die Gartenlaube bis in den letzten Winkel: Ich wische Staub, fege durch, putze die Fenster, das kleine Bad, die Küche. Durch die offenen Vorhänge scheint jetzt die Sonne herein, und plötzlich wirkt der Raum nicht mehr ganz so bedrückend. Allerdings sieht man im hellen Licht die Spinnweben in den Ecken, deshalb nehme ich einen Besen und entferne sie. Und wo ich schon dabei bin, eliminiere ich auch die, die draußen so unappetitlich unter der Terrassenüberdachung hängen und mir schon am allerersten Tag negativ aufgefallen sind.

Plötzlich merke ich, dass ich beobachtet werde – von dem unangenehmen Nachbarn mit der Kleinkriminellenmütze.

Diesmal sagt er nichts, sondern starrt zu mir herüber und schüttelt den Kopf, als er sicher sein kann, dass ich es sehe.

Und warum diesmal? Doch wohl bitte nicht, weil er auch Spinnen schützen möchte!

Wütend gucke ich hinüber, doch er weicht meinem Blick nicht aus, sondern schaut ebenso finster zurück. Seine Augen funkeln, aber meine können das auch. Eine Weile stehen wir so da, dann zieht er den Kragen seiner hässlichen Daunenweste noch höher. Ich zurre den Gürtel meines feinen Wollmantels zurecht und will gerade etwas Giftiges sagen, als er abdreht.

Mein Aktionismus ist wie weggeblasen. Wieder sehne ich mich nach meiner Wohnung in Berlin, jener Stadt, in der Nachbarn, die einem im Treppenhaus begegnen, angestrengt zu Boden blicken, statt zu versuchen, einen zu erziehen!

Da klingelt mein Handy. Wenn man vom Teufel spricht!

Ich ziehe es aus der Tasche, fest davon überzeugt, gleich Herrn Müller dran zu haben, der mir mitteilt, dass meine Wohnung wieder bewohnbar ist. Doch dann blicke ich auf das Display und sehe, dass es Carl Steinkopf ist.

Es klingelt einmal, zweimal, dreimal. Eigentlich würde ich den Anruf am liebsten wegdrücken, aber irgendwie … traue ich mich nicht. Er ist immerhin mein Chef und Mentor.

Ich gehe dran, und versuche, so normal wie möglich zu klingen. »Carl«, sage ich mit gespielter Freude und öffne die Tür zur Laube, weil ich nicht möchte, dass dieser blöde Nachbar mich belauscht.

»Luise«, sagt er und klingt ziemlich ernst.

»Schön, Sie zu hören«, sage ich und merke, dass meine Stimme etwas unsicher klingt.

Ich setze mich an den Tisch und höre, wie Carl Steinkopf am anderen Ende tief ein- und seufzend wieder ausatmet. Dann kommt er direkt zum Thema. »Wie geht es Ihnen?«

»Ach, gut!«, sage ich. Mist, das klang etwas zu quietschig.

»Ja?«, fragt er misstrauisch.

»Ja!«, beteuere ich, diesmal mit fester Stimme.

Doch er lässt sich nicht täuschen. »Luise«, sagt er streng. »Was ist los mit Ihnen?«

»Ich, also, äääääh«, mache ich, während mir noch im selben Augenblick klar wird, dass ich vermutlich noch nie in einem Gespräch mit Carl Steinkopf so zögerlich klang. Also versuche ich schnell, wieder in meine professionelle Rolle zu schlüpfen. »Wissen Sie, ich habe gerade etwas Ärger mit einem Renovierungstrupp, der in meiner Wohnung wütet, deshalb bin ich für ein paar Tage, na ja, in das Wochenendhaus meines Bruders gezogen, und hier ist das Netz nicht besonders und …« Ich verstumme.

Carl Steinkopf schweigt auch. Er hat meine Ausrede nicht geschluckt. Wieso sollte er auch. Aber was soll ich ihm denn bitte sonst sagen? Dass ich aus Gründen, die ich selbst nicht verstehe, arbeitsunfähig bin? Dass mir der Gedanke, in die Kanzlei zurückzukehren, panische Angst macht? Dass ich plötzlich das Gefühl habe, meine ganze Karriere lang nur geblufft zu haben? Denn das empfinde ich wirklich so. Selbst bei meinem professionell-interessierten Nachfragen bei Nele gestern hatte ich hinterher das Gefühl, ich hätte meine Professionalität bloß gefaked.

Carl Steinkopf schweigt noch immer. Dann seufzt er noch einmal. »Ich gehe also davon aus, dass unser Treffen heute Abend nicht stattfindet«, sagt er.

Mir wird heiß und kalt. Das Date! Das habe ich komplett vergessen. Es sollte heute Abend eigentlich um meine Beförderung gehen. Um meinen Aufstieg zur Partnerin. Um den Lohn für all die Mühe.

»Ja, also, o weh, das tut mir furchtbar leid, aber diese Renovierungsverzögerungen, also, die, äh, also wie gesagt, die waren nicht absehbar und …«, stammle ich.

»Also gut, Luise«, seufzt er und klingt dabei irgendwie väterlich. »Hören Sie zu. Was auch immer Sie aus der Bahn geworfen hat – denken Sie daran: Es wird Sie stärker machen. Auch wenn es sich im Augenblick nicht so anfühlt. Sie werden aus dieser Krise als Gewinnerin hervorgehen.«

»Danke, Carl«, sage ich.

»Dafür nicht, Luise. Und am Ende werden wir als Kanzlei von Ihrer neuen Stärke profitieren.«

»Das glauben Sie wirklich?«

»Das weiß ich.«

Plötzlich fühle ich mich, als wären seine Worte wahr. Hinfallen, aufstehen, Krone richten – das wird mir auch dieses Mal gelingen. Daran glaubt Carl, und weil Carl es glaubt, kann ich es plötzlich auch glauben. Ich brauche einfach noch ein paar Tage, und dann, dann endlich, bin ich wieder zurück.

»Hören Sie, Luise. Ich bin ab nächster Woche für zwei Wochen im Urlaub. Ich werde Cecilia bitten, den Termin in die Woche nach Ostern zu verschieben, einverstanden?

Und bis dahin: Sehen Sie zu, dass Sie wieder auf die Beine kommen. Deal?«

»Deal«, sage ich und bemühe mich mit aller Kraft, Zuversicht in meine Stimme zu legen.

Eine Weile sitze ich einfach so da, das Handy in der Hand. Ich fühle mich erleichtert – und dankbar. Bis nach Ostern sind es noch drei Wochen, und bis dahin, da bin ich mir absolut sicher, bin ich wieder im Leben.

Muss ich wieder im Leben sein.

Unbedingt.

Ich will mein Handy gerade weglegen, da bemerke ich, wie eine Nachricht eingeht. Eigentlich habe ich Nachrichten in den letzten Tagen so gut es geht ignoriert, doch diese hier ist von Felix, also lese ich sie.

Thome! Du willst nicht ernsthaft noch drei Wochen wegbleiben, oder? Was kommt als Nächstes? Die Frührente???

Ich muss lachen, über Felix, aber auch darüber, wie schnell mal wieder der Flurfunk gewesen ist.

Ein paar Sekunden später piepst das Handy wieder. Lächelnd nehme ich es in die Hand, und tatsächlich, er ist es wieder.

Du, mal im Ernst. Darf ich dich trotz Urlaub mal anrufen? Ich stecke bei dieser MayPay-Übernahme fest. Vielleicht hast du ja eine Idee, du Königin der Fintech-Fusionen?

Ich starre die letzten vier Wörter von Felix' Nachricht an, und nach einer Weile habe ich das Gefühl, als starrten die Worte zurück. Ich sehe an mir hinab, sehe die zerknitterte Anzughose und Pips dicke Socken, die Fingernägel, an denen der Lack fast vollständig abgesplittert ist, und meinen fleckigen Mantel aus feinster Wolle. Königin der

Fintech-Fusionen? Hat Felix wirklich vergessen, was vor ein paar Tagen vorgefallen ist? Oder will er es vergessen? Wie kommt er nur zu diesem überzogenen Bild von mir?

Carl Steinkopf hatte mich ein bisschen aufgerichtet, aber jetzt fühle ich mich wieder klein, hilflos und überfordert. Wie, um alles in der Welt, soll ich wieder die Frau werden, die ich einmal gewesen bin? Wie soll ich jemals wieder in einem Meeting sitzen und besserwisserischen CEO-Klienten klarmachen, welche juristische Strategie die beste ist? So, wie ich mich gerade fühle, wäre ich nicht einmal in der Lage, einen primitiven Scheidungsprozess zu führen.

Mit einem Mal bin ich doch ganz froh, auf dem Land zu sein, weit weg von Berlin. Froh, nicht in meiner Wohnung zu sitzen, wo mich alles an meine Pflichten erinnert. Ich bin froh über die Verzögerung, die es bei der Renovierung gab, und froh über die unverhoffte Pause von meinem Leben.

Richtig froh.

Nur was aus mir werden soll, das weiß ich nicht.

Eine Weile bleibe ich noch in der Laube sitzen, und fahre, um irgendetwas zu tun, mit dem Finger die Holzmarmorierung der Tischplatte nach. Doch dann beschließe ich, mich selbst am Schopf aus dem Morast aus Traurigkeit zu ziehen. Ich gehe wieder hinaus auf die Terrasse, räume alles, was dort herumsteht, zur Seite und fege die Platten so gründlich, dass man hinterher meinen könnte, sie wären neu verlegt. Ich stelle die Gartenstühle und den Gartentisch auf und reinige auch sie mit Schwamm und Spüli. Dann schneide ich mit einer Gartenschere, die ich im Keller finde, den Efeu zurück, der von allen Seiten auf die Terrasse wuchert. Nach einer Weile komme ich richtig ins Schwitzen, aber hinterher sieht die Terrasse viel gepflegter aus.

Und auch mir geht es besser. Ich liebe es, Dinge zu tun, deren Resultate man sieht. Zufrieden setze ich mich auf einen frisch gewienerten Gartenstuhl und sehe an meinen Schmuddelsachen hinab. Da bleibt mein Blick an Pips Gartenclogs kleben. Was für hässliche, stillose Treter das sind! Wie klobig und grün und elendig praktisch! Und doch haben sie ihren Sinn: Sie tragen einen nach draußen, wenn man nur mal schnell spontan an die frische Luft will. Und sie tragen einen davon, wenn man eigentlich nur etwas Unkraut oder ein paar Spinnweben entfernen wollte und nach einer Stunde Arbeit oder zwei bemerkt, dass man eben verwandelt wurde: Von einem gestressten Menschen in einen entspannten, von jemandem, der Angst hat, in jemanden, der plötzlich zufrieden ist. Mit einem Mal muss ich lächeln – obwohl mir doch eben noch zum Heulen zumute gewesen ist.

Und plötzlich habe ich das Gefühl, ein bisschen besser zu verstehen, was Pip hier draußen wollte. Vielleicht hat auch er sich verwandeln lassen wollen, vielleicht hat auch er sich nach dem Zauber dieser Schuhe gesehnt. Plötzlich bin ich wahnsinnig dankbar, dass er all das hinterlassen hat: den Garten, die Laube, die Plastikschuhe. Es fühlt sich fast so an, als hätte er gewusst, dass ich herkommen würde, sobald ich nicht weiß, wohin.

18

NACHDEM ICH DIE TERRASSE auf Vordermann gebracht habe, räume ich den Garten drum herum auf: Ich stapele herumliegende Blumentöpfe ineinander, schaufle einen vergessenen Haufen Laub erst auf die Schubkarre und dann auf den Kompost, und fange an, einen riesigen Reisighaufen wegzuräumen. Als ich gerade dabei bin, die Zweige so zu zerkleinern, dass sie ebenfalls in die Schubkarre passen, da schaut schon wieder der Mützennachbar über die Hecke. Ein paar Locken lugen unter seiner Haube hervor, und er beugt sich wie ein wütender Bär zu mir herüber. Ein wütender Bär mit einem ziemlich selbst gestrickt wirkenden Wollpulli und fleckiger Daunenweste darüber. Gruselig!

»Was wird denn das nun wieder?«, fragt der Mützenbär giftig.

»Was wird was nun wieder?«, frage ich ebenso giftig zurück. »Ich räume diesen Haufen hier weg, oder ist das auch verboten?« Ich sehe ihn herausfordernd an.

»Eigentlich schon«, sagt er so selbstsicher, dass ich im Kopf erschrocken sämtliche Paragrafen des Nachbarrechts durchgehe, aber soweit ich weiß, gibt es weder im BGB noch in den 16 Landesgesetzen irgendeinen Absatz, der es verbieten würde, mit seinen Gartenabfällen so zu verfahren, wie man will. Nur verbrennen ist nicht erlaubt, beziehungsweise nur in Ausnahmefällen.

»Ach ja?«, frage ich kämpferisch.

»Nicht, solange Igel, Kröten und Lurche darin ihren Winterschlaf halten könnten«, antwortet er.

Ich glaube es nicht. Igel, Kröten und Lurche! Was will der Kerl als Nächstes von mir? Dass ich meine Handtasche verbuddle, damit Maulwürfe sie als Toilette verwenden können?

»Verstehe«, sage ich knapp und halte inne. Dann lasse ich die Schubkarre stehen und verschwinde hinterm Haus. Als ich wiederkomme, ziehe ich einen großen, schweren Häcksler hinter mir her – ein Gerät, das mich schon als Kind fasziniert hat, weil es alles, was man oben hineinstopft, in Sekundenschnelle in fein zerkleinertes Häckselgut zermalmt, das dann sauber und kontrolliert in einem Auffangkorb landet, mit dem man das Zeug zum Komposthaufen bringt. Ohne den Idioten von nebenan wäre ich gar nicht auf die Idee gekommen, aber jetzt bereitet es mir das allergrößte Vergnügen, das Gerät in Betrieb zu nehmen. Ich drücke den Startknopf, und sofort produziert es einen ohrenbetäubenden Lärm, als es mit gleichmäßigen Mampfgeräuschen Ast um Ast in sich hineinfrisst.

Rrhmpf-rrhmpf-rrhmpf.

Nach ein paar Minuten sehe ich triumphierend hinüber, und prompt wird mein Genuss an der Gartenarbeit noch größer. Denn der Nachbar starrt mich fassungslos an, schüttelt dann den Kopf und verschwindet.

Hihi!

Gut, zugegeben: Als der Haufen immer kleiner wird, werde ich doch ein wenig nervös. Ich bin zwar kein Öko, aber einen Igel würde ich trotzdem nur ungern pürieren. Doch natürlich hatte der verrückte Biobär von nebenan unrecht: Unter der letzten Schicht Zweige findet sich nicht mehr als etwas halb verfallenes Laub und gelbes, zerdrücktes Gras. Kröten und Lurche? Von wegen!

19

ALS ICH ES ENTDECKE, frage ich mich, warum ich es nicht gleich gesehen habe. Ich meine, ich bin doch nun schon seit zwei Wochen da! Hell und bunt steht es dort im Schuppen, versteckt nur von einem alten Sonnenschirm und einer zusammengeklappten Festzeltgarnitur: ein Fahrrad!

Gut, es ist etwas rostig, denn das Schuppendach ist wohl undicht. Zumindest tropft es von den Deckenbalken, und das, obwohl der Regen längst aufgehört hat.

Offenbar stammt das Teil noch aus DDR-Zeiten. Und als ich es endlich aus dem Gerümpel herausgezogen habe, bemerke ich, dass beide Reifen platt sind. Obendrein ist es mir viel zu groß, und es quietscht, als ich es ein Stück über die Wiese schiebe.

Aber ich kriege es hin. Mit einer kleinen Luftpumpe, die ich in einer Werkzeugkiste im Keller finde, gelingt es mir, die Reifen aufzupusten. Ich finde auch eine blau-gelbe Dose WD-40, ein Schmiermittel, das ich deshalb kenne, weil es ein Handwerker mal bei mir im Flur hat stehen lassen. Und ich schaffe es, wenn auch mit einigem Kraftaufwand, den Sattel von ziemlich weit oben nach ganz unten zu schieben, sodass ich mich daraufsetzen kann und trotzdem an die Pedale komme. Ich fahre probehalber ein paar Meter über die Wiese – bequem ist anders, aber immerhin. Also schnappe ich mir Pips ausgebeulten Wanderrucksack und schiebe das Fahrrad durch Garten und Gartentor hinauf zur Straße. Dort steige ich auf und strample los in Richtung Dorfkern, vorbei am örtlichen Teich und am blauen Haus, vorbei an der Bushaltestelle, an der eine Mutter mit ihrem kleinen Kind sitzt. Ich nicke ihr mit möglichst selbstverständlichem Blick zu, als ich an ihr vorbeiquietsche.

Auf der anderen Seite des hübschen Dorfes kommt die Gewerbe- oder Industriezone von Klein-Wiesenthal – eine Halle aus Wellblech und mehrere hässliche Zweckbauten. Was dort wohl hergestellt wird? Ich bleibe stehen, doch es gibt kein Schild, keinen Hinweis. Ich fahre weiter, komme an einem öden Acker vorbei, dann wieder an einer Halle. Daneben steht ein Bungalow mit der Aufschrift »Landhandel«. Offenbar gibt es in Klein-Wiesenthal doch einen Laden!

Ein Glöckchen klingelt, als eintrete. Es ist ein sonderbares Sortiment, überhaupt ein sonderbarer Laden, denn in den Stahlregalen stehen Hühnerfutter und Heugabeln, Schrauben und Schubkarrenräder, Gummistiefel und Unkrautvlies, dazu säckeweise Saatgut, Düngemittel und diverse Pestizide. Ein eigenartiger Geruch schwebt durch den Raum, eine Mischung aus Hamsterstall, Hustensaft und Hundefutter. Es ist ganz still in dem Laden, obwohl ein paar Kunden da sind. In der Mitte des Raumes gibt es einen Tresen aus Holz. Dahinter thront eine Verkäuferin mit Damenbart und Leopardenleggings auf einem drehbaren Bürostuhl.

»Verzeihung«, sage ich mit ausgesucht höflicher Stimme, »ganz normale Lebensmittel führen Sie hier nicht zufällig, oder?«

Die Verkäuferin schüttelt den Kopf, so abschätzig, als hätte ich sie gefragt, ob ich mal ihr Doppelkinn kraulen dürfe.

»Und können Sie mir vielleicht sagen, wo der nächste Lebensmittelladen ist?«

Sie nennt mir den Namen der nächsten größeren Stadt.

»Wie weit ist es dorthin?«, frage ich.

»Elf Kilometer«, antwortet sie ungerührt.

»Danke«, sage ich und lächle, doch sie sieht mich immer noch abschätzig an – wie jemanden, der versucht hat, sich in einen Club zu schmuggeln, in dem er nicht Mitglied ist. »Auf Wiedersehen!«, sage ich noch, aber sie grüßt nicht zurück.

Als ich den Laden verlasse, klingelt wieder das Glöcklein.

Und nun? Sehe ich als Erstes einmal nach, wo das Städtchen mit dem Supermarkt ist. Die Verkäuferin hatte recht: Bis dahin sind es genau 11,2 Kilometer. Ganz schön weit für jemanden, der seine Wege normalerweise mit dem Taxi zurücklegt. Aber es hilft nichts, ich würde nämlich wirklich ganz gerne mal wieder etwas anderes essen als Knäckebrot und Nudeln. Also schwinge ich mich aufs Rad und rolle die Landstraße entlang, vorbei an matschigen Wiesen und kahlen, braunen Feldern.

Es ist ziemlich kalt und feucht, und schon nach ein paar Minuten fängt meine Nase an zu laufen. Aber trotzdem finde ich es ganz okay, strampelnd unterwegs zu sein. So komme ich endlich mal raus aus der Laube und dem Örtchen. Und noch etwas ist toll: Ich schmecke den Wind. Ich schmecke die Feuchtigkeit, die immer noch in der Luft liegt, die speckigen Äcker. Ich schmecke die Sonne, die durch die Wolken bricht. Ich schmecke sogar die Bäume, die ihre nackten Zweige dem Himmel entgegenstrecken, schmecke meinen eigenen Atem, schmecke das Licht.

Oder bilde ich mir das nur ein? Verfalle ich plötzlich dem allgemeinen Landlust-Irrsinn? Bin ich nach meiner Quarantäne in der Laube endgültig verrückt?

Lange bevor das nächste Dorf am Horizont auftaucht, entdecke ich am Straßenrand ein Schild. Es ist aus Holz, handgeschrieben, darauf steht:

HOFLADEN

Kartoffeln, Tomaten und mehr

Es gehört wohl zu dem kleinen Hof ein Stück abseits der Straße. Es ist ein ziemlich verfallen wirkender Vierseithof, der auf ein Durcheinander aus windschiefen Schuppen, Gewächshäusern und winzigen, geziegelten Ställen angewachsen ist. Das Zentrum bildet der schöne, alte Fachwerkhof, der dringend mal wieder gestrichen werden müsste. Im Vorbeifahren hätte ich nicht unbedingt gedacht, dass dort überhaupt jemand lebt, doch als ich mich nun nähere, entdecke ich ein Gatter voller aufgeregt blökender Lämmer, die mir sofort entgegentrappeln.

»Na?«, sage ich und stelle mein Fahrrad an dem Zaun der Koppel ab. Keine Ahnung, wie man einer Schafherde angemessen begegnet.

Eines der Lämmer, ein kamelhaarmantelbraunes, stupst seine Schnauze in meine Richtung durch den Zaun und sieht mich auffordernd an.

»Was guckst du?«, frage ich. »Willst du mir nicht lieber sagen, wo ich ein Kotelett von deinen Geschwistern kaufen kann?«

Einen Augenblick stehen die Schafe still. Dann, wie auf Kommando, drehen sie mir ihre Hinterteile zu und traben davon.

»Hey!«, rufe ich ihnen hinterher. »Das war bloß ein Scherz!«

Doch sie fliehen.

»Was war bloß ein Scherz?«

Erschrocken drehe ich mich um und bemerke, dass sich die Tür eines der Nebengebäude geöffnet hat und ein alter Mann herausschaut. Er hat schlohweiße Haare und ein wettergegerbtes Gesicht voller Falten. Bekleidet ist er mit einem alten, karierten Hemd und einer ausgebeulten Hose aus Cord. Seine Füße stecken in Birkenstock-Sandalen, die kurz davor sind, sich in ihre Einzelteile aufzulösen.

»Guten Tag! Ich habe nur einen Witz über Lammkoteletts gemacht, aber offenbar …«

»Au!« Er verzieht schmerzhaft das Gesicht und entblößt dabei eine Reihe windschiefer Zähne. »Das sind Ouessantschafe. Die verstehen keinen Spaß.«

Einen Augenblick lang frage ich mich, ob er es nun ist, der Witze macht. Aber er wirkt tatsächlich so, als würde er denken, dass es Schafe mit Humor gibt und welche ohne.

»Bin ich hier richtig beim Hofladen?«, wechsle ich also lieber das Thema.

Er nickt. »Komm rein. Ich bin August.«

»Lu«, antworte ich. »Luise.«

Der Hofladen besteht aus einem Kühlschrank mit

Glastür, einer Gefriertruhe und einem Regal voller Dosen und Gläser. Außerdem gibt es einen kleinen Tresen, hinter dem etwas Brot und Kuchen liegen. Erst bin ich etwas enttäuscht, aber als der alte Mann anfängt zu erzählen, freue ich mich doch über meine kleine Entdeckung. Ab jetzt wird mein Leben hier besser, das spüre ich.

»Brot und Kuchen backe ich selber. Hier in der Kühlung gibt's Fleisch und Wurst von meinen Schafen. Die Lammfelle, die dort hinten hängen, kann man ebenfalls kaufen. Und die da«, er zeigt auf das Regal, wo sich mit buntem Inhalt gefüllte Weckgläser stapeln, »sind alle vom letzten Sommer. Eigene Ernte!«

»Wie viele Leute arbeiten denn hier?«, frage ich, erstaunt über das doch so große Angebot.

»Icke«, antwortet er. »Und meine unsichtbaren Brüder.« Seine Augen funkeln vergnügt, und wieder zeigt er sein lückenhaftes Gebiss.

»Sie machen alles allein?«, frage ich bewundernd.

»Sicher! Komm mit, Mädel!«

August führt mich durch sein chaotisches Reich, ein Imperium aus Holzkisten, selbst nachgeschärften Äxten, ausrangierten Gartenbänken und DIY-Möbeln. Wir steigen über zusammengerollte Teppiche und selbst geschnitzte Skulpturen, über antike Harken und zerbrochene Schippen und Kisten, in denen Äpfel und Kartoffeln lagern. Er zeigt mir seine Tiefkühltruhe, in der er Fleisch von Tieren deponiert, das er entweder selbst gejagt oder vom Straßenrand aufgelesen hat, Roadkills also.

»Ökologischer geht's nicht«, sagt er. »Frisch, tierfreundlich und absolut klimaneutral. Die Rehkeule hier«, er zeigt auf einen frostigen Beutel mit dunkelrotem Inhalt, »die kann ich dir günstig geben!«

»Oh«, sage ich erschrocken. »Vielen Dank. Ich esse nur ganz wenig Fleisch.«

Was natürlich gelogen ist. Aber die Vorstellung, mir ein Reh zuzubereiten, das auf einer Landstraße überfahren wurde und dort wer weiß wie lange am Straßenrand lag, finde ich nicht so appetitlich.

»Die ist absolut frisch! Gesünder geht's nicht!«

»Ach, lieber nicht«, wehre ich ab. »Ich glaube, mir ist heute eher nach, äh, Gemüse.«

Das stimmt natürlich auch nicht, klingt aber wesentlich weniger verfänglich.

»Gut«, sagt August. »Was willst du? Kürbis?« Er wartet die Antwort nicht ab, sondern schnappt sich eine orangefarbene Kugel und steckt sie in eine große Tüte aus Papier. »Zwiebeln?« Er legt mir zwei Handvoll dazu. »Lauch?« Er nimmt drei Stangen. »Kartoffeln? Kohl? Saure Gurken? Tomaten? Rote Beete?«

Hilflos sehe ich zu, wie er Stück für Stück in die Tüte packt. Würde ich normalerweise so viel Gemüse kaufen? Sicher nicht. Aber irgendwie imponiert mir auch der Geschäftssinn dieses Mannes; er wäre sicherlich auch ein guter Versicherungsvertreter. Und anders bei Versicherungen ist man beim Essen doch lieber überversorgt als unterdeckt, oder nicht? Außerdem: So charmant lässt man sich doch gerne dazu zwingen.

»Und Brot«, sage ich, als er fertig ist. »Und Milch. Und Butter.«

»Gut«, sagt er, packt alles in die Tüte und drückt sie mir

in die Hand. Dann überlegt er. »Gib mir ’nen Zwanni«, sagt er schließlich.

»Gerne«, antworte ich, und obwohl ich keine Ahnung habe, was ich dafür im Supermarkt bezahlt hätte, habe ich das Gefühl, dass ich ganz schön günstig davongekommen bin. Selbst wenn nicht: Es ist sicher nichts falsch daran, den alten Herren ein bisschen zu subventionieren. Also ziehe ich den passenden Schein aus der Tasche.

»Stammt das ganze Gemüse eigentlich aus dem Gewächshaus dort drüben?«, frage ich, als wir das Hoflädchen verlassen haben und wieder draußen sind.

»Haargenau«, sagt August.

Das Häuschen ist aus unzähligen antiken, verschieden großen Fenstern zusammenmontiert.

»Hast du das selbst gebaut?«

August nickt. »Schick, wa?«

»Darf ich mal gucken?«, sage ich und will schon losgehen, da hält August mich am Arm zurück.

»Zurzeit lieber nicht«, sagt er. »Ich habe da gerade eine kleine, giftige Untermieterin. Eine Wespenspinne.«

»Iih!«, platzt es aus mir heraus. »Kann man dagegen nichts unternehmen?«

»Was soll ich gegen die denn unternehmen?«

»Na!« Ich mache mit der Hand die Bewegung, die man macht, wenn man eine Dose Insektenspray benutzt.

»Ach, um Gottes willen! Wespenspinnen gibt es doch kaum noch! Und sie tut mir ja nichts, solange ich ihr nichts tue!«

August ist ehrlich entsetzt. Und ich – ich ebenfalls. Ich meine, Spinnen! Für mich sind die ein klarer Fall für den

Pantoffel. Schon sie mit Glas und Postkarte an die frische Luft zu setzen finde ich übertrieben und idiotisch.

Zurück in der Laube, packe ich die Papiertüte aus und betrachte meine Ausbeute: Kürbis! Kohl! Rote Beete! Was soll ich mit dem ganzen Zeug anfangen? Ich glaube, das letzte Mal habe ich zu WG-Zeiten gekocht – wobei, stimmt das überhaupt? Wenn ich es mir genau überlege, haben sie mich in der WG gar nicht kochen lassen, zumindest nicht mehr, nachdem ich es zwei, drei Mal versucht hatte. Meine verbrannte Asia-Pfanne war legendär, genauso wie mein zähes Boeuf Bourguignon. Und dann meine steinharte Pizza mit Champignons aus dem Glas! Doch woher hätte ich bitte wissen sollen, dass eingelegte Pilze sauer sind?

Aber gut, inzwischen bin ich ja durchaus, äh, reifer. Und ein Handy habe ich auch. Ich tippe Kürbis und Rezepte ein und finde ein Gericht namens »Einfache Kürbissuppe«, für das ich sogar alle Zutaten habe. Also schäle ich Kartoffeln, zerhacke den Kürbis und setze beides in etwas Hühnerbrühe aus Pips Vorrat auf. Während ich warte, drehe ich das Glas mit den Sauren Gurken auf, angle mit spitzen Fingern ein besonders dickes Exemplar und beiße hinein. Ich kann mich nicht daran erinnern, wann ich zuletzt eine saure Gurke gegessen habe, aber jetzt bin ich entzückt von der Säure und Süße, die in meinen Mund spritzt.

Als das Gemüse weich ist, püriere ich alles mit dem Mixstab, würze noch einmal mit Salz und Pfeffer nach – fertig. Ich gebe die Suppe in eine Schüssel und mache es mir damit am Esstisch bequem, dann endlich probiere ich einen Löffel.

Das Resultat schmeckt, äh, na ja … irgendwie nach Kürbis.

Und ziemlich, tja, gesund.

Ich nehme noch einen Löffel und noch einen. Dann stehe ich auf, gieße den Inhalt der Schüssel zurück in den Topf und schneide mir stattdessen eine Scheibe Brot ab, die ich mit viel Butter und reichlich Salz herunterschlinge. Als ich sie aufgegessen habe, bin ich schlagartig satt. Ich lege noch ein Holzscheit nach, setze mich an den Ofen und habe zum ersten Mal, seit ich in Pips Laube bin, das Gefühl, dass das Frösteln in mir verschwindet.

20

ABER SCHON AM nächsten Tag fluche ich wieder.

Ich schlage morgens die Augen auf, und das Erste, was ich sehe, sind weiße Wölkchen – mein Atem. Meine Nasenspitze fühlt sich wie ein Eiswürfel an, und als ich probehalber einen Fuß aus dem Bett halte, ziehe ich ihn sofort wieder unter die warme Decke.

Dass es morgens frisch ist in der Gartenlaube, daran habe ich mich ja bereits gewöhnt. Egal, wie viele Scheite ich abends in den Ofen stopfe, am nächsten Morgen ist es kalt. Aber dass es gleich so bitter frostig ist? Ist das einer dieser berühmten brandenburgischen Kälteeinbrüche im Frühling? Missmutig ziehe ich die Decke höher – und plötzlich fällt mir auf, wie still es mit einem Mal ist.

Zu still, wenn man mich fragt.

Ich stehe auf und kontrolliere den Heizlüfter. Er gibt keinen Hauch von sich. Fluchend drehe ich den Knopf hin und her, doch nichts passiert. Ich stecke den Stecker einmal aus und dann wieder ein: nada. Kann es sein, dass ein Elektrogerät Mauerfall, Jahrtausendwende und den Aufstieg der AfD überlebt und dann ausgerechnet an dem Tag kaputt geht, an dessen Vorabend ich vergessen habe, Holz für den nächsten Morgen bereitzulegen?

Offensichtlich.

Also springe ich frierend nach draußen, hinaus in den eisigen Nebel, der über dem Garten liegt. Ich stapfe durch das hohe Gras und kassiere einen blauen Fleck, als ich versuche, mit der rechten Hand die Scheite auf dem linken Arm zu stapeln. Zurück im Haus, fällt mir dann auch noch ein Eichenholzscheit auf den Fuß – sehr, sehr schmerzhaft. Und jetzt hole ich mir auch noch rußige Finger, während ich bibbernd versuche, den Ofen neu zu beladen. Am Ende zittere ich so sehr, dass mir ein Streichholz nach dem anderen abbricht. Dann bemerke ich, dass meine Hose nass geworden ist, während ich vorhin über die feuchte Wiese lief.

Während ich wieder unter die Bettdecke krieche und darauf warte, dass das knisternde Feuer langsam wenigstens einen Hauch Wärme verbreitet, überkommt mich plötzlich eine tiefe Abscheu. Auch wenn ich gestern ein kurzes Hoch hatte, werde ich mit alldem hier einfach nicht warm. Das also soll das ach so tolle »einfache Leben« sein, von dem alle immer schwärmen? Wenn dem so ist, dann bevorzuge ich es doch eindeutig kompliziert. Kompliziert: mit vorgewärmten Handtüchern und programmierbarer Zentralheizung, mit der Putzfrau, die stets kommt und geht, während ich nicht zu Hause bin, mit Coffee-to-go und Sushi vom Lieferdienst. Und vor allem mit Kumar, der mich in seinem stets perfekt temperierten Taxi sicher und entspannt von einem Ort zum nächsten chauffiert. Ehrlich, was haben die Leute nur gegen die Stadt? Immerhin erlaubt die einem doch ein Leben, in dem man sich aufs Wesentliche konzentrieren kann – und nicht seine Zeit damit verbringen muss, überhaupt irgendein Leben zu führen. Ich meine, Hilfsorganisationen versuchen, den Menschen in der dritten Welt irgendwie das Leben leichter zu machen, und was tun die Leute hier? Machen es sich so schwer wie möglich! Himmel!

So langsam werde ich richtig sauer. Wann, verdammt noch mal, wird es endlich warm? Und was will ich hier eigentlich? Warum hat dieser Herr Müller sich immer noch nicht gemeldet, um mir zu sagen, dass die bestellten Farben endlich angekommen und meine Wohnung bald wieder bezugsfertig ist?

Wütend greife ich mir mein Handy und rufe ihn an – aber natürlich geht er wieder einmal nicht dran. Oh, hätte ich doch niemals eine Farrow-&-Ball-Farbkarte in die Finger gekriegt! Und wieso bin ich eigentlich automatisch davon ausgegangen, dass die Malerfirma, die Konstantin für den Neuanstrich seiner Wohnung engagiert hat, ein absoluter Topbetrieb sein müsse? Ich meine, er hat sich das Ergebnis nie ansehen können, schließlich war er da schon in den USA. Wer weiß, was die dort bei ihm getrieben haben?!

Mit einem Mal überkommt mich eine dunkle Ahnung. Denn wer weiß schon, was die gerade in meiner Wohnung treiben? Diesmal werde ich es so lange klingeln lassen, bis er endlich dran ist. Doch gerade, als ich seinen Kontakt aufrufe, klingelt mein Handy. Es ist Cecilia, meine Assistentin.

Cecilia – angesichts meiner aktuellen Lebensumstände

löst ihr Name auf dem Display keine Panikattacke aus, er ist eher so etwas wie ein Lichtblick. Vielleicht gibt es ja einen extrem wichtigen, neuen Klienten, der ausschließlich mit mir arbeiten will? Dann müsste ich auf der Stelle in die Stadt kommen, egal wie.

»Cecilia«, sage ich und versuche, weder verfroren noch genervt, sondern, im Gegenteil, erfreut zu klingen.

»Lu, wie geht es Ihnen?«, fragt sie. Im Hintergrund höre ich Bürogeräusche – klappernde Tastaturen, dringliche Gespräche, ein Telefon, das klingelt. Und die Stimme, die da etwas ruft: Ist das Felix? Sofort ploppt die Erinnerung an lange Arbeitstage mit ihm auf – an spät eintreffende Essenslieferungen, an superkonzentrierte Meetings, an den Adrenalinrausch, der einen überrollt, wenn man einen entscheidenden Hinweis findet. Plötzlich vermisse ich meinen Kollegen, vermisse die Energie, die wir freisetzen, wenn wir gemeinsam über einem Fall brüten. Ich vermisse ihn sogar ganz schmerzlich. »Lu?«

»Gut geht's«, sage ich und lege meine ganze Überzeugungskraft in meine Stimme. Und während ich das tue, merke ich, wie mich dabei die Sehnsucht überspült, die Sehnsucht nach meiner alten Stärke, nach meiner alten Energie. Bin ich nicht immer noch ich? Bin ich nicht noch aus jedem Loch gekrabbelt? Kann ich nicht einfach wieder zurück in mein altes Leben?

»Und, wie geht es Ihnen?«, schiebe ich hinterher. Weil es mich wirklich interessiert? Oder weil ich noch ein bisschen länger Kanzlei-Atmosphäre schnuppern will?

»Sehr gut«, antwortet sie, und ich kann durchs Telefon hören, dass sie strahlt. »Ich habe letzte Woche einen

Kundalini-Yoga-Kurs angefangen, seither strotze ich nur so vor Kraft und Power.«

»Wie schön für Sie!«, sage ich. Plötzlich strömt ein ganzer Schwall Tatkraft durch meinen Körper, und ich stehe auf. In meine Bettdecke gewickelt, trete ich in den kalten Morgennebel auf der Terrasse, der sich gar nicht mehr so eisig anfühlt wie noch gerade eben.

»Ja, es ist wirklich wahnsinnig energetisierend. Es baut einen von innen heraus wieder auf. Nach so einer Stunde fühlt man sich fast, als könnte man fliegen!«

»Passen Sie auf, dass Sie uns nicht davonflattern«, scherze ich und streiche den Tau von einem der Gartenstühle. Die Stimme da im Hintergrund – ich glaube, das ist tatsächlich Felix.

»Keine Sorge«, lacht Cecilia. Doch dann klingt sie plötzlich seltsam. »Eigentlich … eigentlich wäre das doch vielleicht auch etwas für Sie«, sagt sie in einer komischen Mischung aus Ernst und Empathie.

»Für mich?« Mit einem Mal scheinen die Bürogeräusche im Hintergrund verstummt zu sein. Mir wird irgendwie … unwohl.

»Ja, ich glaube, es könnte Ihnen guttun«, schlägt sie vorsichtig vor. »Ich habe mal geguckt, es würde sogar eine Yogaschule ganz in der Nähe …«

»Na ja, ich weiß nicht«, falle ich ihr ins Wort. Ich beim Yoga? Hm, also, ich weiß nicht. In meinem ehemaligen Fitnessstudio gab es da jede Menge Kurse, aber als ich es mal ausprobiert habe, war ich hinterher nervöser als vorher. Was bitte soll daran entspannend sein, mit geschlossenen Augen und verknoteten Armen auf einem Bein zu stehen? Welches schwachsinnige Konzept verbietet es beschäftigten Menschen wie mir schon vor dieser endlosen Endentspannung in die Umkleide zu gehen? Sorry, aber ich bin dabei schier verrückt geworden. Ich meine, ich verstehe schon, warum Cecilia denkt, dass das das Richtige für mich sein könnte, aber – nee. Wirklich nicht.

»Wie läuft's denn sonst so?«, frage ich also schnell.

»In der Kanzlei, meinen Sie?«

»Genau. Gibt es irgendwelche interessanten Fälle?«

»Sie kennen doch Carl Steinkopf«, sagt sie. »Der würde niemals in den Urlaub fahren, ohne seinen Leuten ein paar Fälle zu hinterlassen, die so schwierig sind, dass sie ihn alle paar Stunden anrufen müssen.«

»Stimmt, Urlaub war noch nie so sein Ding«, sage ich grinsend.

»Vor allem nicht mit Lydia in einem englischen Landhaus.«

Ich muss lachen. Carl Steinkopfs Frau Lydia ist in der Kanzlei durch diverse Feierlichkeiten berühmt – wegen ihrer pechschwarzen Wallemähne und ihrem Hang zu selbst gebatikten Wallekleidern. Sie liebt alle Stilrichtungen von DIY und verschenkt am liebsten Körbchen und Schachteln aus eigens gesammelten Weidenruten. Außerdem liebt sie alle Arten von Rosen – ihr Mann musste schon mehrere Urlaube bei diversen britischen Rosenzüchtern verbringen.

»Und? Hat er schon angerufen?«, witzle ich.

»Bis jetzt: Jeden Tag, um sicherzugehen, dass wir ihn auch garantiert nicht vergessen«, sagt sie.

Ich lache, und Cecilia stimmt ein.

Dann sagt sie plötzlich: »Wir vermissen Sie hier.«

»Ich vermisse euch auch«, entgegne ich mindestens genauso spontan wie sie. Und wirklich, ich empfinde es so – und das nicht nur, weil ich mir heute so vorkomme, als wäre ich vor zweieinhalb Wochen in einer besonders perfiden Variante des Dschungelcamps gelandet, einer, die im tiefsten Winter spielt.

»Wo wir gerade beim Thema Vermissen sind«, sagt Cecilia und fällt in den professionellen Tonfall zurück, den ich von ihr kenne: »Carl Steinkopf hat mich damit beauftragt, mit Ihnen einen Termin für nächste Woche zu vereinbaren. Er will, dass ich einen Tisch bei Paolo reserviere. Passt es Ihnen gleich am Montag?«

»Ich, äh …« Ich schlucke. Paolo ist ein ziemlich schicker Italiener, in dem wir normalerweise immer dann reservieren, wenn amerikanische, französische oder asiatische CEOs da sind – man trifft dort FDP-Politiker, DAX-30-Vorstände und anderen Geldadel inklusive heimlicher Geliebter. Wenn man dort zu zweit essen geht, lässt man mindestens 300 Euro liegen und ist hinterher nicht einmal richtig satt. Dass Carl Steinkopf mich dort treffen will, ist ein absolut sicherer Hinweis darauf, dass er tatsächlich wahrmachen will, was Felix schon so lange geahnt hat.

Er will mich zur Partnerin machen, trotz der Panne neulich.

Mit einem Mal sackt mir alles Blut in die Füße, und mein Mut, der verlässt mich wieder. Hatte ich wirklich geglaubt, ich könnte einfach so in die Kanzlei zurückkehren und in meine alte Rolle schlüpfen wie in einen gemütlichen Mantel?

Ich spüre, wie mein Herz wieder zu pochen beginnt. Wie meine Hände wieder zittern. Meine Knie werden weich, und ich lasse mich auf einen der Terrassenstühle sinken.

Ich bin noch nicht so weit.

»Sind Sie noch dran, Lu?«

»Ja, ja. Natürlich. Verzeihung. Wann, sagten Sie, soll der Termin sein?«

»Nächsten Montag«, sagt sie.

»Nächsten … äh, also …«

»Carl Steinkopf schlägt 20:30 Uhr vor. Das ist doch nicht zu früh, oder?«

»Also, nein, ich frage mich nur …«

Mein Satz versandet. Keine Ahnung, was ich mich frage.

Cecilia schweigt.

»Sie sind doch noch nicht wieder ganz fit, oder?«, fragt sie nach einer Weile. Ihre Stimme klingt sanft, zugewandt und empathisch.

»Doch, doch, bin ich!«, beteuere ich.

Aber Cecilia kennt mich zu lange. »Soll ich Carl Steinkopf ausrichten, dass es bei Ihnen noch ein paar Verzögerungen gibt bei der …«

»Bei der Renovierung, ja.«

»Alles klar«, sagt sie. »Ist quasi schon erledigt. Ich werde versuchen, den Termin noch mal um eine Woche zu verschieben, okay?«

Ich stocke. Eine Woche, das ist …

»Oder um zwei Wochen?«, fragt sie, als könne sie Gedanken lesen.

»Zwei Wochen sind super«, sage ich. »Danke.« Und

meine es so. Ich bin ihr wirklich wahnsinnig dankbar, trotz ihres Versuchs, mich zum Yogakurs zu schicken.

»Also dann«, sagt sie.

»Also dann«, erwidere ich.

»Bis bald.«

»Bis dahin.«

Wie legen auf, und ich schließe die Augen. In mir wirbeln die Gefühle durcheinander wie in einem Kaleidoskop, das sich zu schnell dreht. Dankbarkeit für Cecilia, die mich bei Carl Steinkopf rausboxen will. Enttäuschung, weil sich immer noch etwas in mir sperrt, zurück in mein altes Leben zu gehen. Ärger darüber, dass ich nicht einfach wieder umswitchen kann. Wut darüber, dass ich auf einmal so schwach bin.

Irgendwo im Garten höre ich einen Vogel zwitschern. Chriri-chriri. Und dann wieder: Chrirriri. Es klingt, als würde er kichern. Als lache er mich aus.

Ich öffne die Augen.

Das Mistvieh ist gut getarnt, zumindest kann ich es nirgendwo entdecken. Sitzt es in irgendeiner Hecke? Beobachtet es mich? Ich scanne die Bäume und Büsche ab, aber ganz ehrlich: So ein Vogel kann sich ja überall verstecken. Wo ist er? Plötzlich fühle ich mich richtig umzingelt von der Natur, von dem wilden Grün, das so unkontrolliert um sich greift.

Ich stehe auf, atme tief ein. Und auf einmal weiß ich, was ich machen muss, damit ich mich wieder besser fühle. Ich schlüpfe in die Plastikclogs, gehe zum Schuppen und hole den Rasenmäher heraus. Den hat das undichte Dach ebenfalls nicht schöner gemacht, aber er funktioniert. Ich werfe ihn an und mähe. Ich mähe so lange, bis kein einziger langer Halm mehr auf der Wiese steht. Wow, fühlt sich das gut an!

Und der blöde Nachbar, der so dämlich zu mir herübersieht? Den ignoriere ich. Aber wie.

21

ALS ICH AM NÄCHSTEN TAG wieder einmal in die Decke gewickelt vor dem kleinen Ofen kauere und mir die Hände schmutzig mache, während ich mich abmühe, endlich mit einem Streichholz einen von Pips in Wachs getunkten Kieferzapfen anzuzünden, da klopft es an der Tür.

Tok-tok.

Ich seufze. Eigentlich wollte ich gerade zurück ins Bett taumeln, bevor die Matratze wieder kalt geworden ist, denn ich habe vom Rasenmähen Muskelkater und bin überhaupt nicht bereit für den Tag, doch da klopft es noch einmal: Tok-tok-tok.

Ich sehe an mir hinab. Außer einer dicken Decke trage ich eine von Pips langen Feinripp-Unterhosen, deren Bündchen in dicken, bunten Ringelsocken verschwinden. Egal.

»Ja?«, sage ich.

Die Tür öffnet sich, und erleichtert stelle ich fest, dass ich entgegen meiner kurzen und zugegebenermaßen unrealistischen Befürchtung keinen Überraschungsbesuch aus der Kanzlei bekommen habe. Es ist auch nicht der bescheuerte Nachbar mit irgendeiner neuen Schikane. Sondern bloß Nele, die Nachbarin mit den Kräutern, die ich in den vergangenen Tagen ein paarmal aus der Ferne gesehen, aber nicht gesprochen habe, seit sie mir beigebracht hat, wie man einen Holzofen entzündet.

»Oh, hab ich dich geweckt?«, fragt sie, als sie meinen Aufzug sieht.

»Nein, ich wollte gerade Kaffee machen«, lüge ich.

»Und? Wie geht's dir? Hat dir mein Kräutertee neulich geholfen?«

»Total«, beteuere ich, obwohl ich natürlich nicht sicher bin, ob ich nicht auch von selbst gesund geworden wäre. »Ich wollte immer mal vorbeikommen und mich bedanken.«

»Das musst du nicht«, sagt sie und lächelt. »Aber natürlich freue ich mich, dass ich helfen konnte. Und über einen Besuch auch.«

»Ich komme gern mal«, verspreche ich. »Irgendwie war ich in letzter Zeit … ich weiß nicht … zu viel mit mir selbst beschäftigt.«

»Kein Problem«, sagt sie. »Ich wollte dich auch gar nicht groß stören. Ich habe nur …« Sie dreht sich um und holt ein Tablett herein, das sie draußen auf der Terrasse abgestellt hatte. Es ist vollgestellt mit kleinen, schwarzen Töpfchen, aus denen winzige, zarte Pflänzchen sprießen. »Ich habe nur zu viel gesät. Willst du ein paar davon haben? Ich würde sie sonst auf den Kompost geben.«

»Was ist das denn?«, frage ich, denn für mich sehen diese Pflänzchen alle gleich aus – wie Kresse nämlich.

»Das sind verschiedene Kräuter«, erklärt sie und zeigt mir die verschiedenen Sprossen. »Hier, das ist Minze, da ein bisschen Fenchel, dort Thymian, hier Rosmarin …«

»Du willst, dass ich Kräuter anpflanze?«, frage ich erschrocken. »Keine Chance, bei mir ist noch jeder Blumentopf binnen vier Stunden eingegangen, ich habe überhaupt keine Zeit für so was. Ich besitze einen schwarzen Daumen, die Dinger sind auf dem Kompost besser aufgehoben als bei mir.«

»Quatsch«, sagt Nele und stellt das Tablett auf der Fensterbank ab. »Du hast doch jede Menge Zeit gerade, oder?«

»Na ja«, sage ich ausweichend. »Eigentlich warte ich darauf, dass meine Wohnung endlich fertig ist und ich zurück nach Berlin kann.«

»Ach so?«, sagt Nele, als würde sie mir nicht so richtig glauben. »Na ja, dann kannst du mir die Kräuter immer noch wiedergeben. Bis dahin musst du nur darauf achten, dass sie Licht bekommen und nicht austrocknen, das ist alles.«

»Aber das Zeug wächst doch noch, oder?«, frage ich, etwas hilflos.

»Klar, im Haus behalten kannst du die Pflanzen nicht ewig. Aber wenn es warm genug ist, kannst du sie draußen irgendwo einpflanzen, dann hast du immer frische Kräuter. Oder du machst das, was Pip eigentlich immer vorhatte.«

»Und was?« Pip – als sie seinen Namen sagt, wache ich auf.

»Du könntest eine Kräuterspirale bauen.«

»Äh … was?«

Nele erklärt mir, was eine Kräuterspirale ist: ein rundes oder besser spiralförmig gemauertes Kräuterbeet. Wegen seiner Form bietet es den verschiedensten Kräutern den perfekten Lebensraum. Oben in der Mitte kommen die hin, die Sonne und Trockenheit lieben, weiter unten, da, wo sich die Feuchtigkeit sammelt, pflanzt man die Pflanzen, die es ein bisschen nasser und schattiger mögen. Es klingt ziemlich kompliziert, aber Nele scheint das überhaupt nicht zu finden. »Pip hat sogar schon Steine gesammelt, aus denen er die Spirale mauern wollte. Und einen Bauplan hat er auch gezeichnet. Du müsstest also nur noch loslegen.« Sie zieht eine Augenbraue hoch und grinst.

»Puh, also …« Ich stocke. Kräuter? Habe ich bis jetzt allenfalls mal im Supermarkt gekauft, sicher eingeschweißt in zwei Lagen Plastik, und meistens wanderten sie nach ein paar Wochen ungeöffnet im Müll. Aber andererseits: Wenn das Zeug sonst auf dem Kompost landet? Man muss es ja nicht gleich übertreiben und ein Heimwerkerprojekt draus machen. Ich werde sie mal hier stehen behalten und dann gucken, was wird.

»Na ja. Warum nicht?« Ich nehme ihr das Tablett ab. »Muss ich da irgendetwas beachten?«

»Erst mal nicht. Du darfst die Töpfchen nur nicht austrocknen lassen.«

»Ich werde mein Bestes versuchen.«

Und das tue ich.

Bis jetzt hatte ich wirklich nicht sonderlich viel am Hut mit Pflanzen, aber jetzt wird doch so etwas wie Ehrgeiz in mir wach. Gleich am nächsten Morgen kümmere ich mich um sie. Wie hat Nele gesagt? Nicht austrocknen lassen! Doch als ich das erste Töpfchen unter den Wasserhahn halte, schwimmt mir der zarte, verletzliche Trieb fast weg, und auch bei meinem Gießversuch mit der Teekanne ist es nicht anders. Am Ende gehe ich dazu über, sie mit den

Fingerspitzen zu besprenkeln, sorgfältig und vorsichtig. Dann stelle ich sie in die Sonne, die durchs Küchenfenster kommt, und platziere sie nachmittags in dem Fenster hinterm Esstisch. Und tatsächlich, es funktioniert: Schon nach ein paar Tagen sind sie eindeutig gewachsen. Die Minze riecht sogar schon ein bisschen so, genauso wie die zarten Stiele des Rosmarins. Allerdings scheinen die Pflanzen ganz vorn am Fenster am schnellsten zu wachsen, weshalb ich die Töpfchen einmal umsortiere, damit alle gleich viel Licht abkriegen. Ich komme mir ein bisschen vor wie die Leiterin einer Kinderkrippe.

Albern? Vielleicht. Aber plötzlich muss ich an Timo denken, einen Freund von Konstantin. Als der nach mehreren Jahren mit 100-Stunden-Wochen bei Goldman Sachs seinen Job gekündigt hat, hatte er plötzlich nichts mehr zu tun – außer die Katze seiner Nachbarin zu füttern, während Letztere im Urlaub war. Damals habe ich gelacht, als er erzählte, dass diese eine Aufgabe quasi seine ganze Aufmerksamkeit in Anspruch nehme – dass er sich fast genauso eingespannt fühlte wie vorher als Financial Risk Manager im Investment Banking. Aber jetzt kann ich plötzlich nachvollziehen, was ihn so empfinden ließ. Manchmal scheint es dem Hirn ganz egal zu sein, ob es sich mit den Details der 9. Novelle des GWB beschäftigt, mit den optimalen Wachstumsbedingungen für Kräutersprösslinge oder mit dem Versuch zu entschlüsseln, was einem eine Siamkatze mit ihrem Maunzen gerade sagen will.

Mein Handy klingelt. Das hat es schon seit Tagen nicht mehr, und vor Schreck verschütte ich das Schälchen mit dem warmen Wasser, mit dem ich die Kräutertöpfe beregne. Es dauert eine Weile, bis ich es gefunden habe. Es liegt unter Pips Tagebuch auf dem Nachttisch. Ich habe es so eilig, dranzugehen, dass ich gar nicht gucke, welcher Name da auf dem Display steht.

»Ja, hallo?«

»Frau Thome?«, meldet sich eine männliche Stimme.

»Am Apparat«, sage ich.

»Müller hier.«

»Herr Müller«, sage ich und spüre, wie meine alte Ungeduld mich wieder einholt und die Entspannung verscheucht. »Ich habe es schon ein paarmal bei Ihnen probiert.«

»Ich weiß«, sagt er. »Und es tut mir leid, dass ich Sie nicht schon eher zurückgerufen habe. Wissen Sie, es ist nur so … es hat bei Ihrer Wohnung eine kleine Komplikation gegeben.«

»Was für eine Komplikation?« Kerzengerade stehe ich in der Laube.

»Ja, also, es ist so, dass Ihr Parkett beschädigt wurde«, sagt Herr Müller.

»Wie, mein Parkett wurde beschädigt?«, frage ich ungläubig. »Beim Streichen?«

»Na ja, also, nicht direkt beim Streichen.«

»Sondern?«

»Es ist ein kleiner Unfall passiert.«

»Was denn für ein Unfall?« Inzwischen bin ich echt alarmiert.

»Tja, also es ist so … Wie soll ich sagen …«

»Sagen Sie es doch einfach«, fahre ich ihn an.

»Gut«, sagt er und schweigt, als müsse er sich erst mal sammeln.

»Also?«

»Ihr Sofa hat gebrannt.«

»Wie bitte???«

»Ja, wir können uns auch nicht erklären, wie das geschehen ist, und wir werden Ihnen den Schaden selbstverständlich ersetzen. Darüber hinaus ist auch zum Glück nicht viel passiert – außer eben, dass Ihr Parkett beschädigt wurde.«

Er schweigt, und ich schweige auch. Ich schweige sogar sehr, und das frostig. Aber mein Atem geht schnell, und ich muss ziemlich an mich halten, Herrn Müller nicht alle Paragrafen an den Kopf zu werfen, die mir spontan einfallen, das wären nämlich verdammt viele. Außerdem ärgere ich mich über mich selbst – habe ich nicht genau so etwas kommen sehen, als der Trottel mit den grün und blau gefärbten Haaren rauchend auf meinem Sofa saß? Oh, dieser gottverdammte Blödmann!

»Und was ist Ihr Vorschlag in der Sache?«, frage ich mit mühsamer Beherrschung.

»Tja, also. Wie gesagt, das Sofa wird selbstverständlich unsere Versicherung ersetzen. Und das Parkett würden wir gleich nächste Woche neu verlegen. Unser Backoffice hat schon recherchiert, und wir können exakt das gleiche Muster in dem exakt gleichen Eichenholzton verlegen, man würde also gar nichts merken. Ihre Möbel würden wir in der Zwischenzeit auslagern.«

»Und streichen müssen Sie sicher auch noch einmal«, sage ich.

»Das auch, sicherlich.«

Ich schweige wieder. Mein Puls hat sich einigermaßen beruhigt; ich wundere mich selbst darüber, wie schnell das ging. Irgendwann in den nächsten Tagen wollte ich in meine Wohnung zurückkehren, zurück zu meinem Patschuli-Ölbad, meinem Fernseher, meinem bequemen Bett mit der Kamelhaardecke und dem Merino-Zirbenholzkissen. Aber als Herr Müller mir nun sagt, dass die ganze Aktion sicherlich noch einmal zwei Wochen dauern wird, allein wegen der Trocknungszeiten des Fußbodenöls, nehme ich mein Schicksal ergeben hin.

Ein einziges Mal fluche ich noch, aber danach lege ich mein Handy weg und suche einen Lappen, um die Pfütze aufzuwischen. Ich kontrolliere, ob alle Keimlinge genügend Wasser bekommen haben, und sehe mich in der Laube um, die also weitere zwei Wochen mein Zuhause sein wird. Die Sonne scheint durchs Fenster, warm und wunderschön. Sie wirft ein goldenes Rechteck auf Pips Bett – und auf das Tagebuch, das auf dem Nachttisch liegt.

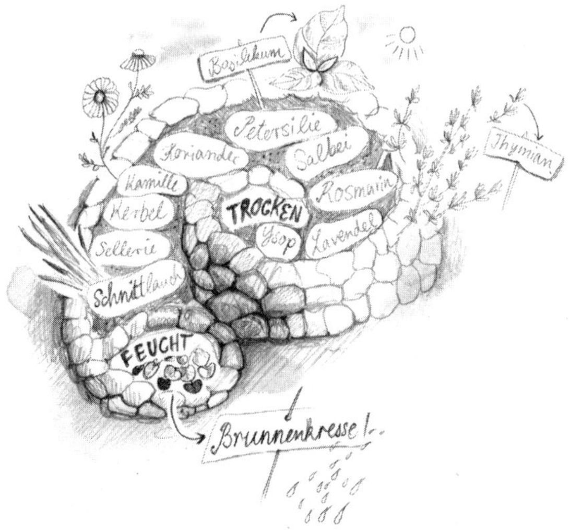

22

MEINE GÜTE, sind die Dinger schwer. Ehrlich, ich hatte mich immer für eine Frau gehalten, die gut zupacken kann, aber jetzt mühe ich mich ganz schön ab bei dem Versuch, die Feldsteine, die Pip hinter dem Schuppen gesammelt hat, in die Schubkarre zu hieven. Schwitz! Das macht keinen Spaß. Und als ich jetzt versuche, die beladene Schubkarre zu der Stelle vor der Terrasse zu schieben, an der ich die Kräuterspirale bauen will, bewegt die sich kein bisschen. Ich schiebe, doch sie bleibt einfach stehen.

»Soll ich helfen?«, höre ich da eine Stimme. Oh no! Es ist der Idiot von nebenan, der sich mal wieder einmischt.

»Nein, danke«, erwidere ich, ohne aufzusehen – und schiebe noch fester.

»Wirklich nicht?«, fragt er.

»Ich schaff das schon«, blaffe ich ihn an.

Ich meine, was bildet der Typ sich ein? Erst gängelt er mich über den Gartenzaun hinweg, und jetzt will er, dass ich dankbar seine Hilfe annehme? Genervt werfe ich mich mit meinem ganzen Körpergewicht gegen das beladene Gefährt – und jetzt kommt die Schubkarre tatsächlich ins Rollen. Ha! Zentimeter um Zentimeter balanciere ich sie über die Wiese.

»Achtung!«, ruft es da von nebenan – und schon geschieht es. Die Schubkarre rutscht in irgendeine Delle, gerät in Schieflage, und rums, fällt alles um, und die Steine rutschen mit einem donnernden Geräusch aus der Wanne.

Verdammt! Alles umsonst gewesen.

»Kein Problem.«

Ich sehe erschrocken auf – und mache unwillkürlich einen Schritt zurück. Der Nachbar hat sich neben mir aufgebaut und ist plötzlich so groß, dass ich richtig erschrecke – über die Hecke hinweg sah er mit seiner Pudelmütze ziemlich zwergenhaft aus.

»Ich schaffe das schon«, sage ich hastig, stelle die Schubkarre auf und fange an, die Steine wieder hineinzustapeln.

»Na komm, so geht es schneller«, sagt er mit einem Tonfall, der mich irgendwie an meine Mutter erinnert. Es war genau das, was sie immer gesagt hat, wenn ich mir als Kind partout nicht helfen lassen wollte – beim Schuhe binden, beim Aufräumen, beim Broteschmieren. Ich habe diesen bevormundenden Tonfall schon immer gehasst.

»Ist wirklich nicht nötig«, murmle ich, aber dann sehe ich, wie er die Steine mühelos in die Wanne verfrachtet, und halte die Klappe.

Schon wenige Augenblicke später sind wir fertig. Dann stellt er sich mit dem Rücken zur Schubkarre und nimmt die Griffe. »Manchmal geht es besser, wenn man sie zieht, weil man dann das Gewicht nicht so sehr in den Boden reinschiebt«, sagt der Nachbar und bewegt sie mühelos in den vorderen Teil des Gartens. Dann bleibt er genau an der Stelle stehen, die ich gemeinsam mit Nele für die Spirale auserkoren habe – nahe an der Terrasse, an einer Stelle, an der die Kräuter volle Sonne haben.

»Hierhin?«, fragt er. Er wartet meine Antwort nicht ab, sondern stellt die Schubkarre einfach ab.

Aus der Ferne habe ich ihn immer für mindestens fünfzig gehalten, wahrscheinlich wegen der Daunenweste. Jetzt, aus der Nähe, stelle ich fest, dass er wahrscheinlich doch etwas jünger ist, eher so Anfang, Mitte vierzig. Liegt vielleicht auch daran, dass ich ihn zum ersten Mal ohne Mütze sehe und stattdessen eine Unfrisur aus etwas peinlichen Locken sein Gesicht umrahmt.

»Haben Sie mich beobachtet?«, frage ich misstrauisch.

»Du«, erwidert er.

»Bitte?«

»Hast du mich beobachtet«, sagt er und hält mir die Hand hin. Sie sieht ziemlich kräftig aus, eine richtige Arbeiterhand. Ich nehme sie trotzdem nicht.

»Niko«, stellt er sich schließlich vor, und die Hand, die er mir zur Begrüßung entgegengestreckt hat, wandert zu seinem Kinn – er kratzt sich.

»Lu«, erwidere ich, etwas widerwillig.

»Freut mich«, sagt er. Dann fügt er hinzu: »Und, nein, hab ich nicht.«

Ich schweige. Ganz kurz treffen sich unsere Blicke, und ich bin überrascht, dass ein Idiot wie er so freundlichbraune Augen haben kann. Andererseits habe ich auch schon Steuerfahnder mit Wangengrübchen gesehen, und Personalchefs, die jeder Frau, die aus dem Mutterschutz wieder in die Firma kommt, beim Rausschmiss ein besonders herzerwärmendes Lächeln schenken.

»Weißt du, äh … Lu. Ich habe das alles eigentlich nur nett gemeint.«

»Ach ja?«, erwidere ich kühl.

»Wirklich! Ich … ich kenne den Garten eben schon eine Weile. Und ich kannte Pip.« Er macht eine Pause. »Du bist seine Schwester, nicht wahr?«

Ich nicke stumm. Will der Kerl sich jetzt endgültig bei mir anbiedern?

»Nele hat es mir schon verraten.« Wieder macht er eine Pause. »Darf ich dir erklären, warum ich mich eingemischt habe, als du angefangen hast, hier herumzuwirtschaften?«

Herumzuwirtschaften?! Und der Kerl denkt ernsthaft, ich hätte jetzt noch Interesse, seine Entschuldigung zu hören?

»Schieß los«, sage ich dann aber doch.

»Weißt du, Pip hat sich so sehr um die Artenvielfalt in seinem Garten gesorgt.«

»Ah«, mache ich.

»Ernsthaft! Hast du eine Ahnung, wie schlimm es um die Insektenwelt bestellt ist?«

»Ich …«, hebe ich an, um ihm mitzuteilen, dass das Bienensterben tatsächlich nicht an mir vorbeigegangen ist, aber er lässt mich gar nicht erst zu Wort kommen, sondern doziert einfach weiter.

»Alle reden immer von den Bienen und sorgen sich darum, dass es möglicherweise bald keinen Honig mehr für ihren Frühstückstoast gibt. Dabei sind die Honigbienen überhaupt nicht in Gefahr. Dafür die Wildbienen und fast alle anderen Insekten. Seit Ende der Achtzigerjahre haben sich die Bestände in Deutschland um siebzig bis achtzig

Prozent reduziert!« Er reißt die Augen auf und sieht mich an, als würde er mir von einem unmittelbar drohenden Atomkrieg erzählen.

»Und?«, frage ich, weil ich mich nicht traue, »Na und?« zu sagen.

»Und? Fragst du das wirklich?« Wieder wartet er meine Antwort nicht ab. »Wo keine Insekten sind, da werden organische Substanzen nicht ersetzt, und es gibt keine Nützlinge, die sich über Schädlinge hermachen. Und vor allem werden keine Pflanzen bestäubt – kein Weizen für Brot, keine San-Marzano-Tomaten und auch kein Sushi-Reis.«

Ich zucke zusammen.

»Pip war so stolz auf die Artenvielfalt in seinem Garten! Darauf, dass bei ihm Eidechsen lebten und Libellen und sogar die Rostrote Mauerbiene. Die Totholzhaufen, die Pflanzenstängel … all das hat er mit Absicht stehen lassen. Ich konnte das kaum mit ansehen, wie du die ganze Arbeit wieder zunichtegemacht hast.«

»Verstehe«, sage ich etwas unwillig.

»Ich habe nur sein Werk verteidigt«, erklärt er sich noch einmal.

»Okay«, sage ich. »Alles klar.«

Wir schweigen. Ich weiß, dass ich gerade ziemlich zickig wirken muss. Aber das ist mir egal. Irgendwer muss dem Kerl ja klarmachen, dass er ein nerviger Besserwisser ist.

Dann fällt mein Blick auf die Schubkarre mit den Steinen – ein Blick, durch den Niko sich offenbar aufgefordert fühlt. »Na komm, ich pack noch mal mit an«, schlägt er vor.

»Auf keinen Fall«, sage ich. »Ich bekomme das schon selber hin.«

Wäre ja noch schöner, wenn ich mich erst von ihm belehren lassen muss und dann auch noch seine Hilfe brauche!

»Davon bin ich überzeugt«, beschwichtigt er mich. »Aber ich habe die Kräuterspirale mit Pip geplant. Meinst du nicht, dass ich dir helfen könnte?«

»Also …« Ich verstumme – und im nächsten Moment fängt er an, mit den Steinen den Umriss einer Spirale auf den Boden zu legen. Missmutig sehe ich ihm zu. Ich hasse es, wenn Männer mir Aufgaben einfach aus der Hand nehmen, denn dann habe ich keine Chance zu beweisen, dass ich es selbst hinkriege, was wiederum dazu führt, dass man mir beim nächsten Mal genauso wenig zutraut und beim übernächsten Mal wieder. Aber diesmal bin ich ganz froh, denn Pips Aufzeichnungen enthielten keine klaren Hinweise darauf, in welche Himmelsrichtung die Spirale ausgerichtet werden soll, und das ist vermutlich nicht ganz unbedeutend.

»Das Wichtigste ist, dass diese Seite hier nach Süden geht«, erklärt der Pudelmützennachbar genau in diesem Moment, »denn dort kommen die Kräuter hin, die besonders sonnenhungrig sind.« Dann legt er Stein um Stein auf den Boden und fängt an mir zu erklären, warum er welche Steine wo verwendet und warum welche wo nicht. Sofort überkommt mich wieder dieses Gefühl von damals, als der Richter am OLG-Düsseldorf mich fragte, wo mein Chef denn nun bliebe. Denkt der wirklich, ich wäre so doof, die kleinsten Steine ganz unten zu verwenden und die großen obendrauf zu legen? Ich meine, ich bin vielleicht eine Städterin, aber ich bin doch keine Idiotin! Kann der Kerl nicht einfach wieder aus meinem Garten verschwinden?

Zum Glück ist er jetzt fertig und betrachtet unverhohlen angetan seine Arbeit. »Also, ich find's ganz gut so. Du auch?«

»Klar«, sage ich genervt.

»Hast du schon den Mörtel besorgt?«

»Ist da.«

»Soll ich den schnell holen?«, fragt er und setzt an, die Schubkarre in Richtung Keller zu schieben.

»Danke«, sage ich schnell und nehme ihm die Schubkarre ab. »Ab hier schaffe ich das selber.«

23

IN DEN NÄCHSTEN TAGEN ist das Wetter so herrlich frühlingshaft, dass die Laube nicht viel von mir zu sehen bekommt. Die meiste Zeit bin ich draußen – und aktiv. Den Bauplan der Kräuterspirale habe ich noch einmal optimiert. Pip und Niko wollten die Wände offenbar einfach auf dem Gras hochziehen; ich hingegen mache es schlauer und hebe erst ein Loch aus, in das ich dann Schotter gebe. Der bildet ein super Fundament für Mauern aller Art und wirkt außerdem als Drainageschicht. Das YouTube-Tutorial, das ich mir dazu angesehen habe, hat mich überzeugt, dass dieser Zwischenschritt wirklich wichtig ist. Die Internetverbindung hier draußen ist wirklich grottig, aber ein YouTube-Filmchen habe ich mir noch angesehen: darüber, wie man Mörtel anrührt. Das macht man nämlich mit einer Bohrmaschine, auf die man so eine Art Quirl aufsetzt. Habe ich früher Witze über Baumarktkunden gemacht? Tausend sorry! Hätte ich auch nicht gedacht, aber ich muss gestehen: Dieses kleine Machtgefühl, das einen überkommt, wenn man mit einer Bohrmaschine hantiert, das hat schon etwas. Ja, wirklich! Mörtel anrühren: großer Spaß.

In Berlin kümmern sich Handwerker darum, meine Wohnung zu streichen, während ich hier jetzt Mauersteine setze, Mörtel daraufklatsche, klopfe und schiebe und mische. Klar, perfekt sieht anders aus, und jeden echten Handwerker hätte ich vermutlich noch mal von vorn anfangen lassen, weil die Wände nicht wirklich lotrecht werden, aber: Ich bin nun mal kein echter Handwerker. Und es hält. Und irgendwie … macht es mich am Ende zufrieden. Als das Mauergerüst steht, grabe ich (ich!) mit einer großen Schaufel den Komposthaufen um, siebe die Erde durch, vermische sie mit Sand und fülle damit die Spirale auf. Das Ganze lasse ich erst einmal ein paar Tage sacken – ebenfalls eine YouTube-Lektion, und auch nicht schlecht fürs Wohlbefinden.

Beim Einsetzen der Kräuter hilft mir dann Nele: Ganz oben, wo das Wasser am schnellsten abläuft, pflanzen wir mediterrane Kräuter wie Ysop, Lavendel, Thymian, Rosmarin und Salbei, in der Mitte Basilikum und Koriander, Petersilie und Kerbel. Und ganz unten, wo die Feuchtigkeit sich sammelt, wachsen in Zukunft: Schnittlauch, Sellerie, Minze und Liebstöckel. Noch sind die Pflanzen ganz klein, aber Nele ist sich halbwegs sicher, dass es in diesem Jahr keinen Frost mehr gibt, deshalb haben wir es gewagt, sie ins Freie zu setzen. Und obwohl ich weder Ahnung habe, wie Ysop schmeckt – geschweige denn, dass ich vor meinen Pflanzambitionen jemals davon gehört hätte –, noch was man mit Kerbel oder Liebstöckel so anstellen könnte, erfüllt mich der Anblick meiner Kräuterspirale mit Stolz, jedes Mal, wenn ich an ihr vorübergehe. Ich meine, wer kann schon von sich behaupten, dass er mauern kann, gute

Erde herstellen und Kräuter ziehen? Das sind doch mal ganz neue berufliche Perspektiven!

Und irgendetwas macht diese Erfahrung mit mir. Plötzlich besteht der Garten nicht mehr nur aus Ärgernissen, sondern aus Aufgaben. Ich jäte Unkraut, steche Löwenzahn aus. Ich buddle eine Pflanze aus, die mir ein bisschen zu weit in den Eingang zur Terrasse hereinragt und die ich aber nicht einfach zurückschneiden will, und versetze sie an eine andere Stelle. Ich gucke mir noch mehr YouTube-Tutorials an: zum Thema Lavendelschnitt, zur Heckenpflege, zur Düngung von Beerensträuchern im Frühling (mit Komposterde und Hornspänen). Und gerade eben habe ich sogar den tropfenden Wasserhahn in der Küche repariert. Wer hätte gedacht, dass man so ein Ding einfach aufschrauben kann, um den Dichtungsring herauszunehmen?

Dann gehe ich rüber zu Nele. Ich muss nur durch eine Lücke in der Hecke schlüpfen, schon stehe ich in ihrem Garten. Das habe ich in letzter Zeit ziemlich häufig gemacht, und inzwischen fühle ich mich fast schon ein bisschen wie ihre inoffizielle Praktikantin. Denn sie bringt mir längst nicht nur ihr durchgeknalltes Kräuterhexenwissen bei, sondern auch Dinge, die einigermaßen nützlich sind. Zum Beispiel, dass man nicht nur Lavendel regelmäßig zurückschneiden muss, damit er nicht verholzt, sondern auch Rosmarin und Salbei. Dass man Minze und Zitronenmelisse nur im Topf einpflanzen darf, weil sie sich sonst im ganzen Garten ausbreiten. Pflanzen und alles, was damit zu tun hat, gehen ihr wirklich über alles. Von früh bis spät buddelt und schippt und tut sie, und es kommt kaum vor, dass man sie ohne Blumentopf oder Spaten herumstehen sieht. Und komischerweise entspannt es mich total, ihr dabei zuzusehen. Seltsam, oder? Manche Leute schauen sich Handwerkervideos auf YouTube an, andere gucken Kochshows, wieder andere blättern gern in Fitnessmagazinen – und ich sehe Nele über die Schulter, um mich schlagartig geerdet und relaxed zu fühlen.

Auch heute ist sie schon wieder mittendrin, als ich bei ihr durch die Hintertür in die Küche trete.

»Was machst du da?«, frage ich.

»Komm her und guck«, sagt sie.

»Sind das Erbsen?«

Sie nickt. Tatsächlich steckt sie kleine, runde getrocknete Erbsen in die Erde, in jedes Anzuchttöpfchen eine. Sie sehen genauso aus wie das Zeug, mit dem Oma Ilse früher den Erbseneintopf gemacht hat, den mein Vater so sehr liebte, mit Speck und Kasseler und Würsten – meine Mutter fand den natürlich fürchterlich. Wer hätte gedacht, dass man aus den Dingern Erbsenpflanzen züchten kann!

»Ich habe die heute Morgen in Wasser eingeweicht, dann klappt es besser. Eigentlich kann man sie auch direkt in die Erde stecken, aber ich liebe es, wenn ich morgens beim Kaffeetrinken nach ihnen sehen kann und mich nicht überraschen lassen muss, wann sie aus dem Beet sprießen.«

»Und was sind das hier für Samen?«, frage ich und halte ein anderes Tütchen in die Höhe.

»Das? Das ist Mangold.«

»Mangold? Ist das nicht das Zeug, das es manchmal beim Italiener als Beilage gibt?« Ich spähe in das Tütchen hinein und entdecke darin winzige, schwarze Samenkörner. »Sieht eher aus wie Mohn.«

»Um den kümmern wir uns gleich«, sagt sie. »Jetzt hole ich erst mal die Schlüsselblumen aus dem Kühlschrank.«

»Schlüsselblumen? Aus dem Kühlschrank??« Ich laufe ihr hinterher und beobachte, wie sie tatsächlich eine flache Schale aus Terrakotta aus dem Gemüsefach zieht.

»Schlüsselblumen sind Kaltkeimer«, erklärt sie. »Wer wie ich vergisst, sie im Herbst auszusäen, der muss die Frostperiode künstlich nachholen, sonst treiben die Samen nicht aus.« Sie zeigt mir die mit Sand gefüllte Schüssel. »Die stelle ich jetzt raus, und dann kommen sie hoffentlich bald. Es gibt nichts Besseres bei Husten.«

»Ja?« Misstrauisch spähe ich hinein. Ich sehe nichts, und schon gar kein Hustenmittel.

»Und bei Schlaflosigkeit. Und sogar bei Allergien!« Nele strahlt mich an und erinnert mich an die Inhaberin des Kaffeeladens bei mir im Haus, als sie mir die Vorzüge von Chiasamen referierte. Die sollten auch gegen alles Mögliche helfen, aber wer will schon freiwillig etwas essen, das sich im Mund wie Froschlaich anfühlt? Inzwischen haben sie das Zeug wieder aus dem Sortiment genommen. Vernunft setzt sich eben doch durch, zumindest hin und wieder.

»Helfen die Blümchen auch gegen Aberglauben?«, frage ich grinsend.

Nele legt den Kopf schief. »Spotte nur«, sagt sie. »Hat dir mein Tee neulich geholfen, oder nicht?«

»Zumindest hat er nicht geschadet«, gebe ich zu. »Was mir geholfen hat, weiß ich nicht.«

»Ich schmeiß dich gleich raus«, droht sie mir lachend.

»Bitte nicht!«, flehe ich.

»Dann hilf mir mit dem Salbei«, sagt sie und läuft schon wieder weg – in Richtung Kräutergarten hinterm Haus. Der ist wirklich wunderschön, mit symmetrisch angelegten Beeten, die von gepflasterten, schmalen Wegen durchzogen sind. In der Mitte gibt es sogar einen kleinen Springbrunnen, fast so wie in einem mittelalterlichen Kloster.

Als wir vor dem ziemlich streng zurückgeschnittenen Salbeibusch angekommen sind, legt sie mit der Schaufel die Wurzeln frei und stößt dann mit einem beherzten Spatenstich mitten hinein.

»Nele«, rufe ich erschrocken.

»Was?«, fragt sie.

»Du hast ihn kaputtgemacht!«, rufe ich.

»Blödsinn«, sagt sie. »Ich habe ihn geteilt. Ich grabe die eine Hälfte an einer anderen Stelle ein, und dann können beide wieder wunderbar wachsen. War übrigens Pips Lieblingskraut.«

»Ach ja?« Plötzlich ist mein Interesse geweckt.

»Ja, vor allem als Chips.«

»Als Chips?«

»Ja, man kann die Blätter super frittieren. Hier, riech mal!« Sie hält mir die eine Hälfte des Strauchs vor die Nase.

»Riecht nach Halsweh«, sage ich.

Nele lacht. »Salbei hilft aber nicht nur gegen Halsweh.«

»Sondern auch gegen Alzheimer?«, witzle ich.

Sie sieht mich überrascht an. »Du kennst die Studie über die Verbesserung der kognitiven Leistung bei Demenzkranken?«

Ich lache und winke ab. Nele und ihre Kräuter! Ihr Glaube an die Kraft der Pflanzen ist offenbar unerschütterlich. Aber obwohl ich da wirklich kein bisschen bei ihr bin, kann ich mir trotzdem nicht helfen: Da ist etwas an Nele, was bei mir ein gutes Gefühl auslöst. Ich bin so froh, sie hier zu haben! Und das nicht nur, weil sie mich, wenn ich möchte, mit zum Einkaufen nimmt, sodass ich nicht mehr ausschließlich auf Augusts Hofladen angewiesen bin – der Mensch braucht schließlich auch Klopapier, Zucker und Spüli. Nein, irgendwie ist sie auch eine gute Gesprächspartnerin. Manchmal sitzen wir nach getaner Arbeit noch ein bisschen zusammen und plaudern: über Marienkäfer und ihre Fähigkeit, Blattläuse zu vertilgen. Über meinen schrecklichen Nachbarn, der nach Neles Auskunft eigentlich ganz nett ist – er arbeitet als Erzieher in der Kita im Ort (die armen Kinder!). Wir reden über das Glück und Unglück, den richtigen Beruf zu haben. Über Eltern. Über die Liebe. Dabei stellen wir fest, dass wir uns gar nicht so unähnlich sind: Nele hat, wie ich, kein besonders gutes Verhältnis zu ihrer Mutter, und hat deshalb, wie ihr Vater, Pharmazie studiert. Sie war ein »Jungsmädchen«, wie sie das nennt, und schon als Kind immer mehr mit Männern befreundet als mit Frauen. Wie ich.

»Ich habe mich unter Frauen nie so richtig wohlgefühlt«, gibt sie zu, als wir später in ihrer großen Küche sitzen und durch einen Zufall erneut auf das Thema zu sprechen kommen. »Mir war es fremd, auf Gefühle Rücksicht zu nehmen. Ich wollte immer lieber über Wissenschaft diskutieren. Über Pathophysiologie, neue Erkenntnisse der Galenik, über die aktuellen Entwicklungen in der Pharmakologie.«

»Ist ja auch viel interessanter«, stimme ich ihr zu. »Wieso soll ich über Kosmetik reden, wenn ich auch über Kartellrecht sprechen kann? Ist das nicht komisch? Wenn man sich mit Männern streitet, auch heftig streitet, dann stärkt das die Freundschaft eher – solange man sich irgendwie einig wird. Mit Frauen hingegen konnte ich mich nie so richtig zoffen. Ich habe das Gefühl, denen kommt man immer erst dann nahe, wenn das Gespräch gefühlsduselig wird.« Ich nehme einen Schluck von dem Wein, den Nele auf einem Ausflug nach Berlin besorgt hat. Es ist ein Pinot Noir von einem Bio-Winzer aus Baden, der sich, entgegen meinen anfänglichen Vorurteilen (Bio-Wein! Und noch dazu aus Deutschland!) als gar nicht mal so schlecht entpuppt.

Nele steht auf und legt ein Holzscheit in den Kamin, in dem es gemütlich knastert und knistert. Eigentlich bräuchte sie den Ofen gar nicht, denn anders als ich wohnt sie in einem richtigen Haus. Das alte Fachwerkhaus hat Wohn-, Schlaf- und Gästezimmer und eine riesige Küche, in der nicht nur ein langer Esstisch Platz hat, sondern auch noch zwei bequeme Sessel mit gemütlichen, bunten Wolldecken vorm Kamin. Sie hat Vitrinen voller altem Porzellan, und auf dem Esstisch steht ein großer Krug aus Emaille mit schönen getrockneten Blumen darin.

»Ja, so ähnlich habe ich das auch lange gesehen«, sagt sie nun.

»Und jetzt nicht mehr?«, frage ich.

Sie wiegt nachdenklich den Kopf. »Nicht mehr so absolut«, sagt sie schließlich. Die Art und Weise, wie sie mich dabei ansieht, verunsichert mich ein bisschen.

»Es soll jetzt nicht so klingen, als ob ich etwas gegen

Frauen hätte«, sage ich. »Hab ich nicht! Aber irgendwie mag ich lieber Frauen, die anpacken, statt immer nur zu reden. Und die klare Ansagen machen, statt dass man raten muss, was man ansprechen darf und was nicht.«

»Die mag ich auch«, sagt Nele und sieht mich freundlich an.

»Und ich finde, dass es nichts Uninteressanteres als Beziehungsprobleme gibt.«

»Aber Frauen reden doch nicht nur über Beziehungsprobleme!«

»Nein, das natürlich nicht«, gebe ich zu. »Aber gefühlt sind Männer ständig ein Thema.«

»Sind sie ja auch«, sagt Nele lächelnd.

»Ja?«, frage ich. Ich will hinzufügen, dass mir bestimmt zehn andere Dinge einfallen, die mir wichtiger sind als Männer, aber ich verkneife es mir.

Zum Glück steht Nele auf, um uns noch etwas Rotwein nachzuschenken. »Ich muss dir etwas sagen«, meint sie, als sie wieder sitzt.

»O nein«, rutscht es mir heraus. »Wird's jetzt doch noch gefühlsduselig?«

Wir lachen.

»Nein«, sagt Nele dann. Und schiebt hinterher: »Oder besser: ja.«

»Ich bekomme Angst«, witzle ich.

»Das solltest du auch«, sagt sie.

Himmel. Was kommt jetzt für ein Outing? Dass sie lesbisch ist? Dass sie sich in mich verliebt hat? Dass sie mal ein Mann namens Norbert war?

»Ich war nämlich mal ein bisschen in Pip verliebt.«

»Du warst was?«, frage ich und bin froh, dass ich schon etwas betrunken bin. »Hat er dir nicht erzählt, dass …«

»Doch, hat er«, sagt sie, und ein sanftes Lächeln umspielt ihre Lippen.

»Aber?«

»Aber ich habe ja auch nichts mit ihm angefangen.«

»Sicher nicht?«, frage ich.

»Kein noch so winziges bisschen.«

»Und hat er davon gewusst?«

»Dass ich in ihn verliebt war? Vielleicht«, sagt sie.

»Und er?«

»Du meinst, ob er meine Gefühle erwidert hat?«

Ich nicke.

»Tja ….« Sie denkt nach. »Auch vielleicht. Manchmal hatte ich das Gefühl.«

»Aber?«

»Er hat sich nicht wirklich was anmerken lassen.«

»Also, das heißt, ihr habt nie …«

»Nein, nie«, verspricht sie.

Ich schüttle ungläubig den Kopf. »Deshalb hat er also das Landleben so geliebt.«

»Nein, deshalb sicher nicht«, meint Nele. »Ich glaube eher, dass er das Landleben liebte und deshalb überhaupt erst wieder, na ja, den Kopf für anderes frei hatte als für die Arbeit.« Sie sieht mich durchdringend an.

»Wow«, sage ich, und mir schießen tausend Fragen durch den Kopf. Wann hat das angefangen? Wollte er Saskia davon erzählen? Hat er sich eine Zukunft mit Nele vorgestellt? Oder wollte er es bei einer Freundschaft belassen?

Doch dann beschließe ich, dass ich nichts davon erfahren

will. Klar, selbstverständlich habe ich mich für das Liebesleben meines großen Bruders interessiert – aber allzu detailliert wollte ich es dann doch nie wissen.

Eine Frage habe ich am Ende aber doch. »Und warum erzählst du mir davon?«

»Weil ich dich mag«, sagt sie.

»Danke«, sage ich.

»Und weil ich glaube, dass es nicht gut ist, wenn etwas Unausgesprochenes zwischen den Menschen steht.«

»Na ja. Meinst du?«

»Klar!«

»Ich weiß nicht. Ich meine, theoretisch klingt das schon richtig. Aber praktisch? Macht es mir wirklich nichts aus, wenn du mir solche Sachen nicht erzählst. Ja? Ich muss nicht alles wissen, wirklich nicht.« Ich sehe sie ernst an, dann beschließe ich das Thema zu wechseln. »Erzähl mir lieber etwas über dein Kräuterteebusiness. Warst du deswegen in Berlin?«

»O ja«, sagt Nele. »Ich hatte einen Termin mit dem Cheféinkäufer einer großen Bio-Supermarktkette.«

»Und? Wie war's?«

»Gut, sehr gut!«

Und dann reden wir endlich wieder über die Dinge, die mich wirklich interessieren.

24

ES IST SONDERBAR. Manchmal vergehen ganze Tage, an denen ich mein altes Leben fast völlig vergesse. Dann bin ich nur draußen, bestaune die aufplatzenden, hellgrün leuchtenden Blätterknospen an den Bäumen und die Blüten, die Äste und Zweige betupfen wie feiner Schnee. Ich staune, wie eilig es das Gras auf einmal hat, wie Tulpen und Narzissen aus dem Boden schießen, wie plötzlich Leben in den Garten einzieht. Woher kommen die Vögel? Woher die ganzen Insekten? Wo war nur den ganzen Winter über das Surren der Wiese? Es ist, als wäre die Natur bis jetzt eingefroren gewesen, und nun sei ein Zauberer gekommen, der alles zum Leben erweckt. Irgendwie freue ich mich über das Summen und Brummen – und zu meiner Überraschung merke ich, dass meine natürliche Abscheu gegen Krabbelvieh sinkt. Also, nicht immer, aber zumindest dann, wenn es:

a) sich nicht um Spinnen handelt.

b) nicht zu mir ins Haus kommt.

c) sich nicht in meinen Morgenkaffee stürzt oder

d) an meinem Kuchen nuckelt.

Vor allem Letzteres, ganz ehrlich, finde ich immer noch

inakzeptabel und eklig. Aber als ich vorgestern einen kleinen Käfer unter dem Esstisch entdeckte, habe ich ihn nicht erschlagen, sondern ihn ganz tapfer mit einem Glas und einer Postkarte an die frische Luft befördert. Ich bin mir zwar nicht sicher, wie viele Karmapunkte mir die Rettungsaktion eingebracht hat, aber ich habe mich auf alle Fälle sehr gütig gefühlt.

Doch dann kommt der große Regen. Draußen ist es kalt und ungemütlich, ich muss heizen und hocke in der Bude, weiß nicht, wohin mit mir. Ich meine, wie häufig kann man so eine Gartenlaube schon aufräumen? Wie oft ist Putzen sinnvoll? Wann werden die Gartenratgeber im Regal final langweilig? Jetzt sitze ich schon seit zwei Stunden auf dem Bett, lese die Onlineausgaben von Wall Street Journal und der FAZ, sehne mich nach dem Luxus meiner Wohnung, nach anderen Menschen, auch wenn es nur die Kolleginnen und Kollegen sind. Ich sehne mich danach, eine Aufgabe zu haben – einen Fall, der einen beschäftigt, Klienten, die einen ganz kirre machen, einen Gerichtstermin, dessen Vorbereitung die ganze Nacht verschlingt. Ich sehne mich danach, keine Anfängerin zu sein, sehne mich danach, dass sich irgendjemand dafür interessiert, was ich kann und wer ich bin. Den Garten jucken meine brillanten juristischen Fähigkeiten nämlich herzlich wenig, genauso wie die Anzahl meiner *billables* und meine Beförderung zur Partnerin.

Heute fehlt mir mein echtes Leben so sehr, dass ich zum Handy greife und kurz entschlossen die Nummer von Felix wähle.

Es klingelt nur einmal, da geht er auch schon dran. »Thome!«, sagt er erfreut.

»Felix«, sage ich.

»Na, hast du Sehnsucht?«, fragt er keck.

»Werd nicht frech«, erwidere ich und hoffe dabei, dass er hört, wie ich grinse.

»Ich dachte schon, ich höre nie wieder von dir«, stellt er fest.

»Wieso denn das?«, frage ich.

»Na ja, sorry, wer sein Beförderungsdinner mit Carl Steinkopf absagt, den erwartet man nicht so bald zurück.«

Ich schweige betroffen, aber nicht lange. Dann sage ich: »Abgesagt habe ich es ja gar nicht. Ich konnte es bloß nicht einrichten, weißt du?«

»Na, whatever«, sagt Felix, und man merkt ihm an, dass er tatsächlich keine Lust hat, über die Gründe oder Abgründe meines Fernbleibens zu reden. »Sag mal, dass ausgerechnet du heute anrufst, das ist echt Gedankenübertragung.«

»Was meinst du?«, frage ich misstrauisch.

»Limburg«, sagt er.

Ich brauche eine Sekunde, aber wirklich nur eine, dann hat mein Hirn wieder ausgespuckt, womit der Name in meinem Kopf verknüpft ist. Ganz verloren bin ich also noch nicht.

»Volker Borowski«, sage ich. »Die Preisabsprachen.«

»Genau«, sagt Felix.

»Und?«

Er atmet tief durch. »Es ist völlig verrückt«, sagt der dann. »Es gibt schon wieder jemanden, der die Firma beschuldigt.«

»Bitte, was?«

»Ja. Der dritte Fall. In nur zwei Jahren.«

»Und es geht wieder um Preisabsprachen?«

»So ist es«, sagt Felix.

»Das stinkt«, stelle ich fest. Ich bin selbst überrascht, wie schnell und unmittelbar mein Instinkt anschlägt.

»Und wie das stinkt«, sagt Felix. »Es ist die gleiche Geschichte wie bei Borowski. Und wie bei dessen Vorgängerin. Es ist wieder ein Mitarbeiter aus der Verkaufsabteilung, der gefeuert wurde und der nun seinen Arbeitgeber vor Gericht anschwärzen will.«

»Das ist …« Ich denke nach. »Das ist schwierig.«

Wir schweigen.

»Hast du den Mann schon befragt?«, frage ich.

»Mache ich morgen.«

»Hast du eine Strategie?«

»Tja.«

»Und?«

»Ich habe das Gefühl, dass es die falsche ist.«

»Vielleicht haben die drei ehemaligen Mitarbeiter ja recht, und es gab wirklich Preisabsprachen«, sage ich.

»Das habe ich auch schon gedacht«, sagt er. »Aber warum rücken sie mit den Anschuldigungen erst dann raus, wenn sie gefeuert worden sind?«

»Vielleicht …« Ich denke wieder nach. Dann kommt mir ein Gedanke, der so unglaublich ist, dass ich ihn gar nicht aussprechen will. Aber dann sage ich es doch. »Vielleicht wurden sie nur deshalb gefeuert, weil …«

»… sie etwas wussten«, vervollständigt Felix meinen Satz.

»Oder damit die Anschuldigungen unglaubwürdig wirken.«

Wir schweigen schon wieder, ziemlich beeindruckt von

der Vorstellung, dass ein schwäbischer Schaltnetzteil-Hersteller so perfide vorgehen könnte.

»Danke, Thome«, sagt Felix leise. »Das war echt hilfreich.«

»Hat Spaß gemacht«, sage ich – und das meine ich wirklich. Felix und ich, wir sind zusammen einfach unschlagbar.

»Wir vermissen dich hier«, sagt Felix plötzlich.

Dann schweigt er, und plötzlich sehe ich sein Gesicht ganz deutlich vor mir. Seine klugen Augen und die sinnlich geschwungenen Lippen. Als ich die Augen schließe, sehe ich sogar, wie er sich die Haare aus dem Gesicht streicht und wie er liebevoll grinst. Eine Welle der Zuneigung überrollt mich – warm und weich und wohlig.

Ich vermisse dich auch, will ich fast erwidern, aber dann tue ich es doch nicht.

»Ich vermisse euch auch manchmal«, sage ich stattdessen, und mir schnürt es ein bisschen die Kehle zu, weil sich dieser Satz so richtig anfühlt. Aber es stimmt: So sehr ich mich in Pips Laube eingelebt habe, so sehr ich angefangen habe, den Frühling an der frischen Luft zu genießen, so sehr spüre ich auch, dass mir das nicht reicht. Dass ich immer noch zurück in das Leben will, das ich noch vor Kurzem führte. »Na ja, eher selten«, füge ich noch hinzu, damit er nicht auf die Idee kommt, sich etwas darauf einzubilden.

»Kommst du bald zurück?«, fragt Felix, und er klingt dabei so einfühlsam, dass ich mich ihm ganz nahe fühle. Vielleicht habe ich ihm ja unrecht getan, und er ist doch nicht so unempathisch, wie ich immer dachte.

»Bestimmt«, sage ich.

Bald, denke ich. Hoffentlich.

»Versprichst du's?«, fragt er mit warmer Stimme.

Ich nicke, obwohl ich weiß, dass er mich nicht sieht.

»Lu?«

»Ich weiß es doch auch nicht«, sage ich leise – und stelle mir vor, dass er mich, wie schon einmal, fest in den Arm nimmt.

25

»WILLST DU das haben?«

Zwei Tage nach dem Telefonat mit Felix sitze ich auf der Terrasse und lese das *Wallstreet Journal* auf dem Smartphone. Plötzlich steckt Nele den Kopf über die Hecke und wedelt mit einem tassenähnlichen Gegenstand.

»Was ist das?«, frage ich und kneife die Augen zusammen, um es besser zu erkennen. »Ein Blumentopf?«

Neles Kopf verschwindet, und einen Augenblick später schlüpft sie durch die Lücke in der Hecke und steht vor mir. »Ein Ohrwurmhotel«, erklärt sie und hält mir einen einfachen, kleinen Terrakotta-Topf entgegen.

»Jetzt übertreibst du's aber«, sage ich trocken und schüttle den Kopf. Ich meine, Nähe zur Natur ist ja schön und gut, aber man muss ja wohl nicht jeder Kreatur auf der Welt eine Wohnstatt anbieten, nur weil sie sechs Beine hat und hässlich anzusehen ist. »Ohrwürmer? Sind das nicht die Viecher, die einem nachts in den Gehörgang kriechen und dann zwicken? Und denen soll ich ein Hotel hinstellen?«

»Aufhängen«, verbessert mich Nele und stellt den Blumentopf vor mir auf den Tisch. Er ist mit Stroh gefüllt, wahrscheinlich, damit die Ohrwürmer sich darin wohlfühlen.

»Und das mit den Ohren ist übrigens ein Mythos. Der Ohrwurm zwickt nicht, schon gar nicht in menschliche Ohren. Er heißt nur so, weil man ihn früher pulverisiert als Medizin gegen Taubheit gegeben hat. Er ist mit das wichtigste Tier im Garten!«

»Ach ja? Ich dachte, das sei der Laubregenwurm«, erwidere ich spöttisch.

Damit spiele ich auf einen Vortrag über Komposterde an, den Nele erst vor ein paar Tagen gehalten hat. Wer bisher dachte, dass ein Komposthaufen nur ein praktisches Behältnis für Küchenabfälle und Essensreste ist, der irrt sich nämlich. »So ein Komposthaufen ist ein wertvolles Biotop«, dozierte sie, während sie mit einer Schaufel die fertige Erde in die Schubkarre schippte.

»Ach ja? Ich sehe nur Dreck«, antwortete ich.

Da griff sie in die Erde und holte eine Handvoll davon heraus, wobei ich noch sah, wie ein kleines, graues Insekt hastig flüchtete. »In diesem Komposthaufen hier«, sagte sie, »leben Millionen Asseln, Würmer, Käfer und Mikroorganismen, die gemeinsam die Kompostrotte in Gang setzen. Siehst du das hier?« Sie zog einen Wurm aus dem Dreck und hielt ihn mir vor die Nase. »Das ist ein Laubregenwurm. Er ist in der Lage Gartenabfälle, also Müll, in das schwarze Gold des Gärtners zu verwandeln.«

Das schwarze Gold des Gärtners – so hat sie das ernsthaft genannt!

»Auch der Ohrwurm ist wichtig«, erklärt Nele jetzt. »Ein einzelner Ohrwurm kann Heerscharen von Blattläusen verspeisen.«

»Und die sind so schlimm?«, frage ich.

»Na ja. Zumindest lieben sie die Blätter deiner Kirsche«, sagt sie und deutet auf einen der Obstbäume in der Mitte des Gartens.

»Und dieser Topf hier rettet die?«, frage ich.

»Er könnte zumindest helfen«, sagt Nele. »Probier es aus!«

Und weg ist sie.

Eine Weile schaue ich den Blumentopf an. Aus dem Loch am Boden hängt ein langes Stück Schnur, und etwas Draht sorgt dafür, dass das Stroh, das darin steckt, nicht wieder rausfällt. Um ehrlich zu sein, so ganz glaube ich dem Zauber nicht: weder, dass Ohrwürmer Kirschbäume retten können, noch dass sie sich bereitwillig in so einem billigen Versteck einnisten. Andererseits – jetzt habe ich das Ding schon, und schaden wird es nicht. Deshalb lege ich mein Smartphone weg und suche eine Leiter, um es irgendwie am Baum anzubringen.

Das ist gar nicht so einfach, denn alles, was ich im Schuppen finde, ist eine alte Holzleiter, die nicht so recht an den Kirschbaum passen will – entweder sie wackelt, oder sie steht schief. Nach ein paar Versuchen gebe ich es auf. Ich werde sicher nicht für ein paar Insekten mein Rückgrat riskieren.

»Soll ich dir helfen?«, höre ich da eine mir inzwischen allzu vertraute Stimme. Es ist schon wieder dieser Kerl von nebenan, der seine Nase überall reinstecken will.

»Nein, danke«, erwidere ich kühl und nehme die Leiter vom Baum.

»Wirklich nicht?«, fragt er.

»Ist nicht so wichtig«, sage ich.

Doch da steht der Typ schon wieder in meinem Garten –

mit einer Leiter, die speziell für Obstbäume gemacht zu sein scheint, denn sie wird wie ein Trapez nach oben hin immer schmaler, sodass es ein Leichtes ist, sie an den Stamm zu lehnen.

»Darf ich?«, fragt er und deutet auf den Blumentopf in meiner Hand.

»Bitte«, sage ich etwas widerwillig.

Er nimmt den Topf und klettert vorsichtig die Leiter nach oben. Ich weiß nicht, warum er so hartnäckig ist, aber es steht ihm richtiggehend ins Gesicht geschrieben. Allein sein Unterkiefer und Kinn sind so breit und kräftig, dass man die Willenskraft, die in ihm steckt, sofort sehen kann.

»Wenn du einverstanden bist, würde ich ihn an diesen Ast hier dran hängen«, sagt er und hält das Ohrwurmhotel an einen der Zweige im unteren Drittel des Baumes.

»Muss der Topf nicht frei in der Luft baumeln?«, frage ich, denn ich bilde mir ein, schon öfter Bäume gesehen zu haben, an denen Blumentöpfe wie frei schwingende Glocken hingen.

»Nur, wenn es eine Futterglocke ist«, erklärt der Nachbar. »Ohrwurmhotels müssen den Stamm berühren, sonst können die Tiere nicht hineinkrabbeln.«

»Ah«, mache ich und muss kurz den Kopf schütteln über die Gespräche, die ich hier draußen führe. Würde Felix mich jetzt hören, ich glaube, er würde mich bis an mein Lebensende damit aufziehen.

»Also hier?«, fragt er.

»Lieber etwas höher«, sage ich, denn am liebsten hätte ich das Ding an einer Stelle, an der ich seinen Inhalt niemals sehe.

»Also gut«, sagt der Nachbar. »Hier?«

»Ja, da ist okay.«

Er bindet den Topf fest und klettert die Leiter wieder hinunter. Er ist ziemlich flink, wenn man bedenkt, wie groß und, na ja, stämmig er ist.

Als er neben mir steht, blicken wir beide nach oben.

»Alles gut so?«, fragt er.

»Ich denke, ja«, sage ich.

»Na dann«, sagt er und lächelt. Plötzlich fällt mir auf, dass ich vergessen habe, wie er heißt. Aber andererseits … muss ich das ja auch nicht unbedingt wissen.

»Danke für deine Hilfe«, ringe ich mir ab.

»Gern«, sagt er und klappt die Leiter wieder zusammen. Dann streckt er mir seine große Hand entgegen. Ich nehme sie und bemerke verwundert, dass sie sich gut und rau, wie ein Stück Holz, anfühlt.

26

AM TAG DARAUF begegne ich meinem Nachbarn schon wieder. Oder, was heißt begegnen – ich bin mit dem Fahrrad unterwegs zu Augusts Hofladen und entdecke, während ich an der Kita am Rande des Dorfs vorbeiradle, dass die Kinder an diesem Tag draußen im Garten sind. Mit ihnen ihr Erzieher, ganz versunken ins Spiel. Er hat ein rothaariges Kind auf den Schultern und rennt zwei weiteren Kleinkindern hinterher, das Gesicht zu einer brüllenden Fratze verzogen. Offenbar versucht er einen Löwen zu spielen, was dank seines Lockenkopfs sogar halbwegs realistisch aussieht. Es ist ein ziemlich sonniger Tag, und er trägt nicht mehr als ein leichtes Hemd, wobei »tragen« vielleicht ein bisschen euphemistisch ausgedrückt ist: Das Mädchen auf seinen Schultern sitzt so darauf, dass das Hemd nach oben gezogen wurde und den größten Teil seiner Körpermitte entblößt. Überrascht stelle ich fest, dass der stämmige Eindruck, den ich von ihm hatte, nicht ganz richtig war, denn sein Bauch sieht ganz normal aus, ja, er wirkt aus der Ferne sogar fast ein bisschen muskulös.

Unwillkürlich bleibe ich stehen. Nicht, dass dieser

Nachbar mein Typ wäre – beileibe nicht. Ich habe in meinem ganzen Leben noch niemanden ohne Staatsexamen geküsst, und das schon als Studentin. Ich stehe nicht auf Lockenköpfe und nicht auf Arbeiterhände. Ich stehe eher auf gepflegte Männer mit Grips und smartem, schnittigem Kinn.

Das Mädchen auf seinen Schultern reitet nun auf seinem Rücken, und es klammert sich lachend an ihn. Die Kinder, die er gejagt hat, versuchen nun kreischend ihn zu fangen, und im nächsten Moment beobachte ich, wie er einen Jungen hochhebt und in die Luft wirft. Jetzt wollen alle anderen auch, und er bittet japsend um Pause und lässt sich auf eine Bank fallen. Und obwohl Kinder doch angeblich nie tun, um was man sie bittet, halten sie inne, scharen sich um ihn und zerstreuen sich dann wieder. Nur ein kleiner Junge mit dunklen Haaren und großen, glänzenden Augen kuschelt sich zufrieden an ihn.

Eine Weile sehe ich den beiden zu. Etwas an diesem Anblick macht mich ruhig, entspannt mich. Aber dann wird mir klar, dass der Nachbar jede Sekunde zu mir hinübersehen könnte, und ich steige hastig aufs Rad und fahre davon.

Doch dieses Bild von dem Kind auf den Schultern meines Nachbarn begleitet mich noch eine ganze Weile. Es begleitet mich auf der Landstraße, und als ich zu Augusts Hofladen einbiege. Es begleitet mich auch noch, während ich mein Fahrrad abstelle und die Schafsherde kaum wahrnehme. Ich werde es nicht einmal los, als ich endlich vor August in seinem Laden stehe, den ersten Rhabarber des Jahres kaufe, und ganz junge Frühlingszwiebeln. Eigentlich verschwindet es erst, als ich mich zwinge, an einen anderen Mann zu denken. An Felix, an unser Gespräch neulich, und daran, dass wir einander vermissen. Na also!

27

ES IST SONDERBAR: In der Stadt bekommt man den Wechsel der Jahreszeiten ja eigentlich bloß deshalb mit, weil in den Kaufhäusern die Schaufensterdeko wechselt und in den Supermärkten das Sortiment angepasst wird. Dass Frühling wird, merkt man oft erst, wenn die Cafés wieder Tische rausstellen und man im dicken Wollmantel plötzlich schwitzt.

Hier draußen jedoch macht er sich schon viel früher bemerkbar: Mit den Schneeglöckchen und Märzenbechern, die bereits bei meiner Ankunft in Klein-Wiesenthal die Köpfe aus dem Boden steckten. Im April boten dann die trotzig blauen Traubenhyazinthen der Kälte die Stirn, und die fast wie von Elfenhänden bemalt wirkenden Schachbrettblumen sprenkelten den Garten in dezentem Violett. Und jetzt, ganz plötzlich, platzen überall im Garten kleine Farbbeutel auf: rosafarbene und knallpinke Pfingstrosen, zartviolette Fliederblüten und dunkelrot gefiederte Tulpen – dank meiner neuen Pflanzenbestimmungs-App kenne ich mich in meinem Garten plötzlich so gut aus wie in Berlin-Mitte. Mit den Blumen stecken auch die Menschen wieder die Köpfe aus der Tür – auf einmal wirkt das Dorf viel belebter. Und seit ich die Doppelkochplatte auf den Pflanztisch auf der Terrasse gestellt habe, um mich nicht für jeden Tee, Kaffee oder Teller Nudeln im Haus verschanzen zu müssen, habe ich mehrmals täglich Gelegenheit, mit Nele zu plaudern. Auch meinen anderen Nachbarn sehe ich viel häufiger als sonst: Jetzt schon das dritte Mal in nur drei Tagen. Mir ist sogar wieder eingefallen, wie er heißt, oder, na ja, was heißt eingefallen ... Nele hat seinen Namen erwähnt, und diesmal habe ich ihn nicht gleich wieder vergessen.

»Guten Morgen, Lu!«

»Morgen, Niko!«

Er lacht, und dabei wirkt er kurz sogar ganz sympathisch mit seinem zerzausten Lockenkopf und den freundlichen Augen. Oder ist das einfach nur der Frühling, der alles erträglicher macht, irgendwie erfreulicher, schöner?

»Sag mal, Lu ...«

Da steht er hinter der Hecke, in einem zerknüllten Hemd, von dem zwei Knöpfe offen stehen, die etwas arg gemütliche Hose halten zwei altmodische Hosenträger zum Knöpfen. Seine Augen umspielen winzige Fältchen, und ein etwas windschiefes Lächeln hängt ihm im Gesicht.

»Ja?«, frage ich. Ich habe mich gerade in die Sonne gesetzt, um online nachzulesen, wie man eigentlich Tomaten zieht. Nicht, dass bei mir plötzlich der Ehrgeiz ausgebrochen wäre. Aber ich habe im Keller ein Samentütchen gefunden und musste plötzlich an die Tomaten aus dem Garten meiner Oma denken und daran, wie sie süß und sonnenwarm im Mund aufplatzten, wenn man in sie hineinbiss. Und plötzlich dachte ich, dass man das doch einmal probieren könnte. Zwar lese ich, dass Tomaten einige Arbeit machen, denn man muss die Triebe entfernen, die sowieso keine Früchte tragen werden, und die Pflanzen vor Regen schützen und trotzdem dafür sorgen, dass sie genügend Wasser kriegen – alles eher suboptimal, wenn ich bald wieder in die Kanzlei zurückmuss. Aber das verdränge ich jetzt einfach mal, schließlich habe ich nichts zu verlieren. Vielleicht kann Nele sich ja in meiner Abwesenheit um die Pflanzen kümmern, und ich komme dann im Sommer zurück – zur Ernte. Und im Notfall würde bestimmt auch Niko mal einspringen beim Gießen.

»Ist dir eigentlich aufgefallen, dass in deinem Keller eigentlich fast alles steht, was du für ein Hochbeet benötigst?«

»Für ein bitte was?«

»Für ein Hochbeet, so, wie ich drüben welche habe.«

Ich sehe ihn fragend an, und er winkt mich zu sich. Ein bisschen widerwillig lege ich mein Handy weg, stehe auf und blicke in seinen Garten hinüber.

Nikos Garten ist wirklich umwerfend. So etwas wie eine gerade Rasenfläche gibt es dort gar nicht. Jeder Winkel ist bepflanzt; es gibt kaum eine Stelle, an der nichts blüht oder die irgendwie kahl ist. Durch das Grün hindurch führt ein Labyrinth aus rustikal gepflasterten Wegen, und in einer Ecke gibt es eine ganze Reihe länglicher, hoher Pflanzkästen – jeder davon ungefähr so groß wie Carl Steinkopfs Schreibtisch. Gefüllt sind die drei Kästen mit Erde. Nur hier und da zeigt sich etwas flaumiges Grün.

»Ach so, ein Hochbeet«, sage ich, als hätte ich ihn nur akustisch nicht verstanden.

»Darin wächst alles viel besser«, erklärt Niko. »Man befüllt die von unten nach oben mit immer feineren Schichten, was dazu führt, dass im Inneren eine Art Kompostrotte stattfindet, die dafür sorgt, dass sich das Beet von innen heraus erhitzt. Dadurch wachsen die Pflanzen schneller.«

Kompostrotte, da, schon wieder. Was die Leute hier nur immer mit ihrem Kompost haben!

»Außerdem hat es den Vorteil, dass die Gartenarbeit nicht so auf den Rücken geht«, fügt Niko noch an.

»Mmh«, mache ich, denn ehrlich gesagt, bin ich nur mäßig daran interessiert, schon wieder ein Gartenprojekt zu starten. Wobei …

»Kann man da auch Tomaten reinpflanzen?«

»Klar, was du willst.«

»Und die wachsen dann sicher besser als einfach so in der Erde?«, frage ich skeptisch.

»Auf alle Fälle, wenn du regelmäßig gießt.«

Ich denke nach. Oma Ilse hatte für ihre Tomaten ja nicht so ein neumodisches Hochbeet. Aber wenn die Ernte dann wirklich besser ausfällt?

»Und wo stehen die Sachen dafür?«

»Ich glaube, im Keller. Pip und ich haben sie letzten Herbst zusammen besorgt. Sollen wir mal nachsehen?«

Wir?! Er und ich? Hm. Na gut.

Es ist ein bisschen komisch, mit Niko im Keller zu stehen. Da unten ist es ziemlich eng und dunkel, und weil es kaum möglich ist, Distanz zu halten, habe ich das Gefühl, durch die Dunkelheit hindurch seine Körperwärme zu spüren.

»Ist das Licht kaputt?« Niko tastet nach dem Schalter, aber es tut sich nichts.

»Warte, ich mache die Taschenlampe an«, sage ich, hole mein Handy heraus und leuchte ihm.

»Ah«, macht er.

Er zieht ein paar Bretter aus der Ecke und begutachtet alles fachmännisch. »Siehst du, hier ist das Holz … lange Seiten, kurze Seiten, Eckpfosten … Noppenbahn ist auch da … und Kaninchendraht.« Er überlegt. »Also, im Prinzip könnten wir sofort loslegen.«

»Wir?« Sofort schrillen bei mir alle Alarmglocken. Will der Kerl mir schon wieder seine vermeintliche Expertise aufdrängen?

»Also, wenn du willst«, sagt Niko.

»Hm, ich weiß nicht«, sage ich.

»Ich helfe gerne, wirklich! Eigentlich wollte ich das Beet ja mit Pip zusammen bauen.«

»Also gut«, murmle ich. Das Argument mit Pip schwächt meinen Widerstand – wenn sogar er sich dabei Hilfe geholt hätte, dann muss ich den Job vielleicht auch nicht unbedingt allein machen.

»Sehr gut«, sagt Niko. »Komm, wir fangen gleich an.«

»Jetzt sofort?«

»Sicher! Hier, nimm mal«, sagt er und drückt mir eine Rolle mit Kaninchendraht und eine mit einer schwarzen, festen Folie voller dicker Noppen in die Hand. »Das Holz trage ich.«

Dann stehen wir wieder im Garten.

»Da hinüber?«, fragt er und zeigt in die Ecke, in der, auf der anderen Seite der Hecke auch Nikos Hochbeete stehen.

»Klar.«

Wir stellen die Sachen ab. Niko zieht einen Zollstock aus der Tasche und misst die Bretter aus. Kurze Zeit später schraubt er sie auch schon zusammen. Ich helfe, so gut ich kann.

»Packst du hier mal mit an?«

»Achtung!«

»Und jetzt kippen!«

Es dauert nicht lange, und schon steht zumindest der Kasten – wobei Niko mir klarmacht, dass das Hochbeet so noch längst nicht fertig ist. Der Boden muss mit Kaninchendraht ausgeschlagen werden, damit keine Wühlmäuse eindringen und von unten an die Radieschen gehen. Die Seitenwände werden von innen mit einer schwarzen Noppenfolie verkleidet, damit das Holz nicht so schnell morsch wird.

»Aber jetzt brauch ich erst mal eine Pause«, sagt er. »Hast du Hunger?« Er sieht mich neugierig an.

Mit gerunzelter Stirn sehe ich ihn an. Soll das eine Einladung sein? Und wenn ja: Wäre es sehr unhöflich, sie einfach auszuschlagen?

»Ein bisschen«, gebe ich schließlich zu. In Wirklichkeit knurrt mir der Magen so sehr, dass ich ein Schwein verspeisen könnte.

»Komm mit«, sagt er.

Ich seufze und folge ihm ein wenig widerwillig zu seinem Haus hinüber.

Bei aller Übergriffigkeit und Peinlichkeit muss man dem Kerl doch eine Sache lassen: Vom Gärtnern scheint er Ahnung zu haben. Sein Garten ist eine Pracht! Alles ist voller

Pflanzen, voller Stauden, Büsche und Gräser. Ich muss beim Gehen nur eine Hand ausstrecken, und schon streiche ich damit durch ein Meer von Blüten.

Auch sein Haus ist ganz anders als meine Laube. Es ist ein richtiges Fachwerkhaus mit graublau gestrichenen Balken und Fensterläden und rot geziegelten Wänden. Drinnen sind die Decken ziemlich niedrig, und die Wände wirken ziemlich schief – aber so kenne ich das bereits aus dem Haus von Nele. Die Dielen knarzen unter den Flickenteppichen, die überall liegen. Eine alte Kommode steht im Flur, und wenn man daran vorbeigeht, kommt man in eine ziemlich große Küche, in der noch Zementkacheln liegen. In der Ecke steht ein alter, gusseiserner Herd, es gibt eine altmodische Spüle, aber auch eine moderne Küchenmaschine. Auf dem großen Eichentisch in der Mitte der Küche stapeln sich immerhin Zeitungen und Magazine, und obendrauf liegt ein ganz alter iPod, der an eine ziemlich hochwertig wirkende Box angeschlossen ist.

»Gemütlich«, stelle ich fest. »Sieht aus, als würdest du gern kochen.«

»Ich esse gern«, korrigiert er mich grinsend. »Setz dich,«

Dann bindet er sich allen Ernstes eine mit Blümchen und Spitzenborte verzierte Schürze um, die ihm obendrein etwas zu klein ist. Ich versuche ihn nicht zu verdutzt anzusehen, was mir offenbar nicht ganz gelingt.

»Die ist von meiner Oma«, verteidigt er sich. »Ich wollte mir immer mal eine andere kaufen, aber irgendwann fand ich sie eigentlich ganz gut.« Er hebt die Arme in die Höhe und macht eine Pirouette, um sie besser zu präsentieren.

»Alles gut«, lache ich. Wer hätte das gedacht: Der Muffelkopf von nebenan hat sogar Humor!

Dann legt er los. Er holt Schüsseln und Töpfe aus dem Schrank, schält Ingwer und Knoblauch, öffnet eine Dose Kokosmilch. Er arbeitet so geschickt, dass es mich ein bisschen an Chonglin erinnert, den Sushikoch meines ehemaligen Lieblings-Take-aways im Greenwich Village. Zwischendurch verschwindet er im Garten und kehrt anschließend mit einem Haufen Grünzeug zurück – ganz selbstverständlich und so, als würde er das ständig machen. Das beeindruckt mich, aber irgendwie finde ich es auch seltsam: Geht er gleich raus und schießt uns einen Braten?

Immerhin gibt mir sein Aktionismus Zeit, mich in der Küche genauer umzusehen. Für einen Dorf-Erzieher ist alles ziemlich okay eingerichtet: Es gibt weder hässliche Diddl-Maus-Kalender noch irgendwelche Fußball-Utensilien. Die Emailletöpfe, das altmodische Porzellan, die Holzbretter, die alten Gläser – all das wirkt ein bisschen so, als sei die Zeit stehen geblieben. Außerdem entdecke ich hier und da ein paar ziemlich großstädtische Details, zum Beispiel teure Kopfhörer und einen Manufactum-Katalog und um die Ecke im Wohnzimmer ein paar ziemlich schicke, verchromte Hanteln.

»Wohnst du hier schon lange?«, frage ich schließlich.

»Nein«, sagt er. »Na ja, inzwischen doch schon seit zehn Jahren.«

»Du bist gar kein Eingeborener?«

Er sieht mich belustigt an. »Nein. Ich komme eigentlich aus Köln und habe davor in Hannover gelebt. Das Haus hat meiner Oma gehört«, erwidert er. »Ich habe es einfach nicht übers Herz gebracht, es zu verkaufen. Ich habe es nicht einmal übers Herz gebracht, diese alte Pfanne hier wegzuschmeißen.« Er schwenkt eine ziemlich schwer aussehende, ziemlich verrußte Eisenpfanne.

»Und was hast du in Hannover gemacht?«, frage ich neugierig.

»Studiert«, sagt er knapp. »Und ich war mit einer Frau zusammen.« Plötzlich hat er zwei Schüsseln in der Hand. »Kannst du aus der Schublade dort Besteck nehmen?«

»Aus der hier?«

»Genau. Lass uns rausgehen.«

Es ist Mittagszeit, und obwohl es gerade erst Ende April ist, knallt die Sonne so heiß auf die Terrasse vorne, dass wir uns hinters Haus setzen. Offenbar macht Niko das öfter, denn dort steht ein altmodischer, runder Gartentisch aus Holz mit zwei Stühlen. Hier im Schatten ist es richtig angenehm, und als ich mich setze, entdecke ich ein Eichhörnchen, das in schwindelerregender Höhe mit atemberaubender Sicherheit von Ast zu Ast hüpft.

Niko stellt die beiden Schüsseln auf den Tisch, eine für mich und eine für sich. »Gemüsecurry«, erklärt er. »Ich hoffe, es ist okay, dass es vegetarisch ist.«

»Absolut«, sage ich. »Bist du …?« Ich traue mich kaum, das Wort auszusprechen. Ich meine, ich weiß, dass Veganismus und Vegetarismus heute weit verbreitet sind, und natürlich finde ich es auch überhaupt nicht schlimm, nur … ein bisschen seltsam. Ich glaube, die einzige Vegetarierin, die ich kenne, ist Cecilia, ansonsten ernähren sich meine Bekannten und Freunde alle ganz normal und würden nie etwas Vegetarisches bestellen, wenn es auch Fleisch oder Fisch gibt.

»Ja, bin ich«, sagt er und nimmt seinen Löffel in die Hand. »Nicht pedantisch, aber seit ich weiß, wie Tiere heutzutage gehalten werden und wie schlecht diese Haltung fürs Klima ist, kriege ich so ein Steak einfach nicht mehr runter.« Er fängt an zu essen.

»Und du isst auch keinen Fisch?«, frage ich und denke wehmütig an die Seezunge bei Tonio.

»Fisch erst recht nicht«, sagt er kauend. »Damit habe ich sogar noch vor dem Fleisch aufgehört.«

»Aber Fisch ist doch gar nicht schlecht fürs Klima«, sage ich. »Oder hast du schon mal eine Seezunge pupsen sehen?« Ich kann nicht anders, ich finde mich sehr witzig.

Doch Niko bleibt bierernst. »Aber die Schleppnetzfischerei zerstört ganze Ökosysteme«, sagt er. »Inzwischen sind fast alle Meere komplett überfischt.«

»Deshalb gibt es ja Zuchtfisch«, sage ich naseweis.

»Der ist noch schlimmer!« Er sieht wirklich entsetzt aus. »Die meisten Fische aus Aquakultur sind voller Antibiotika und anderer Medikamente!«

Ich bin auch voller Antibiotika und anderer Medikamente, denke ich, und dafür bin ich sogar dankbar. Aber offenbar kommen wir bei dem Thema einfach nicht zusammen. Besser, ich reibe ihm nicht unter die Nase, dass ich allein im letzten Jahr ungefähr sechzig Seezungen aus garantiert nicht zertifizierter Fischerei gegessen habe. Außerdem ein paar Dutzend Riesengarnelen und mindestens drei dicke Thunfische, stückchenweise eingewickelt in gesäuerten Reis und Nori-Algen.

Am besten, ich esse einfach.

Sonderbarerweise ist das Curry fantastisch. Pikant, aber nicht zu scharf. Cremig, aber trotzdem frisch.

»Ich glaube, das ist das beste Curry, das ich je gegessen habe«, gebe ich irgendwann seufzend zu. »Zumindest hier in Deutschland.«

»Danke«, lacht er. »Das Rezept hat mir Nathapong beigebracht, ein ehemaliger Kommilitone aus Thailand. Aber so richtig gut wird es erst, seit ich es mit meinem eigenen Gemüse mache.«

»Ist das alles aus dem Garten?«, frage ich, denn vorhin beim Kochen habe ich ihm zugegebenermaßen nicht ganz so aufmerksam zugesehen.

»Die Karotten, der Lauch und der Blumenkohl«, sagt Niko, und man sieht ihm an, wie sehr er sich selbst über diese Tatsache freut. »Nur die Erbsen sind aus der Tiefkühltruhe.«

»Und was ist das, was da so frisch schmeckt? Grüne Papaya?«

Niko lacht vergnügt. »Das sind Äpfel. Nathapong fand den Geschmack der Papayas, die er hier bekam, so schrecklich, dass er auf Äpfel umgestiegen ist. Ist auch besser für die Umwelt als Obst, das extra eingeflogen wird.«

Ich verdrehe die Augen. »Äpfel statt Papaya – auf die Idee muss man erst mal kommen«, spotte ich grinsend.

»Schmeckt es oder schmeckt es nicht?«, fragt Niko und tut so, als würde er mir gleich die Schüssel wegziehen.

Ich hebe entschuldigend die Hand. »Hab nichts gesagt!«

Er lässt meine Schüssel wieder los und sieht mich plötzlich ganz freundlich an, so als würden wir uns schon seit Langem kennen.

Unwillkürlich weiche ich ein paar Zentimeter zurück.

»Tut mir übrigens leid«, sagt er plötzlich.

»Was tut dir leid?«, frage ich.

»Dass ich so unwirsch war am Anfang.«

»Ach ja?«, sage ich.

»Ja«, sagt Niko.

»Stimmt, du warst schon etwas, na ja … etwas herb«, sage ich. Ich rutsche noch ein bisschen weiter auf meinem Stuhl zurück. Ich bin mir gar nicht so sicher, ob ich seine Erklärung hören will.

»Weißt du, ich hab gedacht, du seist Pips Exfrau. Oder eine Maklerin, die das Haus möglichst gewinnbringend verkaufen will. Du sahst so …«, er denkt nach, »… so gepflegt aus.«

Natürlich sah ich gepflegt aus, denke ich. Aber ich sage nichts. Immerhin hat er mich nicht beleidigt.

»Und deine Art, mit dem Garten umzugehen, ist einfach rabiat«, fügt er hinzu.

»Rabiat? Es ist ein Garten! Da fängt man doch nicht mit Pinsel und Pinzette an!«

»Na, du weißt schon. Das Reisig. Die toten Pflanzen.«

»Ach so, das Zeug«, sage ich und fürchte schon einen neuerlichen Aufguss unserer Kriechviehdialoge.

Doch zum Glück scheint auch Niko kein Interesse daran zu haben, das Thema weiter zu vertiefen. »Und mir tut's auch leid, dass ich nicht bei Pips Beerdigung war. Ich wollte eigentlich kommen, aber genau an dem Tag wurde meine Kollegin in der Kita krank. Wenn ich gefahren wäre, dann hätte die Kita schließen müssen.«

»Schon okay«, sage ich etwas abwehrend.

»Nele hat mir erzählt, wie schön die Zeremonie war«, sagt Niko. »Ich wollte ihn schon längst besucht haben.«

»Mach doch mal«, sage ich und überlege ganz kurz, ob ich ihn fragen soll, ob er mich dann mitnehmen kann. Schließlich würde ich Pip auch mal ganz gerne dort besuchen. Aber das wäre vielleicht doch etwas zu viel geteilte Intimität.

»Werde ich auch«, sagt er und schweigt. Nach einer Weile sagt er: »Ich weiß, dass Pip noch ein anderes Leben hatte. Ein großstädtisches, mit schicker Frau und hippen Restaurants und so. Aber in dem Leben hier draußen, da waren wir richtige Freunde.«

»Ja?«, frage ich. Einerseits kann ich mir kaum vorstellen, dass sich der zarte, kunstverliebte Pip mit diesem lockigen Bären hier gut verstanden haben soll. Andererseits wäre so etwas auch wieder typisch für ihn gewesen. Als Student hatte er eine Phase, da hing er am liebsten mit Reeperbahn-Größen ab, und als er anfing zu meditieren, hatte er plötzlich eine Clique, mit der er sich ständig zum Yogiteetrinken traf.

»Na ja, wir waren ja Nachbarn. Hier draußen lernt man sich schon ein bisschen kennen. Man sitzt abends zusammen am Lagerfeuer, grillt. Manchmal sind wir auch an den See gefahren, Vögel beobachten, angeln, so Kram. Und wir haben zusammen viel gewerkelt und gebaut, Insektenhotels, zum Beispiel, und Nistkästen natürlich, auch ganz spezielle, für Mehlschwalben, Mauersegler und Stare.«

Unwillkürlich sucht mein Blick den Garten ab – und tatsächlich entdecke ich eines dieser Insektenhotels an der

Seitenwand von Nikos Schuppen. »Und? Funktionieren die?«, frage ich, während ich beobachte, wie tatsächlich eine Biene aus einem der Löcher darin krabbelt. »Wo tun die denn da ihren Honig hin?«

»Nirgends«, erklärt Niko. »Wildbienen produzieren keinen Honig. Das machen nur Honigbienen.«

»Ach, stimmt«, sage ich. Plötzlich fällt mir der Vortrag wieder ein, den Niko mir vor zwei Wochen gehalten hat. »Und die Honigbienen sind gar nicht bedroht«, erinnere ich mich und komme mir vor, als würde ich im Geschichtsunterricht ein unbedeutendes Detail aufsagen.

»Genau. Aber den Wildbienen mangelt es massiv an natürlichen Lebensräumen. Insofern werden die Insektenhotels super angenommen.«

»Warum geht es den Insekten eigentlich so schlecht?«, frage ich plötzlich.

»Sieh dich um«, sagt er.

Das tue ich, doch ich entdecke … nichts. Wie auch? Ich sitze in einem prächtigen Garten,

»Da drüben«, sagt er und zeigt in die Richtung der Grundstücksgrenze.

»Was meinst du?«

»Na ja«, sagt er gedehnt, als wäre ich ein bisschen schwer von Begriff.

Ich blinzle noch einmal in die Richtung, aber ich erkenne nichts, was Giftstoffe verströmen könnte. Dort sind ein paar Bäume und Büsche, ein Gartenzaun und dann noch der Bach, mehr nicht.

Endlich fällt mir auf, dass es hinter dem Gartenzaun ja noch weitergeht. Riesige Felder erstrecken sich dort, und seit ein paar Tagen fängt der Raps an zu blühen. Die ganze Landschaft überzieht ein strahlend gelber Flaum, so heiter und fröhlich wie Kükengefieder.

»Du meinst das Rapsfeld?«, frage ich.

Niko nickt. »In solchen Monokulturen gibt es kaum Lebensräume für Insekten. Und auch nicht für andere Tiere. Außerdem wird der Raps mehrmals im Jahr gespritzt, da bleiben weder Schädlinge noch Nützlinge übrig.«

»Aber drum herum ist doch alles grün«, sage ich. »Es gibt hier Wälder, Wiesen, Gärten. Die paar Äcker können nicht so schlimm sein.«

»Sind sie aber«, sagt Niko. »Die Zahlen sind da eindeutig. Und wo keine Insekten sind, da sind auch keine Fledermäuse, keine Amphibien, keine Vögel. Denen fehlen ihre Lebensräume übrigens ebenfalls.«

»Deshalb die Nistkästen.«

Er nickt. Nach einer Pause sagt er: »Wobei wir mit denen bis jetzt weniger Glück hatten als mit den Insektenhotels. Ich hatte mal ein Mauerseglerpärchen hinterm Haus und in der Birke dort vorn eine Kohlmeisenfamilie. Aber sonst? Pip hat immer drauf gewartet, dass endlich mal eine Familie bei ihm einzieht, aber das ist in all den Jahren nie passiert.«

Wie zum Beweis untersucht genau in diesem Moment ein Vöglein das Loch des Brutkastens in der Birke. Es setzt sich auf die Stange, schaut hinein, sieht sich um – und fliegt dann doch weiter.

»Na, ich werde das mal weiter beobachten«, sage ich, eigentlich eher ironisch als ernsthaft.

Aber in den nächsten Tag ertappe ich mich immer wieder dabei, wie ich hinauf zu den Nistkästen im Garten spähe, in der vagen Hoffnung, dass irgendein Vogel Pips Angebot annimmt.

28

ALSO, WAS MIR an dieser Gartensache wirklich gefällt, ist, dass man dabei fast täglich überrascht wird. Eine Pflanze, die man gestern noch für eine komplett verdorrte Kletterhortensie hielt, kann wie über Nacht grüne Triebe ausbilden.

Ist das wirklich wahr?

Ungläubig trete ich näher. Ich habe die Pflanze in der letzten Zeit gar nicht mehr beachtet, doch jetzt bemerke ich, dass sich aus den braunen Stängeln, die aus dem Erdreich ragen, zarte, grüne Blätter schieben. Als ich einen der Stiele vorsichtig betaste, fühlt er sich nicht mehr trocken und brüchig an, sondern kräftig und voller Leben.

Ich schüttle den Kopf und lache leise. Dann ziehe ich mein Handy heraus, mache ein Foto und schicke es Saskia, versehen mit dem Kommentar: Comeback in Klein-Wiesenthal. Wunder geschehen!

Dann fahre ich fort, die langen, dürren Stängel der Herbstanemonen aus dem Boden zu ziehen, wie Niko es mir aufgetragen hat. Denn auch hier stoßen Knospen aus dem Boden, um im Laufe des Gartenjahres zu langen, eleganten Blumen heranzusprießen – so hat mein Nachbar es mir zumindest erzählt.

»Lu?«, höre ich da Nele über die Hecke rufen.

»Ja?« Erwartungsvoll sehe ich zu ihr hinüber.

»Sag mal, dürfte ich dich um einen Gefallen bitten?«

»Klar. Worum geht's?«

Nele kommt zu mir herüber und schwenkt ein paar Papiere. »Du bist doch Juristin. Ich hab keine Ahnung, was ich hier ausfüllen soll.«

»Zeig her!« Ich nehme ihr den Stapel aus der Hand und begutachte ihn. Es ist ein Formular zur Gewerbeanmeldung nach Paragraf 14 oder 55c der Gewerbeordnung. Eigentlich keine große Sache, aber komischerweise werden die meisten Leute wahnsinnig nervös, sobald ein Formular von ihnen etwas anderes als Namen, Geburtsdatum und Familienstand abfragt, die Steuernummer zum Beispiel.

»Was verstehst du daran nicht?«, frage ich erstaunt.

»Hier«, sagt sie und zeigt auf eine Frage und das dazugehörende Kästchen. »Was meinen die mit Erlaubnis?«

»Das musst du nur ausfüllen, wenn du Ausländerin bist«, beruhige ich sie. »Kannst du einfach frei lassen.«

»Und hier. Würdest du mir raten anzugeben, dass meine Tätigkeit vorerst im Nebenerwerb betrieben wird? Ich meine, ich verdiene ja sonst kaum etwas …«

Ich denke nach. Mit so kleinen Firmen hatte ich das letzte Mal im Studium zu tun, aber komischerweise habe ich meine Vorlesung bei Professor Stralheimer nicht vergessen. »Das Problem bei der nebenberuflichen Selbstständigkeit ist, dass du pro Woche nur 18 Stunden oder so arbeiten darfst. Ich denke, damit kommst du nicht hin, oder?«

»Nein«, sagt Nele. »Niemals.«

»Also musst du eine Vollerwerbsgründung angeben.« Das Wort hüpft mir so leichtfüßig über die Zunge, dass mich augenblicklich das alte Gefühl der Freude überkommt – und in dem Moment wird mir das erste Mal seit Wochen wieder klar, wie viel Spaß mir mein Job macht. Ursprünglich hatte ich mein Jurastudium angefangen, weil ich mich für Recht und gegen Unrecht einsetzen wollte. Aber der Grund, warum ich mich auf Wirtschaftsrecht spezialisierte, war schon immer der Spaß, den es macht, Wege und Schlupflöcher für meine Klientinnen und Klienten zu finden und ihnen zu zeigen, welcher nächste Schritt taktisch am klügsten ist.

»Hast du eigentlich schon einen Gründerzuschuss beantragt?«, frage ich nun.

Nele sieht mich erstaunt an. »Kann ich das denn?«

»Klar«, sage ich. »Und das solltest du auch. Bist du arbeitslos gemeldet?«

Nele nickt beschämt. »Ich stocke sogar ein bisschen auf«, gibt sie zu.

»Dann sind deine Chancen nicht schlecht. Du könntest dir Investitionszuschüsse holen und was weiß ich. Google das doch mal.«

»Das mache ich«, sagt Nele erfreut. »Gleich auf der Stelle.«

»Top«, sage ich und lache. »Und dann schreiben wir zusammen einen Businessplan, der sich gewaschen hat. Danach rollt der Rubel!«

»Danke«, sagt sie und nimmt mich spontan in den Arm. Sie will schon gehen, aber dann dreht sie sich doch noch einmal um zu mir. »Ach so, Lu.«

»Ja?«, frage ich.

»Morgen ist Walpurgisnacht, und ich werde wie jedes Jahr ein Feuer im Garten machen. Da kommt immer ein ganzer Haufen Leute aus dem Dorf, und jeder bringt ein bisschen was zu essen und zu trinken mit. Magst du auch kommen?«

»Klar«, sage ich. »Gerne!«

Es ist eine richtige Feuerstelle, die Nele in ihrem Garten hat: ein gemauertes Rund hinterm Haus, in dessen Mitte eine riesige, schwere Feuerschale steht. Ich habe mich spontan entschlossen, ihr zu helfen, und so tragen wir jetzt alle möglichen Sitzgelegenheiten zusammen, Bänke, Stühle und Sonnenliegen.

»Kann ich noch was tun?«, frage ich, als wir fertig sind.

»Du könntest noch mehr Reisig sammeln.«

»Ah«, mache ich mit nicht besonders begeistertem Gesicht.

»Die ideale Möglichkeit, Gartenabfälle unauffällig loszuwerden«, sagt sie. »Normalerweise ist das Verbrennen nämlich verboten. Nur zu besonderen Anlässen ist es erlaubt. Also bring alles rüber, was du loswerden willst.«

Tatsächlich finde ich im ganzen Garten massenweise Zweige und kleine Äste – trotz meiner Aufräumaktionen am Anfang meines Aufenthalts. Fast eine ganze Schubkarre habe ich schon voll. Nach einer Weile gesellt sich Niko zu mir und hilft mit, und wir müssen richtig stopfen, damit das letzte Reisig noch draufpasst. Plötzlich durchzuckt mich ein Schmerz. Meine Hand!

»Autsch! Verdammt!«, entfährt es mir.

»Was ist passiert?«

»Ich habe mich aufgekratzt.«

Niko kommt näher. Gemeinsam starren wir meine Hand an. Blut fließt aus einer kleinen Wunde am Ballen. Nicht viel, aber genug, damit mir sofort übel wird.

»Ich hole dir ein Pflaster. Bleib, wo du bist.«

Niko reicht mir ein Taschentuch, das ich auf die Wunde drücke, und verschwindet. Ich bleibe wie angewurzelt stehen und starre entschlossen in die Ferne, denn ich kann kein Blut sehen, auch dann nicht, wenn es mein eigenes ist. Irgendwie erschreckt mich der Gedanke, dass ich unter der Hülle meiner Kleider, unter der Oberfläche meiner Haut, unter meinen mühsam glatt gestriegelten Haaren tatsächlich aus Fleisch und Sehnen, Muskeln und Knochen bestehe. Gruselig.

Zum Glück kommt mein Nachbar bald zurück, bewaffnet mit Verbandszeug, Desinfektionsmittel und einer Schere. »Komm, wir setzen uns«, sagt er und weist in Richtung der Bank, die unter dem Walnussbaum in der Mitte des Gartens steht.

Brav tue ich, was er sagt. Ich halte ihm die Wunde hin, und er fängt an, sie zu reinigen und zu desinfizieren. Dann legt er ein Stück Wundauflage darauf und umwickelt alles sorgfältig mit einer Mullbinde.

Während der ganzen Prozedur schaue ich angestrengt in den Himmel.

»So, gleich bin ich fertig. Noch ein Stück Leukoplast, und dann …«

»Guck mal!«, unterbreche ich ihn.

»Was?«, fragt er. Er befestigt den Verband und sieht erst dann zu mir.

»Da oben!«

Er blickt hinauf in die Krone des Baumes über uns.

»Ist das …«

»Ein Vogelnest, oder?«

»Ja«, lache ich.

»Das ist neu.«

»Oder?«

»Und da ist auch schon sein Besitzer. Eine Singdrossel.«

Ein brauner, gar nicht mal so kleiner Vogel fliegt heran, sein Bauch ist hell mit dunklen Punkten. Er hat ein Zweiglein im Schnabel, das er sorgfältig zu den anderen steckt. Er springt in das Nest, nickt mit dem Kopf hin und her und wirkt zufrieden. Dann fliegt ein zweiter Vogel heran. Es wirkt, als würden sich die beiden zärtlich necken.

Mein Blick wandert zu Niko, der dem Schauspiel da oben entzückt folgt. Nicht, dass ich meinen Nachbarn attraktiv finden würde, aber plötzlich bemerke ich etwas an ihm, das meine Aufmerksamkeit fesselt. Da ist so ein schöner Zug um seinen Mund – er sieht so begeistert aus, aber gleichzeitig wirkt es, als würde er diese Begeisterung bremsen. Als sei hinter der sichtbaren Freude in seinem Gesicht noch ein ganzes Meer aus Freude, das er verbirgt oder das nicht sichtbar ist.

»Toll, oder?« Er sieht mich euphorisch an. »Am liebsten würde ich zu Pip laufen und es ihm zeigen.«

Ich muss lächeln, doch zugleich überkommt mich eine Traurigkeit – eine Traurigkeit, wie ich sie zuletzt bei Pips Beerdigung verspürte. Plötzlich und heftig ist der Schmerz wieder da, und ich schließe unwillkürlich die Augen.

»Alles okay?«, fragt Niko. »Tut mir leid, wenn ich …« Er verstummt.

»Schon okay«, sage ich leise. »Es ist nur so, dass ich ihn wahnsinnig vermisse.«

»Bist du deshalb hier? Weil du ihn so vermisst?«

»Nein«, sage ich und schüttle den Kopf. »Oder vielleicht doch. Ich weiß nicht. Seit er nicht mehr da ist, bin ich nicht mehr ich selbst. Ich schätze, ich bin hergekommen, um mich irgendwie wiederzufinden.«

»Oh«, sagt Niko verblüfft, ganz so, als könne er sich gar nicht vorstellen, dass etwas nicht stimmt.

»Irgendwie ging es mir in den letzten Wochen nicht gut. Ich war unkonzentriert, fahrig und eigentlich völlig arbeitsunfähig.«

»Und vor… vorher?«, fragt er schüchtern.

»Du meinst vor seinem Tod?«

Er nickt.

»Hm«, mache ich und denke nach. Dann schließe ich die Augen und atme tief durch. »Vorher … da war ich stark. Erfolgreich. Eine Teamplayerin. Weißt du, die Kanzlei, für die ich arbeite, gehört zu den besten der Welt, und wir haben internationale Konzerne als Klienten und … Was ist?«

Niko sieht mich ganz komisch an, und das verunsichert mich.

»Nichts«, sagt er und schüttelt den Kopf, und ich bin fast froh, dass in diesem Augenblick mein Handy klingelt.

Mit nervösen Fingern krame ich es aus der Tasche. Es ist Cecilia. Auch das noch. Ich atme dreimal tief durch, ehe ich drangehe, um mich wieder in meine Verfassung von vorher zu bringen. Dabei laufe ich ein paar Schritte von

Niko weg – er muss ja nicht unbedingt jedes einzelne Wort hören.

»Hallo, Cecilia«, sage ich schließlich etwas atemlos.

»Hallo, Lu.«

»Was gibt's?«, frage ich etwas schroffer, als ich eigentlich möchte. Doch ehe sie antworten kann, fällt es mir selber ein. »Es geht um den Termin mit Steinkopf, oder?«

»Genau«, sagt sie. »Bleibt es bei eurem Termin übermorgen?«

Ich spüre die leichte Anspannung in ihrer Stimme – offenbar rechnet sie damit, dass ich ihr gleich mitteile, dass ich montags jetzt immer Yogastunden habe, dass ich kündige, dass ich für ein Jahr aussetze und auf Weltumseglung gehe.

»Klar«, sage ich – und staune selbst darüber, wie leicht mir diese Antwort über die Lippen geht. Aber es ist so: Ich traue mir das Treffen jetzt zu. Klar, die Trauer um Pip ist immer noch da, doch das ist nur gut und richtig. Schließlich ist meine Traurigkeit das Einzige, was mir von ihm geblieben ist, das Einzige, wodurch ich mich mit ihm verbunden fühle. Aber gleichzeitig spüre ich, dass ich Kraft gesammelt habe.

Kraft gesammelt – ich klinge fast wie Nele. Was ich meine, ist, dass ich in den fünf oder sechs Wochen, die ich nun schon hier bin, wahnsinnig viel geschlafen habe. Ich habe mich ausgeruht und mich fleißig an der frischen Luft bewegt, und jetzt geht es mir eben besser.

Außerdem wüsste ich nicht, mit welcher Ausrede ich jetzt noch erklären sollte, warum ich immer noch nicht ins Büro komme. Wenn ich jetzt noch einmal einen Rückzieher mache, dann wird nicht nur nichts aus meiner Partnerschaft, sondern überhaupt nichts mehr aus mir.

»Schön«, sagt Cecilia erfreut, und man merkt, wie sie sofort umschaltet – vom Schon- auf Vollwaschgang, mit Vorwäsche und Extra-Schleudern. »Könnte ich Sie dann auch gleich mit in ein Zehn-Uhr-Meeting buchen? Herr von Loewen sagt, dass er sie dabei gut gebrauchen könnte.«

»Äh … sicher«, sage ich.

»Gut, und dann fragt er auch noch, ob Sie danach gleich noch mit den Mandanten essen gehen?«

»Selbstverständlich«, sage ich, und mein Herz klopft schon wieder. Vor Aufregung. Vor Angst. Aber nicht: vor Panik.

»Wunderbar«, sagt Cecilia. »Dann trage ich Sie ein. Ich freue mich!«

Ich lege auf und gehe zurück zu Niko, der immer noch auf der Bank unter dem Vogelnest sitzt. Er sieht mich an, und obwohl man ihm anmerkt, dass er sich bemüht, nicht zu neugierig zu wirken, habe ich das Gefühl, ihn auf Stand bringen zu müssen.

»Das war die Kanzlei«, erkläre ich und zucke mit den Schultern. »Es wird wohl langsam Zeit, dass ich wieder mal ein bisschen Geld verdiene.«

»Okay«, sagt Niko und nickt.

»Tja«, sage ich.

Gemeinsam sehen wir nach oben, wo das Nest jedoch wieder verwaist ist. Ich suche Nikos Blick, doch er weicht ihm aus.

Er räuspert sich. »Also, ich muss dann mal«, sagt er und steht auf.

»Klar«, sage ich. Als ich noch einmal Blickkontakt suche und er wieder irgendwo anders hinsieht, habe ich fast den Eindruck, dass er innerlich auf Abstand gegangen ist. Wegen des Telefonats? Oder wegen dem, was ich zuvor gesagt habe?

Plötzlich fühle ich mich, als hätte er mich bei etwas Unanständigem ertappt.

29

AM ABEND TREFFEN WIR uns wieder, bei Neles großem Feuer zur Walpurgisnacht. Aber nicht sofort – denn es sind bestimmt dreißig Leute, die sich um das Feuer scharen, und Nele ruft mich sogleich zu sich.

Ich gehe zu ihr hinüber, und sie drückt mir ohne zu fragen eine Flasche Bier in die Hand. Ich traue mich nicht zu sagen, dass ich eigentlich eher der Wein- und Champagnertyp bin und nehme einen Schluck aus der Flasche. Hm. Eigentlich gar nicht so schlecht. Zumindest, wenn man an so einem Feuer steht.

»Und?«, frage ich.

Doch Nele ist schon wieder abgelenkt. Sie winkt einen ziemlich korpulenten Mann zu sich heran. Er trägt als Einziger auf der Party ein Jackett, wenn auch eines, das ziemlich zerknittert ist. »Dieter, komm mal hier rüber!«

Dieter trottet näher und beäugt mich neugierig.

»Aha«, sagt er keck, dann stellt er sich vor. »Dieter Bartsch, angenehm.«

»Lu Thome«, erwidere ich und reiche ihm die Hand.

»Lu wohnt seit ein paar Wochen in dem Haus von Pip, du weißt schon«, erklärt Nele. »Sie ist seine Schwester.«

»Ach herrje, ich weiß, eine schreckliche Geschichte.« Er fährt sich mit der Hand übers Gesicht. »Mein Beileid, wirklich.«

»Danke«, erwidere ich.

»Dieter ist der Bürgermeister von Klein-Wiesenthal«, erklärt Nele.

»Wirklich? Das klingt doch mal nach einem schönen Job«, sage ich höflich.

»Schön? Wenn ich vorher gewusst hätte, wie viel Stress das ist …« Er winkt ab. »Ich hätte nicht kandidiert. Termine, Termine, Termine. Allein, wie viele Geburtstagsbesuche man jedes Jahr absolviert!«

»Wen besuchen Sie denn alles?«, frage ich erstaunt.

»Alle«, sagt er bestimmt.

»Nicht Ihr Ernst?«

»Jeden einzelnen Dorfbewohner über siebzig«, erklärt er.

»Dieter redet gern«, sagt Nele. Sie klingt gutmütig – und ein kleines bisschen spöttisch. »Und er geht gern auf Partys.«

»Unsinn«, verteidigt er sich. »Ich will den Menschen nur zeigen, dass ihr Bürgermeister für sie da ist!«

Doch Nele hört ihm schon gar nicht mehr zu. »Oh, da hinten ist Fritz. Fritz!«, ruft sie, und ein untersetzter Mann mit grauem Schnauzbart und kariertem Hemd kommt näher.

»Ach gut, du hast schon ein Bier«, sagt Nele warmherzig. »Kennst du Luise? Sie ist die Schwester von Pip.«

»Freut mich«, sage ich und schüttle seine Hand. »Lu Thome.«

»Fritz Jäger«, sagt er. Dann sieht er den Bürgermeister an. »Grüß dich, Dieter.«

»Ich muss sowieso weiter«, sagt der entschuldigend. »Erika!« Er wendet sich zum Gehen und begrüßt eine ältere Dame mit frisch onduliertem Haar und hübsch gebügelter Bluse.

Fritz wendet sich wieder mir zu. »Tut mir leid, das mit Pip. Ich kannte ihn nicht gut, aber das, was ich von ihm kannte, war prima.«

»Danke«, sage ich. Ich bin mir nicht sicher, ob ich ihn duzen soll wie Nele, darum bleibe ich, wie schon beim Bürgermeister, erst mal beim Sie. »Wohnen Sie auch im Dorf?«

»Ich bin der letzte verbliebene Bauer«, sagt er mit sichtbarem Stolz.

»Wirklich!«, sage ich interessiert. »Ich wusste gar nicht, dass es in Klein-Wiesenthal noch einen richtigen Bauernhof gibt!«

»Doch, doch«, sagt er. »Am anderen Ende des Dorfes.«

Ich überlege. Am anderen Ende des Dorfes? »Habe ich wohl übersehen«, sage ich.

»In Richtung Landhandel«, mischt sich nun eine Frauenstimme ein.

Ich drehe mich um. »Ach, sind Sie nicht …«

»Moni aus dem Landhandel«, lacht sie.

»Moni«, lächle ich und frage mich, wie ich dieses freundliche Wesen mit Strähnchenfrisur, das mir nun die Hand schüttelt, in Übereinstimmung bringen soll mit dem griesgrämigen Drachen in Leopardenleggings, der mich vor drei Wochen hat auflaufen lassen wie eine lästige Landstreicherin. »Ich bin Luise. Lu.«

»Freut mich«, sagt sie. »Was hat dich denn nach Klein-Wiesenthal verschlagen?«

»Sie ist die Schwester von Pip Thome«, erklärt der Bauer.

»Wirklich«, sagt sie, und ihr Doppelkinn wird für ein paar Sekunden zum Drei-, nein, zum Vierfachkinn. »So ein lieber Kerl. Eine Schande, das mit dem Unfall. Tut mir wirklich leid«, sagt sie. Dann scheint sie jemanden zu erkennen, der hinter mir steht. »August!«, ruft sie, und ich drehe mich um.

Und wer tritt da aus der Nacht, die das Feuer umgibt? August vom Hofladen. Gemächlich trottet er näher und lässt seine schiefen Zähne in der Dunkelheit blitzen.

»August, kennst du schon Luise?«, fragt Moni.

»Längst«, sagt August und grinst listig. »Wir waren sogar schon bei Lu angekommen, nicht wahr?«

»Das stimmt«, sage ich, und schüttle auch Augusts Hand. Ich staune, wie rau und fest sich sein Handgriff anfühlt.

»Stoß an, Mädel«, sagt er.

Wir lassen die Bierflaschen erklingen, und obwohl ich mich kurz frage, in was für einem verrückten, schrägen Film ich eigentlich gelandet bin, finde ich die Party ganz lustig. Ich meine, wer hat schon mal das Vergnügen, mit zwei Bauern und einer Agrarbedarfs-Verkäuferin am Lagerfeuer Bier zu trinken? Ich glaube, Carl Steinkopf fände es mega.

Dann entdecke ich Niko. Ich winke ihm zu, und er winkt zurück. Und weil er nicht von alleine zu mir kommt, gehe ich zu ihm hinüber.

»Na?«, frage ich.

»Na?«, sagt er. »Lernst du das Dorf kennen?«

»Lustige Leute«, sage ich lächelnd. »Hat man sonst auch nicht.«

»Du freust dich sicher, bald wieder in die Stadt zu kommen, oder?«

Ich denke einen Moment lang nach, dann sage ich: »Ja, das tue ich tatsächlich. Ich meine, an ein paar Sachen gewöhnt man sich ja, und natürlich kann ich auch irgendwie nachvollziehen, warum man hier leben mag …«

Das Letzte habe ich nur gesagt, damit das Erste nicht zu beleidigend klingt.

»Aber?«, fragt Niko interessiert nach.

»Aber ein paar Sachen vermisse ich schon«, sage ich.

Niko sieht mich aufmerksam an.

»Meine Badewanne zum Beispiel. Und meine Heizung. Glasfaserinternet und einen Fernseher. Und meine Kolleginnen und Kollegen, ehrlich gesagt, auch.«

»Die aus der Top-Kanzlei«, sagt Niko. Klang das sarkastisch?

»Ja, die. Ich meine, ich weiß, dass das nicht jedem so gehen muss, und dass es durchaus Menschen gibt, denen andere Sachen wichtig sind, aber mir macht Teamarbeit wahnsinnig viel Spaß. Ich habe einen Kollegen in der Kanzlei – wenn ich mit dem strategisch arbeite oder eine Verhandlung oder ein Interview führe, dann kommen wir manchmal so in den Flow, dass es fast so ist, als wären wir ein perfekt aufeinander eingestimmtes Tanzpaar. Dann ergibt ein Argument das nächste, und … zusammen schaffen wir einfach alles. Wir stecken jeden in die Tasche. Das ist ein irres Gefühl.« Ich spüre, dass meine Augen vor Begeisterung leuchten.

»Und darum geht es?«, fragt Niko.

»Worum?«, frage ich zurück, denn ich weiß schon wieder nicht, was er will. »Du meinst, das Gefühl, jeden in die Tasche zu stecken?«

Er nickt.

»Na ja, natürlich nicht nur. In erster Linie geht es natürlich darum, unsere Klienten gut zu vertreten. Aber dazu gehört natürlich auch, sich nicht unterkriegen zu lassen.«

Er nickt wieder. Irgendwie wirkt er nicht so, als würde ihm das groß imponieren.

»Weißt du«, sage ich. »Ich soll demnächst sogar zur Partnerin befördert werden.«

»Was ist das?«, fragt er.

Ich sehe ihn irritiert an. Gibt es wirklich Menschen, die nicht wissen, was eine Partnerschaft ist?

»Also, das ist sozusagen die höchste Karrierestufe in einer Kanzlei. Partnerinnen und Partner sind am Gewinn beteiligt und können bei wesentlichen Entscheidungen mitbestimmen«, erkläre ich.

»Wow«, sagt er.

Also, das klingt jetzt aber doch spöttisch!

»Du siehst nicht sonderlich beeindruckt aus«, stelle ich fest und gebe mir Mühe, freundlich und nicht eingeschnappt zu klingen.

»Sollte ich?«, fragt er.

»Natürlich nicht«, sage ich. Ich lächle, doch ich merke, wie der kurze Moment, in dem ich meinen Nachbarn ganz nett fand, vorüberzieht. Hatte ich heute Nachmittag wirklich überlegt, ihn zu fragen, ob er mich morgen zum Bahnhof bringt? Ich glaube, das lasse ich doch lieber bleiben. »Ich muss noch mal mir Nele reden«, sage ich stattdessen.

»Klar«, sagt er. »Ich wollte eh mal langsam ins Bett.«

»Also dann«, sage ich.

»Also dann«, sagt er.

Dann geht er, ohne sich noch einmal umzudrehen.

30

EIN EIGENARTIGES GEFÜHL, nach all den Wochen wieder vor meiner Wohnung zu stehen. Bin ich hier überhaupt richtig? Aber ja, mein Name steht auf dem Klingelschild. Und auch der Schlüssel passt noch: willig und geschmeidig dreht er sich im Schloss, ganz anders als seine rostigen Verwandten aus dem Garten.

Die Tür geht auf, und ein seltsamer Geruch schlägt mir entgegen. Ich brauche einen Moment, um zu entschlüsseln, was das ist – eine Mischung aus Lagerfeuer, Holzstaub, Öl und Farbe. Misstrauisch betrete ich die Räume, die mein Zuhause sind.

Da ist mein Sideboard, mein Garderobenständer, meine Alessi-Schale. Das Bild von Pip, das er mir mal zum Geburtstag geschenkt hat. Alles vertraut, und doch wirkt es so anders – als würde die Wohnung gar nicht mir gehören, als habe nur jemand meine Möbel hier aufgestellt. Mir ist klar, dass dieser seltsame Eindruck wahrscheinlich von den neuen Wandfarben herrührt. Trotzdem wundere ich mich, dass ich hier wirklich einmal gewohnt habe. Neugierig gehe ich herum, und zwinge mich, statt meiner eigenen Einrichtung die verrichteten

Renovierungsarbeiten zu inspizieren. Das Schlafzimmer in Elephant's Breath sieht super aus, und ich liebe den Look des Gästeklos in dezentem Cooking Apple Green. Auch das Bad in Dead Salmon ist so elegant, wie ich es mir vorgestellt habe. Nur um das Klo herum wirkt es, als ob die Maler ein bisschen gepatzt hätten, aber das werde ich reklamieren.

Als Allerletztes betrete ich das Wohnzimmer. Ich begutachte das Parkett und staune, wie gut die Restaurierung gemacht worden ist. Man sieht den Unterschied zu vorher, natürlich, aber schon beim ersten Kontrollgang gewöhne ich mich an den neuen Anblick. Am liebsten würde ich mich direkt vor den Fernseher setzen, aber mein Sofa ist ja nicht mehr hier. Die leere Stelle wirkt im Gesicht des Raumes wie ein blaues Auge.

Ganz kurz frage ich mich, ob es nicht doch gereicht hätte, erst morgen früh nach Berlin zu fahren und direkt zum ersten Meeting in die Kanzlei zu gehen. Aber dann blicke ich an mir hinab, an der verdreckten Hose, dem teuren Mantel, der inzwischen aussieht, als hätte ich damit im Komposthaufen campiert. Dabei hatte ich ihn zuletzt kaum an, sondern immer nur Pips Parka.

Weil mir nichts anderes einfällt, lasse ich mir ein heißes Bad ein – mit, endlich, meinem geliebten African-Botanics-Detox-Badesalz. Doch als ich schließlich in die heißen Fluten gleite, wird es mir schnell zu warm, und so verlasse ich das Wasser schon nach einer Viertelstunde wieder. Ich schlüpfe in meine Jogginghose aus Kaschmir und setze mich an die Arbeit.

Bevor ich am nächsten Morgen die Wohnung verlasse, sehe ich noch einmal in den Spiegel. Meine ziemlich lang gewordenen Zotteln sind frisch gewaschen, geföhnt und zu einem Dutt geknotet. Ich habe dezentes Make-up aufgelegt und trage einen Hosenanzug, wie immer. Trotzdem sehe ich irgendwie anders aus als vorher, aber ich komme nicht darauf, woran das liegt.

Mein Handy piepst. Es ist Kumar mit seiner Antwort auf meine letzte Nachricht. *Bin in vier Minuten da. Ich freue mich!*

Als ich wenig später im achten Stock aus dem Aufzug steige, muss ich lächeln, obwohl Romina hinter dem Empfangstresen sitzt. Meine Schritte hallen durchs Foyer, was sich beängstigend und gleichzeitig irgendwie gut anfühlt.

Cecilia begrüßt mich mit einem breiten Lächeln. »Willkommen! Sie sehen toll aus!«

»Sie auch«, erwidere ich das Kompliment. Tatsächlich hat Cecilia einen rosigen Teint bekommen und scheint von innen heraus zu strahlen. »Ist das das Kundalini-Yoga?«

»Plus die viele Rohkost«, erwidert sie.

»Puh, denken Sie, ich sollte aufhören, Sushi zu futtern?«

Sushi – das sage ich so. Wann habe ich das zum letzten Mal gegessen?

»Vielleicht?«, antwortet sie vieldeutig.

»Ach, lieber nicht«, antworte ich.

Ich will gerade in mein Büro gehen, da sehe ich Felix.

»Thome!« Er breitet die Arme aus und kommt auf mich zu – und ich kann nicht anders, als ihn toll zu finden. Was für eine Energie er versprüht! Wie sicher er sich bewegt! Wie gut und mitreißend sich seine Umarmung anfühlt! Er hat mich sofort an Bord, obwohl er, das merkt man, wahnsinnig in Eile ist. »Gut, dass du da bist. Unser Mandant ist nämlich auch schon hier.«

»Um wen geht's eigentlich?«, frage ich, während Felix mich den Flur entlang zu seinem Büro schiebt.

»Handyland«, antwortet Felix.

»Bitte?

»Handyland am Marheinekeplatz«, wiederholt er.

»Hey ho. Und wen vertreten wir als Nächstes? Den Gemüsedöner unten in der U-Bahn?«

»Spar dir deinen Spott«, sagt er streng. »Du wirst gleich sehen, worum es geht.«

Und dann präsentiert er mir den Fall: Handyland, das ist tatsächlich ein Handyladen. Einer, wie es in Deutschland inzwischen Hunderte gibt. Und wahrscheinlich hätten wir bei Steinkopf Ahmadi nie von der Existenz dieses Ladens gehört – hätte der Bruder des Besitzers nicht ein paar Semester lang Jura studiert. Dadurch ist ihm eine Sache aufgefallen, ein Detail nur, an dem sich all die anderen Handyläden im Land nicht störten. Handyland ist nämlich Vertragshändler der schicken Jacobson-Smartphones – und Jacobson hat Handyland vertraglich verboten, seine Smartphones auch übers Internet zu verkaufen, also über Ebay und andere Plattformen. Handyland darf sie nur vor Ort im Geschäft feilbieten oder in einem eigenen Onlineshop, den Handyland weder besitzt noch sich leisten kann.

»Kommt mir nicht besonders illegal vor«, gestehe ich und gehe in Sekundenschnelle die rechtlichen Optionen durch. »Das ist ein selektives Vertriebssystem. Ein Anbieter verpflichtet sich, Vertragswaren nur an ausgewählte

Händler zu verkaufen, und diese Händler verpflichten sich, die betreffenden Waren nur zu bestimmten Konditionen weiterzuverkaufen. Das ist der Grund, warum du nie eine Rolex bei Lidl bekommen wirst und auch nicht zu Dumpingpreisen im Internet. Damit schützen die Hersteller ihren guten Ruf. So etwas gibt es doch öfter, oder irre ich mich?«

»Du irrst dich nicht«, sagt Felix. Und dann erzählt er mir von seiner Strategie.

Als er fertig ist, muss ich lachen. »Wie viele Verträge dieser Art hat Jacobson in Deutschland abgeschlossen?«, frage ich.

»Bis jetzt wissen wir von zweiundsiebzig«, sagt Felix.

»Und wie viele Jacobson-Vertragshändler gibt es insgesamt?«

»Zweihundertdreiundvierzig.«

»Chapeau«, sage ich. »Das könnte eine hübsche Sammelklage geben.«

»Oui«, sagt Felix und grinst.

Wenig später sitzen wir im Verhörzimmer, gemeinsam mit Carl Steinkopf, unseren Mandanten, den Brüdern Yildirim, und Hubertus Hohenstein, dem Chefjustiziar der Jacobson GmbH, einem fahrig wirkenden Endfünfziger in einem teuren, aber schlecht sitzenden Anzug, der sich schon jetzt schrecklich aufregt.

»Es handelt sich um ein selektives Vertriebssystem nach Vertikal-GVO Artikel 1, Absatz 1, Buchstabe e«, insistiert er. »Das ist in Deutschland so zulässig wie das Tragen einer Krawatte!«

»Ja, es ist zulässig. Allerdings nur dann, wenn sich dadurch der Wettbewerb verbessert«, erwidert Felix.

»Aber das tut er doch! Jacobson-Handys sind äußerst hochwertig, und es ist von herausragender Wichtigkeit, dass der Kunde beim Kauf ordentlich beraten wird.«

»Und diese ordentliche Beratung kann es nur im Fachhandel geben«, stelle ich fest. »Beim Kauf auf Versteigerungsplattformen jedoch nicht.«

»Genau!« Der Chefjustiziar sieht mich dankbar an. »Diese Smartphones sollten nicht einfach so blind erworben werden.«

»So blind wie die Smartphones ihrer Konkurrenten Samsung, Huawei oder Sony.« Ich bemühe mich, die Namen etwas verächtlich auszusprechen und sehe ihn fest an.

»Richtig.« Hohenstein lehnt sich erleichtert zurück.

»Und eine einfache Bedienungsanleitung würde es nicht tun?« Eigentlich war es nicht abgesprochen, dass ich die Verhandlung übernehme – Felix hatte mich nur dazu aufgefordert, mich jederzeit einzubringen. Aber dieses Verhör hier macht mir Spaß; ich kann mich kaum bremsen, immer noch mehr Fragen zu stellen. Und das muss ich offenbar auch nicht, denn sowohl Felix als auch Carl Steinkopf machen äußerst zufriedene Gesichter.

»Auf keinen Fall«, insistiert Hohenstein.

»Weil?«, fragt Felix.

»Weil unsere Handys komplexe Geräte sind. Man sollte sie nicht einfach ohne Anleitung installieren.«

Felix schweigt, ich schweige. Hohenstein schweigt, und die Yildirims auch.

»Herr Hohenstein, würden Sie mir zustimmen, wenn

ich sage, dass die Benutzung eines Smartphones maßgeblich von seinem Betriebssystem bestimmt wird?«, frage ich schließlich.

Herr Hohenstein sieht mich unsicher an. »Na ja, also, wenn Sie so konkret fragen …«

»Nein oder ja?«

»Äh … ja«, gibt er zu.

»Sie als Experte«, sage ich. »Sie können uns doch sicherlich sagen, mit welchen Betriebssystemen die Smartphones von zum Beispiel Huawei ausgestattet sind.«

»Sicher … sie laufen mit dem Android-System.«

»Und die von Samsung?«

»Ebenfalls Android.«

»Und Sony?«

Hohenstein wird bleich, offenbar ahnt er, worauf meine Fragerei hinauslaufen wird. »Also, das tut doch wirklich nichts zur Sache.«

»Würden Sie mir antworten?«, frage ich höflich.

»Android.« Er steht auf und sammelt hektisch seine Sachen zusammen, als wolle er direkt aus dem Büro marschieren.

»Müssen Sie weg?«, frage ich.

Er antwortet nicht, sondern stopft eine Mappe in seine Tasche.

»Darf ich Ihnen eine letzte Frage stellen?«

»Nein«, antwortet er. »Ich möchte, dass wir diese Unterhaltung verschieben.«

»Weil Sie sich eine neue Argumentation überlegen müssen?«, frage ich.

Für den Moment scheint Hohenstein sich entschlossen

zu haben, die Stein-Strategie anzuwenden, denn er bleibt stumm und reagiert nicht.

»Oder weil auch Jacobson-Smartphones auf Android laufen und die Benutzung sich eigentlich nicht von der Konkurrenz unterscheidet?«

Hohenstein hastet in Richtung Tür.

»War das Ihr letztes Wort? Sie beharren auf Ihrem selektiven Betriebssystem, nur, weil die Jacobson-Gehäuse aus Walnussholz sind?«

Da dreht Hohenstein sich doch noch einmal um. »Sie werden von mir hören«, keucht er wütend.

»Das hoffen wir!«

»Sie werden von mir hören«, äfft Felix den Jacobson-Chefjustiziar wenig später nach und lacht.

Carl Steinkopf, der sich sonst mit Gemeinheiten weise zurückhält, kichert. Die Yildirims wurden bereits von Cecilia zum Ausgang gebracht, und wir sind unter uns, sonst würde er sich vermutlich vornehm bremsen.

»Hast du sein Gesicht gesehen, als er aus dem Verhörraum gerannt ist?«

Ich grinse. »Der hat sich bei Verhandlungsbeginn so sicher gefühlt, dass es wirklich ein Kinderspiel war, ihn zu erwischen.«

»Ein Kinderspiel für dich«, lächelt Felix. Dann legt er seinen Arm um meine Schulter und drückt mich begeistert an sich. »Schön, dass du wieder da bist, Thome.«

»Ich bin auch froh, Luise«, sagt Carl Steinkopf. »Sie waren brillant wie immer.«

So viel Lob bringt meine Wangen sofort zum Glühen – aber es stimmt, er hat recht, ich bin wirklich nicht schlecht gewesen. Ein Argument hat sich wie von allein aus dem anderen ergeben. Ich bin so zielsicher durch die Verhandlung gegangen wie schon lange nicht mehr. Himmel, was fühlt sich das gut an! Und was fühlt es sich gut an, von anderen gesehen zu werden – von Leuten, deren Urteil mir wichtig ist!

Inzwischen sind wir im Großraumbereich der Kanzlei angekommen. Plötzlich bleibt Felix stehen. Er ergreift meine Hand und bedeutet mir so, ebenfalls innezuhalten.

»Luise Thome ist wieder da!«, ruft er laut. Alle drehen sich um, manche lächeln, manche nicht. »Und sie hat immer noch den Jazz!« Er macht eine Siegesgeste mit der rechten Hand, und plötzlich kommt Bewegung ins Office. Manche klatschen, andere winken, einer der Praktikanten imitiert einfach die Handbewegung von Felix.

Unwillkürlich muss ich lachen.

»Du warst super«, sagt Felix noch einmal leise zu mir, und obwohl die Siegergeste natürlich völlig übertrieben war, freue ich mich. Denn ich war gut. Endlich mal wieder. »Kommst du gleich mit zum Essen? Cecilia meint, du hättest zugesagt.«

»Ja, komme ich«, sage ich. »Ich … ich muss nur vorher noch mal.« Ich nicke in Richtung der Klos.

»Alles klar!«

Meine Knie sind richtig weich, als ich die Toilettenräume betrete. Zum Glück ist hier nie viel los – im Wirtschaftsrecht ist die Frauenquote immer noch bescheiden, und die Sekretärinnen benutzen aus irgendeinem Grund lieber die Klos, die näher an den Einzelbüros sind. Obwohl ich eigentlich gar nicht muss, benutze ich kurz die Toilette.

Danach stelle ich mich vors Waschbecken, drehe das Wasser an und schaue in den Spiegel. Ich atme ein, atme aus, atme ein und aus. Aber irgendwie kommt kein Sauerstoff in meine Lungen. Bis gerade eben habe ich mich wohl in meiner Rolle gefühlt. Warum bin ich plötzlich so unsicher? Bin ich die ganzen letzten Wochen nicht die Ruhe selbst gewesen? Ich blicke in den Spiegel, betrachte skeptisch mein Gesicht, doch das sieht ganz genauso aus wie immer. Ich blicke an mir hinab, sehe meinen teuren Hosenanzug, die makellosen Pumps – ebenfalls ein vertrauter Anblick. Warum also habe ich das Gefühl, als passe irgendetwas nicht wirklich zusammen? Warum zittern meine Hände jetzt schon wieder? Ungläubig sehe ich sie an, sehe, wie sie sich völlig von selbst bewegen. Sie haben sich verändert, sind roter und rauer geworden – zumindest das ist ein Zeichen, dass ich die letzten Wochen nicht im Büro verbracht habe, sondern mit wirklicher Arbeit. Unter den Fingernägeln ist immer noch Schmutz; ich habe heute Morgen versucht ihn abzuschrubben, aber ganz habe ich es nicht geschafft.

Eine Weile starre ich so an mir herab, betrachte die Fingernägel, den Hosenanzug, die Pumps. Ich betrachte mein Gesicht, den Dutt und dann wieder den Dreck unter den Fingernägeln. Was davon bin ich?

»Wir hätten gerne zwei Gläser Champagner«, sagt Carl Steinkopf zu unserem Kellner. Dann sieht er mich schelmisch an. »Ich hoffe, das ist in Ihrem Sinne, Luise?«

»Klar«, sage ich und sehe mich unbehaglich um. Wir sind, wie geplant, bei Paolo, und jedes Detail im Raum scheint zu schillern: die cremefarbenen, zart glänzenden Tischdecken, die edlen, hohen Kerzen, die Armee von Weingläsern auf dem Tisch, die mannshohen Pfeffermühlen, die die Kellner durch den Raum tragen wie Geistliche den Kelch beim Abendmahl. Beim Reinkommen habe ich einen FDP-Landesvorstand gesehen, am Nachbartisch sitzt eine bekannte Nachrichtensprecherin und am anderen Ende des Lokals eine ganze Gruppe von Snyder-Schirmer-Precht-Associates, alles ehemalige Kollegen von Konstantin. Sie spähen immer wieder neugierig zu uns herüber.

Wir plaudern ein bisschen über meinen Auftritt vom Vormittag, dann erzählt er von den Fällen der letzten Wochen. Der Champagner kommt, und Steinkopf ordert zusätzlich ein Spezi. Dann stoßen wir an.

»Ich bin froh, dass Sie wieder da sind, Luise«, sagt er.

»Ich auch«, sage ich, auch wenn diese Aussage nicht hundertprozentig stimmt. Genau genommen stimmt sie nicht einmal zu fünfzig Prozent, aber was, um alles in der Welt, soll ich meinem Chef sonst sagen?

»Das freut mich«, sagt er, und ich weiß nicht, ob ich erleichtert oder entsetzt sein soll, dass er meine zwiespältigen Gefühle überhaupt nicht wahrnimmt. Merkt er wirklich nicht, dass ich immer noch leicht zittere? Und wenn dem so ist – merkt er es nur deshalb nicht, weil er einfach grundsätzlich nicht so der empathische Typ ist? Oder weil es mir gar nicht anzusehen ist?

Plötzlich schaut er mich eindringlich an. »Wissen Sie, Luise, ich würde Sie gern noch enger einbinden in die Kanzlei.«

Da, da ist es.

»Ach ja?«, sage ich, als wüsste ich nicht, was mich nun erwartet.

»Ja«, sagt er und sieht mich noch fester an. »Ich würde Sie gern zur Partnerin machen.«

»Wow«, sage ich und staune darüber, wie ehrlich überrascht ich klinge. Aber tatsächlich bin ich überrascht – es ist schließlich etwas anderes, ob man eine Ohrfeige nur erwartet oder ob sie auch wirklich eintrifft.

»Ich habe Ihre Arbeit nun lange genug beobachtet. Ich weiß, dass Sie in letzter Zeit private Probleme hatten, aber ich kenne Sie gut genug, um zu wissen, dass Sie sich wieder in Ihre alte Form zurückkämpfen werden. Ich möchte, dass Sie mehr Verantwortung tragen, Luise. Und natürlich möchte ich es anderen Kanzleien unmöglich machen, Sie jemals abzuwerben.« Er lächelt verschmitzt.

»Das … das ist …« Ich möchte gerne etwas sagen, das ihm das Gefühl gibt, dass seine Entscheidung richtig ist. Aber ich verstumme.

Er sieht mich fragend an. »Das ist was?«, fragt er schließlich.

»Das ist wirklich sehr großzügig.«

»Und?« Er sieht mich mit bohrendem Blick an.

»Und …« Ich stocke. Was soll ich ihm nur sagen? Einerseits spüre ich, dass er recht hat: Dass ich mich in meine alte Form zurückkämpfen könnte – das habe ich ja erst heute Vormittag bewiesen. Aber etwas sperrt sich in mir, einfach wieder auf Los zurückzugehen. Etwas ist anders, das spüre ich.

Am liebsten würde ich ihm genau das sagen, aber wenn ich daran denke, überkommt mich die Angst: die Angst,

Carl Steinkopf furchtbar zu enttäuschen. Also sage ich ihm die Wahrheit und verdrehe sie dabei ein bisschen. Na gut, gehörig, denn ich habe das dringende Gefühl, ihm eine Erklärung geben zu müssen, die er auch wirklich versteht. »Aber wissen Sie, ich … ich habe gerade diese Immobilie geerbt. Es ist ein sehr aufwändiges Projekt, und ich habe das Gefühl, dass ich mich erst einmal darum kümmern muss, ehe ich in der Lage bin, mich wieder ganz für die Kanzlei zu engagieren.«

Carl Steinkopf sieht mich verständnislos an. »Sie wollen eine Partnerschaft ausschlagen, um Zeit zu haben, ein Haus zu renovieren?«

»Na ja, also es ist …«

»Um was für ein Objekt handelt es sich? Um Schloss Sanssouci?«

Ich muss lachen, doch Carl Steinkopf bleibt ernst.

»Nein, es ist nur das, äh, das Landhaus meines Bruders. Und ich will die Partnerschaft gar nicht ausschlagen, sie … sie kommt nur gerade etwas ungelegen.«

»Ungelegen«, wiederholt er, und ich spüre, wie mich ein Gefühl überkommt, das ich das letzte Mal als Jugendliche hatte. Meine Eltern waren im Urlaub und ich nutzte die Gelegenheit, um mir die Haare zu blondieren. Doch dann kam mein Vater überraschend zurück – wegen irgendeiner Patentgeschichte. Niemals werde ich den Blick vergessen, mit dem er mich ansah, als er in mein Zimmer stiefelte und ich dastand: blond, im viel zu kurzen Rock und dann auch noch ziemlich stark geschminkt. Als hätte ich ihn verraten, so betrachtete er mich. Voller Enttäuschung, dass seine so smarte Tochter sich für solch billige Tricks hergab.

Damals bekam ich fast so etwas wie Angst, und diese Angst verspüre ich nun wieder. Es ist die Angst, Carl Steinkopfs väterliche Freundschaft zu verlieren.

»Ich brauche einfach noch etwas Zeit, ja?«, sage ich. »Ich kann diese Partnerschaft einfach nicht eingehen, wenn ich nicht das Gefühl habe, hundert Prozent geben zu können. Und das will ich. Wenn ich Partnerin sein soll, dann muss ich es wirklich mit ganzer Kraft sein und ohne komische Nebenprojekte, die mehr Kraft und Aufmerksamkeit bündeln, als sie eigentlich sollten.«

»Das verstehe ich schon eher«, sagt er, auch wenn er nicht so ganz überzeugt aussieht.

»Geben Sie mir noch ein paar Wochen?«

»Und dann?«

»Dann bin ich wieder am Start. Mit Haut und Haaren.«

»Versprochen?«

»Versprochen. Ganz sicher. Ich meine, ich liebe meinen Job! Ich will so schnell es geht zurück!«

»Also gut, Luise. Vereinbaren wir einen Termin?«

»Klar«, sage ich.

»Reichen Ihnen acht Wochen?«

Ich nicke, obwohl ich keine Ahnung habe, ob das zu wenig ist oder zu viel.

»Gut, dann schlage ich vor: Am ersten August sind Sie wieder da, das ist ein Montag. Und in der Woche vorher verabreden wir uns schon mal ... wie wäre es am vierundzwanzigsten Juli?«

»Perfekt«, sage ich.

»Also, Luise. Stoßen wir an.«

»Sehr gerne!«

Als ich später an diesem Abend wieder in meiner Wohnung bin, meine unempfindlichsten Pullis und T-Shirts einpacke und die etwas zu weiten Armani-Jeans, die Missoni-Chucks, die ich schon ewig nicht mehr anhatte, und die dezent glitzernden Birkenstock-Sandalen, meine Icebreaker-Jacke und die dicksten Socken, die ich in der Kommode finden kann, da bekomme ich eine Nachricht von Felix.

Und? Haben wir Grund zu feiern? Wir sind noch im Negroni!, schreibt er, garniert mit Sektflaschenbildchen und Partyhut-Emojis.

Und in diesem Augenblick bin ich auf einmal heilfroh, Nele versprochen zu haben, bald wieder zurück nach Klein-Wiesenthal zu kommen und ihr dabei zu helfen, so schnell wie möglich einen Businessplan zu erstellen – einen, der ihr Fördergelder bis zum Ende des Jahrhunderts einbringt.

Was hat Carl Steinkopf gesagt? Ende Juli. Mir fällt ein, dass am letzten Juli-Wochenende das jährliche Dorffest stattfindet. Eigentlich ist das doch genau passend, oder? Ein Abschiedsfest. Und ein Fest für den Wiedereinstieg.

31

NA JA, WAS HEISST, so schnell wie möglich. Eigentlich hatte ich geplant, ein paar Tage in Berlin zu bleiben. Doch jetzt, wo ich Carl Steinkopf noch einmal um Aufschub gebeten habe, hält mich hier nichts mehr.

Schon am Tag nach unserem Dinner hieve ich meinen Koffer in Kumars Taxi. Wenig später sitze ich wieder in der Regionalbahn und kurz darauf in dem Bus, der gemütlich über die Dörfer zuckelt. Ich war nur einen Tag weg, trotzdem kommt es mir vor, als hätte sich die Natur verwandelt. Die Felder leuchten so knallgelb, dass man nicht anders kann, als gute Laune zu bekommen, und die Sonne am Himmel scheint so warm, dass ich mir meine Jacke um die Hüften binde. Als ich in Klein-Wiesenthal aussteige, fällt mir auf, wie freundlich das Dorf in der Sonne aussieht. Wie die Gärten plötzlich ihre Schönheit zeigen, wie strahlend die Farben der Fensterläden sind, wie hübsch und heiter die Fassaden wirken. Ein Schmetterling flattert an mir vorbei, stolz und verletzlich, und im nächsten Augenblick beobachte ich, wie eine Hummel auf eine Blütentraube von Neles Kastanienbaum zufliegt.

Das ist schon kein ganz schlechter Ort, den Pip sich da

ausgesucht hat, denke ich, als ich endlich vorm Gartentor stehe. Ich fahre mit der Hand über die abblätternde Farbe und frage mich, wie schwierig es wohl sein mag, den Türflügel abzuschleifen und neu zu lackieren – vielleicht in einem freundlichen Weiß oder einem dezenten Blau. Plötzlich höre ich eine Stimme im Garten. Habe ich Besuch? Ich drehe mich um und bemerke das Auto, das auf der anderen Straßenseite abgestellt ist. Es ist ein billardkugelgrüner Mini.

Oh no.

Ich öffne das Tor und bete leise, dass ich mich irre. Doch dann steht sie da tatsächlich mitten auf der Wiese: Saskia.

Mit einem Mal überkommt mich ein ungutes, ein ganz, ganz ungutes Gefühl. Weil Saskia in mein Reich eingedrungen ist? Weil mich schon länger das schlechte Gewissen plagte, dass ich meine »paar Tage«, die ich ursprünglich bei ihr angemeldet hatte, nie offiziell verlängert habe?

Was auch immer es ist, ich versuche mir nichts anmerken zu lassen.

»Du hier?«, frage ich und umarme sie mehr pflichtschuldig als herzlich.

»Ich wollte mich von dem Wunder überzeugen«, sagt sie.

Ich sehe sie verständnislos an.

»Das hier.« Sie deutet auf die Kletterhortensie.

Gemeinsam betrachten wir den exotischen Gartengast am Rande des Blumenbeets. In den letzten Wochen ist er wirklich erstaunlich gewachsen und geht mir nun fast bis an die Hüfte. Kletterhortensien, das hat mir Nele erzählt, stammen nämlich eigentlich aus Japan und Korea und kommen mit brandenburgischer Trockenheit nicht sonderlich gut klar.

»Pip war immer überzeugt, dass die hier niemals anwachsen wird«, sagt Saskia. »Aber ich wusste schon immer, dass ich einmal einen Garten mit einer Kletterhortensie haben würde.« Sie sieht mich triumphierend an, und ich muss ein bisschen lachen.

»Einen Garten mit Kletterhortensie? Du? Ich dachte, dass du mit dem Irrsinn hier draußen nie so wirklich etwas anfangen konntest.«

»Ja«, gibt sie zu. »Aber dann auch wieder nicht. Eigentlich …« Sie stockt. »Eigentlich mag ich Gärten. Ursprünglich war sogar ich diejenige, die zuerst einen haben wollte. Einen mit einer Kletterhortensie und Magnoliensträuchern und Japanischem Zierahorn.«

Ich sehe sie überrascht an. »Und worüber habt ihr dann gestritten?«

»Gestritten haben wir gar nicht so«, sagt Saskia. »Es war eher so, dass Pip mich spüren ließ, dass er mich nicht hierhaben wollte. Er wollte hier draußen allein sein.«

»Oh«, mache ich, weil ich nicht weiß, was ich sonst sagen soll. Ich meine, einerseits kann ich mir kaum vorstellen, dass Pip keine Gründe für sein Verhalten hatte. Andererseits … Seit seinem Burn-out ist er wirklich ziemlich sonderbar gewesen. Wer weiß schon, was er empfand, wenn Saskia hier herumlief und davon träumte, Magnolien und Japanischen Zierahorn zwischen die Apfelbäume zu pflanzen.

»Schon okay«, sagt Saskia.

»Nein, irgendwie nicht«, sage ich. »Pip konnte ganz schön eigensinnig sein.«

Saskia lacht auf. »Ja, eigensinnig war er«, sagt sie. Sie macht eine Pause. »Und jetzt bist du viel hier, oder?«

Ich nicke. »Ich hoffe, das ist okay für dich.«

»Alles gut«, sagt sie. »Du kannst hier sein, so viel du willst. Pip hätte sich darüber gefreut.«

»Danke«, sage ich. »Also, ich weiß nicht, wie gut sich ein Japanischer Zierahorn im Obstgarten machen würde, aber wenn du willst, kannst du natürlich jederzeit hierherkommen. Es ist ja eigentlich dein Garten«, sage ich.

»Das ist lieb von dir«, sagt sie. Dann wechselt sie plötzlich das Thema. »Nette Nachbarn hat es hier.«

Ich erröte. »Du meist Nele? Ja, die ist … äh …« Mir fällt kein passendes Adjektiv ein für die Frau, die immerhin in Saskias Mann verknallt war.

»Nein, ich meine den von da drüben.« Sie weist auf Nikos Garten.

»Ach«, sage ich.

»Als ich gekommen bin, hat er sich gerade um dein Grünzeug gekümmert,«, erklärt Saskia und zeigt auf das Hochbeet in der Ecke des Gartens.

»Wirklich?«, frage ich. Ich recke mich, um etwas zu erkennen. Dann gehe ich näher hin.

Saskia folgt mir. »Er hat dieses Zeug da eingepflanzt«, sagt sie und zeigt auf ein paar winzige Pflanzen mit gezackten Blättern. »Und das Zeug da mit den großen Blättern gegossen. Und das hier auch. Angeblich, weil es sonst vertrocknet. Es sah auch wirklich ziemlich schlapp aus.«

»Das Zeug mit den großen Blättern da sind Zucchini«, kläre ich sie auf. »Die brauchen tatsächlich viel Wasser. Und das andere sind Tomaten. Die habe ich selbst gesät.«

Als ich das ausspreche, überkommt mich ein richtiger Schauer. Ich finde es immer noch irre: Das alles hier habe ich gemacht! Und es war so verrückt einfach! Man steckt einfach die Samen in die Erde, und schon nach ein paar Tagen platzen sie auf und winzige Triebe stecken ihre Nase in die Luft. Es ist wirklich unbegreiflich. Wenn es Geldanlagen mit einer ähnlichen Rendite gäbe, würde alle Welt nur noch in Gemüse-Fonds investieren.

»Wie auch immer«, sagt sie.

Ich betaste die Erde, die dunkel und schwer im Hochbeet liegt. Niko hat tatsächlich meine Tomaten gegossen. Er hat gemerkt, wie warm es wird, und weil er dachte, ich würde erst in ein paar Tagen kommen, hat er meine Pflanzen versorgt. Und mit einem Mal ist es, als würde auch in mir drin ein winziges Pflänzlein den Kopf aufrichten.

»Eigentlich wollte ich heute Nachmittag wieder in Hamburg sein«, sagt Saskia plötzlich.

»Ach, schade«, lüge ich – denn ich hatte mich schon gefragt, wie lange sie noch bleiben würde.

»Ja, wirklich«, sagt sie. Sie wendet ihr Gesicht der Sonne zu und scheint die warmen Strahlen zu genießen.

»Na, dann bringe ich dich mal zum Auto«, sage ich schnell, ehe sie es sich anders überlegt.

Aber zu spät. »Eigentlich könnte ich auch etwas später fahren«, sagt sie und sieht mich an, als wäre sie selbst überrascht, dass sie nicht früher auf die Idee gekommen ist.

»Oh«, mache ich, etwas dämlich. »Wirklich.«

»Ja, ich wollte noch etwas arbeiten heute, aber eigentlich kann ich das auch morgen erledigen. Lass uns noch einen Kaffee trinken, was meinst du?«

Was ich meine? Das sage ich natürlich nicht.

Wenig später sitzen wir auf der Terrasse, und nachdem sie sich daran gewöhnt hat, dass ihr Gartenstuhl wackelt und ein bisschen quietscht, blicken wir gemeinsam in das Grün. Da sind die Bäume, die dort seit Jahrzehnten aus der Erde ragen, die Sträucher, die sich kein bisschen bewegen, die Sonne, die regungslos am Himmel steht – und gleichzeitig Abertausende Fliegen, Käfer, Bienen, Würmer, die im Licht, im Schatten, im Großen und im Kleinen leben.

»Müsste man hier nicht mal wieder Rasen mähen?«, stört Saskia meine Gedanken.

Ich blicke mit ihr auf die Wiese, in der es brummt und summt und raschelt. »Nein«, sage ich (ich!) und erkläre ihr die Vorzüge des Biotops Wildblumenwiese – dass darin unzählige Insekten Nahrung und Heimat finden. »Außerdem ist es praktischer«, schließe ich.

»Du hörst dich an wie Pip«, sagt Saskia und lächelt.

»Ich fürchte, wir klingen einfach beide nur nach unserem Nachbarn da drüben«, sage ich und zeige grinsend in Richtung Hecke. »Der ist ziemlich hartnäckig darin, andere zu bekehren.«

Doch Saskia geht darauf nicht weiter ein. »Pip war besessen davon, Insekten Lebensräume zu schaffen«, sagt sie und schüttelt den Kopf. »Egal, wie es seinen Mitmenschen ging – Hauptsache, der Natur ging es gut. Den Ohrwürmern und Schmetterlingen und Mauerbienen.«

»Ich weiß«, sage ich verständnisvoll, obwohl ich, ehrlich gesagt, gar nichts davon wusste. Und plötzlich kann ich mir vorstellen, wie sich das Leben mit ihm für Saskia manchmal angefühlt haben mag.

»Ich wollte die Viecher immer am liebsten vernichten«, sagt sie und lacht. »Wenn er nicht da war, bin ich mit Insektenspray durchs Haus gerannt, Spinnen jagen.«

»Volles Verständnis«, sage ich und denke daran, wie vielen Spinnen ich in meinem Leben schon den Garaus gemacht habe. Dann fällt mir ein, weshalb Saskia überhaupt noch da ist. »Ach, ich wollte dir ja einen Kaffee machen!«

Ich stelle Pips altes Alu-Espressokännchen auf meinen improvisierten Freiluftherd. Als es faucht, fülle ich zwei abgeplatzte Emaillebecher mit dem starken, schwarzen Kaffee. »Milch dazu?«, frage ich.

»Gerne«, sagt Saskia.

Ich hole welche aus dem Haus und reiche sie ihr.

»Danke«, sagt sie und trinkt.

Einen Moment lang schweigen wir.

»Ich hätte niemals hier in dieser Laube leben können«, gesteht sie plötzlich. »Ich wollte zwar immer einen Garten, aber ich wollte auch ein Haus. Ein richtiges Haus, nicht nur so einen Verschlag. Eines mit einer offenen, großen Landhausküche und einem Wintergarten, von dem aus man den Japanischen Zierahorn sehen kann und duftende Lavendelstauden und einen Rosmarinbusch und hinten im Garten einen von diesen Holundern mit schwarzen Blättern und rosafarbenen Blüten.«

»Also, Lavendel, Rosmarin und Holunder gibt es hier doch auch«, verteidige ich den Garten schwächlich.

»Ja«, sagt sie und es ist klar, dass sie etwas anderes als das verwilderte Gestrüpp vor unseren Augen meinte, als sie die Pflanzen aufzählte. Dann sagt sie plötzlich: »Hast du schon mal einen Rosmarin-Gin-Tonic getrunken?«

Ich schüttle den Kopf. »Nur einen mit Gurke.«

»Echt nicht?«, fragt sie. »Das schmeckt super. Soll ich uns einen machen? Geht ganz einfach!«

»Leider habe ich keinen Gin da«, sage ich. »Und kein Tonic.«

»Echt nicht?«, sagt sie enttäuscht.

»Ich … ich kann ja noch einmal nachsehen.«

Ich gehe ins Haus, mache alle Schränke auf und zu und komme schließlich mit einer Flasche Bier zurück. »Das ist alles, was ich an Alkohol habe«, sage ich.

Saskia betrachtet das Etikett. Es ist ein einfaches Lübzer Pils – nicht gerade das, was sie üblicherweise trinkt. Doch dann nimmt sie die Flasche und öffnet sie, indem sie den Kronkorken an die Tischkante hält und mit der flachen Hand beherzt draufschlägt. Belustigt über diese Bewegung sehe ich sie an, doch sie nimmt meinen Blick nicht wahr, sondern trinkt das Bier mit großen Schlucken.

Nicht zum ersten Mal frage ich mich, ob sie nicht ein bisschen zu gierig trinkt.

Die Flasche ist bereits halb leer, da schüttelt Saskia plötzlich den Kopf. »Irgendwie komisch«, sagt sie.

»Was?«, fragt Lou.

»Dass ich hier in Pips Garten sitze. Er hat immer neue Gründe gefunden, warum ich nicht mitkommen kann – weil er arbeiten muss, weil er seine Ruhe braucht, weil er sich mit dem Nachbarn verabredet hat. Und jetzt sitze ich hier und merke, dass ich gar nicht hierher gewollt hätte. Dass das gar nichts für mich gewesen wäre. Dabei haben wir uns letzten Endes deswegen getrennt. Weil er nur noch hier war. Weil er mich aus seinem Leben ausgeschlossen hat. Weil er nicht mehr ansprechbar war für mich.«

»Das war sicher verletzend«, sage ich.

»Vor allem, weil ich doch die mit dem Gartenspleen

war.« Sie lacht bitter. »Aber weißt du was?«, sagt sie dann. »Eigentlich hat er mich schon vorher verlassen – nur halt innerlich. Ich habe immer daran geglaubt, dass wir es total schön haben könnten, wenn er mich nur mitfahren lassen würde. Aber jetzt, wo ich hier bin, verstehe ich, dass wir es wahrscheinlich gar nicht sonderlich schön gehabt hätten. Wahrscheinlich hätten wir uns nur gestritten. Ich hatte ganz andere Vorstellungen als er.«

»Na ja«, sage ich versöhnlich. »Vielleicht hättet ihr einen Mittelweg gefunden. Du hättest die Kletterhortensie gepflegt und er die Bienen.«

Doch Saskia geht nicht darauf ein. »Es war wirklich, als hätte er versucht, sich vor mir in Sicherheit zu bringen. Als hätte er sich schützen müssen. Dabei haben wir eigentlich das Gleiche gewollt. Ein Refugium, in dem man einfach nur sein kann. In dem man entspannen kann und runterkommt. Ohne Druck, ohne Handy, ohne Videokonferenzen.«

Plötzlich denke ich daran, dass ich noch vor wenigen Stunden in Berlin war. Dass ich mit Kumar durch den tosenden Stadtverkehr gebraust bin, mich durch die Menschenmassen am Hauptbahnhof gedrängelt habe, und wie erleichtert ich war, als ich endlich im richtigen Zug gesessen bin. Wie erleichtert ich war, die Stadt, das Office, die Anspannung hinter mir zu lassen. Wie froh ich war, dass es so einfach ist, Abstand zum Alltag zu kriegen. Wie hat Kumar beim Aussteigen zu mir gesagt? Ich weiß nicht, was du da gerade machst, Lu. Aber eines Tages werde ich es auch ausprobieren.

»Hast du Pip nie gefragt, warum er sich von dir abgewendet hat?«

»Doch«, antwortet Saskia.

»Und?«

»Ich habe nie so wirklich eine Antwort darauf bekommen.«

Wir schweigen. Wenn man bedenkt, dass wir nie etwas miteinander anfangen konnten, ist das eigentlich ein ziemlich gutes Gespräch, finde ich.

»So eine Art Tagebuch habe ich übrigens doch noch gefunden«, fällt mir plötzlich ein.

»Wirklich?« Saskia sieht mich überrascht an.

»Es steht aber nichts über dich drin«, sage ich.

»Darf ich es trotzdem einmal sehen?«

»Klar«, sage ich und gehe ins Haus. Als ich wieder herauskomme, gebe ich es ihr.

»Danke«, sagt sie, nimmt es in die Hand und betrachtet den Umschlag. Warum schlägt sie es nicht auf? Weil ich ihr dabei zusehe?

»Ich spüle mal schnell die Tassen ab«, entschuldige ich mich dezent.

Schnell – dass sage ich natürlich nur so. In Wirklichkeit spüle ich jede Tasse so gründlich, dass selbst die uralten Kaffeeflecken auf der Unterseite verschwinden. Trotzdem muss ich noch eine ganze Weile Besteck sortieren, ehe es an der Tür klopft und Saskia mir das Büchlein zurückgibt. »Ich habe ein paar Seiten abfotografiert«, sagt sie. »Ich hoffe, das findest du okay.«

»Bestimmt«, sage ich.

»Ich hau dann mal ab«, sagt sie.

»Ich bringe dich zum Auto.«

Wir gehen auf die Terrasse. Saskia nimmt ihre Handtasche und den Blazer, den sie über eine Stuhllehne gehängt hat.

»Oh«, mache ich, als sie angezogen ist.

»Was?«, fragt sie.

»Da«, sage ich und zeige auf das Revers ihrer Jacke.

»Aaah«, ruft sie und schüttelt panisch die Spinne von der Jacke, die da saß.

»Jetzt ist sie weg«, beruhige ich sie.

»Puh«, macht sie. »Panik.«

Als wir beim Auto sind, drücken wir uns noch einmal.

»Komm bald wieder«, sage ich.

»Bestimmt nicht«, sagt sie und verdreht die Augen. Dann steigt sie ein, tritt aufs Gas und fährt los.

Ich winke und schaue dem Wagen nach. Plötzlich bin ich mir ganz sicher, sie nun für eine lange, lange Zeit nicht wiederzusehen.

32

ICH GLAUBE, ich habe so etwas in meinem ganzen Leben noch nie erlebt. Manche Menschen bekommen Besuch von Gott, andere bekommen Babys. Ich jedoch fege mit den Fingerspitzen etwas Erde zur Seite und entdecke, dass unter bescheidenen, pelzigen Blättern wirklich und tatsächlich kleine Radieschen gewachsen sind. Ich habe sie erst vor drei Wochen gesät, bin die ganze letzte Woche immer wieder um das Beet herumgeschlichen. Habe mit Ehrfurcht beobachtet, wie winzige, grüne Triebe aus der Erde sprossen, wie die Blätter größer wurden, dicker, dichter. Und jetzt grabe ich mit klopfendem Herzen eine der winzigen Kugeln aus – pink und perfekt taucht sie aus der schwarzen Erde auf. Ich laufe zur nächsten Gießkanne, wasche sie darin ab und stecke sie mir einfach so zwischen die Lippen. Oh, was ist das würzig, ist das knackig und zugleich zart – habe ich je schon mal so etwas Gutes gegessen? Wie ist das möglich, dass aus diesen winzigen, braunen Samenkügelchen, die ich in die Erde gesteckt habe, wirklich etwas gewachsen ist? Etwas, das schmeckt und nährt und sättigt?

Versonnen betrachte ich die Zucchinipflanzen, die ebenfalls einmal weiße, flache Samen waren – Kerne, die man beim Essen nicht einmal bemerken würde. Und ich beäuge die Tomatenpflanzen, die ich ebenfalls aus Samen gezogen habe; aus den winzigen, hellen Dingern, um die man sich nicht weiter bemüht, wenn sie beim Schneiden aus der Frucht aufs Brett glitschen.

Wer hätte gedacht, dass man in so etwas wie Tomatensamen echten Sinn finden könnte? Aber doch, so ist es.

Sinn: ein Radieschen, das unter der Erde wächst. Sinn: wenn plötzlich der Mohn seinen Kopf aus der immer höher wuchernden Wiese steckt und sofort von den Hummeln und Bienen besucht wird.

Sinn: ein selbst gepflückter Blattsalat, nur mit Salz, etwas Olivenöl und einem Spritzer Zitrone.

Ob es das ist, was Pip hier draußen gefunden hat? Fand er es auch so beruhigend, Pflanzen beim Wachsen zuzugucken? Fand er es auch so befriedigend, wenn das, was man gesät hat, irgendwann auf dem Teller liegt? Hatte auch er das Gefühl, dass der Boden unter den Füßen hier draußen viel fester ist?

Es ist Mitte Mai, und obwohl er noch nicht da ist, spürt man, wie sich langsam, aber sicher der Sommer ankündigt. Irgendwie gelingt es mir, nicht ständig daran zu denken, wie auch mein Wiedereinstieg in die Kanzlei am ersten August näher rückt.

Wie über Nacht sind im ganzen Garten leuchtend blaue Inselchen entstanden – Vergissmeinnicht, wie mir Nele über die Hecke hinweg erklärt. Der sät sich selbst aus, wenn man nichts dagegen unternimmt. Und warum sollte man etwas unternehmen? Vergissmeinnicht, das ist die Blume der zärtlichen Erinnerung und des Abschieds in Liebe.

Wieder habe ich das Gefühl, als seien diese blauen Inseln im Garten eine geheime Nachricht von Pip.

»Hallo, ihr«, begrüße ich die freundlichen, blauen Blütenköpfe. Nicken sie im Wind?

Ich laufe weiter durch den Garten. Ich habe mir etwas angewöhnt, was offenbar zum Gärtnerleben dazugehört, nämlich eine morgendliche Kontrollrunde, um nachzusehen, was sich so tut, was blüht, was erscheint, was zu Ende geht. Zufrieden inspiziere ich die Pflanzen im Hochbeet: Die Tomaten wachsen immer mehr in die Höhe, an den Erbsenpflanzen entdecke ich die ersten, winzigen, knallgrünen Schoten.

Immer wieder muss ich, wenn ich im Garten stehe oder knie, an meine Oma Ilse denken, bei der Pip und ich oft die Ferien verbrachten und die uns immer wieder dazu verdonnerte, ihr beim Jäten oder beim Ernten zu helfen, beim Absammeln von Wanzen von den Mangoldstauden. Damals habe ich nicht verstanden, warum sie immer fröhlich vor sich hin summte, während sie durch ihre Beete krabbelte, während sie also etwas tat, was wir als eher unangenehme Pflicht wahrnahmen als unwillkommene Unterbrechung vom Spielen.

Inzwischen verstehe ich es. Manchmal ertappe ich mich dabei, wie ich noch beim Zubettgehen abends leise vor mich hin singe oder pfeife. Und manchmal habe ich das Gefühl, als hätte Pip mir auch diese Lieder dagelassen, als hätte er sie hier für mich deponiert wie die Hängematte, die ich im Staufach der Bank gefunden und im Garten aufgehängt habe, und in die ich mich nun immer öfter lege. Wie schön der Himmel von hier aus ist! Und zwar jeder

Himmel: ob mit Wolken oder ohne. In der Stadt guckt man ja kaum mal hinauf, und wenn, dann sieht man immer nur einen winzigen Ausschnitt. Aber hier kann man richtig dem Lauf der Sonne zusehen, wie sie über Neles Gewächshaus auf- und hinter Nikos Aprikosenbaum untergeht. Eigentlich, denke ich, sollte man sich auch als Stadtbewohner regelmäßig auf irgendeine Fläche begeben und einfach nur zusehen, wie der Tag kommt und geht. Ob ich es schaffe, das in meine Steinkopf-Ahmadi-Arbeitswoche zu integrieren? Vielleicht sollte ich mich manchmal ins Verhörzimmer setzen und einfach nur zusehen, wie die Wolken ziehen.

Plötzlich höre ich ein Geräusch. Ein komisches Fiepsen. Woher kommt es? Ich komme nicht gleich drauf, aber dann stehe ich auf und lasse mich davon zu der Bank unter dem Walnussbaum leiten. Ich stelle mich auf die Bank und lausche. Dann sehe ich zwei winzige Schnäbelchen über den Nestrand hervorblitzen.

Ich halte die Luft an.

Ob ich das Niko zeige?

Seit dem Gespräch am Lagerfeuer war unsere Beziehung, na ja, eher unterkühlt. Offenbar gibt es zwischen Menschen Unterschiede, über die man nicht einfach so hinweggehen kann. Und vielleicht muss man das ja auch gar nicht. Gute Nachbarschaft bedeutet nicht unbedingt, dass man eine Freundschaft fürs Leben schließt. Eigentlich reicht es, wenn man sich nicht an die Gurgel geht, oder? Zumal ich hier schon eine Freundin gefunden habe: Nele, mit der ich in den letzten Tagen intensiv an ihrem Businessplan gefeilt habe und die jetzt nur noch darauf wartet, dass ihre diversen Anträge positiv beschieden werden.

Also, soll ich Niko holen?

Ach, warum nicht.

Ich laufe los, laufe immer schneller, durch meinen Garten und dann in seinen – und wieder kann ich es nicht lassen, mit meiner Hand das Blütenmeer dort zu berühren. Als ich um die Ecke biege, sehe ihn schon auf der Veranda sitzen. Er hat eine Kaffeekanne mit Porzellanfilter vor sich stehen und liest Zeitung.

»Hallo«, sagt er und blickt überrascht auf.

»Ich muss dir was zeigen«, sage ich atemlos.

»Jetzt sofort?« Er sieht nicht aus, als sei er gewillt, seinen Platz zu verlassen.

»Komm schon!«

Ein bisschen unwillig legt er die Zeitung weg und seufzt. »Du immer.«

»Na los!«, drängle ich.

Und dann stehen wir unter dem Walnussbaum.

»Hörst du das?«, frage ich.

Er nickt, richtet den Blick nach oben in die Krone – und lächelt. Wie an der Wiege eines Säuglings stehen wir unter dem Nest, baff, aber glücklich.

»Es sind drei«, sagt er mit glänzenden Augen, und ganz kurz fürchte ich, dass er mich umarmen will. »Schade, dass Pip nicht mehr da ist«, sagt er stattdessen.

»Stimmt«, sage ich.

Schweigend schauen wir in die Höhe.

»Wie wollen wir sie nennen?«, fragt er plötzlich.

»Die Küken?« Ich sehe ihn verdutzt an.

Er lacht. »War nur Spaß«, sagt er dann. Er legt den Kopf schief und sieht mich an. »Ich habe gerade Kaffee aufgesetzt.«

Ich antworte nicht. Sind wir etwa doch wieder Freunde?

»Magst du eine Tasse?«

Ich überlege einen Moment, dann nicke ich. »Ich komme gleich nach.«

»Prima!« Er dreht sich um und will gerade gehen.

»Niko?«

Er dreht sich noch einmal um.

»Wie wär's mit Tick, Trick und Track?«, schlage ich vor.

»Für die Küken?«

Ich nicke.

Niko streckt beide Daumen in die Höhe und grinst.

33

EINEN TAG SPÄTER sitzen wir schon wieder zusammen, diesmal auf meiner Terrasse. Niko ist einfach so und ohne Erklärung rübergekommen, und das, obwohl ich immer noch nicht genau weiß, ob wir uns eigentlich mögen oder, im Gegenteil, nicht ausstehen können. Ich meine, manchmal tut er so, als wüsste er alles besser und hat so etwas Snobbiges an sich, vor allem, wenn ich ihm von meinem Leben als Anwältin erzähle. Und dann ist er wieder ganz nett und angenehm, und man würde nicht denken, was für ein Oberlehrer in ihm schlummert. Dann kann ich ihm alle möglichen Fragen stellen, ob diese Pflanze hier vorn Unkraut ist oder nicht, wieso die Blumen dort hinten trotz reichlichen Gießens die Köpfe hängen lassen, wann die Aprikosen wohl endlich reif sind, was das für weiße Flecken auf den Blättern meiner Gurkenpflanze sind. Niko scheint fast alles über den Garten zu wissen: Er kennt die Unterschiede zwischen Kohl- und Blaumeise, zwischen Zitronenfalter und Kohlweißling, zwischen Haferpflaume und Hauszwetschge, zwischen der Markerbse »Gloriosa« und der Zuckererbse »Ambrosia«. Und er kann wie kein anderer über Vögel sprechen. Das fällt mir auch jetzt wieder auf, als sich eine Krähe ein Stück entfernt von uns ins Gras setzt und uns neugierig inspiziert.

»Eine Saatkrähe«, sagt Niko. »Sie beobachtet uns.«

»Meinst du?«, lache ich.

»Lach nicht«, sagt Niko. »Krähen beobachten Menschen. Sie können sich sogar Gesichter merken.«

»Du erzählst Quatsch«, sage ich skeptisch.

»Tue ich nicht! Wissenschaftler haben herausgefunden, dass sie so intelligent wie Schimpansen sind und so geschickt wie sechsjährige Kinder. In Hannover habe ich mal eine Krähe beobachtet, die Nüsse bei Rot vor Ampeln hinlegte und sie von den anfahrenden Autos knacken ließ. Die lernen alles, sogar, wie man Hühnergegacker nachahmt. Sie benutzen Werkzeuge, sind erfinderisch und sprachbegabt. Sie planen sogar ihre Zukunft! Sie suchen Tausende Verstecke für ihren Wintervorrat – und finden jedes einzelne davon wieder. Und sie sind monogam, und das lebenslang. Sie trauern sogar um ihre Partner.«

Misstrauisch betrachte ich den schwarzen Vogel in meinem Garten, wie er hin und her stolziert. Bis jetzt hielt ich ihn einfach nur für ein etwas unheimliches, aber dummes Federvieh, aber jetzt kommt es mir wirklich so vor, als würde er mich ausspähen. Ich bin ganz schön beeindruckt.

»Manche Krähen werden bis zu zwanzig, dreißig Jahre alt«, erzählt Niko weiter. »In Gefangenschaft sogar neunzig.«

»Wie alt ist diese hier wohl?«, frage ich.

»Keine Ahnung.«

Gemeinsam beobachten wir, wie die Krähe sich aus dem Stand mit schweren Flügelschlägen in die Luft erhebt. Sie dreht eine Runde über dem Garten, dann geht sie in den

Sinkflug, landet auf dem Schuppen und fängt an, dort oben herumzupicken. Sie hackt richtig auf das Dach ein.

»Gibt's ja nicht«, sage ich.

»Was?«

»Kein Wunder, dass das Schuppendach undicht ist!«

»Regnet es rein?«, fragt er.

Ich nicke. »Inzwischen ist das Gartenhaus so eine Art Zeitmaschine. Alles, was ich da reinstelle, hole ich rostig wieder raus.«

»Ist eigentlich nicht sonderlich schwer, das zu reparieren«, sagt er. »Wenn du willst, helfe ich dir.«

»Ja?«, sage ich ausweichend und beobachte gebannt, wie eine pelzige Hummel über den Tisch brummt. Im nächsten Moment taumelt ein kleiner, leuchtend grün schillernder Schmetterling vorbei.

»Ein Brombeer-Zipfelfalter«, sagt Niko. »Die sind selten geworden!«

»Irre!«, staune ich und beobachte, wie der Winzling davonflattert.

»Und?«, fragt Niko.

»Was?«, frage ich.

»Soll ich dir helfen?«

»Musst du nicht«, sage ich. »Ich guck mir ein YouTube-Tutorial an.«

»Es macht mir nichts aus«, sagt er. »Ich helfe gerne!«

»Du hast doch genug zu tun«, sage ich, denn eigentlich ist es mir wirklich nicht so recht, um seine Hilfe zu bitten.

»Okay«, sagt er. »Dann mach es selber.«

Ist er jetzt beleidigt?

»Was braucht man denn dafür? Dachpappe?«, frage ich

jetzt doch – und ärgere mich gleich wieder. Wo ist meine Eigenständigkeit geblieben? Meine feministische Autonomie?

»Genau«, sagt Niko.

»Und sonst?«

»Eigentlich nur …«

»Lu! Lu!«

Unsere Köpfe fahren herum. Das ist Nele, die über die Hecke ruft.

»Was gibt's denn?«, frage ich, fast froh, dass die Diskussion ums Schuppendach beendet ist.

»Moment!«, ruft sie.

Sekunden später steht sie bei uns auf der Terrasse und hält uns ein Blatt Papier hin.

»Was ist das?«, frage ich. Doch dann lese ich selber.

Sehr geehrte Frau Paschek,
vielen Dank für die Einsendung Ihrer Produktproben zur Prüfung durch unser analytisches Labor. Leider wurden bei der Untersuchung folgende Rückstände ermittelt, sodass eine Zulassung für das Bioherb-Siegel zum gegenwärtigen Zeitpunkt nicht erteilt werden kann.

Mit freundlichen Grüßen
Blabla

Angehängt an den Brief ist eine Liste voller Zahlen und chemischer Begriffe, mit denen ich eigentlich nichts anfangen kann. Aber es ist klar erkennbar, dass es darin um Pestizide geht. Offenbar wurde ein ganzer Haufen Grenzwerte überschritten: Mehrere Zahlen sind fett gedruckt, weil ihre Werte aus dem Referenzbereich fallen.

»Wie ist denn das passiert?«, frage ich einigermaßen baff.

»Keine Ahnung«, erwidert Nele mit verzweifeltem Gesicht.

»Hast du irgendetwas gespritzt?«, frage ich.

»Natürlich nicht«, sagt Nele schroff.

Ich beiße mir auf die Lippen. Denn natürlich habe ich sie in den ganzen letzten Wochen nicht ein einziges Mal mit irgendeinem Mittelchen hantieren sehen. Stattdessen hat sie übelst stinkende Brennnesseljauche angesetzt, kranke Pflanzen mit Molke bespritzt, Knoblauch zwischen den Pflanzen verbuddelt, Schafgarbenauszug versprüht. Nur im Ernstfall hat sie mal ein paar Marienkäfer oder Ohrwürmer auf eine Blattlauskolonie losgelassen, aber selbst da hatte sie schon ein schlechtes Gewissen.

»Aber woher kommen dann diese Werte?«, frage ich ratlos.

Statt zu antworten, sieht sie mich hilflos an.

»Da muss ein Fehler passiert sein«, sage ich entschieden. »Bestimmt wurden im Labor Proben vertauscht. Ich ruf da mal an.« Ich nehme mein Handy und will gerade die Nummer auf dem Briefkopf eintippen, da unterbricht mich Nele.

»Das musst du nicht tun, Lu«, sagt sie.

»Doch, natürlich!«, sage ich und mache weiter.

»Nein, musst du nicht. Denn es ist bereits das Ergebnis der zweiten Analyse.«

»Bitte?«, fragt Niko spitz.

Ich höre auf zu tippen.

»Das Labor hat mich bereits vorige Woche um eine Konterprobe gebeten. Da habe ich auch gedacht, dass etwas schiefgegangen sein müsse, darum habe ich mir nicht viel dabei gedacht und eine zweite Probe eingereicht. Doch die Ergebnisse sind gleich. Es sind dieselben Stoffe, die gefunden wurden.«

»Aber das würde ja bedeuten, dass deine Tees wirklich Pestizide enthalten«, sage ich ungläubig.

»So sieht es aus«, sagt Nele, und plötzlich stehen ihr Tränen in den Augen.

»Aber woher sollen die kommen?«, frage ich. »Ich meine, so etwas fällt doch nicht vom Himmel!«

»Vielleicht schon«, mischt Niko sich ein.

»Wieso?«, frage ich.

»Da drüben«, sagt er und zeigt in die Richtung der Grundstücksgrenze.

»Du meinst das Rapsfeld?«, fragt Nele.

»Genau das.« Niko nickt.

»Aber bei der letzten Bürgerversammlung wurde uns garantiert, dass die Pestizide nur ganz minimal ausgebracht werden«, sagt Nele.

»Ich weiß«, sagt Niko.

»Und zwar so, dass davon keine Gefahr für Mensch und Tier ausgeht.«

»Tja«, sagt Niko. »Wenn ich mir diese Analyse hier angucke, dann würde ich sagen, dass das Versprechen nicht eingehalten wurde.«

»Das glaube ich nicht«, sagt Nele und schüttelt den Kopf.

»Warum nicht?«, fragt Niko.

»Na, die können doch nicht einfach machen, was sie wollen!«

»Nein?«, fragt Niko.

»Moment«, mische ich mich ein. »Verstehe ich das richtig? Du denkst, dass die Gifte hier auf dieser Tabelle von den Feldern dort drüben stammen?«

Niko nickt wieder. »Hier: Neotrimacloprid, Clothidimazon, Difenomethamid und Pacloconazol – das sind alles Mittel, die in der konventionellen Landwirtschaft verwendet werden.«

»Auch beim Anbau von Raps?«, frage ich mit angewidertem Gesicht.

Ich muss mich wohl so anhören, als fände ich den Einsatz von Pestiziden ganz schrecklich. Dabei hatte ich bis jetzt eigentlich kein Problem damit. Ich meine, wir sind fast acht Milliarden Menschen auf der Erde. Die kann man nicht alle ernähren, wenn man einzelne Marienkäfer auf die Felder trägt! Aber ich bemerke schon, dass meine Nachbarn das anders sehen.

»Ja«, sagt Niko. Und fügt zynisch hinzu: »Aber angeblich nur ganz, ganz wenig und so, dass die Umwelt wirklich nur minimal belastet wird.«

»Und das glaubst du nicht?«, frage ich.

»Na ja, geh mal da raus auf die Felder. Da lebt nichts mehr außer Raps. Und mit nichts meine ich: nichts. Überhaupt rein gar nichts.«

Ich sehe ihn ungläubig an, denn ich kann mir nicht vorstellen, dass es hier vor unseren Füßen so summt und sirrt und nur ein paar Meter weiter nichts davon übrig ist.

»Komm mit, ich zeig es dir!«

»Jetzt gleich?«

»Na, los jetzt!«

Nur einen Moment später stehen wir am Rande des Feldes

hinter unseren Gärten – Niko, Nele und ich. Ein- oder zweimal bin ich schon hier entlangspaziert, aber ohne dass mir dabei irgendetwas komisch vorgekommen wäre. Es war ein Feld, ein ziemlich schönes noch dazu, so endlos und weit, dass es bis zum Horizont reicht.

Doch jetzt mache ich ein paar Schritte ins Feld hinein – und höre: wirklich nichts. Nichts brummt, nichts summt, nichts raschelt. Es ist, als hätte jemand der Natur den Ton abgedreht. Nur weit in der Ferne vernehme ich das einsame Dröhnen eines Traktors.

Das Feld ist stumm. Und es ist leer. Zwischen den bauchnabelhohen Pflanzen wächst kein Kräutlein oder Gras. Da liegt nur nackter, toter Acker. Ich sehe mir eine der gelben Blüten genauer an und entdecke eine schwarze Fliege, die mit verdrehten Beinen leblos daran klebt. Ich untersuche andere Blüten und finde noch mehr tote Insekten. Wieso sind sie gestorben? Wieso wächst hier nichts? In meinem Hochbeet muss ich fast jeden Morgen neues Unkraut zupfen: Es sprießt und sprießt und sprießt. Und mein ganzer Garten ist voller Insekten, meine Wiese surrt und sirrt.

»Früher«, erklärt Nele, »sahen die Felder noch ganz anders aus. Sie waren viel kleiner, nicht so riesig, und vor allem wurden sie viel abwechslungsreicher bepflanzt: Da wurden Kartoffeln und nebenan Weizen angebaut, daneben stand der Hafer, und Sonnenblumen gab es auch. Zwischendrin blühten bunte Hecken, in denen Vögel lebten.«

»Aber das wurde alles weggerodet, weil es effizienter ist, ein großes Feld zu beackern statt viele kleine«, erklärt Niko.

»Aber Effizienz ist doch nicht schlecht«, werfe ich ein. »Sie bedeutet, dass gutes Essen heute für jeden bezahlbar ist. Ich meine, klar, romantisch ist so ein Riesenacker nicht, aber der Welthunger ist es nun mal auch nicht.«

»Erstens ist das hier kein Raps für gesundes Rapsöl. Das Zeug ist ausschließlich für Biogasanlagen und Biosprit bestimmt«, widerspricht mir Niko. »Und zweitens wird der Welthunger noch viel größer, wenn es keine Insekten mehr gibt. Denn die sind nach wie vor unersetzlich, schon allein, um die Ernten zu bestäuben. Trotzdem werden Monokulturen wie diese hier auch noch subventioniert, weil alle denken, dass diese Art der Flächenbewirtschaftung alternativlos ist.«

»Aber ist sie das nicht tatsächlich?«, frage ich.

»Lu, ich glaube, du hast in deinem Leben zu viel mit Leuten verbracht, die genauso denken wie die in den Agrarunternehmen. Effizienter ist es nur auf den ersten Blick. Denn es werden keine Folgekosten mit eingepreist. Das, was hier passiert, laugt die Böden aus, schädigt das Trinkwasser, die Natur, die Biodiversität. Von uns Menschen gar nicht erst zu reden. Wenn man mit einrechnen würde, was die Kosten für die gesamte Gesellschaft sind, würde man damit keinen Cent mehr verdienen, im Gegenteil.«

Betroffen schweige ich. Plötzlich fällt mir ein, dass ich in meiner Anfangszeit bei Steinkopf Ahmadi schon mal einen großen Saatgutproduzenten beraten habe. Von Folgekosten war da, wenn ich mich recht entsinne, wirklich nie die Rede.

»Wem gehört das Feld eigentlich?«

»Tja«, sagt Nele und wirkt ein bisschen verdruckst.

Niko löst es auf. »Früher gab es hier so viele Bauern, wie es Häuser gibt. Aber jetzt gibt es nur noch einen Betrieb. Den von Fritz Jäger.«

»Der war beim Walpurgisnachtfeuer da, oder?«, frage ich.

Niko nickt. »Du hast mit ihm geredet.«

»Wobei Fritz ja kurz vor dem Ruhestand steht«, verteidigt Nele ihren Bekannten. »Ich weiß gar nicht – wollte er den Betrieb nicht seinem Sohn übergeben? Dem Basti?«

»Hat er aber noch nicht«, sagt Niko.

»Sicher?«, fragt Nele.

»Ich habe Fritz' Enkel bei mir in der Kita«, erklärt Niko. »Noah und Leonie. Ich wüsste, wenn sich da etwas getan hätte.«

»Dieser Basti ist ziemlich unangenehm, oder?«, fragt Nele.

Niko nickt. »Dabei sind die Kinder so süß. Noah ist vier und ein niedlicher, schlauer, total aufmerksamer kleiner Bengel. Und Leonie strahlt einen morgens so begeistert an, dass man sofort gute Laune kriegt. Aber ihre Eltern, die interessieren sich für nichts, außer für Geld natürlich. Die meckern schon, wenn sie mal sechs Euro extra für 'nen Ausflug ausgeben sollen, dabei fährt Papi einen dicken SUV.«

»Er ist ja auch Bauer«, nehme ich ihn instinktiv in Schutz. »Ich meine, wenn jemand das Recht auf ein geländegängiges Gefährt hat, dann ja wohl so jemand.«

Niko sieht mich mit gespielter Verachtung an. »Er hat sich das Ding tiefer legen lassen.«

»Na und?«, frage ich.

»Na und? Der kommt damit nicht einmal über eine Bordsteinkante, geschweige denn über einen Acker.«

»Wirklich?« Plötzlich muss ich lachen.

Und Nele und Niko, die lachen auch. Mit einem Mal fühle ich mich allen beiden so verbunden, dass ich sie am liebsten in den Arm nehmen will. Ist es nicht verrückt, dass man sich mit zwei Menschen, mit denen man eigentlich so wenig gemeinsam hat, so gut versteht?

»Na kommt, wir gehen zurück«, sagt Nele irgendwann.

»Ja, gehen wir«, sage ich.

Und dann passiert doch noch etwas. Wir kommen an das Bächlein, das zwischen unseren Gärten und dem Feld entlangfließt. Auf dem Hinweg ist es uns nicht weiter aufgefallen, weil das Wasser unter dem Feldweg durch ein großes Rohr aus Beton geleitet wird. Aber vom Feld aus sticht es uns sofort ins Auge.

Als hätten wir alle drei denselben Gedanken, bleiben wir stehen. Das Bächlein entspringt einem kleinen Naturschutzgebiet in der Nähe, dem Müseritzer Fließthal. Man muss dort alle paar Meter über einen umgestürzten Baum klettern, und nur hier und da schafft es mal ein einzelner Sonnenstrahl durch die dichten Kronen der Eichen und Buchen. Wenn man immer weiterläuft, kommt man am Ende an eine herrliche, helle Wiese, an deren Ende eine verfallene Mühle steht, mit einem Mühlrad, das sich tatsächlich noch dreht. Das Wasser ist dort kristallklar. Das weiß ich deshalb, weil ich mal nach der Wanderung meine Flasche auffüllte und begeistert war, dass es so unfassbar spritzig schmeckte. Erst jetzt wird mir klar, dass es auch Hunderte Meter entlang dieses riesigen Ackers fließt, ehe es an unseren Gärten entlangplätschert. Zwischen dem stummen Raps und dem Graben liegen allenfalls ein oder zwei Meter.

»Ich glaube, ich weiß jetzt, wie die Pestizide in meine Kräuter gekommen sind«, sagt Nele.

»Ich auch«, sage ich. Und dann denke ich daran, wie oft Nele daraus mit einem Eimer Wasser schöpfte, weil sie zu faul war, die Gießkanne in den hinteren Teil ihres Gartens zu schleppen.

34

ICH KANN NICHT behaupten, dass ich den Garten in den letzten Tagen besonders genießen konnte. Unmittelbar nach unserem Ausflug auf das Feld habe ich kurzerhand ein Labor recherchiert, das sich auf Pestizide spezialisiert hat und in dem man als Privatperson Proben analysieren lassen kann auf vierhundertvierundsechzig verschiedene Herbizide, Insektizide, Fungizide und Rodentizide, also auf Mittel gegen Unkraut, Schädlinge, Pilze und Nagetiere. Denen habe ich eine Probe aus dem Mühlenfließ geschickt – entnommen genau dort, wo Nele immer ihr Gießwasser geschöpft hat. Eigentlich dauert so eine Analyse mindestens zehn Tage, aber da ich kein Problem damit habe, anderen Menschen auf die Nerven zu gehen, habe ich die Leute im Labor so lange bequatscht, bis sie versprochen haben, mir das Ergebnis bis zum einunddreißigsten Mai zuzumailen. Und das ist heute.

Schon seit den frühen Morgenstunden laufe ich im Garten hin und her, aktualisiere alle paar Minuten den Posteingang in meinem Handy, und das, obwohl der sich ja eigentlich selbst aktualisiert. In der Zwischenzeit räume ich Dinge von hier nach da, bringe Gießkannen zum Wasserhahn, den Spaten in den Geräteschuppen, die Gartenschere ins Haus, den Spaten wieder zum Hochbeet zurück. Einmal kommt Niko vorbei und liefert Dachpappenrollen fürs Schuppendach ab. Ich helfe ihm tragen, eine Ablenkung, die mir guttut, denn die Dinger sind so höllisch schwer, dass ich beim Tragen unmöglich an mein Handy denken kann.

»Danke fürs Einkaufen«, bedanke ich mich schwitzend, als wir die letzte Rolle beim Schuppen abgestellt haben.

»Ich musste ohnehin zum Baumarkt«, spielt Niko seinen Einsatz herunter. »Danke dir fürs Tragen helfen.«

»Ist doch klar«, antworte ich.

»Hast du Lust, zum Essen zu kommen?«, fragt er plötzlich.

»Oh«, sage ich. »Wann denn?«

»Heute Abend?« Dann fügt er hastig hinzu: »Ich wollte heute einen im Ganzen gebackenen Blumenkohl machen, das ist mein absolutes Leibgericht. Aber leider kein Essen für einen allein.«

Ich zögere. Eigentlich ist Niko ja wirklich ganz nett – aber gleich mit ihm zu Abend essen?

»Der Blumenkohl ist aus dem Garten«, schiebt er hinterher.

Ich antworte immer noch nicht.

»Du musst natürlich nicht«, sagt er sichtlich verunsichert.

Ich sehe ihn immer noch unentschlossen an, aber dann gebe ich mir einen Ruck. Ein Abendessen ist schließlich kein gemeinsamer Urlaub, und mit dem Schuppendach helfen will er mir ja auch.

»Ach doch, warum nicht«, sage ich also. »Blumenkohl klingt gut.«

»Super«, sagt er. »Um sieben?«

»Sieben ist prima«, nicke ich.

Er winkt mir noch einmal zu, dann verschwindet er hastig, und kurz, ganz kurz, frage ich mich, ob mein Nachbar wohl etwas mehr von mir will als nur gute Nachbarschaft. Kann das sein? Und wieso lässt der Gedanke mein Herz schneller schlagen? Ich meine, der Kerl ist wirklich alles andere als mein Typ! Und das Allerletzte, was ich gerade gebrauchen kann, ist ein Verehrer auf der anderen Seite der Hecke – ganz egal, wie freundlich er mittlerweile dreinschaut und wie nett und hilfsbereit er manchmal ist.

Also schiebe ich den Gedanken beiseite und gucke lieber noch einmal nach meinen E-Mails. Und diesmal erschrecke ich. Denn plötzlich ist die Mail vom Labor da.

»Sehr geehrte Frau Thome, anbei erhalten Sie die Ergebnisse unserer …«

Ich klicke sofort auf den Anhang. Wieder brauche ich einen Moment, um mich in all den chemischen Begriffen und Zahlen zu orientieren. Aber dann sehe ich unseren Verdacht bestätigt. Die Probe aus dem Bach enthält erhöhte Werte bei Neotrimacloprid und Pacloconazol und Clothidimazon. Beim Difenomethamid ist die Zahl so hoch, dass ich richtig erschrecke. Es ist ein bisschen so, als würde man beim Fiebermessen mit leicht erhöhter Temperatur rechnen, und plötzlich zeigt das Thermometer einen Wert über einundvierzig Grad.

Mein erster Impuls ist, zu Nele zu laufen. Doch dann zügle ich mich. Denn was bedeuten diese Werte eigentlich? Ich hole mir Zettel und Stift, lege mich in die Hängematte und nehme mein Handy. Wer, wie ich, sein Geld damit verdient, dass er herausfindet, wie sich das enge Korsett unserer Gesetze möglichst weit und unauffällig dehnen lässt, der dürfte eigentlich kein sonderliches Vertrauen in die Einhaltung der gesetzlichen Bestimmungen in allen anderen Bereichen haben. Ich meine, ich habe es schon geschafft, illegale Preisabsprachen zwischen sämtlichen europäischen Stoßdämpferproduzenten wie unschuldigste Kundenorientierung aussehen zu lassen. Aber das, was ich hier lese, verschlägt mir dann doch den Atem.

Habe ich mich nicht immer über Ökos lustig gemacht? War ich nicht felsenfest davon überzeugt, dass Weizenmehl Weizenmehl ist und Zucker Zucker? Plötzlich frage ich mich, was ich in meinem Leben eigentlich so zu mir genommen habe, wenn ich dachte, ich würde essen – denn Neotrimacloprid, die umstrittenste Substanz von allen, wurde, wie ich nach einer kurzen Google-Recherche feststelle, bereits überall gefunden: in Bier. In Haferflocken. In den allermeisten Bienenstöcken. Wie gesund ist das Leben, das ich hier am Rande dieses Rapsfeldes führe, eigentlich wirklich, überlege ich auf einmal. Denn ich erfahre im Internet, dass es im Umfeld von mit Neotrimacloprid behandelten Feldern gehäuft zu Fehlgeburten und Fehlbildungen kommt, dass manche Leute unfruchtbar werden. Und Kinder erkranken häufiger an Krebs.

Plötzlich muss ich an all die Knöpfchen in Nikos Kita denken. Spielen die nicht auch am Mühlenfließ? Niko zumindest hat mir das erzählt: Vor ein paar Jahren hat er an einer flachen Stelle ein paar Säcke Sand aufgeschüttet, wo die Kinder an heißen Sommertagen im Schatten dreier Hängebirken lachend und kreischend mit Matsch und Wasser spielen.

Mit Matsch und Wasser und Gift.

Mit dem Handy in der Hand laufe ich zu Niko.

»Was ist?«, fragt er.

»Komm mit«, sage ich knapp.

Er erhebt sich, doch dann zögert er. »Wohin denn? Was ist los?«, sagt er voller Unverständnis.

»Komm einfach«, drängle ich.

Er schüttelt verwundert den Kopf, doch dann folgt er mir. Quer durch meinen Garten hinüber zu Nele. Dort angekommen zeige ich beiden das Dokument mit der Laboranalyse und hebe an zu einem langen Vortrag – über Neotrimacloprid und Bier und Unfruchtbarkeit und Krebs.

Doch Niko unterbricht mich, noch ehe ich richtig losgelegt habe. »Lu? Wir wissen, wie giftig Pestizide sind.«

»Ach ja?«, frage ich irritiert.

»Niko hat recht«, sagt Nele. »Du rennst hier offene Türen ein.« Sie sieht ziemlich bleich aus.

»Okay«, sage ich etwas zögerlich.

Wir sehen uns ratlos an.

»Und was willst du jetzt machen?«, frage ich schließlich.

»Keine Ahnung«, gesteht Nele.

»Ich würde vorschlagen, dass du als Allererstes diesen Eimer da aus dem Verkehr ziehst«, schlägt Niko vor und zeigt auf den Zinkbehälter hinten in ihrem Garten, mit dem sie das Wasser aus dem Mühlenfließ schöpft.

»Klar«, sagt Nele, ohne sich zu rühren. »Und dann?«

»Und dann würde ich vorschlagen, dass wir mal zu diesem Bauern fahren und ein Wörtchen mit ihm reden«, sage ich.

»Was meinst du mit ein Wörtchen?«, fragt Niko argwöhnisch.

»Na ja, wir müssen ihn doch mit den Tatsachen konfrontieren!«, sage ich erregt.

»Konfrontieren?«, fragt Nele.

»Na ja, ja! Konfrontieren. Diese Werte hier«, ich halte noch einmal mein Handy hoch, »die sind doch entweder ein Verbrechen oder einfach nur ein Versehen.««

Niko und Nele sehen sich unentschlossen an.

»Also, ich weiß nicht, ob Konfrontation da die richtige Strategie ist«, sagt Nele schließlich.

»Wieso denn nicht?«, frage ich verständnislos.

»Wir sind ein Dorf«, meint Nele und zuckt mit den Achseln.

Niko springt ihr bei: »Wir können hier nicht einfach gegeneinander agieren.«

»Gegeneinander? Aber wenn hier jemand gegen irgendwen agiert, dann ja wohl Fritz gegen euch, nicht umgekehrt.«

»Ja, schon«, sagt Nele, aber ganz überzeugt sieht sie nicht aus. »Mir wäre es trotzdem lieber, wenn wir eine friedliche Lösung fänden.«

»Klar finden wir eine friedliche Lösung«, beruhige ich sie. »Wir reden einfach nur mal mit ihm, ja? Wer kommt mit? Niko?«

»Ich bleibe lieber hier«, wiegelt der ab. »Ich mische mich

da nicht ein. Wenn wir zu dritt auftauchen, wirkt das viel zu konfrontativ.«

»Aber du musst mich begleiten.« Ich sehe Nele aufmunternd an.

Sie seufzt. »Also gut«, sagt sie.

35

»DAS IST DER BAUERNHOF?«, flüstere ich entsetzt, als wir unsere Fahrräder vor Fritz Jägers Hof abstellen. »Ich dachte, das sei das Klein-Wiesenthaler Industrie- und Gewerbegebiet!«

Zusammen blicken wir auf die unansehnliche Wellblechhalle, die mir schon bei meiner ersten Tour durchs Dorf unangenehm aufgefallen ist. Davor geparkt steht heute ein beängstigend großer Traktor mit feindseliger Miene. Seine Räder sind so riesig, dass man sie auch als Kinderpool verwenden könnte. Oder als Zirkusarena.

»Hast du erwartet, dass uns ein Rudel Katzenbabys begrüßt?«, spöttelt Nele.

»Zumindest ein paar frei laufende Hühner.«

»Da bist du den Medien aber ganz schön auf den Leim gegangen«, sagt Nele trocken. »Heute sehen Bauernhöfe genau so aus. Das, was man in der Butterwerbung und in Kinderbüchern sieht, ist eine Erfindung, noch dazu eine ziemlich schlechte, wie du siehst. Aber offenbar sind Lügen genau das, was die Leute hören wollen, wenn es um ihr Essen geht.«

Gemeinsam spähen wir durch den Schlitz des nicht ganz geschlossenen Hallentors und erblicken zwei gigantische

Mähdrescher, die wirken, als würden sie sich gleich knurrend auf uns stürzen. Im Hintergrund stehen noch andere Maschinen herum, aber ich könnte nicht sagen, welchen Zweck sie erfüllen.

Wir gehen um die Halle herum, vorbei an einer Gruppe haushoher Silos aus glänzendem Stahl. Dann kommt eine weitere Halle, diesmal eine etwas kleinere. Über einen vollständig gepflasterten Hof gelangen wir zu einem schlichten, einstöckigen Wohnhaus. Dieses könnte tatsächlich einmal ein altes Bauernhaus gewesen sein, aber es wirkt irgendwie seelenlos und ungepflegt. Alles, was in den letzten Jahrzehnten daran gemacht wurde, ist ausschließlich und komplett zweckdienlich gewesen. Nichts, aber auch gar nichts ist schön: Ausgebesserte Stellen im Putz wurden nicht überstrichen, alte Straßenleuchten beleuchten den Hof. Kabel hängen aus den Wänden, eine Baggerschaufel wurde irgendwo abgestellt, hinter einer Reihe lädierter Mülltonnen entdecke ich einen Kinder-Trettraktor aus ausgeblichenem Plastik.

An der Haustür gibt es noch einen alten, runden Klingelknopf aus Messing, aber darüber ist eine Funkklingel aus weißem Plastik angebracht, auf der steht: »Hier klingeln.« Ich drücke, und ein scheppernder, irgendwie asthmatisch klingender Gong ertönt.

Ein sehr großer, sehr dünner, sehr finster und irgendwie vampirisch aussehender Mann öffnet.

»Guten Tag«, sage ich höflich. »Ist Herr Jäger da?«

Der Mann bleckt seine schiefen Zähne und verschwindet im Dunkel des Hausflurs. Eine Weile scheint nichts zu geschehen, doch dann kommt Fritz Jäger an die Tür. Er trägt eine ausgebeulte Breitcordhose und ein fleckiges, kariertes Hemd. »Ja?«, fragt er knurrig, doch dann erkennt er, wer vor ihm steht, und die Enden seines Schnauzbarts wandern ein gutes Stück nach oben. »Hallo, Nele.«

»Hallo, Fritz«, sagt Nele.

»Hallo, Herr Jäger«, sage ich. »Erinnern Sie sich? Wir haben uns neulich schon mal …«

»Ich weiß«, unterbricht er mich. »Luise, richtig?«

»Richtig«, sage ich und lächle mit allem Charme, zu dem ich in der Lage bin.

Doch das macht ihn offenbar erst recht argwöhnisch. »Was gibt's denn?«

»Hast du etwas dagegen, wenn wir kurz reinkommen?«, fragt Nele.

»Es passt gerade nicht so«, sagt er ausweichend.

»Es geht auch ganz schnell«, sage ich. Doch das scheint seine Meinung nicht zu ändern. »Okay«, sage ich also unverblümt. »Folgendes: Wir haben zufällig Hinweise darauf bekommen, dass das Wasser im Mühlenfließ deutlich mit diversen Pestiziden belastet ist, und haben uns gefragt, ob Sie eine Idee haben, woran das liegen könnte.«

»Das Mühlenfließ?«

Nele und ich nicken.

»So ein Blödsinn.«

»Doch«, sage ich und ziehe die Analysetabelle aus der Tasche, die Niko uns zwischenzeitlich ausgedruckt hat.

Fritz Jäger wirft nur einen kurzen Blick darauf. »Was habe ich damit zu tun?«, sagt er misstrauisch.

»Na ja, das Mühlenfließ läuft an Ihrem Feld entlang«, erwidere ich.

»Na und?«

»Vorher ausschließlich durch ein Naturschutzgebiet.«

»Und das heißt?«

»Na ja …«

»Na ja?«, fragt er.

»Na ja«, sage ich noch einmal und versuche, ein vieldeutiges, aber möglichst nicht allzu beschuldigendes Gesicht zu machen.

Fritz Jäger schnaubt. Dann sagt er mit eindringlicher, ja, fast drohend klingender Stimme: »Ich spritze grundsätzlich streng nach Vorschrift.«

»Tja, komisch …«, sage ich und spüre, wie mich die alte Lust am Kreuzverhör packt. »Denn das hier«, ich halte das Laborblatt noch einmal hoch, »das sieht nicht danach aus.«

Fritz Jäger wird rot. Aber nicht aus Scham. Auf seiner Stirn tritt eine Ader hervor, und er sieht mich mit funkelnden Augen an. Als er zu reden beginnt, betont er jedes einzelne Wort. »Ich arbeite immer und ausschließlich nach guter fachlicher Praxis. Jedes Milligramm Pflanzenschutzmittel habe ich dokumentiert – exakt so, wie es diese Irren in Berlin verlangen. Ihr könnt euch die Ordner ansehen, da steht alles drin, für jeden Tag, für jedes Mittel, für jeden Feldabschnitt. Und jetzt kommt ihr an und behauptet, ich hätte einen Fluss vergiftet?« Die letzten Worte schreit er fast.

»Nun, also …«, setze ich zu einem letzten, vernichtenden Vorwurf an.

Doch Nele fällt mir ins Wort. »Also, Fritz, so war das natürlich nicht gemeint«, sagt sie mit erschrockenem Gesicht. »Wir dachten nur …«

»Das will ich auch hoffen«, erwidert er bitter. Er sieht Nele mürrisch an und wirft mir einen Blick zu, der jeden weniger selbstbewussten Menschen als mich zur Salzsäule erstarren lassen würde. Dann dreht er sich um und schlägt die Tür hinter sich zu, so laut, dass ich kurz befürchte, dass gleich die Fenster rausspringen.

»Fritz«, sagt Nele noch etwas hilflos.

»Herr Jäger!«, rufe ich.

»Sucht euch gefälligst einen anderen Sündenbock«, ruft er von innen zurück. Dann hört man noch einen Rums. Und dann nichts mehr.

36

»UND WAS WOLLT ihr jetzt machen?«, fragt Niko, als ich später am Abend wie verabredet in seiner Küche sitze.

Alle Arbeitsflächen um ihn herum stehen voller Schüsseln, und wieder trägt er seine rosa Blümchenschürze. Während er mit mir spricht, hört er nicht auf, mit Kochutensilien herumzuhantieren – er rührt eine Soße an, mixt ein Dressing, bepinselt den Blumenkohl und was weiß ich.

Ich sitze an seinem Küchentisch, trinke ein Glas Wein und scrolle die Internetseiten verschiedener Anti-Pestizid-Initiativen in meinem Handy durch, denn irgendwie lässt mich das Thema nicht los.

»Tja. Keine Ahnung«, antworte ich. »Nele findet, dass ich zu konfrontativ war. Zu wenig auf Ausgleich bedacht. Sie würde die ganze Sache am liebsten auf sich beruhen lassen. Sie findet, sie könne einfach darauf verzichten, weiterhin Wasser aus dem Bach zu nehmen und es damit gut sein lassen. Um des lieben Friedens willen.«

»Womit sie wahrscheinlich recht hat. Wir sind ein Dorf. Wenn es Probleme gibt, können wir die nur miteinander lösen. Gegeneinander zu sein, das führt hier draußen zu gar nichts.«

»Mag ja sein, Niko. Aber je mehr ich zu dem Thema lese, desto stärker wächst mein Bedürfnis, diesem Fritz noch einmal auf den Zahn zu fühlen«, widerspreche ich ihm. »Diese Initiative hier zum Beispiel …« Ich starre auf mein Handy. »Die haben seitenweise Studien gesammelt. Und hier steht, dass das hochpräzise Ausbringen von Pestiziden, wie Fritz Jäger es behauptet, eigentlich noch nirgendwo wirklich funktioniert. Das würde bedeuten, dass er längst nicht so minimalinvasiv arbeitet, wie er behauptet.«

»Tja«, sagt Niko. »Aber wie willst du ihm das beweisen?«

»Hm, ja, das ist so eine Sache. Hier steht, dass die Pflanzenschutzämter personell kaum in der Lage sind, die korrekte Verwendung von Pestiziden zu kontrollieren. Und dass Verstöße so gut wie nie verfolgt werden.«

»Da hast du's«, sagt Niko und kippt den Inhalt einer kleinen in eine große Schüssel.

»Allerdings steht hier auch, dass man sich nicht einmal auf die Grenzwerte verlassen sollte. Denn die sind oft viel zu hoch. Sie werden erhöht, wenn sich herausstellt, dass die Bauern sie nicht einfach so einhalten können. Das heißt, sie werden nicht festgelegt, weil eine Substanz mehr oder weniger schädlich ist, sondern nur, weil es schwierig ist, weniger davon auszubringen. Das ist doch krass, oder?«

Niko setzt sich zu mir und sieht mich aufmerksam an. Dann sagt er: »Ja, das ist krass.«

»Aber?«

»Aber wenn wir uns deswegen zum Blockwart aufschwingen und anfangen zu kontrollieren, ob sich die anderen an alle Regeln halten, dann sind wir kein Dorf mehr. Dann können wir gleich wieder die Stasi einführen.«

»Aber …«, widerspreche ich.

»Nichts aber«, sagt er freundlich. »Außerdem gibt's jetzt Salat.«

»Oh«, mache ich.

»Handy weg!«, ermahnt er mich und guckt mich an wie ein Kind, das es nicht schafft, sein Lieblingsspielzeug wegzulegen.

Ich erröte prompt und stecke es hastig in die Hosentasche. »Entschuldige bitte. Es ist nur …«

»Du musst dich nicht entschuldigen«, sagt er und klingt ein bisschen ungeduldig. »Nur mit mir essen.«

»Sorry«, sage ich, obwohl es mir wirklich nicht leichtfällt, das Gerät in meiner Tasche zu vergessen.

Doch als Niko seine Blümchenschürze auszieht, mir Wein nachschenkt, ein Körbchen mit selbst gebackenem Brot auf den Tisch stellt und die Schüssel mit dem Salat bringt, freue ich mich doch, dass wir zusammen hier sitzen. Ich kannte Nikos Küche bisher nur tagsüber, aber jetzt, am Abend, ist sie besonders gemütlich. Der Blumenkohl duftet köstlich, die Lampe über dem Tisch hüllt uns in einen Kokon aus warmem Licht, und der alte Ofen knackst gemütlich.

Wir stoßen an, und er blickt mir in die Augen. Ich habe das Gefühl zu erröten.

»Was ist das für ein Salat?«, frage ich rasch.

»Das hier ist Knoblauchrauke, das hier Löwenzahn, dann hätten wir da noch Giersch und etwas Wiesenkerbel. Und der Rest ist ganz normaler Kopfsalat. Von Edeka«, grinst er.

»Schmeckt toll«, lobe ich.

Schon wieder sieht Niko mich so komisch an. Steht er am Ende wirklich auf mich? Und warum verwirrt mich das so? Unruhig rutsche ich auf meinem Stuhl hin und her.

»Und das Dressing?«, frage ich, denn ich habe erneut das Bedürfnis, ganz schnell weiterzureden.

»Olivenöl und Weißweinessig«, antwortet er.

»Schmeckt wirklich super!«, sage ich und schaufle den Salat in mich rein.

Dann ist meine Schüssel leer, und er trägt das Geschirr ab.

»Soll ich dir helfen?«, frage ich, doch er winkt ab.

»Bleib sitzen.«

Er stellt das Geschirr in die Spülmaschine und sieht noch einmal nach dem Blumenkohl im Ofen. Ich ziehe mein Smartphone hervor – natürlich unauffällig und heimlich unter dem Tisch.

»Guckst du schon wieder auf dein Handy?«

Ich zucke zusammen. »Sorry«, sage ich schnell und lege das Gerät offen auf den Tisch. »Es ist nur …«

»Was?«

»Das hier ist super interessant, weißt du? Da steht zum Beispiel etwas von einer Studie, die sich mit Abdrift und Verfrachtung von Pestiziden beschäftigt – also mit dem Problem, dass die Pestizide nicht unbedingt dort bleiben, wohin der Bauer sie spritzt.«

»Aber ich habe dich doch zum Essen eingeladen«, sagt Niko halb belustigt, halb verärgert.

»Natürlich. Du hast recht«, sage ich und lasse mein Handy wieder in der Hosentasche verschwinden.

»Danke«, sagt er und wirkt sofort entspannter. Dann

dreht er sich wieder zum Ofen um und bringt kurz darauf das Essen an den Tisch.

»Wow«, mache ich, denn der Blumenkohl sieht tatsächlich fantastisch aus: so appetitlich wie ein richtiges Festmahl. Außen ist er ganz knusprig und golden, innen wunderbar zart. Dazu gibt es einen raffinierten Dip aus Sesampaste.

»Gar nicht so schlecht für einen vegetarischen Braten«, gebe ich kauend zu.

»Danke«, sagt Niko. »Freut mich, dass es dir schmeckt.«

»Wie bist du eigentlich so ein guter Koch geworden?«, frage ich, als ich aufgegessen habe.

»Es macht mir Spaß«, sagt Niko und pickt mit den Fingern die letzten Reste aus der Auflaufform auf dem Tisch. »Ich finde es irgendwie sinnlich. Und es entspannt mich.«

»Wirklich? Mich stresst Kochen ohne Ende. Wenn ich mal ein Rührei mache, bin ich hinterher fix und fertig.«

»Echt?« Niko sieht mich ungläubig an. »Ich finde, es gibt nichts Schöneres, als Soßen abzuschmecken, Suppen zu rühren oder Olivenöl in einen Blumenkohl einzumassieren.«

Guckt er mich schon wieder komisch an? Und bin ich jetzt wirklich gerade rot geworden?!

»Für mich ist das auf alle Fälle nichts«, sage ich hastig und schiebe meinen Stuhl ein bisschen zu heftig zurück.

»Satt?«, fragt Niko.

»Und wie«, sage ich.

»Das Dessert ist ganz leicht«, lächelt er.

»Du hast noch Dessert?«, frage ich mit gespielter Verzweiflung.

»Rhabarbercrumble. Aus dem Garten. Der dauert aber noch etwas.«

Wieder trägt er das Geschirr ab. Dann bindet er sich noch einmal die Blümchenschürze um und fängt erneut zu kochen an. Tatsächlich scheint es, als würde er völlig darin versinken – er wirkt ganz konzentriert, ganz bei sich. Ich glaube, es ist das erste Mal, dass mir jemand begegnet, der so ein Gesicht macht, während er Rhabarberstangen schneidet. Mit Ausnahme meines Vaters, der ganz gern mal den Kochlöffel schwingt (kein Wunder als Kind von Oma Ilse!), haben die Menschen, die ich in den letzten Jahren um mich hatte, im Kochen eigentlich immer nur die notwendige Vorstufe zum Essen gesehen. Das Einzige, was meine Kollegen und ich als sinnlich bezeichnet hätten, war das Essen selbst – aber eigentlich fehlte uns meist selbst zum Genießen die Muße. Wenn man bedenkt, wie viel Geld wir allein im letzten Jahr in teuren Restaurants gelassen haben – und das, ohne je zu schlemmen oder zu schwelgen. Selbst die extrem kostspieligen Menüs bei Paolo fanden wir immer bloß ganz lecker, und bei meinem geliebten Sushi fand ich eigentlich stets am besten, dass man es so gut am Computer essen kann. Man muss bloß aufpassen, dass die Maki nicht von den Stäbchen rutschen und man sich mit Sojasauce bekleckert, während man auf den Bildschirm schaut.

Während Niko die Rhabarberstücke in eine Auflaufform schichtet und dann mit dem vorbereiteten Streuselteig bebröselt, hole ich doch noch einmal mein Smartphone heraus und lese in dem Artikel über die Abdrift weiter. Die ist nämlich ein riesiges Problem: Weht etwa beim Spritzen Wind, werden Pestizide in die Nachbarschaft getragen. Und auch wenn das Wetter gut ist, verteilt sich das Gift: Denn während sich der Boden erwärmt, steigt es, zusammen mit Dunst und feinen Staubteilchen, in höhere Luftschichten. Dort wandert es oft kilometerweit. Inzwischen finden sich Pestizide überall in der Luft, in Städten und Kleingärten und sogar in Naturschutzgebieten.

Als ich das lese, durchzuckt mich plötzlich ein Gedanke, und es gelingt mir nicht, ihn wieder abzuschütteln. »Sag mal, Niko …«, frage ich vorsichtig.

»Ja?« Er dreht sich zu mir um, sieht das Smartphone in meinen Händen, und sein Blick verdunkelt sich.

»Wie lange, sagtest du, braucht das Dessert?«

»Etwa zwanzig Minuten«, sagt er. »Wieso?«

»Entschuldigst du mich kurz?«

Er sieht mich misstrauisch an. »Klar«, sagt er dann.

»Okay. Ich bin gleich wieder da!«

37

ES IST WIRKLICH zum Verrücktwerden.

Beim Gesundheitsamt haben sie mich auf das Landwirtschaftsministerium verwiesen. Das Landwirtschaftsministerium wiederum schickte mich zum Pflanzenschutzamt, und das wiederum empfiehlt mir jetzt am Telefon, das direkte Gespräch mit dem Bauern zu suchen.

»Soll ich Ihnen die Liste mit den Werten aus der Probe noch einmal vorlesen?«, frage ich sauer.

»Nicht nötig«, sagt die Dame vom Pflanzenschutzamt schnell. »Ich habe Ihre Beschwerde aufgenommen und alles notiert.«

»Und das heißt?«

»Dass wir uns darum kümmern«, sagt sie freundlich – und offenbar geübt darin, aufgebrachte Bürger schnell wieder abzuwimmeln.

»Warum bekomme ich dann keinen Ortstermin?«, frage ich wütend. Denn das habe ich bereits herausgefunden: Wenn man will, dass sich in Sachen Pestiziden etwas ändert, dann braucht man das Pflanzenschutzamt, und zwar bei einem Ortstermin.

»Wie gesagt«, erwidert die Frau. »Wir haben zurzeit

überhaupt keine Kapazitäten, und deshalb kann ich meine Empfehlung nur noch einmal wiederholen: Suchen Sie das Gespräch mit dem betreffenden Landwirt.«

Ich seufze.

»Aber gehen Sie bitte nicht in den offenen Konflikt. Greifen sie ihn nicht zu sehr an«, fügt die Frau hinzu. »Das sorgt nur für dicke Luft.«

Ich lache. »Für dicke Luft? Für die hat er ja wohl gesorgt. Ich will, dass die Luft wieder sauber wird!«

»Ich will doch nur sagen …«, verteidigt sich die Frau.

»Ja ja«, falle ich ihr ins Wort. »Schon verstanden.«

Diese fehlende Konfliktbereitschaft auf allen Seiten finde ich wirklich, wirklich bitter. Denn dieses Pestizidzeugs ist überall und längst nicht nur dort, wo Wasser aus dem Bach verwendet wird – ganz so, wie ich es befürchtet habe. Es wurde in allen Proben nachgewiesen, die ich ins Labor geschickt habe: auf den Zucchini und Erbsenschoten aus meinem Hochbeet, auf dem Salat aus Nikos Garten, in der Komposterde, auf den Rhabarberstangen.

Und das Pflanzenschutzamt? Hat keine Zeit sich drum zu kümmern!

Wütend laufe ich im Garten hin und her. Seit einiger Zeit geht das nicht mehr kreuz und quer, denn die Wiese steht inzwischen so hoch, dass ich Laufwege durch die Blütenwogen mähen musste. Gleichzeitig ist dieses üppige Grün wunderschön, denn wenn man jetzt durch den Garten geht, dann kann man mit den Fingerspitzen Mohn, Margeriten und freundlich nickende Cosmeen streicheln, und man kommt kaum ein paar Schritte weit, ohne dass ein zartflügeliger Aurorafalter oder ein prächtig schillernder

Wiesenbläuling an einem vorübertaumelt. Die Sonne tupft lustige Flecken durch die Kronen der Bäume, die Zucchinipflanzen sind bereits so groß wie Regenschirme.

Doch all das nehme ich heute kaum wahr. Stattdessen laufe ich grübelnd im Garten auf und ab, ringe um eine Strategie, die es mir ermöglicht, den Bauern zur Rede zu stellen, aber ohne, dass der sich in die Ecke gedrängt fühlt. Denn darauf bestehen sowohl Nele als auch Niko. Sie sind beide überzeugt, dass man das Problem mit den Pestiziden nur mit dem Bauern lösen kann, und nicht gegen ihn. Ob sie damit recht haben? Mein Riecher sagt: nein. Aber welche Strategie zieht dann bei ihm? Oder gehe ich einfach so zu ihm hin?!

Und so laufe ich noch am selben Tag wieder über den gepflasterten Hof. Ich drücke die Funkklingel, der asthmatische Gong erklingt. Sekunden später öffnet der finstere Dürre und guckt noch genervter als neulich.

»Hallo«, sage ich, diesmal ohne jede gespielte Freundlichkeit.

Der Dürre weiß sofort Bescheid. Er verschwindet im Haus, und nach ein paar Minuten steht Fritz Jäger vor mir.

»Sie schon wieder«, knurrt er.

»Ja, tut mir leid«, erwidere ich.

»Was gibt's?«, fragt er unwirsch.

Ich erkläre es ihm und halte ihm die Ergebnisse der Laboranalysen hin, die nachweisen, dass es in Klein-Wiesenthal offenbar ein massives Abdrift-Problem gibt.

»Und?«, fragt er.

»Tja«, sage ich. »Das ist jetzt die Frage. Anfangs bin ich davon ausgegangen, dass es sich um einen Laborfehler handeln müsse, aber inzwischen wurden alle Ergebnisse bestätigt. Und deshalb … Also, ich will Ihnen auf keinen Fall Mutwilligkeit unterstellen, aber vielleicht könnten Sie ja noch mal alle Einstellungen und Dosierungen überprüfen? Denn irgendwie müssen die Pflanzenschutzmittel ja in unsere Gärten gelangt sein.«

Ich sage bewusst Pflanzenschutzmittel und nicht Umweltgifte, damit er sich nicht in die Ecke gedrängt fühlt – so, wie Nele und Niko es sich wünschen.

Doch vergebens.

»Weißt du, was das Problem ist?«, fragt er, erst noch ganz freundlich.

»Was denn?«, erwidere ich.

»Das Problem an euch Großstädtern, meine ich.« Er blickt mich feindselig an, und fast ärgere ich mich, dass ich neulich beim Lagerfeuer erzählt habe, dass ich Berlinerin bin. Ich meine, ist das denn so wichtig? Sieht er nicht meine uralten Anziehsachen? Meine zerzauste Frisur? Meine zerschundenen Hände und schmutzigen Nägel?

»Äh, nein?«, sage ich.

»Das Problem ist – und das stinkt mir gewaltig –, dass wir Bauern in euren Augen nicht mehr die guten Menschen sind, die eure Kühlschränke füllen, sondern die Buhmänner der Nation geworden sind. Wir kriegen Umweltschutzauflagen noch und nöcher, ständig noch eine Forderung und noch eine, von der Düngemittelverordnung bis zum Verbot von guten, bewährten und sicheren Methoden beim Pflanzenschutz. Wir verbringen inzwischen mehr Zeit am Schreibtisch als auf dem Feld – und werden trotzdem für alles verantwortlich gemacht: für den

Klimawandel, für Nitrat im Trinkwasser, fürs Insektensterben, für Krebs. Dabei sind wir am allermeisten an Umweltschutz interessicrt! Die Natur ist schließlich unsere Lebens- und Produktionsgrundlage! Aber nein, alle wollen immer noch mehr – die Konzerne, die Verbraucher, Brüssel, Berlin. Alle schreiben über das, was noch nicht geschieht. Aber schaut sich mal jemand an, wie viele Vorschriften wir längst einhalten? Und jetzt kommen auch noch dahergelaufene Schrebergärtnerinnen an und beschweren sich, dass ihre Erdbeeren einen winzigen Hauch Spritzmittel abkriegen? Ernsthaft?«

»Na ja, streng genommen handelt es sich ja nicht um einen Hauch, sondern um eine ziemlich …«

»Darf ich noch was sagen?«, unterbricht er mich.

»Bitte.«

»Und darf ich ehrlich sein?«

»Unbedingt.«

»Leckt mich am Arsch mit euren Erdbeeren. Ich habe wirklich andere Probleme.«

Und rums! Zu ist die Tür.

Ich will noch etwas rufen, aber dann lasse ich es bleiben. Nicht, dass ich Angst hätte – ich habe mich schon mit Spitzenpolitikerinnen und CFOs gekloppt, habe Topmanager verklagt und es einmal geschafft, dass der Vertriebsschef eines Autoherstellers während meines Plädoyers vor Gericht ohnmächtig geworden ist. Aber hier … habe ich das Gefühl, dass ich eine andere Strategie benötige.

Deprimierend!

Bedröppelt mache ich mich auf den Weg nach Hause, biege dann aber doch vorher ab und mache einen Abstecher zu Nele. Bei einer Tasse Neotrimacloprid-Tee erzähle ich ihr von meiner Pleite.

»Ach herrje«, sagt Nele und blickt genauso niedergeschlagen drein wie ich.

»Tja, Dorffrieden hin oder her. Manchmal kommt man mit Freundlichkeit und guten Worten eben einfach nicht weiter«, sage ich mit leisem Vorwurf in der Stimme.

»Ach, herrje«, sagt Nele noch einmal. Dann sieht sie mich nachdenklich an. »Vielleicht können wir diesen Kampf gar nicht gewinnen.«

»Bitte?«, sage ich. »Natürlich können wir das. Das, was er tut, ist offensichtlich falsch – ganz egal, was er sagt.«

»Aber er ist nicht der Böse«, korrigiert Nele mich. »Den Fehler macht nicht er, sondern die Agrarpolitik, die solche Mittel zulässt. Und an der beißen sich schon andere Leute die Zähne aus. Es gibt so viele Initiativen gegen Ackergifte.«

»Du willst klein beigeben?« Inzwischen machen mich ihre Harmoniesucht und fehlende Konfliktbereitschaft wirklich fassungslos.

»Na ja. Ich könnte meine Pflanzen ja auch einfach besser schützen.«

»Wie willst du das anstellen? Beim Wasser hätte ich noch gesagt: okay. Aber wie, bitte sehr, willst du dich vor dem Gift in der Luft schützen?«

»Also, da gibt es schon Möglichkeiten. Ich habe einen Bericht gelesen von einem Bio-Kräuterhof in Südtirol. Der ist umgeben von Apfelplantagen, auf denen quasi von früh bis spät Gift verspritzt wird. Der Kampf dagegen war völlig aussichtslos, deshalb hat sich der Besitzer einfach ein riesiges Folienzelt zugelegt, mit dem er alle Kräuter überdacht hat. Schön ist das nicht, aber ich hätte meine Ruhe.«

Nele sieht mich mit weichem Blick an – es ist ein Blick, der mich auf ihre Seite ziehen will. Doch etwas in mir lehnt sich auf. Klein beigeben? Ich bin vielleicht nicht mehr in alter Form, aber so tief gesunken bin ich dann doch wieder nicht. Den Weg des geringsten Widerstands gehen? Dafür habe ich nicht zehn Semester Jura studiert. Außerdem ist es falsch. Es ist falsch und unrecht.

»Nele«, sage ich mit fester Stimme.

»Lu?«

»Ich weiß nicht, welche kosmische Kraft mich nach Klein-Wiesenthal katapultiert hat. Aber jetzt bin ich nun mal da. Und eins weiß ich sicher: Es ist falsch, dass wir in der Abdrift dieses Ackers Tee trinken müssen. Und dich vor diesem Zeug zu schützen, das ist nicht deine Aufgabe. Es ist die Aufgabe von Fritz Jäger.«

»Und was heißt das?«

»Dass ich kämpfen will.«

»Cecilia? Hallo, hier spricht Lu.«

»Lu! Wie geht es Ihnen?«

»Gut, sehr gut. Hören Sie, würden Sie mir wohl einen Gefallen tun?«

»Aber gerne. Worum geht's?«, sagt sie.

»Ich würde Sie bitten, mir ein paar Gesetzestexte zu schicken. Haben Sie etwas zu schreiben?«, frage ich.

»Schießen Sie los.«

»Gut. Ich bräuchte die OgewV …«

»Sie meinen die Oberflächengewässerverordnung?«

»Richtig. Dann das Pflanzenschutzgesetz, die Pflanzenschutz-Geräteverordnung, die Pflanzenschutz-Anwendungsverordnung, die Pflanzenschutzmittelverordnung, die Pflanzenschutz-Sachkundeverordnung, die Pflanzenbeschauverordnung und die Bienenschutzverordnung.«

»Die Anbaumaterialverordnung auch?«, fragt Cecilia.

»Ja, gute Idee, warum nicht?«

Es fühlt sich richtig wohlig an, wie mir die Silben über die Lippen springen. OgewV! Pflanzenschutz-Sachkundeverordnung! Es ist fast ein bisschen so, als würde ich singen. Natürlich kann man Gesetzestexte inzwischen fast ausnahmslos online nachlesen – aber wer einmal versucht hat, sich so auf einen Fall vorzubereiten, der weiß, dass Carl Steinkopf recht hat, wenn er sagt, dass man einfach mehr entdeckt, wenn man seine Arbeitsmaterialien auf Papier vor sich hat und nicht nur digitale Dokumente durchstöbert.

»Wozu brauchen Sie das alles?«, fragt Cecilia neugierig – und rudert gleich wieder zurück: »Also nur, wenn Sie mir das überhaupt sagen dürfen.«

»Es geht um Pestizidrückstände in Bio-Lebensmitteln«, sage ich und kann förmlich spüren, wie jetzt auch Cecilia am anderen Ende der Leitung ein Kribbeln durchdringt.

»Soll ich Ihnen auch noch die Verordnung über Anwendungsverbote für Pflanzenschutzmittel einpacken?«, fragt sie.

»Spitzenidee«, sage ich.

»Dann brauche ich nur noch die Adresse, wo ich das alles hinschicken soll«, sagt sie, und ich diktiere ihr, wo ich bin.

»Ist notiert«, sagt sie dann. »Und wenn Sie sonst noch etwas brauchen …«

»… dann melde ich mich!«

Als ich auflege, atme ich einmal kräftig durch. Hatte ich wirklich geglaubt, nie mehr als Anwältin arbeiten zu können? Plötzlich fühle ich mich ganz anders: Ich kann mich konzentrieren, habe die Kontrolle, kann mehrere Dinge gleichzeitig tun. Und ich habe ich wieder dieses vertraute Gefühl im Bauch, dieses euphorische Kribbeln, das ich immer dann bekomme, wenn ich im Kampfmodus bin.

38

»OJE«, SAGT NIKO, als er die erste Bahn Dachpappe vom Schuppen gerissen hat.

»Was ist?«, frage ich.

Ich stehe unten, während Niko auf dem Dach kniet. Deshalb kann ich nicht sehen, was er offenbar sieht.

Eigentlich war das Schuppendach auf meiner Prioritätenliste ziemlich nach hinten gerückt, aber gestern Nacht hat es zum ersten Mal seit längerer Zeit wieder kräftig geregnet. Und dabei ist so viel Wasser in den Schuppen getropft, dass alles, was am Boden stand, nass geworden ist. Sogar in meine Gummistiefel hat es geregnet, was ich erst festgestellt habe, als ich in sie hineingeschlüpft bin. Tja, und so hat sich das Projekt nun doch vorgedrängelt. Gut, dass Niko bereits beim Baumarkt gewesen ist.

»Das Dach ist komplett morsch, das ist.«

»Bitte?« Ich steige auf die Leiter, um zu sehen, was er meint. Ich erblicke mehrere fast durchgefaulte Stellen in der Dachschalung. Dachschalung – auch eines dieser Wörter, die man erst lernt, wenn man Laubenbewohner ist.

»Shit«, sage ich. Mehr ist dazu wirklich nicht zu sagen.

Ich steige wieder von der Leiter und gehe in den Schuppen,

um zu sehen, ob man den Schaden auch von innen hätte sehen können. Und das hätte man. Durch eines der Löcher in den Brettern kann ich Niko fast zuwinken.

»Was machen wir jetzt?«, frage ich, als ich wieder auf der Leiter stehe.

»Wir müssen die Dachschalung erneuern.«

»Und das heißt?«

»Dass wir noch mal in den Baumarkt müss…« Er stockt und blickt in Richtung Gartentor.

»Was ist?«, frage ich.

Dann drehe auch ich mich um.

Auf den ersten Blick ist es nur ein großer Karton, der durch den Garten läuft. Beim zweiten Blick entdecke ich das Gesicht darüber. Es lächelt breit, trotz der Anstrengung, die ebenfalls darin zu erkennen ist.

»Felix!«

Ich steige schnell von der Leiter und laufe meinem Kollegen entgegen, um ihm den Karton abzunehmen, doch das lässt er nicht zu.

»Ich habe gedacht, ich guck mal so, was du treibst, und bringe dir bei der Gelegenheit deine bestellten Texte mit«, sagt Felix verschmitzt. Niko auf dem Dach wirft er nur einen kurzen Blick zu – offenbar hält er ihn für einen Handwerker, der nicht weiter wichtig ist. Dann wendet er sich wieder mir zu. »Wo soll ich den abstellen?«, fragt er und meint den Karton. »Ist ganz schön schwer, das Ding.«

»Warte«, sage ich. »Ich zeig es dir.« Dann wende ich mich entschuldigend an Niko oben auf dem Dach. »Bin gleich wieder da«, rufe ich, doch mein Nachbar ist schon wieder voll und ganz aufs Schuppendach konzentriert.

»Komm mit«, sage ich also zu Felix. Ich führe ihn zur Terrasse und deute auf den Tisch. »Stell ihn da hin.«

»Gerne.«

»Setz dich«, sage ich. »Bist du durstig?«

»Und wie!«

Ich hole zwei Gläser und einen Krug Wasser, in den ich ein Minzezweiglein aus meiner Kräuterspirale werfe. Dann schenke ich uns ein und bin ziemlich froh, dass von dem nächtlichen Regenguss nichts mehr zu bemerken ist. Die Sonne scheint uns ins Gesicht, die Blumenwiese ist bunt getupft, den Apfelbaum zieren noch ein paar letzte rosa Blüten. Der Garten ist üppig und grün – so kann sich mein aktuelles Zuhause doch sehen lassen, finde ich.

»Hier versteckst du dich also«, stellt Felix grinsend fest.

»Wie du siehst«, sage ich und frage mich unwillkürlich, was er wohl wirklich sieht. Den romantischen, verwunschenen Liebreiz des Gartens? Oder nur die hässlichen Terrassenplatten, die ausgeblichenen Kunststoffgießkannen aus dem Landhandel und die nicht sonderlich dekorativ am Zaun abgestellten Säcke mit Rindenmulch und torffreier Blumenerde?

»Wirkt gar nicht so, als würden hier so dicke Klienten warten.«

Da ist es – er sieht nur die Gießkannen.

»Tun sie auch nicht«, antworte ich.

»Und was ist dann das da?« Er nickt mit dem Kopf in Richtung des Kartons.

»Eine Pro-Bono-Geschichte«, antworte ich lapidar. Dabei stimmt das nicht, denn eigentlich werden bei uns die Fälle, bei denen wir ehrenamtlich und ohne Honorar für eine gute Sache aktiv werden, mit den Partnern abgestimmt. Und abgestimmt ist an diesem Fall gar nichts.

Doch Felix zieht gespannt eine Augenbraue hoch. »Erzähl mir mehr«, sagt er.

»Ach, da gibt es eigentlich nicht viel zu erzählen«, antworte ich.

»Thome«, sagt er rügend.

»Na gut«, sage ich.

Ich bin gerade bei meinen vergeblichen Anrufen bei den verschiedenen Landesbehörden angekommen, da läuft Niko durchs Bild. Anders kann man es nicht nennen – denn er läuft vorbei, ohne zu uns rüberzusehen, ohne zu grüßen. Ich beiße mir auf die Lippe. Bestimmt ist er beleidigt, weil ich ihn einfach so mit mehreren Metern Bitumen-Schweißbahn allein gelassen habe.

»Niko?«, rufe ich.

Er dreht sich zu uns um, jedoch ohne stehen zu bleiben.

»Ich helfe dir gleich wieder, ja? Ich will nur meinem Kollegen hier von unserem Pflanzenschutzproblem erzählen.«

»Schon gut«, ruft er, und ich merke, dass er sich Mühe gibt, ganz unbeschwert zu wirken.

»Sicher?«, frage ich.

»Sicher«, antwortet er. Und verschwindet.

»Wer war das denn?«, fragt Felix, der jetzt offenbar doch neugierig geworden ist.

»Mein Nachbar«, antworte ich.

»Netter Typ«, meint Felix.

»Ja, das ist er wirklich«, antworte ich. »Er hilft mir …«

»Und hast du am Ende irgendwas erreicht?«, unterbricht mich Felix.

»Wobei?«, frage ich irritiert.

»Na, bei den Behörden.«

»Ach so.« Ich schüttle den Kopf. »Die haben mir nur geraten, Kontakt zum Verursacher aufzunehmen.«

Felix sieht mich nachdenklich an. »Und?«, fragt er schließlich.

»Der leugnet natürlich alles.«

»Warum gehst du nicht gegen ihn vor?«, fragt Felix ungerührt.

Ich seufze. »Eigentlich würde ich das gern. Aber Nele will das nicht, und Niko, mein Nachbar von eben, der findet auch, dass es falsch ist.«

»Was soll daran falsch sein, gegen einen Umweltsünder zu klagen?«

»Na ja, das hier ist eben ein Dorf. Nele hat Angst vor dem, was es auslösen könnte, so ein Fass aufzumachen. Der Bauer hat Freunde, und Nele hat Freunde, die Freunde des Bauern sind. Sie fürchtet um den Dorffrieden.«

»Dorffrieden.« Felix verdreht die Augen. »Den stört doch eher dieser Bauer, oder?«

»Ja, du hast recht«, sage ich. »Ich denke eigentlich auch, dass wir eine Klage angehen müssen.«

»Wir«, stellt Felix fest.

Ich sehe ihn fragend an.

»Du bist sicher, dass du dir das ans Bein binden willst? Ich meine, wenn du einen fetten Agrarkonzern an die Wand stellen würdest … dann würden am Ende wenigstens fette *props* für dich rausspringen. Aber sich mit so einem einfachen Bauern anzulegen? Ich weiß nicht.«

»Ich mach es ja auch nicht für die *props*.«

»Sondern?« Felix sieht mich neugierig an.

»Ich mache es, weil ...«

Ich schließe die Augen. Um ehrlich zu sein: bisher habe ich noch gar nicht darüber nachgedacht, warum ich mich in dieser Sache engagiere. Aber dafür schießen mir nun doch reihenweise gute Gründe durch den Kopf. Ich mache es für Nele. Für ihre kleine Firma. Für die Kinder im Dorf. Für meinen Garten und den von Niko. Für die Umwelt. Für mich.

»Ich mache es, weil es außer mir niemand macht«, antworte ich schließlich. »Und weil es wichtig ist. Dieses Pestizidzeugs ist überall, und ich finde es falsch, dass sich immer noch so wenige Menschen darum kümmern.«

»Das ist ein guter Grund, Thome«, findet Felix. Er sieht mich zärtlich an, und ich blicke verwundert zurück. Ist das wirklich Felix, der so etwas sagt? Bekommt ihm die gute Luft nicht? Doch nun wird sein Blick ernst. »Aber du brauchst eine Strategie.«

»Wohl wahr«, seufze ich, denn die Strategie habe ich noch nicht.

»Soll ich dir helfen?«

Ich sehe ihn überrascht an. Dann sage ich spöttisch: »Obwohl dabei keine *billables* rausspringen?«

»Heute ist Samstag. Da kann ich meine Zeit ohnehin nicht anders investieren.« Er grinst so lieb, dass ich mich ihm am liebsten in die Arme werfen würde.

»Du bist also dabei?«, frage ich ungläubig.

Er zieht eine Augenbraue hoch. »Nur, wenn du Verwendung für mich hast.«

»*That's my boy*«, sage ich anerkennend. *My boy* und Lieblingskollege. »Soll ich Kaffee machen?«

Felix schüttelt den Kopf. »Lass uns einfach anfangen, Thome.«

Irgendwann, es ist schon ganz lange dunkel, sagt Felix: »So, ich glaube, ich kann nicht mehr.«

»Ich auch nicht«, gebe ich zu und starre das Chaos vor uns auf dem kleinen Esstisch an. Unterlagen und Gesetzestexte, Notizzettel und Post-its, Stifte und Kaffeetassen, leere Gläser und Stullenkrümel – alles liegt wild durcheinander. Wir haben wirklich den ganzen Tag keine Pause gemacht. Ich könnte nicht sagen, wie viele Präzedenzfälle wir durchgegangen sind, wie viele Argumente wir entwickelt haben, nur, um sie wieder zu verwerfen.

»Wie spät ist es?« Felix nimmt sein Handy, wirft einen Blick darauf und bläst Luft durch die Lippen.

Ich gucke auf meines. »Hups.«

»Ich fahr dann wohl besser mal«, sagt Felix und gähnt.

»Es ist viel zu spät«, sage ich. »Du bleibst hier.«

»Nein, schon gut. Ich bin noch fahrtauglich.«

»Felix.« Ich sehe ihn streng an.

»Wirklich! Das Bier haben wir vor ungefähr sechs Stunden getrunken.«

»Es geht mir nicht ums Bier«, sage ich. »Es ist drei Uhr nachts, nach Berlin fährt man eineinhalb Stunden. Die Straßen da draußen sind gesäumt von Kreuzen und Fotos von jungen Männern, die sich für fahrtauglich hielten.«

»Aber ich kann hier doch nicht schlafen«, widerspricht Felix.

»Klar kannst du«, sage ich.

»Unterm Tisch?«, fragt Felix süffisant.

»Ich habe eine Isomatte«, sage ich. »Selbstaufblasend.«

Felix seufzt, doch dann nickt er. »Okay.«

»Brav«, sage ich. Ich hole die Matte aus dem aufklappbaren Fach in der Bank und studiere die Bedienungsanleitung. Dann drehe ich am Ventil und ziehe es heraus, wie vorgeschrieben. »Und jetzt fünfzehn Minuten warten.«

Gemeinsam schauen wir die Luftmatratze an, die sich langsam, kaum merklich aufbläht.

»Faszinierend«, sage ich schließlich und schließe das Ventil.

»So was hätte man mal erfinden müssen«, sagt Felix.

Doch mehr reden wir nicht, so erschöpft sind wir.

Wenig später liegt Felix auf der Luftmatratze auf dem Boden, und ich im Bett neben ihm.

»Reicht dir die Wolldecke wirklich?«, frage ich.

»Klaro.«

»Dann mache ich jetzt das Licht aus«, sage ich und greife zur Nachttischlampe.

»Gute Nacht«, sagt er.

»Gute Nacht!«

Ich schließe die Augen, lausche in die Dunkelheit. Es ist sonderbar, so nebeneinander zu liegen. Nicht, dass das unsere erste gemeinsame Nacht wäre – wir haben schon öfter mal durchgearbeitet und uns zwischendurch abwechselnd zum Ausruhen auf das Sofa in meinem Büro gelegt. Und natürlich haben wir auch schon in nebeneinander liegenden Hotelzimmern geschlafen. Aber ich glaube, ich habe Felix noch nie in Boxershorts gesehen, und er mich nicht in einem von Pips alten T-Shirts und seiner Pyjamahose.

Aber irgendwie ist es auch ganz schön, so vertraut nebeneinander zu liegen.

Ich atme ein, atme aus und spüre, wie ich langsam wegdrifte.
»Shit.« Es ist Felix, der da flüstert.
»Was ist?«, frage ich genauso leise.
»Ich glaube, die Matratze hat ein Loch.«
»Wirklich?«
»Ich liege auf dem Boden.«

Dass Felix eingeschlafen ist, merke ich daran, dass sein Knie plötzlich schlaff gegen meinen Unterarm drückt. Erleichtert strecke ich meine Beine aus – das habe ich mich bis jetzt nicht getraut, aus Angst, dass meine Füße müffeln. Doch jetzt dehne ich mich genüsslich in ganzer Länge aus.

Felix' Atem wärmt stoßweise meine nackten Knöchel. Ich versuche, wieder schwer und müde zu werden, doch irgendwie gelingt mir das nicht mehr. Meine Augen gehen immer wieder auf, starren ins Dunkel und auf Felix' Füße. Nach einer Weile gebe ich es auf, mich in den Schlaf zu kämpfen. Irgendwann werde ich schon einschlafen, ganz bestimmt. Ich sollte einfach nur atmen, dann wird es klappen. Auch, wenn es irrsinnig langweilig ist.

Wieder gucke ich Felix' Füße an. Wie nackt und zart sie da neben mir liegen! Ich bin kein Fetischist oder so, aber ich kann nicht aufhören, ihre schmalen, sehnigen Rücken anzuschauen. Die Haut sieht so weich aus, die Muskulatur darunter straff, die Sehnen wirken energisch. Am liebsten würde ich sie anfassen, streicheln. Ich bin Felix wirklich irre dankbar dafür, dass er sich mit mir in die Arbeit gestürzt hat. Ich habe mich schon lange nicht mehr so gut gefühlt. So konzentriert. Und fokussiert. So sehr Teil eines Teams.

Noch einmal schließe ich die Augen. Fühle dieser Energie nach, die immer noch durch meinen Körper fließt. War mein altes Leben wirklich so schlecht, dass ich daraus weglaufen musste? Plötzlich keimt eine Sehnsucht in mir auf. Zart und doch so stark, dass es mir nicht gelingt, sie einfach so wegzuschieben. Die Sehnsucht danach, mich zu fühlen, wie ich mich früher fühlte. Wieder Teil von etwas zu sein, das größer ist als ich.

Und ich merke, dass ich mit Felix schlafen will.

Die Erkenntnis überrascht mich selbst.

Ist das ein unsinniger Wunsch? Wahrscheinlich. Aber gleichzeitig ist er da. Ich war seit der Trennung von Konstantin vor fast zwei Jahren mit keinem Mann mehr zusammen. Warum also sollte ich mir den Wunsch nicht erfüllen? Würde Felix wirklich aufstehen, wenn ich ihn jetzt sanft wecken würde? Würde er gehen, wenn meine Hände sanft seine Oberschenkel hinauf zu seinem Po und seinen Lenden wandern würden? Würde er mich von sich stoßen, wenn ich mich einfach auf ihn setzen würde, nackt und gierig?

Mein Herz schlägt ganz schnell. Felix, er liegt direkt neben mir. Und der Gedanke, einfach zu ihm hinüberzugreifen, verschwindet nicht.

Was wir jetzt alles tun könnten!

Was wir alles tun könnten, wenn ich etwas mutiger wäre. Wenn er nicht mein Kollege wäre. Wenn ich nicht den Wunsch hätte, weiterhin mit ihm ins Büro zu gehen. Wenn ich in den letzten Wochen Gelegenheit gefunden hätte, meine Achseln und Beine zu rasieren.

Dann halte ich doch lieber die Finger still.

Weil ich mich beherrschen kann.

Weil ich vernünftig bin.

Und vielleicht auch einfach nur ein bisschen feige.

Als ich aufwache, schläft Felix noch. Es ist früher Morgen – hier in der Natur brauche ich keine Uhr, um ungefähr zu wissen, wie spät es ist. Von draußen dringt fahles Licht durch die Fenster, und ich rolle mich vorsichtig von der Matratze, um Felix beim Aufstehen nicht zu wecken. Als ich auf die Isomatte trete, fällt mir plötzlich ein, wie er in meinem Bett gelandet ist.

Er sieht so süß aus, wie er da schläft, mit seinem wuscheligen Haar und dem zufriedenen Lächeln. Süß und seltsam unschuldig – nichts an ihm deutet darauf hin, dass er ein knallharter Kartellrechtsanwalt ist.

Jetzt, im Morgengrauen, kommen mir meine wilden Wünsche aus der Nacht vor wie ein sonderbarer Traum: seltsam und unwahrscheinlich. Ein bisschen schäme ich mich für meine Fantasien. Aber Scham ist nicht das einzige Gefühl. Mit einem Mal fühle ich mich intim verbunden mit dem Mann, der da ruhig und tief atmend in meinem Bettchen liegt.

Leise schlüpfe ich in eine Strickjacke und gehe hinaus auf die Terrasse. In meiner improvisierten Außenküche setze ich Wasser auf, mache mir einen Tee und kuschle mich mit einer Decke in einen der Gartenstühle.

Aus der Wiese steigt Dunst auf, das warme Licht der Morgensonne färbt ihn orangerot ein. Die Rosen hinten im Garten leuchten im Nebel, eine Blaumeise landet im Haselnussstrauch, und die schwarze Katze, die morgens manchmal durch die Gärten streift, sieht mich einen Augenblick lang fragend an, bevor sie verschwindet.

Und plötzlich stelle ich fest: Es tut gut zu wissen, dass Felix da drinnen liegt. Dass ich nicht allein bin.

Die Laubentür geht auf, ich höre leise Schritte. Schweigend stellt Felix sich hinter mich. Er legt mir eine Hand in den Nacken. Dann streichelt er mich mit dem Daumen, fast unmerklich.

Gemeinsam schauen wir in den Garten. Mit einem Mal ist der Morgen noch schöner als sonst. Die Bäume, Blüten, Blätter: All das kann ich jetzt mit ganz neuen Augen sehen.

Vielleicht kann ich ja doch wirklich wieder ganz glücklich werden.

Und Felix, der scheint dasselbe zu fühlen. »Kommst du zurück?«, fragt er unvermittelt.

»Zu Steinkopf Ahmadi?«

Seine Hand wandert zu meiner Schulter und drückt sie. »Wir beide. Zusammen. Wir könnten es so weit bringen«, murmelt er.

Ich muss lächeln. »Ja, vielleicht«, sage ich.

Eine Weile schweigen wir. Dann lässt Felix mich los und setzt sich neben mich. »Was trinkst du da?«, fragt er.

»Kräutertee«, antworte ich. »Von Nele. Im Prinzip das, worum es bei dieser ganzen Sache geht. Willst du probieren?« Ich drehe mich zu ihm und halte ihm die Tasse hin.

Er nimmt einen Schluck und gibt sie mir zurück. Er scheint nicht das zu schmecken, was ich geschmeckt habe, denn er fragt ganz ungerührt: »Hast du auch Kaffee?«

»Klar«, sage ich und hoffe, dass das auch stimmt. Habe ich noch Kaffee? Bestimmt. »Ich mach dir einen.«

Tatsächlich finde ich im Kühlschrank ein angebrochenes Päckchen Espresso, gebe Wasser und etwas davon in das kleine Espressokännchen und gehe wieder hinaus. Ich stelle es auf den Herd und mache die Platte an.

Als der Kaffee fertig ist, halte ich Felix die Tasse hin. Doch er nimmt sie nicht.

»Komm zurück«, sagt er noch einmal.

»Felix«, sage ich.

»Wirklich, Lu. Ich meine, was willst du hier? Willst du mir wirklich weismachen, dass das hier jetzt plötzlich du bist?«

Das hier – damit meint er mein Espressokännchen und meine improvisierte Außenküche, aber wahrscheinlich auch die klapperigen Gartenmöbel und die Schubkarre, die auf der Wiese steht.

Doch, denke ich. Doch, das bin ich. Oder zumindest ist es ein Teil von mir.

Felix nimmt mir die Tasse ab. Er trinkt einen Schluck und verzieht das Gesicht. »Ich nehme an, du hast keine Milch, oder?«

Ich schüttle entschuldigend den Kopf. »Gerade nicht.«

Dann verabschiedet er sich. Ich begleite ihn noch bis zum Auto und beobachte, wie er versucht, durch die immer noch feuchte Wiese zu staksen, ohne sich seine teuren Lederschuhe zu ruinieren. Er weicht einem Maulwurfshügel aus und duckt sich unter einer Libelle hindurch, die ihre morgendliche Runde dreht.

Er sieht nichts von dem, was hier so schön ist. Was so zart und lebendig ist, dass es mein Herz berührt.

Aber ich sehe es. Ich habe gelernt, es zu sehen.

Dann ist es Zeit für den Abschied. Felix hat sein Auto aufgesperrt, seine Jacke hineingelegt, seine Tasche. Wir umarmen uns fest, so fest wie noch nie. Ich spüre, dass ich ihn nicht loslassen kann, dass meine Arme ihn umklammern, ohne, dass ich es will.

Schließlich schaffe ich es doch, mich von ihm zu lösen. Und auf einmal bin ich mir nicht sicher, ob ich gerade etwas festgehalten habe – oder ob ich es soeben losgelassen habe.

39

ALS ICH ZURÜCK zur Laube gehe, liegt mir die Traurigkeit auf den Schultern wie eine schwere Decke. Ich bin durcheinander, irgendwie verwirrt, und so laufe ich ins Haus und setze mich gedankenverloren an den Tisch. Mein Blick fällt auf die Unterlagen, die dort immer noch liegen. Arbeiten ist das, was ich am besten kann, und so dauert es nicht besonders lange, bis es mir gelingt, die Geister in meinem Kopf zu verscheuchen und mich stattdessen erneut in die Akten zu vergraben. Alles, was wir gestern durchgearbeitet haben, sehe ich jetzt erneut durch – immer noch die beste Strategie, wenn man nicht ganz sicher ist, wie es weitergeht. Dass draußen jemand durch meinen Garten läuft, nehme ich kaum mehr wahr als einen Windstoß, der durch die Kronen der Bäume fährt und sich sogleich wieder legt. Wenig später höre ich Krach – ein Klopfen, ein Bohren –, aber ich arbeite einfach weiter.

Erst eine halbe Ewigkeit später reißt mich ein Klopfen aus der Konzentration, Ich fahre hoch. »Ja, bitte?«

Es ist Niko, der in der Tür steht. Er hat einen Hammer in der Hand und trägt seine Arbeitshose. Sein Blick wandert durch die Laube, vom Tisch zum Bett und wieder zurück. »Sag mal, jetzt, wo dein Besuch weg ist, wäre es nicht schlecht, wenn du mir ein bisschen zur Hand gehen würdest.«

»Mach ich gleich«, sage ich mit aller Freundlichkeit, zu der ich in der Lage bin.

»Gleich ist etwas spät.« Er klingt gereizt.

»Niko, ich verspreche, dass ich gleich da bin, okay? Lass mich das schnell durchlesen, bitte. Danach komme ich.« Ich muss mich ganz schön zusammenreißen, damit diese Antwort nicht genauso gereizt klingt wie er. Schließlich liege ich nicht in der Hängematte, sondern arbeite – unter anderem für ihn.

»Alles klar«, sagt er mit bitterer Miene. Er greift zur Klinke und schließt die Tür. Doch dann öffnet er sie noch einmal. »Es ist übrigens nicht so, dass ich nicht ebenfalls anderes zu tun hätte.«

»Bitte?« Ich sehe ihn fassungslos an.

»Ich habe auch noch ein Leben«, erklärt er patzig.

»Was ist denn los?«, frage ich.

»Was los ist? Muss ich dir das wirklich erklären?«

»Ja, bitte«, sage ich und verschränke die Arme vor der Brust.

»Wirklich? Ich muss dir erklären, dass ich dir helfe, das Dach deines Schuppens zu reparieren, und du mich behandelst wie einen Handwerker?«

»Das stimmt doch gar nicht«, wehre ich mich.

»Nein?«

»Nein!«

»Komisch, kommt mir nämlich so vor«, sagt Niko.

»Niko«, sage ich mit beschwörender Stimme. »Ich will

nur mit diesen Unterlagen hier weiterkommen. Wenn ich damit fertig bin, helfe ich dir, okay?«

Niko sieht mich an, und seinem Gesicht kann ich entnehmen, wie er diesen Vorschlag findet.

»Niko«, sage ich. »Ich mache das doch nicht für mich.«

»Ach nein?«

»Nein! Ich mache das für Nele und deine Kita-Kinder und ja auch irgendwie für dich! Ich mache es, weil das, was Fritz Jäger da tut, falsch ist!«

»Ist das so?«, fragt Niko. »Geht es dir wirklich um Richtig und Falsch?«

»Natürlich!«

Niko sieht mich an, abschätzig, wie ich finde. Dann schüttelt er langsam den Kopf. »Nein, Lu. Du machst das nicht für uns. Wenn du es für uns tun würdest, dann würdest du darauf hören, wenn Nele und ich dir sagen, dass der Dorffrieden wichtiger ist als dieses bisschen Gift. Dann würdest du auch nicht während des Essens aufstehen und Proben an Orten nehmen, die nur mich etwas angehen.« Er schweigt. »Soll ich dir sagen, was ich denke?«

»Sag's mir«, entgegne ich.

»Ich denke, du machst das, weil du dein altes Leben zurückwillst. Das mit den Taxis und den teuren Schuhen und den schnittigen Kollegen, mit denen du einfach jeden in die Tasche steckst.« Den letzten Halbsatz hat er so affig betont, dass ich verletzt schweige. »Lu, hast du wirklich das Gefühl, dass du hier dazugehören willst? Ich glaube nämlich, dass nicht.«

Niko sieht mich sauer an, und ich merke, wie sich alles

in mir zusammenzieht. Ich muss jetzt etwas sagen, etwas, das die Situation rettet.

Doch stattdessen pampe ich zurück. »Soll ich jetzt mal dir was sagen?«

Niko zieht eine Augenbraue hoch.

»Gut. Bis gerade eben hatte ich noch das Gefühl, dass ich ganz unbedingt hierhergehören will. Aber wenn ich dich so sprechen höre, dann glaube ich, dass du mich ganz anders haben willst, als ich bin.« Ich mache eine Pause, doch meine Augen blitzen. »Also lautet meine Antwort vielleicht lieber: Nein. Nein, ich will nicht hierhergehören. Weil so toll, wie ihr alle tut, seid ihr nämlich auch wieder nicht.«

»Gut«, sagt Niko und lässt den Hammer fallen. »Dann ist der Schuppen ja auch nicht so wichtig.« Dann dreht er sich um und marschiert wütend davon.

Und diesmal kann ich mich nicht in die Arbeit flüchten. Erst versuche ich es noch, ziehe meine Unterlagen wieder heran, versuche, mich auf das dort Geschriebene zu konzentrieren. Aber nach ein paar Minuten merke ich, das mein Herz zu sehr klopft, dass mein Magen Achterbahn fährt, dass meine Fingerspitzen kribbeln.

Ich stehe auf, gehe hinaus an die Luft, will etwas von der Natur in mich aufnehmen – doch es gelingt mir nicht. Ein Eichhörnchen huscht durch den Walnussbaum, aber ich empfinde keine Freude, als ich es sehe.

Das Dach des Schuppens ist aufgerissen – die morschen Bretter liegen unten auf dem Boden, oben hat Niko schon zwei neue angebracht, die zwischen den alten dunklen hell leuchten. Ich steige die Leiter hinauf und sehe die

Dachpappenrolle, die dort oben bereit liegt. Ich hätte Lust, die Arbeit einfach selbst zu erledigen, aber ich muss mir eingestehen, dass ich keine Ahnung habe, wie das geht.

Es stimmt nämlich nicht, dass ich alles selber kann und alles selber machen will. Ich fand es sogar ganz schön, dass Niko sich bereiterklärt hat, mir zu helfen. Und das nicht nur aus Bequemlichkeit. Es hat sich gut angefühlt, dass er einfach so mitangepackt hat. Gut und richtig.

Aber jetzt liegen seine Arbeitshandschuhe dort oben auf dem Dach, leer und traurig. Ich steige wieder von der Leiter. Wohin jetzt mit mir? Wohin mit der Traurigkeit, die in mir ist, mit der Wut, mit dem Gefühl, dass ich nicht verstanden werde?

Weil ich nicht weiß, was ich sonst machen soll, laufe ich los, querfeldein über die so unschuldig aussehenden Felder. Der Raps strahlt schon länger nicht mehr, er steht braun und verblüht auf dem Acker.

Wie ungerecht Niko ist! Wie engstirnig! Ich meine, natürlich kann ich nachvollziehen, dass er sich irgendwie alleingelassen fühlte. Aber sieht er nicht, dass ich mich wirklich vor allem für das Dorf in die Arbeit stürze? Dass es hier nicht um mich geht, sondern um Nel, die Umwelt und sogar die Kinder aus seiner Kita?

Oh, wie ich mich über ihn ärgere! Klar, manchmal vermisse ich die Stadt, vermisse meinen Job, vermisse meine Badewanne und richtig gutes Sushi. Ich vermisse es, etwas Wichtiges zu machen. Vermisse die Arbeit im Team. Aber dass Niko immer noch die Frau sieht, die hier angekommen ist und die er für eine Maklerin hielt, die nichts Gutes im Schilde führt, das verletzt mich doch gewaltig. Dass er, wenn er mich anschaut, offenbar immer noch die Topanwältin mit Dutt und teuren Pumps sieht. Erkennt er nicht, dass ich mich hier draußen verändert hat? Merkt er nicht, dass inzwischen auch ich Insekten rette? Kein einziges Mal mehr habe ich den Rasen gemäht! Sieht er nicht mein ungeschminktes Gesicht, mein zerzaustes Haar und meine schmutzigen Fingernägel?

Ich laufe immer schneller – und stehe plötzlich vor dem letzten verbliebenen Baum, der einsam und mahnend auf dem großen Feld steht. Ich drehe mich um. Da drüben ist das Dorf. Umgeben von Bäumen, Büschen und viel Grün liegen unsere Gärten.

Und plötzlich merke ich, was mich am allermeisten wurmt: Nämlich die Tatsache, dass so ein dahergelaufener Provinz-Insektenschützer überhaupt in der Lage ist, mich so zu kränken. Denn normalerweise mache ich mir wenig bis gar nichts daraus, wie meine Mitmenschen mich finden.

Ich werde also nicht zulassen, dass ein Dorf-Kindergärtner in Blümchenschürze mir die Laune verdirbt. Ich werde jetzt dorthin zurückgehen und mich an die Arbeit machen. Ganz egal, wie Niko das findet.

40

»UND, WAS SAGST DU?«, frage ich, als ich fertig bin.

Ich sitze in Neles Küche, auf dem Tisch steht eine Vase voller kunterbunter Gartenblumen, ein Teller mit selbst gebackenen Schokoladenkeksen und eine Kanne Tee. In der Ecke stapeln sich Kisten voller leerer Döschen und Tütchen, daneben lehnen dicke Rollen mit den Klebeetiketten, die Pip für sie entworfen hat. Auf der Anrichte steht ein Heer Gläser voll frisch gekochter Erdbeermarmelade auf dem Kopf. Es ist ein köstliches Gemisch von Düften, das über den Esstisch weht – aber bis gerade eben war ich so konzentriert, dass ich nichts von alledem wirklich wahrgenommen habe. Nun nehme ich mir wenigstens einen Keks, der zart und knusprig zugleich zwischen meinen Lippen zerbricht. Er ist fantastisch.

Der Streit mit Niko ist erst einen Tag her, aber diesmal ist mein Versuch, mich in die Arbeit zu stürzen, geglückt: Ich habe eine Strategie entwickelt, um gegen Fritz Jäger vorzugehen. Diesen Plan habe ich nun Nele präsentiert.

Doch die antwortet nicht, sondern schiebt ihre Tasse von links nach rechts und wieder zurück. »Ach, Lu, ich weiß wirklich nicht«, sagt sie schließlich.

»Was weißt du nicht?«, frage ich kauend.

»Ob eine Klage der richtige Weg ist.«

»Bitte?« Ich lege den Keks wieder weg und sehe sie verständnislos an. Ich habe ihr gerade eine wunderbare Möglichkeit gezeigt, wie wir den Bauern Fritz mit vergleichsweise wenig Aufwand für sein Tun zur Verantwortung ziehen könnte – und nebenbei ihr Kräuter-Start-up retten, plus das Mühlenfließ, plus etwas vierzehn Millionen Bienen. Und sie weiß nicht?

»Ich glaube einfach nicht, dass das gut ausgeht«, sagt sie und sieht mich mit traurigen Augen an.

»Nele, das ist Quatsch. Es gibt genug Präzedenzfälle, in denen unter vergleichbaren Rahmenbedingungen eindeutig zugunsten der Kläger entschieden worden ist.«

»Ich glaube aber, es würde auch dann nicht gut ausgehen, wenn zu unseren Gunsten entschieden würde.«

»Aber warum denn?«

»Lu, ich weiß nicht, wie oft ich noch versuchen soll, dir das zu erklären. Das hier ist ein Dorf, weißt du? In der Stadt, wo man sich nicht kennt, kann man das vielleicht machen: einander mit Klagen überziehen. Aber hier? Wo jeder jeden kennt? Hier bringt das nichts!«

»Aber Nele, ich will ja auch gar nicht Fritz Jäger persönlich zur Rechenschaft ziehen.«

»Das habe ich schon verstanden«, antwortet sie. »Du willst gerichtlich veranlassen, dass sein Fuhrpark auf Fehler untersucht wird.«

»Genau«, sage ich stolz. »Damit hätte er die Möglichkeit, das Abdriftproblem auf eine von Werkseite fehlerhafte Düse zu schieben – das kommt nämlich ziemlich oft vor, gerade bei älteren Anhängespritzen. So hätte er die Möglichkeit, die alte Spritztechnik durch eine neue Präzisionsspritze zu ersetzen, eine, bei der man viel weniger Pflanzenschutzmittel ausbringen muss. Dabei entsteht kaum noch Abdrift, das Gift würde nicht in unsere Gärten wandern, und er könnte trotzdem mit erhobenem Kopf aus der Sache rausgehen.«

Ich mache ein überzeugtes Gesicht, denn ich finde diese Lösung wirklich nicht übel. Kein Gerichtsverfahren, kein Ärger – und trotzdem eine Lösung. Eigentlich also genau das, was Nele will.

»Ach Lu, ich bin dir ja wirklich dankbar, dass du dir so viele Gedanken machst. Aber auch, wenn du Fritz Jäger nicht verklagst, so ist und bleibt es doch ein Angriff. Wir unterstellen ihm ja damit einen veralteten Fuhrpark und dass er seinen Pestizideinsatz nicht im Griff hat. Das ist eine Beschuldigung, keine gemeinsame Lösung, die für alle akzeptabel ist. Ich glaube, wir kommen hier mit Druck und Ärger und Anwaltsbriefpapier nicht weiter. Sonst sind am Ende zwar die Pestizide weg, aber dafür ist alles andere vergiftet.«

»Und was schlägst du stattdessen vor?«, frage ich konsterniert. Dass sie von den Ergebnissen der vielen Stunden Arbeit überhaupt nichts wissen will!

Nele zuckt mit den Schultern. »Keine Ahnung.«

»Das ist ja ’ne tolle Alternative«, sage ich zynisch.

»Ach, Lu, ich weiß doch auch nicht. Gestern Nachmittag bin ich bei August gewesen, und der sagte, dass solche Folientunnel gar nicht so furchtbar teuer sind. Vielleicht schütze ich meine Kräuter einfach und lasse die Sache auf sich beruhen.«

Ich seufze tief. »Ist das dein Ernst?«, frage ich leise.

Nele sieht mich traurig an und nickt.

Als ich Neles Haus verlasse und in den hellen Tag trete, kann ich immer noch nicht richtig glauben, dass ausgerechnet meine ökovernarrte Nachbarin im Kampf für den Umweltschutz klein beigeben will. Ich meine, wenn jemand wie sie einfach die Waffen streckt – wer soll denn dann gegen dieses Giftzeugs kämpfen? Schließlich geht es nicht nur um sie und ihre Tees. Es geht doch auch darum, was richtig und was falsch ist!

Ich verstehe es nicht.

Verstehe es einfach nicht.

Enttäuscht nehme ich Unterlage um Unterlage und werfe sie zurück in den Karton, in dem Felix sie hierhergebracht hat. Den wiederum schiebe ich unter den Tisch. Und schon sieht die Laube aus, als hätte ich mir hier nicht den Kopf zermartert, als hätte ich hier nicht gebrütet und gegrübelt. Ist das alles wirklich umsonst gewesen?

Ach, was für ein Mist.

Eine Weile setze ich mich auf die Terrasse und schaue in den Garten hinaus, der so gesund und vital aussieht. In den letzten Tagen hat eine ganze Armee von Margeriten ihre hübschen Köpfe aus dem Gras gesteckt, und aus einer Ecke nickt majestätisch der blaue Eisenhut. Doch ich bin zu aufgewühlt, um länger hier zu sitzen. Also laufe ich los, wieder hinaus aufs Feld, wo unter einem strahlend blauen Himmel ein verblühtes Meer aus Raps steht.

Nele will den Bauern nicht verärgern. Der Bauer jedoch hat keinen Grund zu glauben, dass das, was er tut, unrecht ist. Wieso auch? Gespritzt wird schließlich überall. Jedes Jahr werden tonnenweise Pestizide verkauft, die Bauern sammeln bei den Herstellern Bonuspunkte und bekommen, wenn sie besonders viel davon verbraucht haben, auch noch Prämien. Und es geht nicht ohne diverse Mittelchen, zumindest nicht, wenn man Monokulturen wie diese hier anbauen will. Denn mit den Schädlingen werden auch sämtliche Nützlinge vernichtet. In der Folge ist das Immunsystem der Natur auf diesen Feldern nicht mehr im Gleichgewicht. Es gibt nichts, was sie schützen könnte – außer noch mehr Gift.

Vielleicht hat Nele also recht. Vielleicht ist es irre, sich diesem Kreislauf entgegenzustemmen. Das haben schon andere versucht. Und sie sind alle gescheitert.

Aber was stattdessen tun?

Was nur?

Ich stelle die Frage dem Feld, doch das kann mir natürlich keine Antwort geben.

Ich laufe wieder ein Stück weiter. Normalerweise hätte ich in Momenten wie diesen Pip angerufen. Was gäbe ich darum, nun seine Stimme zu hören! In meinem Handy ist seine Nummer noch eingespeichert – und ich bin kurz davor, sie zu wählen. Pip, der wusste immer, was zu tun ist.

Inzwischen bin ich schon fast am anderen Ende des Dorfes angekommen. Mir war überhaupt nicht klar, wie riesig Fritz Jägers Acker ist. Klein-Wiesenthal ist davon zur Hälfte umgeben. Obwohl, was heißt zur Hälfte? Es ist nur die Straße, die diesen gigantischen Heiligenschein ums Dorf in zwei Hälften teilt. Selbst wenn es keine Insektizide gäbe: Diese Felder sind so riesig, kein Ohrwurm könnte sie durchqueren, kein Marienkäfer sie überfliegen. Wenn hier ein Schädling Einzug hält, haben die Nützlinge kaum eine Chance, ihm die Stirn zu bieten.

Und plötzlich sehe ich Niko.

Er zieht einen Leiterwagen übers Feld. Darin kringeln sich kichernde Kinder, unter anderem ein Mädchen mit rotem Lockenschopf. Eine Weile beobachte ich ihn, beobachte, wie kräftig seine Schultern aus der Ferne wirken, und wie seine Locken wippen, als er mit den Kindern Faxen macht.

Ich kann nicht anders, als ein Foto von der Szene zu machen: unten das grüne Feld, oben der blaue Himmel, in der Mitte ein Wagen voller Kinder, und ein Mann in zerknittertem Leinenhemd, zerbeulten Hosen und einem Lächeln im Gesicht, das heller strahlt als die Sonne und das mein Herz auf sonderbare Weise berührt.

Ich stecke mein Handy wieder ein, beobachte ihn weiter – und dann, mit einem Mal, habe ich eine Idee.

41

ALS ICH GETAN HABE, was ich tun wollte, beruhigt sich mein Puls schlagartig. Fast hätte ich Lust, meinen Plan einfach weiter zu verfolgen, aber ich spüre, dass es besser ist, Niko mit ins Boot zu holen, damit er sich nicht noch einmal in seinem Bild von mir bestätigt fühlt. Also gehe ich zurück ins Dorf, setze mich auf Nikos Terrasse und warte auf ihn.

Es dauert bis zum Abend, bis er endlich kommt, aber das wusste ich vorher.

Als er mich sieht, bleibt er stehen – und ich erhebe mich unwillkürlich.

»Was machst du hier?«, fragt er schroff.

Auf diese Frage habe ich den ganzen Nachmittag gewartet. Aber jetzt, wo er sie stellt, macht sie mich trotzdem nervös.

»Ich … ich wollte dich um Entschuldigung bitten«, sage ich.

»Aha«, sagt Niko, nicht sonderlich beeindruckt.

»Ich habe mich unmöglich benommen, und das tut mir leid. Ich habe dich und deine Hilfe beansprucht und dir gar nicht dafür gedankt. Ich habe so getan, als ob sie selbstverständlich wäre, aber das ist sie nicht. Es tut mir leid.«

»Schon okay«, sagt Niko abweisend und will sich an mir vorbeidrängen, um ins Haus zu fliehen.

»Nein, nicht okay«, sage ich und halte ihn am Arm fest.

Niko sieht mich an, ein bisschen erschrocken, dann entzieht er mir seinen Arm.

»Entschuldige«, murmle ich.

»Was willst du, Lu?«, fragt er blass.

»Niko, ich habe so lange gedacht, dass wir komplett unterschiedlich sind. Weil du ein anderes Leben führst als ich. Andere Interessen hast. Und alles. Und dass ich wahrscheinlich niemals etwas mit dir zu tun hätte, wenn es mich nicht hierher verschlagen hätte, wo du mein Nachbar bist.«

Er sieht mich an, und er wirkt ein bisschen ängstlich.

»Aber … das ist falsch gewesen. Oder richtig. Denn wahrscheinlich wären wir uns wirklich nie begegnet. Aber … aber ich bin froh, dass ich hier gelandet bin. Es ist das Beste, was mir in meinem Leben passiert ist.«

Niko schluckt. »Danke, dass du das sagst.«

»Ich meine es so«, erwidere ich. »Was ich gestern gesagt habe? Dass es hier längst nicht so toll ist? Das war ein Scheiß. Manchmal will ich überhaupt nicht mehr zurück nach Berlin.«

Niko lacht.

»Was ist?«, frage ich.

»Das ist Quatsch«, sagt er.

»Wieso?«

»Weil du nach Berlin gehörst.«

»Warum denkst du das? Ich fühle mich total wohl hier! Die Natur tut mir gut … und die Nachbarschaft.«

»Ja, kann sein«, sagt Niko. »Das hat dir bestimmt gutgetan, so ausgebrannt, wie du warst. Du hast Abstand gebraucht und hast ihn hier gefunden. Aber wenn ich dich in letzter Zeit so anschaue, kann ich eigentlich kein Naturbedürfnis mehr erkennen. Du bist wieder voll auf dem Anwaltstrip, du denkst, man könnte sich alles erstreiten und alle und jeden in die Tasche stecken. Damit passt du nicht hierher. Du gehörst in deine Kanzlei. Zu deinen Paragrafen und Präzedenzfällen und deinen Kollegen.«

Diesmal weiche ich vor Niko zurück. Ich schweige beleidigt. »Mein Engagement in den letzten Wochen, das hatte einen ganz anderen Grund«, antworte ich schließlich trotzig.

»Ach ja?«, sagt er spöttisch.

»Ja!«, sage ich. »Oder vielleicht auch nicht.« Ich überlege. »Ich meine, kann sein, dass du recht hast. Kann sein, dass ich wirklich einfach wieder arbeiten will, dass ich wieder Akten wälzen und kämpfen will. Ich meine, es war ja kein Zufall, dass ich Anwältin geworden bin. Ich liebe Paragrafen. Ich liebe Präzedenzfälle, Teamarbeit und Meetings mit Kolleginnen und Kollegen.«

Als ich das gestanden habe, verändert sich Nikos Gesicht. Plötzlich sieht er viel freundlicher, viel wohlwollender aus.

»Aber das heißt nicht, dass es mir nicht auch um die Sache geht. Ich will kein Gift in unseren Gärten. Ich will, dass mir das Gemüse aus meinem Hochbeet schmeckt. Ich will, dass Nele ihre Bio-Zulassung kriegt und nicht mehr das Gefühl hat, sie müsse sich schützen.«

»Das wollen wir alle«, sagt Niko. »Aber wir wollen eben auch keinen Krieg. Das musst du verstehen, Lu, hörst du?«

»Ja, ich glaube, das habe ich jetzt verstanden.«

»Sicher?«, fragt Niko.

»Sicher«, wiederhole ich. »Und ich habe eine Idee, wie wir das Problem ohne Krieg lösen.«

»Ach ja?« Er sieht mich misstrauisch an, aber auch ein bisschen neugierig.

»Ja«, sage ich und taste vorsichtig nach dem kleinen Behältnis in meiner Tasche. Dann stelle ich das Plastikröhrchen auf den Tisch. »Hier ist sie.«

Niko nimmt das Röhrchen und betrachtet es. Es ist mit Sand gefüllt, aber das scheint ihn nicht aufhorchen zu lassen. Im Gegenteil, er klingt ziemlich genervt: »Schon wieder eine Probe? Was ist daran neu? Wir wissen inzwischen, was dabei rauskommt, oder?«

»Ja«, sage ich. »Das wissen wir. Diese Probe stammt allerdings nicht von hier, Niko. Sie stammt aus dem Sandkasten in deiner Kita.«

»Du bist in die Kita eingebrochen?« Niko weicht ein Stück zurück, und man merkt, wie das mühsam erkämpfe Vertrauen in mich wieder zerbröselt. Er sieht mich fassungslos an. »Ist dir denn überhaupt nichts heilig?«

»Doch, Niko. Eben deshalb habe ich es getan. Ich will rausfinden, ob der Sand pestizidbe…«

Doch Niko lässt mich gar nicht ausreden. »Und dann?«, fragt er gereizt. »Was passiert, wenn der Sand pestizidbelastet ist? Hast du schon mal darüber nachgedacht, dass die die Kita schließen könnten, wenn rauskommt, dass der Garten dort vergiftet ist?«

Niko wirkt wirklich besorgt. Und sauer.
»Es soll ja nicht rauskommen«, beruhige ich ihn schnell.
»Sondern?«
»Wenn du mich mal reden lässt, dann erkläre ich's dir.«
»Okay.« Er verschränkt die Arme vor der Brust. »Bitte.«

42

ES IST SCHON fast dunkel, als Niko und ich auf den Hof zulaufen. Über uns steht ein großer, blasser Mond. Die ersten Sterne erscheinen funkelnd am Himmel. Vor uns tauchen die Wellblechhalle und die Silos auf, im Mondlicht sehen sie aus wie meditierende Riesen. Hinter dem einen Spaltbreit geöffneten Hallentor stehen die bulligen Agrarmaschinen wie hungrige, lauernde Tiere.

»Hier entlang«, sage ich.

Unsere Schritte hallen über das Pflaster. Die Straßenleuchten an den Wänden brennen nicht, und die Baggerschaufel, die immer noch auf dem Hof herumsteht, wirkt im Dämmerlicht wir ein Dinosaurierkiefer.

»Mach du«, sage ich, als wir vor der Haustür stehen.

Niko drückt den Messingknopf, nichts passiert.

»Die andere«, sage ich leise und zeige auf die Plastikfunkklingel.

Niko drückt wieder, und der schon vertraut ächzende Gong ertönt. Sekunden später öffnet sich die Tür, und der große, dünne finstere Mann steht vor uns.

»Hallo Vlad«, sagt Niko.

Vlad nickt.

»Ist Fritz zu Hause?«

Vlad nickt wieder. Mir fällt auf, dass er eine ziemlich unansehnliche Narbe auf der Stirn hat, die sogar seinen Haaransatz durchkreuzt, was ihn noch gruseliger wirken lässt, als er ohnehin schon ist. Immerhin präsentiert er diesmal sein Gebiss nicht, ehe er im Dunkel des Hauses verschwindet.

Wenig später ertönen gedämpfte Stimmen, und ich stupse Niko ermutigend an. Doch als ich zu ihm hinüberblicke, wirkt er gar nicht so, als hätte er Zuspruch nötig. Eigentlich sieht er ziemlich gesammelt aus.

Nach einer Weile hört man Schritte, dann steht Fritz vor uns. Als er mich erkennt, macht er sofort ein genervtes Gesicht und knurrt: »Nicht Sie schon wieder.«

Das geht ja gut los.

Niko räuspert sich.

Fritz Kopf fährt herum – er scheint erst jetzt zu bemerken, dass ich nicht allein bin. »Niko«, sagt er erschrocken. »Ist irgendwas mit Noah? Oder mit Leonie?«

»Nein, alles gut«, beruhigt Niko ihn.

»Was wollt ihr dann hier?«

»Mit dir reden«, sagt Niko sanft.

»Mit der da rede ich nicht.« Er zeigt auf mich, ohne mich eines weiteren Blickes zu würdigen.

»Dann rede mit mir«, sagt Niko. »Die da hält den Mund, das verspreche ich.«

Die da? Sehr freundlich. Und keine schlechte Strategie.

»Ich werde keine Silbe von mir geben«, stimme ich ihm zu. »Wirklich nicht.«

Fritz guckt immer noch knurrig drein. »Warum muss sie dann überhaupt mit dabei sein?«

»Weil Sie etwas herausgefunden hat, das du wissen musst.«

»Etwas Wichtiges«, entfährt es mir.

Niko und Fritz sehen mich strafend an.

»Hups!«, mache ich und tue so, als würde ich mir mit einem imaginären Schlüssel den Mund zuschließen.

Ein paar Augenblicke später sitzen wir in Fritz Jägers Küche. So unwirtlich das Bauernhaus von außen wirkt, drinnen ist es gar nicht mal so ungemütlich. In der Küche stehen alte Möbel aus Kiefernholz, in der Emaillelampe über dem Esstisch steckt eine alte Glühbirne, ein Kachelofen steht in der Ecke – fast so, als sei er beleidigt, dass er jetzt im Sommer nichts zu tun hat. Ich frage mich, was eigentlich aus Fritz' Frau geworden ist, ob er hier allein lebt, ob es noch jemand anderen in seinem Leben gibt als den schweigsamen, bleichen Vlad. Kommen seine Enkel manchmal zu Besuch? Sein Sohn? Aber ich darf ja nicht sprechen.

Fritz geht zu dem riesigen Kühlschrank und holt zwei Flaschen Bier heraus, eine für Niko und eine für sich.

»Also, schieß los«, sagt er, als wir sitzen.

»Fritz, ich weiß, dass du ein anständiger Bauer bist.«

»Fang du nicht auch noch mit dem Thema an«, blockt Fritz gleich ab. »Ich rede darüber nicht mehr. Ich spritze nach Recht und Gesetz. Ich tue nichts Illegales.«

»Ich weiß«, sagt Niko. »Ich glaube es dir, wirklich.«

»Warum bist du dann da?«, fragt Fritz und zieht die Augenbrauen zusammen.

»Weil es um etwas Wichtigeres geht als bisher.«

Fritz schweigt und schaut Niko misstrauisch an. Was mein Nachbar wohl als Nächstes sagen wird? Wir haben für dieses Gespräch keine Argumentationsstruktur vorbereitet – er ist ja kein Anwalt, und wir sind keine Kollegen. Umso überraschter bin ich, wie fokussiert Niko wirkt, und wie gezielt er dieses Gespräch eröffnet. Er geht fast so vor, wie ich es wahrscheinlich tun würde: Er macht erst einmal die Brisanz des Themas klar, um Fritz Jägers Neugier zu wecken und sich seine Aufmerksamkeit zu sichern. Jetzt darf er nur nicht zu schnell durchscheinen lassen, worum es wirklich geht. Und er darf auf keinen Fall direkt mit den Enkeln anfangen, denn dann hätte Fritz sofort das Gefühl, wir würden die Kleinen gegen ihn instrumentalisieren. Er muss dem Bauern Zeit geben, selbst zu begreifen, worum es geht.

Niko scheint dasselbe zu denken wie ich – oder ist ein Naturtalent in Sachen Gesprächsführung. Denn er sagt nichts, sondern greift in seine Tasche und legt ein kleines Röhrchen voll Sand auf den Tisch.

»Was ist das?«, fragt Fritz.

»Ein Gemisch aus Sand, Kindersabber, Neotrimacloprid und einem herrlichen Potpourri von Bioziden.«

»Und?«

»Es stammt aus dem Sandkasten der Kita.«

Man kann sehen, wie es in Fritz' Kopf zu rattern beginnt.

»Die Werte sind um ein Vielfaches höher, als sie sein sollten«, sagt Niko.

Fritz fängt an, sich kaum merklich auf den Lippen herumzukauen.

»Ich muss einem Profi wie dir nicht erklären, was die Mittel bei Kindern anrichten könnten. Sie können unfruchtbar machen, sogar Krebs auslösen.«

Beeindruckt sehe ich Niko an. Er macht das richtig gut! Er hat die Enkel immer noch nicht genannt, und doch muss Fritz Jäger jetzt an sie denken.

»Das mit dem Krebs und so, das behaupten nur die Grünen«, wehrt Fritz ab. »Wenn das Zeug giftig wäre, dürften wir es nicht ausbringen. Die Regelungen sind messerscharf. Es werden jedes Jahr Dutzende Mittel vom Markt genommen, insgesamt fast ein Drittel!«

»Und was denkst du wohl, warum?«

»Weil die Grünen spinnen«, beharrt Fritz.

»Vielleicht auch, weil sie möglicherweise doch nicht so unschädlich sind?«

»Vielleicht auch das«, murmelt Fritz und nimmt einen riesigen Schluck von seinem Bier.

»Fritz. Mag sein, dass die Mittel nicht schädlich sind. Aber das gilt nur, wenn die Grenzwerte eingehalten werden. Oft ist das völlig unmöglich, das weißt du selber. Und in diesem Sandkasten sind sie ganz sicher drüber.«

»Die Grenzwerte gelten für Lebensmittel«, wehrt sich Fritz.

»Fürs Essen«, sagt Niko. »Eben!«

»Bitte?« Fritz sieht Niko an, als hätte der kompletten Schwachsinn geredet, aber jetzt begreift er.

Kleine Kinder lieben Sand.

Am allermeisten zwischen den Zähnen.

»Oje«, sagt er. Dann ext er sein Bier. Als er die Flasche abgestellt hat, wischt er sich mit dem Handrücken über den Mund und schnauft tief. Man kann ihm ansehen, wie es in ihm arbeitet.

Wir schweigen. Also, ich sowieso, aber jetzt eben auch

Fritz und Niko. Nur die Uhr über dem Kühlschrank zählt tickend die Sekunden, die viel zu langsam vergehen.

»Du musst was unternehmen, Fritz«, sagt Niko irgendwann leise. »Kinder und Pestizide – das passt doch nicht zusammen!«

»Aber was?« Fritz sieht Niko ratlos an. Dann hat er eine Idee, sein Gesicht hellt sich auf. »Ich könnte dem Vlad auftragen, beim Spritzen noch mehr Abstand zur Kita zu halten.«

Niko zuckt mit den Schultern. Und so kann Fritz selbst darauf kommen, dass der Vorschlag mittelmäßig ist. Pestizide können in der Luft weite Strecken hinter sich bringen.

»Oder ich kaufe eine modernere Spritzmaschine.«

Dieses Mal nickt Niko. Eine modernere Pflanzenschutzspritze wäre tatsächlich keine schlechte Alternative.

»Aber die Dinger sind teuer, meine Güte!«, sagt der Bauer mit finsterer Miene. »Wir kommen ja so schon kaum über die Runden! Wir produzieren ohnehin keine Lebensmittel mehr, nur noch Raps – für Biodiesel und technische Öle und als Futtermittel natürlich.«

»Und warum keine Lebensmittel?«, fragt Niko.

»Das Geschäft ist zu schwierig geworden. Was anderes als Mais und Raps lohnt sich nicht. Das hat mir der Basti endgültig klargemacht, zum Glück. Durch ihn habe ich jetzt endlich einen besseren finanziellen Überblick.«

»Und den Mais und den Raps, den musst du spritzen?«, fragt Niko vorsichtig.

»Raps in Bioqualität anzubauen, damit dann Kettensägeöl draus entsteht?« Fritz lacht. »Raps ist so empfindlich. Wenn du erst mal den Rapskrebs oder die Rapsschwärze im Feld hast, kannst du einpacken. Ohne Fungizide wären wir komplett aufgeschmissen.«

»Und wenn du doch wieder Kartoffeln anbaust?«

»Die muss ich ja auch spritzen.«

»Du könntest auf Bio umstellen. Dafür gibt es Fördermittel!«

Fritz winkt ab. »Das lohnt sich nicht. Eigentlich lohnt sich der ganze Scheiß nicht.«

Niko und ich sehen Fritz erschrocken an.

»Wir Bauern, wir arbeiten so hart«, erzählt er. »Und verdienen kaum genug zum Leben. Jeder will was von uns: Wir sollen gesunde Lebensmittel herstellen, die aber nichts kosten. Wir sollen uns ums Tierwohl kümmern, die Umwelt schützen, das Klima nicht belasten, die Landschaft pflegen. Wir füllen am laufenden Band Anträge aus, zahlen Abgaben, sollen ständig neue Produkte kaufen. Manchmal weiß ich vor lauter Aufgaben überhaupt nicht mehr, wo mir der Kopf steht. Ich bin Bauer, aber ich werde von allen Seiten zerrieben. Als ich jung war, war das Leben einfach: Da hat man morgens aus dem Fenster geschaut, und die Natur hat einem gesagt, was dran ist. Heute reden alle gleichzeitig auf einen ein, und manchmal hab ich das Gefühl, ich werde verrückt. Und an manchen Abenden weiß ich überhaupt nichts mehr. Nicht, was ich will, und nicht, wer ich bin.« Fritz sieht uns mit glasigen Augen an, und die hat er nicht vom Bier. Er ist ehrlich verzweifelt, das kann ich ganz deutlich spüren.

»Darf ich etwas sagen?«, frage ich leise.

»Meinetwegen«, seufzt er.

»Ich verstehe genau, wovon Sie reden.«

»Ist klar!« Er lacht bitter.

»Wirklich!«, beteure ich.

Doch er sieht mich nur skeptisch an. Skeptisch? Ne. Eigentlich offen ablehnend.

Schnell nehme ich all meinen Mut zusammen, denn ich bin mir unsicher, ob er mich, wenn ich gleich sage, was ich sagen will, nicht aus dem Haus jagen wird. »Ich weiß, das klingt komisch. Aber das, was Sie über Ihr Leben gesagt haben, das klang, als hätten Sie über mich geredet.« Fritz sieht mich an, als sei ich nicht mehr ganz bei Verstand, darum rede ich schnell weiter. »Klar, es gibt riesige Unterschiede zwischen uns: Ich bin Anwältin, Sie sind Bauer. Ich komme aus der Stadt, Sie von hier. Sie haben das Leben, wie es früher war, noch gekannt – ich bin mit dem ganzen Irrsinn aufgewachsen. Aber trotzdem, es ist wahr: Mir geht es wie Ihnen. Mein Leben besteht darin, anderer Leute Ansprüche zu erfüllen. Alle wollen was von mir. Kunden und Mitarbeiter bestimmen meinen Tag. Ich mache nur, was andere sagen. Ich bin in keiner Sekunde eins mit mir.«

Fritz sieht mich an, als würde er nicht ganz glauben, was da gerade geschieht. Dann sagt er plötzlich: »Moment mal.« Er schiebt seinen Stuhl zurück, steht auf und geht noch einmal zum Kühlschrank. Diesmal bringt er mir ein Bier mit.

Ich nehme einen Schluck, dann noch einen. Dann stoße ich leise auf und rede weiter. »Das Komische ist: Als ich noch im Hamsterrad steckte, habe ich überhaupt nicht bemerkt, dass das so ist. Dass es diesen Zustand überhaupt gibt, also, dass man bei sich sein kann, das habe ich erst hier draußen gelernt. In Klein-Wiesenthal. Hier habe ich zum allerersten Mal in meinem Leben morgens aus dem Fenster gesehen, um herauszufinden, was dran ist. In der Stadt habe ich oft nicht einmal bemerkt, ob die Sonne scheint oder ob es regnet.«

Fritz sieht mich verwundert an. »Na ja«, sagt er schließlich.

»Na ja?«

»Na ja, das geht vielleicht ein bisschen zu weit. Den Stress einer Anwältin und den eines Landwirts zu vergleichen …«

»So war es nicht gemeint«, beteuere ich. »Wirklich nicht! Aber … ist das nicht verrückt? Manchmal denken wir Menschen, zwischen uns stünden Welten und wir hätten nichts gemeinsam. Aber guckt uns an! Eine Anwältin, ein Erzieher und ein Bauer sitzen gemeinsam an einem Tisch. Normalerweise würden wir denken, dass wir uns nichts, aber auch gar nichts, zu sagen haben. Aber in Wirklichkeit wollen wir alle das Gleiche. Wir wollen bei uns sein. Wollen gesehen werden. Wollen etwas tun, das wirklich Sinn hat. Und herausfinden, wer wir sind. Und wir wollen unsere Welt so hinterlassen, dass die Generationen nach uns noch etwas davon haben.«

Fritz schnaubt. Zustimmend? Ablehnend?

»Ich …«, hebt er an. »Ich hab das Gefühl, dass ich von nichts weiter weg bin als von dem, was Sie da beschreiben.«

»Dann ändern wir etwas daran«, sage ich. »Schaffen wir eine Welt, in der wir bei uns sind.«

Fritz lacht, aber als er sieht, dass ich es ernst meine, wird er wieder still. »Und wie?«, fragt er.

»Denken wir groß«, sage ich.

»Groß?«

»Groß. Aber im ganz, ganz Kleinen.«

43

ES GIBT MOMENTE in meinem Leben, in denen würde ich mir wünschen, dass mein Vater mich sieht.

Dieser hier ist so einer: Es ist genau 18:13 Uhr, und ich stehe perfekt geschminkt, ordentlich frisiert und mit frisch lackierten Fingernägeln in meiner Wohnung, bereit loszugehen. In der einen Hand halte ich meine Handtasche mit dem Businessplan und allen wichtigen Unterlagen, in der anderen Schlüssel und Handy. In zwei Minuten wird Kumar da sein, um mich pünktlich um 18:30 Uhr ins Ristorante Paolo zu bringen.

Zugegeben, das Paolo war nicht meine Idee. Meine Verabredung hat das Restaurant vorgeschlagen, und ich habe mich nicht getraut, sie davon abzubringen. Denn ganz sauber ist das, was ich vorhabe, nicht. Die Verabredung ist nämlich ein Klient unserer Kanzlei, und ich habe vor, ihn zu überreden, in ein kleines, aber feines Projekt zu investieren.

»Guten Abend, Lu«, begrüßt Kumar mich, als ich in sein Taxi steige. »Du siehst toll aus!«

»Hallo, lieber Kumar«, sage ich und setze mich. Habe ich irgendetwas vergessen? Ach, richtig: Ich streiche meine Klamotten glatt: erst unterm Po, dann unter den Oberschenkeln, schließlich am unteren Rücken. Ein bisschen albern fühle ich mich dabei, aber vermutlich ist es besser, bei einem so wichtigen Businesstermin nicht allzu zerfleddert zu erscheinen.

»Du siehst toll aus«, sagt Kumar und sieht mich im Rückspiegel an.

»Danke«, sage ich vergnügt. »Das ist vermutlich die Landluft.«

»Geht es dir gut, Lu?«, fragt er.

»Ziemlich«, sage ich. »Und du? Wie geht es dir?«

»Ach ja.« Er seufzt. »Du weißt ja. *Ahbeit, Ahbeit, Ahbeit.*«

»Du musst mal ausspannen«, sage ich und meine das auch so.

Doch Kumar lacht bitter. »Keine Zeit, Lu.«

»Aber du musst, Kumar. Ein paar freie Tage würden dir wirklich guttun.«

»Ich weiß, Lu, ich weiß. Aber ich muss Geld verdienen. Wir bekommen noch ein Kind.«

»Ihr seid schon wieder schwanger?«

Kumar nickt vergnügt.

»Das wievielte ist das?«

»Das Vierte.«

Wir müssen beide lachen.

»Aber wie man verhütet, wisst ihr?«, witzle ich.

Kumar kichert. »Oder auch nicht.«

Dann sind wir da, und ich gebe ihm zum Abschied ein dickes Trinkgeld, obwohl ich natürlich weiß, dass ihm das nicht groß helfen wird. Ich steige aus, laufe zum Restaurant und öffne die schwere Tür mit den glänzenden Messingverschlägen. Drinnen glitzern gefühlt tausend Kerzen, und ich muss ein bisschen blinzeln, um mich zu orientieren. Ist Carl Steinkopf da? Das ist höchst unwahrscheinlich, denn es ist eigentlich noch nie vorgekommen, dass er vor 20:30 Uhr irgendwo essen geht. Aber was tue ich, wenn er doch da ist? Mit einem Mal ärgere ich mich darüber, dass ich ihm nichts von diesem Termin erzählt habe, dass ich mir vorgenommen habe, ihn erst dann einzuweihen, wenn alles in trockenen Tüchern ist.

»Haben Sie reserviert?«, fragt mich ein etwas schnöseliger Kellner, dessen blütenweiße Schürze fast bis zum Boden reicht.

»Schumacher«, sage ich, ohne sein serviles Lächeln zu erwidern.

»Sehr gerne, die Dame. Darf ich?« Er nimmt mir die Jacke ab. »Folgen Sie mir.«

Als ich fertig bin, sage ich erst einmal nichts mehr. Dabei würde ich dem Mann mir gegenüber am liebsten vor Freude um den Hals fallen, denn allein von dem Projekt zu erzählen macht so viel Spaß, dass ich sofort weiter daran arbeiten will. Wenn man bedenkt, dass ich die Idee erst vor vier Wochen hatte, und dass nicht einmal sicher war, ob sich Fritz Jäger dafür erwärmen würde – und sich dann mal ansieht, wie weit sie inzwischen gereift ist! Es ist einfach genial!

Das ist der Stand: Gemeinsam mit den Dorfbewohnern werde ich Klein-Wiesenthal verwandeln. Ins »Ökodorf Klein-Wiesenthal«. Das wird eine richtige kleine Marke, die wir vor allem in Berliner Bioläden vertreiben lassen wollen. Die ersten Produkte: Augusts gutes regionales

Gemüse. Neles gesunde Kräutertees natürlich. Und dann alte Kartoffel- und Getreidesorten aus dem Anbau von Fritz Jäger, sobald er die Umstellung auf biologische Landwirtschaft abgeschlossen hat. Aber dabei wird es sicher nicht bleiben. Ich bin mir sicher, dass wir weitere Leute finden, die sich dem Projekt anschließen. Auf alle Fälle wird es ein einheitliches Logo und ein einheitliches Design für die verschiedenen Produkte geben – dank Pip ist das so gut wie fertig.

Neulich hatte ich dann noch eine weitere Idee, weswegen ich heute hier sitze: ein Hotel oder Guesthouse, das Touristen nach Klein-Wiesenthal bringt. Denn es würde die Marke »Ökodorf Klein-Wiesenthal« unglaublich aufwerten, wenn die Kunden kommen könnten, um Urlaub in der Natur zu machen – und nebenbei über die Felder zu streifen, mit deren Mehl sie in ihren Berliner Altbauwohnungen ihre hippen veganen Cookies backen. Man müsste das Hotel natürlich super familienfreundlich gestalten. Denn welches Elternteil will nicht, dass die Kleinen lernen, wo das Essen herkommt, das sie daheim unter den Hochstuhl schmieren? Ich habe sogar bereits ein passendes Objekt dafür: das blaue Haus, direkt am Dorfanger. Ich habe herausgefunden, dass es einer alten Dame aus dem Dorf gehört, die inzwischen in einem Altenheim an der Ostsee lebt. Letzte Woche habe ich mit ihr gesprochen, und sie klang dieser Idee nicht abgeneigt. Sie würde das Haus verpachten – unter der Voraussetzung, dass wir sie nicht mit der Renovierung belästigen. Denn das ist der Haken an dem Objekt: Es befindet sich in keinem sonderlich guten Zustand. Da es früher schon mal ein Gasthof war, halten sich die baulichen Veränderungen in Grenzen, aber man müsste trotzdem einmal gründlich renovieren: die Dielen abschleifen, die Elektrik erneuern, den Wänden einen frischen Anstrich geben. Auch das Mobiliar muss komplett ausgetauscht werden – bis auf ein paar schöne, alte Stücke, die dort seit Vorkriegszeiten verstauben, was wirklich schade ist. Kurz und gut: Damit das Haus wieder als Beherbergungsbetrieb nutzbar ist, muss man eine gute Summe investieren – zu viel, als dass das jemand aus dem Dorf stemmen könnte. Klar, ich könnte mit einem Businessplan zur Bank gehen, aber das ist bei solchen Projekten nur die zweitbeste Strategie.

Die erstbeste sitzt jetzt mit verschränkten Armen und konzentriertem Blick vor mir: Christian Schumacher, CEO von A-Z Hotels, einer der langjährigsten und zufriedensten Klienten von Steinkopf Ahmadi LLP.

»Und, was sagen Sie?«, frage ich ihn schließlich.

»Was ich sage?« Er sieht mich nachdenklich an.

Ich werfe ihm einen erwartungsvollen Blick zu.

»Tja. Nein, sage ich.«

Ich richte mich erschrocken auf. »Wie bitte?«

»Hören Sie, Frau Thome, Ihr Ehrgeiz in allen Ehren. Aber für mich klingt das alles noch viel zu vage. Ich würde vorschlagen, Sie fangen erst mal mit diesen Kräutertees an, und dann reden wir weiter.«

»Aber …« Zugegeben, ich bin sprachlos. Was, bitte, an dem Projekt ist vage? Ich meine, er hat doch die Fotos gesehen?! Das Logo? Das alles?

Doch dann komme ich selbst darauf. »Das Projekt ist Ihnen zu klein, stimmt's?«

»Vielleicht auch das.« Er zieht eine Grimasse. Dann wedelt er nach dem Kellner und macht ihm mit einer Geste klar, dass er die Rechnung möchte.

What? Das soll es gewesen sein?

Ich meine, ich bin es gewohnt, mit Menschen zu tun zu haben, die sich schnell eine klare Meinung bilden und dann aus Effizienzgründen keine weitere Zeit mit einem Thema verplempern. Aber dass er das Projekt so schnell abschreibt … Oder hat seine Haltung damit zu tun, dass ich in meinen letzten Wochen in der Kanzlei so schrecklich durch den Wind gewesen bin? Das wäre wirklich … bitter.

Die Rechnung, die der Kellner bringt, schiebt Schumacher mir herüber. Tja. Was bleibt mir anderes übrig? Natürlich unterschreibe ich sie, wenn auch etwas widerwillig.

»Tja, trotzdem. Danke für Ihr Vertrauen«, sagt er und steht auf.

Ich erhebe mich ebenfalls. Unsere Gläser sind noch halb voll, aber ich will auf keinen Fall hier sitzen bleiben wie eine gottverlassene Trinkerin. Bevor der Kellner uns unsere Jacken bringt, nehme ich einen letzten hektischen Schluck und laufe dem mit langen Schritten zum Ausgang eilenden Schumacher hinterher wie ein kleines Mädchen.

Dann stehen wir auf der Straße.

»Also dann, viel Glück, Frau Thome«, sagt er und reicht mir die Hand.

»Danke, Herr Schumacher«, sage ich und schüttle sie. Ich nehme meinen Mut noch einmal zusammen und lächle ihn an. »Sie machen einen Fehler.«

»Mit Vergnügen«, antwortet er und steigt in ein heranrollendes Taxi.

»Sie mich auch!«, rufe ich, aber natürlich so leise, dass er mich nicht hört.

»Einen Fehler?«, höre ich plötzlich eine Stimme neben mir.

Ich fahre herum. Hinter mir steht eine Frau mit schwarzer Wallemähne und einem spektakulären, lilafarbenem Mantel. Es ist Lydia Steinkopf – Hand in Hand mit Carl, ihrem Gatten.

44

ZUGEGEBEN, ICH HABE ein bisschen Muffensausen, als ich am nächsten Morgen im achten Stock aus dem Aufzug trete. Ein bisschen? Eigentlich habe ich echt Schiss. Carl Steinkopf war alles andere als amüsiert darüber, seine wochenlang beurlaubte Nachfolgerin bei einem geheimen Treffen mit einem Top-Mandanten seiner Kanzlei zu erwischen. Noch nie hat er sein »Guten Morgen« um neun Uhr in meinem Büro so sehr zwischen den Zähnen hindurchgezischt – und auch der mitleidige Blick, den mir seine Frau zugeworfen hat, ließ auf nichts Gutes schließen. Als ich einmal nachts um drei aufwachte, hatte ich plötzlich das sichere Gefühl, dass er mich wegen einer Lappalie feuern würde, da Carl Steinkopf Leute schon wegen viel kleinerer Vergehen rausgeschmissen hatte. Und um ehrlich zu sein: Diese Befürchtung konnte ich auch heute früh nicht ganz abschütteln.

Mit schnellen Schritten haste ich an Romina vorbei, genauso wie an Cecilia. Mit Gesten und Grimassen signalisiere ich ihnen, dass ich leider zu sehr in Eile bin, um mich ihnen länger zu widmen. Und tatsächlich schaffe ich es gerade so, pünktlich um neun Uhr an Carl Steinkopfs Tür zu klopfen.

»Carl?«

»Luise.«

Er winkt mich heran, bittet mich aber nicht, mich zu setzen. Er fordert mich auch nicht auf zu sprechen, sondern lässt seinen dicken, schwarzen Montblanc-Füller durch die Finger wandern und sieht mich prüfend an. Mir wird schlecht, aber ich versuche mir nichts anmerken zu lassen.

Nach einer gefühlten Ewigkeit sagt er endlich: »Also?«

»Carl, es ist nicht so, wie es aussieht«, sage ich. Klang das etwas lau? Ich fürchte.

»Sie haben sich ohne mein Wissen privat mit einem Klienten getroffen.«

»Ja, ich weiß«, verteidige ich mich. »Ich hätte es selbstverständlich nicht länger geheim gehalten, wenn dieses Treffen Früchte getragen hätte. Hat es aber nicht. Deshalb: Es ist wirklich nichts passiert.«

»Was wollten Sie von Christian Schumacher?«

»Ihn für ein Projekt gewinnen, aber er war nicht interessiert.«

Carl Steinkopf sieht mich an, als hätte ich etwas sehr, sehr Unanständiges gesagt. Und, na ja, irgendwie war es das ja auch.

»Sorry. Ich hätte Sie einweihen müssen«, sage ich zerknirscht.

»Christian Schumacher ist ein Klient!«, sagt er mit vorwurfsvoller Stimme.

»Ich weiß«, verteidige ich mich. »Ich dachte nur, dass ihn dieses Projekt interessieren könnte.«

»Weil?« Er guckt mich an, als würde er nicht damit

rechnen, dass es eine halbwegs vernünftige Erklärung für mein Verhalten gibt.

»Weil … Na ja, weil es um ein Hotel geht.«

»Wie, um alles in der Welt, fängt sich eine Kartellrechtsanwältin ein Hotelprojekt ein?« Carl Steinkopf lässt den Füller auf den Tisch sinken und sieht mich an, als hätte ich ihm gebeichtet, Filzläuse zu haben. Immerhin scheint die Überraschung größer zu sein als der Ärger darüber, denn plötzlich fängt er an zu lachen. »Was haben Sie denn in den letzten Monaten gemacht, Luise? Ich dachte, Sie würden sich ausruhen und ein bisschen renovieren?«

»Hab ich auch«, sage ich kleinlaut.

»Aber offenbar nicht nur«, stellt er fest.

Ich seufze. Dann gebe ich zu: »Schuldig im Sinne der Anklage.«

»Sie können wohl einfach nicht die Füße stillhalten, oder?«

»Eigentlich schon«, murmle ich. Plötzlich klinge ich wie Pip, der es ebenfalls nie ohne irgendein Projekt im weiteren Sinne aushielt – offenbar liegt der Tatendrang doch in der Familie.

»Also, schießen Sie los.« Carl sieht mich neugierig an; es scheint ihn tatsächlich zu interessieren.

»Hm«, mache ich. »Wollen Sie das wirklich wissen?«

Carl Steinkopf nickt.

»Ich muss dafür aber etwas ausholen«, warne ich.

»Kein Problem«, sagt er und deutet endlich auf die Besucherstühle vor seinem Schreibtisch. »Ich habe Zeit. Zumindest bis kurz vor halb zehn.«

Ich sehe auf die Uhr – es ist neun Uhr und zehn Minuten. »Also gut«, sage ich.

Und dann erzähle ich ihm alles. Wobei: Alles ist vielleicht ein bisschen übertrieben. Es ist eher eine Geschichte, die von einem geerbten Haus auf dem Land, einem schicken Kräuter-Start-up, der Erfindung einer hippen Bio-Marke und einem wunderschönen Anwesen im Dornröschenschlaf handelt. Undichte Schuppendächer und finster dreinschauende Bauernhofbewohner kommen darin nicht vor, genauso wenig wie Funkklingeln aus Plastik, ausgeblichene Gießkannen und ein gewisser Kindergärtner. Dennoch habe ich, als ich fertig bin, nicht das Gefühl, Carl Steinkopf belogen zu haben. Ich habe die Geschichte nur so erzählt, dass jemand wie er sie versteht.

»Und jetzt?«, fragt er.

»Suche ich jemanden, der Lust hat, ein bisschen Geld zu investieren.«

Carl Steinkopf blickt mich nachdenklich an – er sieht ein bisschen aus, als würde er gedanklich ein volles Wasserglas balancieren.

»Wie viel ist ein bisschen?«, fragt er schließlich.

»Ich schätze, etwa dreihunderttausend Euro.«

Steinkopf nickt. Er nickt eine ganze Weile. Dann sagt er: »Also gut, einverstanden.«

»Womit?«, frage ich etwas dämlich.

»Ich gebe Ihnen das Geld.«

»Aber …« Ich verstumme.

»Aber unter einer Bedingung«, sagt er.

Ich zucke innerlich zusammen. »Und die wäre?«, frage ich.

»Erstens.« Ich verkneife mir ein Lachen. Das macht Carl Steinkopf immer so: Er kündigt eine Bedingung an, und dann kommen mindestens zwei, wenn nicht sogar noch mehr. »Meine Frau bekommt einen Posten. Sie wünscht sich schon seit Jahren ein Boutique-Hotel auf dem Land, aber ich habe sie immer daran gehindert. Sie kennen mich, ich kann mit Natur nichts anfangen. Ich will vom Fenster aus über die Stadt blicken, nicht über Gemüsebeete.«

»Und was soll das für ein Posten sein?«, frage ich.

»Keine Ahnung«, sagt er, und man merkt ihm an, dass ihn solche Details auch nicht sonderlich interessieren. »Machen Sie sie zum Maître d'hôtel oder zur Frühstücksdirektorin oder zur kreativen Beraterin. Ihnen wird schon was einfallen.«

»Okay. Ich werde das mit meinen Partnern besprechen. Aber ich denke …« Ich schließe die Augen, überlege einen Moment und öffne sie dann wieder. »Ich denke, wir werden da schon was finden. Und zweitens?«

Er sieht mich mit festem Blick an. »Ich möchte, dass Sie in die Firma zurückkommen, sobald das Projekt auf eigenen Beinen steht. Hamid Ahmadi hat eine Professur an der Uni angeboten bekommen und wird der Kanzlei ab dem Wintersemester nur noch *of counsel* als externer Berater zur Verfügung stehen. Es ist jetzt also kein Luxusproblem mehr, dass wir seit Monaten auf Sie warten, Luise. Ich kann die Kanzlei nicht allein führen.« Er sieht mich fest an, und es ist offensichtlich, dass er das, was er sagt, wirklich ernst meint.

Doch was soll ich ihm antworten? Ich will nicht ins Hamsterrad zurück. Ich weiß jetzt, dass ich einen Ausgleich brauche und frische Luft, um den Kopf frei zu kriegen. Ich muss hin und wieder den Himmel über mir sehen und in der Erde unter meinen Füßen wühlen. Ich will Dinge essen, die ich selbst gepflanzt habe, und mit Leuten zusammen sein, die keine Juristen sind. Ich will weiterhin Nele treffen und bei August einkaufen. Zeit mit Niko verbringen.

Andererseits spüre ich, wie gut es mir tut, wieder zu arbeiten. Etwas mit dem Kopf zu machen und nicht nur mit den Händen. An einem Problem zu knabbern, vor einer Fragestellung zu stehen und Lösungen zu finden. Es tut mir gut, im Team zu arbeiten, und ich vermisse den Endorphinrausch, wenn Felix und ich merken, dass wir auf der richtigen Fährte sind.

»Also gut«, sage ich. »Ich komme wieder.«

»Gott sei Dank!«, ruft Steinkopf erleichtert aus.

»Aber unter einer Bedingung«, sage ich.

»Ich höre.«

»Erstens: Ich darf pendeln. Montags bis donnerstags Berlin, freitags Homeoffice. Egal, wo ich bin.«

Carl Steinkopf schluckt. Von der Erfindung »Homeoffice« hält er genauso wenig wie von Videokonferenzen oder Computern überhaupt. Er ist einfach felsenfest davon überzeugt, dass unser Job nicht funktioniert, wenn man sich nicht Auge in Auge gegenübersteht.

»Luise«, sagt er flehend.

»Bitte, Carl.« Ich sehe ihn eindringlich an.

Schließlich seufzt er. »Also gut, meinetwegen.«

Mein Herz macht einen Hüpfer. Er hat diese Bedingung wirklich akzeptiert?

Dann fragt er: »Und zweitens?«

»Und zweitens: Ich bleibe Senior Associate.«

»Was?«

»Machen Sie jemand anderen zum Partner, jemanden, der sich richtig reinhängt. Ich … ich kann das im Augenblick nicht.«

45

EXAKT ZWÖLF STUNDEN nach meinem Treffen mit Carl Steinkopf sitze ich schon wieder in Neles Garten, an einem knisternden, tanzenden Lagerfeuer mit meinen zukünftigen Kolleginnen und Kollegen. Es ist eine ziemlich kurzfristig zusammengetrommelte Konferenz, aber schließlich kann ich Carl Steinkopf nicht etwas versprechen, das die anderen gar nicht abgesegnet haben.

»Und denkst du, dass diese Lydia zu uns passt?«, fragt Nele. Die Idee mit dem Hotel im Ort fand sie von Anfang an richtig gut, aber jetzt, wo die Sache konkreter wird, wirkt sie doch etwas ängstlich. Kein Wunder: Der Letzte, der neu ins Dorf gezogen ist, war Pip. Dann kam ich und war schon etwas schwerer integrierbar. Wer weiß schon, was die Frau eines Großkanzleibesitzers im Schilde führt?

»Darüber habe ich heute auch länger nachgedacht«, sage ich. »Aber ich glaube: Ja, sie passt hierher. Sie ist ein ziemlich bunter Vogel und hat ein Herz für die Natur. Aber vor allem eines für Menschen.«

»Ich weiß nicht, ob das nicht komisch wird, wenn wir hier ein Hotel im Ort haben«, wehrt Fritz nun meinen Vorschlag ab.

»Es wird ja nicht riesig«, beschwichtige ich ihn. »Das werden doch nur sechs, sieben Zimmer – ihr werdet schon nicht von Touristen überschwemmt.«

»Außerdem hatten wir hier auch schon mal einen Gasthof«, sagt Niko. »Und waren wir nicht alle traurig, als der zugemacht hat?«

»Schon«, sagt Fritz. »Aber das waren ja keine Städter, die hier geschlafen haben.«

»Weshalb der Gasthof letztlich schließen musste«, sagt Niko. »Er konnte nicht kostendeckend arbeiten. Aber jetzt stell dir mal vor, was diese Berliner für ein Geld mitbringen!«

»Geld, Geld, immer nur Geld«, mosert Fritz. »Mit Ausnahme von dieser Lydia Steinkopf werden wir von dem Geld nicht viel haben.«

»Wieso nicht?«, sage ich. »Du könntest einen Hofladen aufmachen. Ich bin mir sicher, die Touristen reißen dir die Ware aus der Hand.«

»Vielleicht einen mit Teestube«, sagt Nele plötzlich.

Ich sehe sie überrascht an. »Gute Idee!«, sage ich anerkennend. »Gehört nicht die Apotheke immer noch dir?«

Nele nickt und wirkt mit einem Mal ganz aufgeregt. »Bestimmt könnte man da auch eine Gastronomie reinmachen. Und die alten Regale, die bieten sich fürs Verkaufen von Biolebensmitteln doch geradezu an.«

»Meinst du?«, sagt Fritz und wirkt plötzlich nicht mehr ganz so ablehnend.

»Klar!«, sage ich. »Das sollten wir unbedingt mit auf die Liste setzen.« Ich ziehe mein Handy aus der Tasche und ergänze die ohnehin schon umfangreiche Notiz zum Thema

»Ökodorf« um den Punkt Hofladen mit Teestube → Fritz & Nele. Dann gähne ich herzhaft.

»Müde?«, fragt Nele.

Ich nicke. »War ein ganz schön langer Tag.«

»Ja, lass uns Schluss machen«, sagt Niko.

»Au ja«, freut sich Fritz. »Gehen wir zum angenehmen Teil des Abends über.«

»Wer mag noch ein Bier?«, fragt Nele.

»Ich würde eines nehmen«, sagt August.

»Ich auch«, sagt Niko.

»Ich auch«, sagt Fritz.

»Und du?«, fragt Nele mich. Einen kurzen Moment lang zögere ich – denn eigentlich hatte ich vor, noch die anderen Resultate meines Gesprächs mit Carl Steinkopf zu verkünden. Aber ist das noch der richtige Zeitpunkt? Irgendwie nicht. Immerhin ist es eine ziemlich wichtige Nachricht, die nicht einfach so untergehen soll.

»Gerne«, sage ich also.

Nele kommt mit einem ganzen Arm voller Flaschen zurück, Fritz öffnet sie und reicht sie weiter. »Na dann Prost«, sagt er in die Runde, und so stoßen wir an und plaudern und trinken.

Irgendwann ist es spät, ziemlich spät sogar – dazu muss ich nicht auf mein Handy sehen. Man merkt es daran, wie leise wir inzwischen geworden sind. Fritz und August unterhalten sich noch über die Möglichkeiten und Grenzen der Biolandwirtschaft, doch wir anderen starren müde ins sanft züngelnde Feuer, und die Flammen malen unsere Gesichter an, warm und schön. Nur hin und wieder steht einer auf, um im Haus ein Bier zu holen oder aufs Klo zu gehen. Man könnte fast glauben, dass ich die Einzige bin, die den Blick hin und wieder hebt – um zu gucken, was Niko treibt, dort hinten, auf der anderen Seite des Feuerschale.

Doch hin und wieder ertappe ich auch ihn dabei, wie er zu mir hinüberschaut. Irre ich mich oder lässt er seinen Blick wieder eine Sekunde zu lange auf mir ruhen? Ist es ihm unangenehm, wenn ich bemerke, dass er mich beobachtet? Merkt das noch jemand außer mir? Immer wieder gucke ich zu ihm hinüber.

Plötzlich sitzt Nele neben mir. »Na?«, sagt sie und hält mir ihre Flasche entgegen, um mit mir anzustoßen. Klonk – ein Geräusch, an das ich mich irgendwie gewöhnt habe und an dem ich sogar Gefallen finde. Dass ich vor lauter Lagerfeuern einmal zur Biertrinkerin werden würde! Ich nehme einen Schluck, dann noch einen, und frage mich, warum ich mich so lange gegen dieses Getränk gewehrt habe.

»Wer hätte gedacht, dass wir so bald wieder so friedlich zusammensitzen würden«, sage ich und blicke hinüber zu Fritz.

»Dank deines Engagements«, sagt Nele.

»Na ja, eigentlich eher, weil du es gebremst hast«, sage ich.

»So kann man es auch sehen«, lacht sie. Dann wird sie wieder still. »Meinst du, dass das alles so klappt, wie wir uns das vorgestellt haben? Das mit dem Supermarkt und dem Hotel und das alles?« Man sieht ihr an, dass sie die Frage wirklich bewegt.

»Klar«, sage ich. »Nächsten Sommer eröffnest du deine

Teestube. Und du überschwemmst Berlin mit deinen Tees. Das wird riesig«, verspreche ich ihr.

»Und du?«, fragt sie. »Was machst du nächsten Sommer?«

»Mal sehen«, sage ich ausweichend.

»Hm«, macht Nele und sieht mich irgendwie komisch an, ein bisschen so, als ob sie mir die Antwort nicht richtig glauben würde. Komischerweise geht es mir genauso. Aber es ist die beste Antwort, zu der ich gerade in der Lage bin. Denn plötzlich frage ich mich, ob alles so klappen wird, wie ich mir das vorgestellt habe: nämlich einfach zwischen diesen beiden Leben zu pendeln – zwischen den Lagerfeuern im Ökodorf und den *billables* in Berlin.

»Mach dir um mich mal keine Sorgen«, sage ich leichthin.

»Und was wird aus Niko?«, fragt Nele plötzlich.

Ich spüre, wie ich rot anlaufe. Ich bin heilfroh, dass es so dunkel ist. Und, Gott sei Dank, sitzen wir weit genug auseinander, dass er uns nicht hören kann.

»Was soll mit ihm werden?«, frage ich mit angehaltenem Atem.

»Na ja«, sagt Nele vieldeutig und sieht mich durchdringend an.

»Er hat sowieso kein Interesse an mir«, platzt es aus mir heraus – und plötzlich habe ich das Gefühl, ihr mit dieser Antwort alles, was mich im tiefsten Inneren beschäftigt, auf einem Serviertablett präsentiert zu haben.

»Nein?« Nele seufzt. Dann sagt sie leise: »Es gibt da eine Sache, die du über ihn wissen solltest.«

»Welche?«, frage ich etwas zu hastig.

»Er hat schlechte Erfahrungen gemacht«, sagt sie.

»Was heißt das?«

»Hat er dir schon mal von der Frau erzählt, mit der er in Hannover zusammen war?«

»Er hat sie erwähnt«, sage ich.

»Sie war seine Dozentin, er ihr Student. Er war verliebt, und er dachte, ihr ginge es auch so.«

»Was ist schiefgegangen?«, frage ich.

Sie denkt einen Augenblick nach. »Pädagogik ist die Wissenschaft von der Erziehung von Kindern«, sagt er dann. »Deshalb hatte er das Studium angefangen. Er wusste, dass man, wenn man etwas bewirken will auf der Welt, am besten bei den Kindern anfängt – da, wo Unterstützung, Liebe und positive Erfahrungen noch einen wirklichen Unterschied machen. Als er und diese Frau zusammenkamen, diskutierten Sie auch wahnsinnig viel über das Fach. Sie redeten über neue Erkenntnisse, interessante Studien, über alles, wovon sie glaubten, dass es das Leben von Kindern besser macht. Aber irgendwie driftete sie ab. Statt sich für den Inhalt ihres Faches zu interessieren, interessierte sie sich nur noch dafür, wie sie vorankommen könnte. Sie muss eine talentierte Wissenschaftlerin gewesen sein, aber die Studien, die sie nach ein paar Jahren veröffentlichte, machte sie nicht, um mehr über Kinder zu erfahren. Sie machte sie nur noch, um interessante Ergebnisse zu publizieren. Für ein aufsehenerregendes Forschungsprojekt tat sie alles. Und als Niko mit dem Studium fertig war und anfing, seine Doktorarbeit zu schreiben, bekam sie das Angebot für eine Forschungsstelle in England. Sie nahm sie einfach an, ohne überhaupt mit ihm darüber zu reden. Seither hat er irgendwie Angst vor Frauen, die

Karriere machen. Oder besser: Vor Frauen, denen ihr Job wichtiger als alles andere ist.« Sie lächelt, als hätte sie einen Spaß gemacht. Dann umarmt sie mich flüchtig und steht auf, um im Haus zu verschwinden.

Eine Weile blicke ich nachdenklich in die Flammen. Und dann sehe ich hinüber zu Niko, der dort immer noch sitzt und an seinem Bier nippt. Wieder scheint er meinen Blick zu spüren, denn er schaut auf, lächelt kurz, und sieht dann wieder in die Flammen. Wieder einmal fällt mir auf, wie freundlich seine Augen sind. Verwundert stelle ich außerdem fest, dass er irgendwie total zärtlich lächelt, wenn er etwas hört, das ihm gefällt. Plötzlich verspüre ich das dringende Bedürfnis, ihm von meinem Gespräch mit Carl Steinkopf zu erzählen, davon, dass ich mir mein Leben so einrichten werde, dass mein Job nicht mehr über allem anderen steht.

Doch genau in diesem Moment verabschiedet er sich. »Ich muss morgen früh raus«, sagt er und erhebt sich träge. »Ich glaube, ich haue ab.«

»Ich komme mit«, sage ich hastig und stehe ebenfalls auf. Müde bin ich zwar nicht, aber ich will in diesem Moment unbedingt mit ihm zusammen gehen. »Sollen wir das Feuer löschen?«, frage ich Nele.

»Lass nur, ich bleibe noch ein bisschen draußen«, antwortet sie und lächelt vieldeutig.

»Ich auch«, sagt Fritz. »Wenn ich darf.«

»Und du?«, frage ich August.

»Dito«, sagt er.

Also verabschieden wir uns, Niko und ich.

»Bis morgen!«

»Schlaft gut.«

»Fahrt vorsichtig!«

Fahrt vorsichtig, haha. Wir wohnen ja beide nur ein paar Meter weiter, einen Katzensprung entfernt auf der anderen Seite der Hecke.

»Machen wir!«, witzle ich.

Dann gehen wir – und treten vom Hellen in die Dunkelheit, die das Feuer umgibt. Niko geht vor, ich tapse hinterher, folge seinem dunklen Umriss. Schritt für Schritt stapfen wir über die kaum noch erkennbare Wiese. Hin und wieder erschrecke ich, weil ganz in der Nähe ein Vogel schreit oder ein Ast knackst – wie unheimlich die Natur bei Nacht ist, das weiß man als Städterin vorher auch nicht. Anfangs habe ich mir den Weg durch den finsteren Garten noch mit der Handytaschenlampe ausgeleuchtet, aber inzwischen habe ich gelernt, dass es besser ist, sie nicht zu benutzen. Denn nach einer Weile gewöhnen sich die Augen ans Dunkel, und dann werden die Sinne so fein, dass man auch ohne Licht nach Hause findet. Dann hört man auch die Dinge, die man sonst nicht hören würde: die Maus im Lavendel, den Igel im Strauch, die Fledermäuse, die fast lautlos über den Himmel jagen. Man hört die Sterne am Himmel funkeln, und hört, wie der Mond sein fahles Licht vergießt. Und man riecht: den Duft der Rosen und die gespeicherte Hitze in der Erde, die langsam heranreifenden Birnen, das nachts immer feuchter werdende Gras.

Niko, seinen warmen Körper – den wittere ich auch. Den Duft seines Nackens, wo das Gekräusel seiner Locken auf warme, sonnengebräunte Haut trifft.

Mein Herz rast, während wir immer weitergehen. Soll

ich's ihm sagen? Ist es nicht ein bisschen sonderbar, ausgerechnet diesen Moment zu wählen?

Gleich sind wir bei meiner Laube angelangt, und er wird in seinen Garten verschwinden. Dann ist die Chance verschenkt und vergeben.

»Niko?«, nehme ich schließlich all meinen Mut zusammen.

Er dreht sich zu mir um; ich kann seine erstaunten Augen erkennen. »Was ist?«, will er wissen.

Der Umriss der Bäume zeichnet sich gegen den Sternenhimmel ab, in der Laube brennt Licht. Seit fast vier Monaten schlafe ich hier, esse ich hier, atme ich hier. Ich, Lu Thome.

Niko sieht mich immer noch fragend an.

»Ich muss dir noch was sagen, Niko«, sage ich leise.

»Was denn?«, fragt er. Auch er hat ganz unwillkürlich die Stimme gesenkt.

»Als ich gestern in der Kanzlei war, da habe ich Carl Steinkopf gesagt, dass ich in Zukunft freitags nicht im Büro sein werde.«

»Gut«, sagt er freundlich.

»Und meine Beförderung zur Partnerin habe ich auch ausgeschlagen«, sage ich.

»Sehr vernünftig«, lobt er mich. Es ist so dunkel, dass ich nicht erkenne, ob er lächelt oder nicht, aber ich spüre seinen warmherzigen Blick.

»Ich finde es nämlich doch ziemlich toll hier«, schiebe ich hinterher.

»Das freut mich«, sagt er so sanft, dass ich jeden Augenblick damit rechne, er könne aus dem Halbdunkel heraustreten und mich küssen – mich küssen und mir sagen, wie erleichtert und froh er ist.

Doch das tut er nicht.

Natürlich nicht.

Aber warum nicht?

»Das freut mich wirklich«, sagt er stattdessen. Er sieht mich noch einen Moment lang an, und dann verschwindet er – in dieser Dunkelheit, die es nur auf dem Land gibt und die alles verschluckt und verschlingt.

46

DOCH SCHON AM nächsten Morgen ist er wieder da, mit einer Tasse Kaffee, die er »zu viel« gemacht hat – angeblich. Er sieht noch ziemlich verschlafen aus, seine Locken stehen in alle Himmelsrichtungen ab, und sein Hemd ist noch zerknitterter als die Hemden, die er sonst immer trägt.

Ich bin selbst überrascht, wie sehr ich mich über sein Auftauchen freue.

Weil es draußen windet, setzen wir uns in die Laube an den Tisch. Den Kaffee vor uns behandeln wir wahnsinnig umständlich: gießen Milch hinein, rühren um, schnüffeln, pusten. Keiner von uns sagt etwas, ziemlich lange.

»Ich finde das übrigens gut«, sagt Niko schließlich.

»Dass ich nun doch nicht reich und berühmt werde, meinst du?«

Er lacht leise. »Du weißt schon. Ich glaube, dass das richtig war. Es ist okay, für seinen beruflichen Erfolg zu kämpfen, aber ich denke, man muss sich klarmachen, dass man dabei immer etwas opfert und manchmal eben etwas zu viel.«

Ich sehe ihn nachdenklich an. »Das habe ich auch begriffen«, sage ich leise.

Er schenkt mir ein Lächeln, ein warmes Lächeln. Ein Lächeln, wir nur er es hinkriegt. Ich erröte und spüre, wie mir plötzlich warm wird. Auf einmal merke ich, dass mein rechter Fuß und sein linker sich ganz leicht unter dem Tisch berühren. Ich will etwas sagen, da klopft es plötzlich an der Laubentür.

»Herein«, rufe ich, denn es kann eigentlich nur Nele sein, doch als sich die Tür öffnet, tritt nicht meine Nachbarin herein, sondern eine kleine, schmale Frau mit schwarzen, kurzen Haaren und akkurat gezogenem Lippenstift.

»Hallo, Lu«, sagt sie. Dann sieht sie Niko und begrüßt auch ihn. Sie scheint sich überhaupt nicht darüber zu wundern, dass mein Nachbar hier ist.

»Saskia«, sage ich verblüfft.

»Ich hoffe, ich störe nicht«, sagt sie.

»Natürlich nicht«, sage ich, was natürlich nicht stimmt. »Setz dich!«

Saskia sieht sich unsicher um, und ihr Blick fällt auf den weiß lackierten Küchenstuhl vom Flohmarkt, den Pip schon in seiner allerersten Wohnung hatte. Ganz kurz wirkt es, als würde sie ihn wiedererkennen, und plötzlich frage ich mich, ob sie überhaupt schon mal hier drinnen war. Bei ihrem letzten Besuch saßen wir nur auf der Terrasse, beim Mal davor wollte sie die Laube nicht betreten. Kennt sie den Raum überhaupt? Weiß sie, dass Pip ihn mit lauter Möbeln aus seinem alten Leben bestückt hat? Erkennt sie den Küchenstuhl, das Nachttischchen, die Space-Age-Lampe? Sieht sie, dass er sich hier etwas bewahrte, wofür in seinem Leben mit ihr offenbar kein Platz war?

»Wollen wir drinnen bleiben oder lieber nach draußen?«, frage ich.

Sie sieht mich unschlüssig an.

»Wir können rausgehen, wenn du willst«, biete ich ihr an.

»Schon gut, wir können hierbleiben«, seufzt sie. Sie zieht den Küchenstuhl näher an den Esstisch heran, und ich bin froh, dass Niko sich nicht einfach verkrümelt.

»Und?«, frage ich.

»Ich glaube, ich habe verstanden, was Pip und mich auseinander getrieben hat«, sagt sie völlig unvermittelt. »Ich habe uns zu sehr unter Druck gesetzt. Uns – und vor allem ihn.«

»Was meinst du mit Druck?«, frage ich, obwohl mich so eine Ahnung beschleicht, was sie damit meinen könnte.

»Ich habe dir doch erzählt, dass ich unbedingt einen Garten wollte. Einen großen Garten mit einem großen Haus. Ich wollte einen Ort, an dem wir zu Hause sein können, an dem wir sein können, wer wir sind. Ich wollte Natur um mich herum. Und Schönheit und Stille.«

»Daran ist ja auch nichts verkehrt«, tröste ich sie.

»Doch, ist es. Denn das Haus, das ich damals im Blick hatte, das hätten wir uns eigentlich gar nicht leisten können. Ich habe von dieser Zwanziger-Jahre-Villa in Bergedorf geträumt, mit wunderschönen Stuckornamenten und einem herrlichen Garten. Wir haben geschuftet wie bekloppt, um wenigstens genug Geld für den Eigenanteil zusammenzusparen. Um den Kredit abzustottern, hätten wir noch mehr arbeiten müssen. Wir mussten erfolgreich sein, um dieses Haus zu kaufen. Wir mussten.«

»Und du denkst, dass das Pip so unter Druck gesetzt hat, dass er daran zerbrochen ist?«, frage ich.

»Ich weiß es«, sagt sie und sieht mich mit festem Blick an. Ich widerspreche ihr nicht. Denn hat sie nicht recht damit? Nicht, dass Pip sich je beklagt hätte, aber eine Art Machtgefälle zwischen den beiden konnte jeder wahrnehmen, der es wollte. Zumindest ich konnte es, und das sogar, obwohl ich sicher nicht der allerempathischste Mensch der Welt bin.

»Du solltest dir keine Vorwürfe deswegen machen«, sage ich einigermaßen lahm.

»Mache ich aber«, sagt sie.

»Jeder Mensch hat seine Bedürfnisse und Wünsche. Und du hattest eben deine. Du solltest dich nicht dafür schämen.«

»Doch, ich schäme mich«, widerspricht sie mir, und einen kurzen Moment fürchte ich fast, dass sie zu weinen beginnt, doch dann fängt sie sich wieder. »Ich schäme mich, ihm so zugesetzt zu haben. Und weißt du, warum?« Sie sieht mich herausfordernd an, und ich schüttle den Kopf. »Weil mir auch viel weniger genügt hätte. Eigentlich habe ich gar keine Luxusvilla gebraucht. Ich wollte nur ein Nest für uns, das ich uns hübsch gestalten kann, einen Platz, an dem wir uns wohlfühlen. Ich wollte einen Ort, an dem ich etwas anderes sein kann als die toughe Geschäftsfrau mit Haaren auf den Zähnen. Einen Ort, an dem ich Blumen pflücken kann und die Kletterhortensie gießen.«

»Also, eigentlich keine Villa«, fasse ich zusammen.

»Aber das habe ich nicht begriffen!« Sie schüttelt ungläubig den Kopf. »Ich habe es nicht einmal kapiert, als Pip seinen Burn-out hatte und sich diesen Garten zulegte.

Dabei hätte es damals, ganz am Anfang, als wir zum ersten Mal zusammen hier rausfuhren, durchaus einen Augenblick gegeben. Einen Augenblick, in dem ich Ja hätte sagen können. Ja zu der Laube. Ja zu einem Leben ohne Villa. Ja zu weniger Druck. Zu weniger Stress und Arbeit. Zu einem glücklicheren Leben. Aber das habe ich nicht. Ich bin hierhergekommen und fand es Scheiße. Ich fand die Laube scheußlich, den Garten piefig und überhaupt alles ganz schlimm.«

»Daraufhin hat Pip dich nicht mehr hier hereingelassen«, stelle ich fest.

»Pip hat mich nicht mehr reingelassen, und ich habe nicht begriffen, wie sehr ich ihn verletzt hatte. Stattdessen war ich beleidigt und habe mich ausgeschlossen gefühlt.«

»Dabei war er es, der sich abgelehnt fühlte«, psychologisiere ich.

»So ist es«, sagt sie. »Aber das habe ich nicht gesehen. Ich war einfach zu gekränkt.« Sie lacht bitter. »Ich war gekränkt, weil ich das Gefühl hatte, dass Pip sich mein Thema krallt. Ich war gekränkt, weil er etwas Eigenes machte. Und ich war gekränkt, weil er all das ohne mich tat. Also habe ich das gemacht, was ich immer mache, wenn ich nicht weiterweiß: Ich habe mich auf meine Arbeit konzentriert und meine Karriere vorangetrieben. Damit wurde der Graben zwischen uns natürlich nur noch breiter. Und am Ende habe ich ihn verlassen, obwohl er in Wirklichkeit längst mich verlassen hatte – innerlich.« Saskia sieht mich traurig an. Ich habe sie noch nie so klar und selbstkritisch erlebt. »Weißt du, an wen ich mich selbst manchmal erinnere?«, fragt sie unvermittelt.

Ja, schießt es mir durch den Kopf. An unsere Mutter.

»An eure Mutter«, sagt Saskia. »Pip hat mir immer wieder davon erzählt, wie schwierig es war, das Kind einer Mutter zu sein, die ihn so abgöttisch verehrte, dass da kein Platz für Schwäche war. Die nur den strahlenden Sieger in ihm sehen wollte, den charmanten Schönling, der für andere alles tut, der unendlich belastbar war. Und die nicht sehen konnte, dass er auch dunkle Seiten hatte, dass er manchmal depressiv war und oft traurig.«

»Sie hat ja nicht einmal ertragen, dass er seine Schwester so sehr mag«, lächle ich traurig, »die nichtsnutzige, viel zu laute Nachzüglerin.«

»Auch davon hat er mir erzählt«, sagt Saskia, und einen kurzen Moment lang fürchte ich, sie wird mir nun sagen, dass es ihr auch da wie unserer Mutter ging. Aber dann sagt sie: »Ich glaube, wenn ich nicht so viel von ihm verlangt und ihn sein lassen hätte, wer er wirklich ist, hätte er diesen Burn-out nicht gehabt. Und er hätte sich nicht von mir abgewandt. Abwenden müssen.«

Wir schweigen. Ich denke an Pip, an den Druck, unter dem er Zeit seines Lebens stand. An seine zarte Seele, die Schönheit, die darin schlief.

»Es ist nicht deine Schuld, Saskia«, sage ich schließlich. »Wenn überhaupt jemand daran schuld war, dann Mutter, die es nicht ertrug, dass ihre Kinder nicht perfekt waren.«

Ich sehe sie betrübt an und plötzlich wird mir klar, wie riesig der Einfluss unserer Mutter war – nicht nur auf Pips Leben, sondern auch auf meines. Pip ist fast erstickt unter ihren Erwartungen. Und ich habe bei allem, was ich im Leben tat, versucht, nicht so zu sein wie sie: gefühlsbetont, von fixen Ideen besessen, irrational, weiblich, ja: weibisch. Stattdessen versuchte ich meinem Vater zu gefallen, gab mich stark, durchsetzungsfähig, maskulin, vernünftig. Aber wer bin ich, wenn ich gerade nicht versuche, so zu sein? Ich glaube, dafür entwickle ich erst jetzt ein Gespür.

Wahrscheinlich bin ich weder das eine, noch das andere.

Oder beides.

Gefühlsbetont und durchsetzungsfähig.

Von fixen Ideen besessen und vernünftig.

Feminin und maskulin.

Arbeitsam und anschmiegsam.

Alles auf einmal.

Ich werde darüber bald nachdenken müssen, gründlich und aufrichtig. Aber noch ist Saskia da.

»Wie bist du denn so plötzlich auf all diese Dinge gekommen?«, frage ich sie.

»Es stand alles in Pips Tagebuch«, antwortet sie.

Ich sehe sie überrascht an. Eigentlich kann ich mich nicht daran erinnern, irgendetwas in der Art darin gelesen zu haben. »Wo denn? Eigentlich stand da doch gar nichts über dich drin?«

»Nicht direkt, aber irgendwie doch. Zumindest habe ich beim Lesen eine Menge begriffen«, sagt sie kryptisch. Dann zieht sie ihr Handy aus der Tasche, tippt auf dem Display herum und öffnet eine der Tagebuchseiten, die sie bei ihrem letzten Besuch abfotografiert hat. »Hier, nur so als Beispiel«, sagt sie und liest: »*Ein guter Gärtner ist wie ein guter Vater oder ein guter Hirte. Er gibt seinen Zöglingen, was sie brauchen, pflegt und nährt sie. Doch er setzt sie nicht unter Druck, versucht sie nicht zu drängen. Und er wird von einem Himbeerstrauch niemals erwarten, dass er Kartoffeln gibt.* Oder hier: *Das Gras wächst nicht schneller, wenn man daran zieht.*«

Ich schweige. Saskia schweigt auch. Sie hat recht: Sie wollte Kartoffeln von einem Himbeerstrauch. Und wenn Pip das Gras war, dann haben vermutlich ziemlich viele an ihm gezogen.

Es ist ausgerechnet Niko, der das Schweigen bricht. Bis zu diesem Moment hat er kein Wort gesagt, doch jetzt lehnt er sich nach vorn und sieht Saskia gespannt, aber auch sorgenvoll an. »Und was willst du jetzt?«, fragt er.

»Ich möchte Buße tun«, antwortet Saskia.

»Buße«, wiederholt er und runzelt die Stirn. »Und wie willst du das anstellen?«

»Ich will Pips Werk weiterführen«, sagt sie geradeheraus.

Erst habe ich keine Ahnung, was sie damit meint, aber als ich merke, dass Niko neben mir aufgehört hat zu atmen, überkommt auch mich eine Ahnung. »Du …« Ich traue mich nicht weiterzureden. Das muss ich auch nicht.

»Ich will hier einziehen«, erklärt Saskia. »Vielleicht nicht ganz und gar, aber zumindest an den Wochenenden und in den Ferien. Ich werde einen Garten schaffen, wie Pip ihn sich vorgestellt hat. Einen Garten, der so ist, wie er es wollte. Einen Garten, mit dem ich ihn um Verzeihung bitte.« Ihre dunkel geschminkten Augen blitzen zum ersten Mal an diesem Tag.

»Aber …« Ich breche ab.

»Aber es ist Lus Garten«, widerspricht Niko. »Du kannst sie nicht einfach so von hier vertreiben!«

Saskia widerspricht: »Ich bin die rechtmäßige Erbin.«

»Aber ihr wart getrennt«, meint Niko. »Und ...«

»Sie waren verheiratet, Niko«, stoppe ich ihn matt. »Rein rechtlich ist es ihr Garten.«

Er schweigt, und ich schweige auch. Nur Saskia guckt triumphierend.

»Lu, Schätzchen«, sagt sie zuckersüß. »Ich weiß, wie viel Zeit du in diesen Garten gesteckt und wie viel du dich um alles gekümmert hast. Und ich will dich auch gar nicht von hier vertreiben, aber ...«

»Aber du vertreibst mich.«

»Na ja«, sagt sie. »So würde ich das nicht nennen.«

»Sondern?«, fragt Niko.

»Du kannst mich jederzeit besuchen kommen. Du kannst auch hier übernachten, wenn ich mal nicht da bin!«

Saskia besuchen kommen? Ich bin den Tränen nahe. »Bis wann soll ich raus«, frage ich leise.

»Na ja, du warst jetzt lange da«, sagt sie. »Ich habe vor, übernächstes Wochenende einzuziehen.«

»Übernächstes Wochenende?«, frage ich entsetzt.

»Aber da ist Dorffest«, sagt Niko.

»Das stört mich nicht«, sagt Saskia. »Wird ja nicht bis in die Morgenstunden gehen.« Und offenbar hat sich für sie damit das Thema.

Und ich? Ich bin so aufgewühlt, dass mir keine Verteidigung einfällt, nichts, wie ich mich wehren könnte. Wo ist meine Kaltschnäuzigkeit, wenn ich sie wirklich brauche? Wo mein messerscharfer Verstand, wenn ich ihn benötige, um wichtige Verhandlungen zu führen? Stattdessen nicke ich geschockt, als sie mich anweist, Pips Kleiderschrank auszuleeren, alle persönlichen Dinge mitzunehmen, wenn ich die Laube räume. Nicht einmal seine Marmeladen, seine Kräuter, seine Tees will sie. Sie vertreibt mich von hier, und sie vertreibt alles, was mich an diesem Ort mit Pip verbindet.

»Na dann, ich komme am Wochenende wieder«, sagt sie und drückt mich, als ob wir alte Freundinnen wären. Ich bin so geknickt, dass ich es geschehen lasse. Damit stehen wir alle drei wortlos auf, gehen raus, und sie steigt in ihr Auto. Der Motor ihres Minis dröhnt auf, dann setzt sich der Wagen in Bewegung.

Niko steht neben mir, und als er sieht, dass mir eine dicke Träne über die Wange rollt, legt er mir eine Hand auf die Schulter. »Und jetzt?«, fragt er.

»Keine Ahnung«, sage ich und starre in die Ferne.

Denn ich habe wirklich keine Ahnung. Mit einem Mal wird mir schmerzlich bewusst, wie sehr mir dieser Ort ein Zuhause geworden ist und wie sehr er mich immer noch mit Pip verbindet. Nun soll ich einfach gehen? Und das, nachdem ich mir bei Carl Steinkopf eine Vier-Tage-Woche erstritten habe, um mehr Zeit im Garten zu verbringen? Ich habe für das Leben hier draußen meine Karriere aufgegeben!

Mir kommt es vor, als verlöre ich den Boden unter den Füßen.

Niko sieht mich hilflos an. »Wenn du willst … Also, du könntest auch erst mal bei mir unterschlüpfen.«

»Danke für das Angebot«, sage ich knapp.

»Wirklich«, sagt er. »Ich habe Platz genug. Ich habe sogar eine Badewanne!«

Aber ich höre ihm gar nicht richtig zu. »Niko, das ist lieb«, sage ich. »Aber ich brauche einen Platz für mich, für mich ganz allein, weißt du?«

»Du kriegst dein eigenes Zimmer«, sagt er. »Wenn du willst, kannst du das Zimmer unterm Dach haben, da bist du ganz für dich.«

»Und dann?«, sage ich.

»Dann … dann kannst du hierbleiben«, sagt Niko schwächlich.

»Und dann sitze ich bei dir unterm Dach und gucke hinüber in Pips Garten und sehe Saskia zu, wie sie an ihrer Kletterhortensie herumschnibbelt?« Ich schenke ihm einen bitteren Blick.

»Na und? Wir machen es uns schön. Vergiss Saskia. Vergiss die Kletterhortensie. Kümmerst du dich eben mit um meinen Garten«, sagt Niko.

Ich sehe ihn an, enttäuscht darüber, dass er nicht versteht, worum es mir geht.

»Und dafür, dass ich bei dir unterm Dach sitze und deinen Rasen mähe, habe ich meine Karriere aufgegeben? Sorry, aber um irgendwo Mitbewohnerin in einem anderen Leben zu sein, habe ich meinen Job nicht geopfert. Dann gehe ich lieber nach Berlin zurück und arbeite wieder in Vollzeit. Alles andere wäre doch komplett sinnlos!«

»Sinnlos?« Niko betrachtet mich – verletzt, enttäuscht, traurig.

»Tut mir leid, so war das nicht gemeint«, sage ich schwächlich, doch er wendet sich trotzdem ab, macht ein paar Schritte von mir weg, hin zum Walnussbaum, unter dem wir vor einer gefühlten Ewigkeit wie junge Eltern unter dem Vogelnest standen.

Ich laufe ihm hinterher, greife ihn am Arm, doch er schüttelt mich ab.

»Wie denn dann?«, fragt er. Und als ich nicht weiß, was ich antworten soll, sagt er: »Offenbar gibt es da ein Muster in meinem Leben, um das ich mich mal kümmern müsste.« Mit diesen Worten dreht er sich um und verschwindet.

47

BEVOR ICH GEHE, mache ich noch einmal den Rasensprenger an, denn es ist in den letzten Wochen so heiß geworden, dass die saftige, grüne Wildblumenwiese vor dem Haus ohne zusätzliches Wasser gelb und verbrannt aussieht. Ein letztes Mal gieße ich alle meine Pflanzen: die Kräuterspirale, die Tomaten, die Zucchini. Erst habe ich keine Lust dazu, aber dann gebe ich auch Saskias Kletterhortensie Wasser – die Pflanze kann schließlich nichts dafür, dass ihre Besitzerin so kaltherzig ist. Außerdem scheint es ihr gar nicht so schlecht zu gehen auf der Schattenseite der Laube: Sie ist in diesem Sommer ein ganzes Stück gewachsen und klettert nun mit ihren scheuen, zarten Trieben in die Höhe.

Die Sachen aus dem Kühlschrank habe ich Nele gebracht. Von Pips Klamotten werde ich einen Teil behalten, den Rest stelle ich in einem großen, blauen Müllsack vorn an die Straße, damit Nele sie morgen mit zum Wertstoffhof nimmt. Ein Glas Marmelade habe ich in meinen Koffer gepackt, zusammen mit meinem Prada-Mantel, meinen Céline-Brogues und ein paar Klamotten, die ich hier draußen nie angezogen habe. Er ist nicht sonderlich schwer, als ich ihn auf die Terrasse ziehe. Eigentlich fühlt es sich sogar viel zu leicht an. Ich lasse den Blick noch einmal durch die Laube wandern, über das Bett, in dem ich so gut geschlafen habe wie noch nie in meinem Leben, über den Tisch, an dem ich gegessen und gearbeitet habe, über die Küche, in der ich mich ernährt habe wie ein von seinen Eltern verstoßener Erstsemester. Als ich spüre, wie mir die Tränen kommen, schließe ich schnell die Tür. Den Schlüssel lege ich unter den Blumentopf mit den Sukkulenten auf der Terrasse – so, wie es Saskia angewiesen hat.

Einen Moment lang stehe ich da, traue mich nicht, mich im Garten umzusehen – und weine.

Dann marschiere ich los. Der Rollkoffer, den ich hinter mir herziehe, rumpelt leise im Gras. Auf der Straße rattert er noch lauter, aber das macht nichts, denn in diesen Tagen ist ohnehin ständig irgendwo Krach in Klein-Wiesenthal. Lastwagen halten am Dorfanger, Bierbänke werden geliefert, ein gigantischer Grill. Es ist nur noch eine Woche bis zum Dorffest am 30. Juli, und bis dahin wird die Hektik nicht mehr abnehmen. Ich beobachte, wie Nele eine Lieferung Stühle für ihre Teestube in die Apotheke trägt – sie kann es mit den Vorbereitungen einfach nicht abwarten. Sie winkt mir aus der Ferne zu, doch ich bekomme nur ein tränenverzerrtes Lächeln hin, von dem ich hoffe, dass sie es nicht sieht.

Der Bus hält, die Tür öffnet sich zischend. Als ich nicht sofort einsteige, versieht mich der Fahrer mit einem fragenden Blick. Soll ich wirklich? Ich schniefe noch einmal, doch dann gebe ich mir einen Ruck, hieve den Koffer die Stufen hoch und steige ein.

Drei Tage bleibe ich in der Stadt. Drei Tage weine ich. Und jeden Tag rückt mein Vorgespräch mit Carl Steinkopf am 24. Juli näher.

Doch als der Tag dann anbricht, weiß ich plötzlich, was ich ihm sagen werde. Ich weiß es ganz sicher. Und als ich am nächsten Morgen im achten Stock aus dem Aufzug trete, bin ich kein bisschen aufgeregt.

»Guten Morgen, Romina!«, sage ich, und meine Turnschuhe quietschen leise, als ich über den Steinboden des Foyers marschiere.

»Guten Morgen, Frau Thome!«, sagt Romina und sieht irritiert auf, wahrscheinlich, weil sie meine Schritte nicht gehört hat. Sie blickt an mir hinunter: Einen Hosenanzug habe ich natürlich an, aber meine Pumps? Die trage ich nie wieder.

»Guten Morgen, Cecilia!«, grüße ich meine Ex-Sekretärin.

»Oh, guten Morgen, Lu, wie schön, Sie zu sehen! Carl Steinkopf erwartet Sie schon!«

»Was, jetzt schon?« Ich sehe erschrocken auf die Uhr hinter Cecilias Schreibtisch. Kein bisschen aufgeregt, das war vielleicht doch übertrieben. Eigentlich klopft mein Herz ganz schön, aber als ich auf meine Hand schiele, zittert sie nicht.

Auch Cecilia verifiziert die Uhrzeit; es ist erst neun. »Ach so, Sie haben noch eine halbe Stunde. Kommen Sie ruhig erst einmal an.«

»Das mache ich«, sage ich und gehe in die Richtung meines Büros. Dann drehe ich mich noch einmal um. »Ist Felix schon da?«

»O nein, leider nicht«, sagt Cecilia mit bedauerndem

Blick. »Er ist in Düsseldorf und Brüssel und wahrscheinlich erst am Mittwoch wieder hier. Soll ich ihm etwas ausrichten, wenn er sich meldet?«

Ich schüttle den Kopf. »Alles gut. Ich melde mich selbst bei ihm.«

»Soll ich Ihnen einen Kaffee machen?«

Wieder lehne ich ab. »Ich denke, ich werde eine Runde drehen und hier und da Hallo sagen.«

Maßanzüge aus reiner Wolle, Seidenkrawatten, teure Schuhe, weiße Popeline. Dezente Klingeltöne und Drucker, die krächzend Papierstapel produzieren. Dazu der vertraute Geruch: nach Kaffee und Computerlüftung, Druckerpatronen und teurem Aftershave. Kolleginnen und Kollegen begrüßen mich im Vorbeigehen, als sei ich gar nicht weiter weg gewesen.

Ludger von Berenburg entdeckt mich, und auf seinem Gesicht breitet sich ein Lächeln aus.

»Hi, Ludger!«

»Hallo, Lu!«

»Woran bist du dran?«

»Johns AG.«

»Sollte mir das was sagen?«

»Ein Hersteller für Lkw-Bauteile, der einen großen Bremsscheibenhersteller kaufen will.«

»Schwierig?« Ich sehe ihn aufmerksam an.

»Hat seine Tücken«, grinst er.

Ich lächle. »Das wirst du sicher großartig machen.«

»Danke, Lu«, sagt er, dann klingelt sein Telefon. »Oh, ich muss da mal …« Er zieht eine Grimasse. Ich nicke ihm zu und mache mich auf den Weg zurück zu Cecilia.

»Ich habe noch Post für Sie, Lu«, sagt sie.

Sie reicht mir einen kleinen Stapel, ich nehme ihn mit ins Büro. An meinem Schreibtisch blättere ich ihn durch: Kanzleien, Unternehmen, Gerichte. Ich öffne keinen davon – ich glaube, ich bekomme an diesem Tag nur eine einzige Sache hin. Doch dann entdecke ich zwischen den Umschlägen einen ziemlich schweren aus handgeschöpftem Papier. Konstantin & Patricia de Blasio steht als Absender darauf, und mir fällt ein, dass ich ihre Einladung im Chaos der letzten Wochen gar nicht beantwortet hatte – und nun ist es zu spät. Was sich in dem Brief befindet? Man kann es beinahe ertasten: ein paar Fotos und ein Bedankemich für das Geschenk, das ich ihnen nicht geschickt habe. Doch auch diesen Brief lasse ich ungeöffnet. Stattdessen sehe ich mich im Büro um. Der teure Schreibtisch, das edle Sofa, das Bild darüber: eine Arbeit aus Aquarell und Tusche, ein Geschenk, natürlich von Pip. Er hat es mir bei unserem letzten gemeinsamen Weihnachtsfest gegeben, und ich weiß noch, wie überrascht ich damals war, dass er nach einer langen, dunklen Phase wieder etwas so Schönes malen konnte: duftige Blüten und zarte Blätter, biegsames, federndes Gras. Dieses Bild war so viel heiterer als alles zuvor, es war zart und doch voller Kraft. Ein Schmetterling taumelt übers Papier, das Gras raschelt, man spürt, wie ein warmer Wind durchs Bild streicht. Alles darin scheint zu sprießen und sich zu regen, und plötzlich spüre ich, wie auch etwas in mir wach wird. Wie in mir die Gewissheit wächst, dass man manchmal tun muss, was richtig ist.

So wie das hier.

Die Uhr an meiner Wand springt auf 9:29 Uhr. Ich stehe auf, denn ich weiß: Ich brauche genau dreißig Sekunden, um zu Carl Steinkopfs Büro zu gehen.

Vor seiner Tür bleibe ich stehen. Ich habe mir diese Szene in den letzten Tagen oft vorgestellt, habe mich sogar gefragt, wie ich wohl am besten klopfe, leise und zaghaft oder eher laut und bestimmt. Doch jetzt klopfe ich einfach, und es klingt genau richtig, als mein Fingerknöchel das Holz der Türe trifft.

»Bitte?«

Da ist sie, seine sonore, väterliche Stimme!

Ich trete ein, freundlich und höflich und doch resolut und entschieden, so, wie ich eben bin. »Hallo, Carl«, sage ich.

»Luise?«

48

»DU HAST … WIE BITTE?«, fragt Kumar entsetzt.

Wir haben den Potsdamer Platz gerade eben erst hinter uns gelassen – und stehen prompt schon wieder im Stau. Vor uns, hinter uns, neben uns: alles dicht. Irgendjemand hupt, wieder und wieder, als würde sich durch Protest etwas ändern, als würde sich das Chaos dadurch in Luft auflösen.

»Ich musste es einfach tun«, erkläre ich.

»Aber warum, Lu?«, fragt Kumar entsetzt.

»Ich glaube, dass es nichts bringt, nur halbe Sachen zu machen. Man muss sich committen. Entweder, man tut etwas ganz. Oder man tut es gar nicht.«

»Aber glaubst du nicht, dass du dein Leben vermissen wirst? Die Aufregung? Die Energie? Alle diese Dinge?« Man sieht ihm an, dass er wirklich nicht kapiert, wie ich auf die irre Schnapsidee kommen konnte, meinen schönen Job zu kündigen.

»Vielleicht«, sage ich. »Bestimmt.«

»Und reicht dir das, die Geschäftsführung von so einem Bio-Dorf? Das sitzt du doch … wie sagt man? Mit einem halben Po ab?«

Ich muss lachen. »Kann sein, dass du recht hast, Kumar. Aber weißt du, ich glaube, mir tut es ganz gut, mal eine Weile nicht auf hundertfünfzig Prozent zu fahren, sondern nur auf achtzig. Und irgendwie … ich glaube, diese Pendelei wäre nichts für mich gewesen. Die Vorstellung, mich jeden Donnerstagabend für zwei Stunden in den Zug zu setzen, nur, um am Sonntag wieder zwei Stunden im Zug zu sitzen? Hinterher ist man doch gestresster als vorher.«

»Ich bewundere deinen Mut«, sagt Kumar, aber ich kann selbst von hinten sehen, dass sein Gesichtsausdruck skeptisch ist.

Ich lache. »Mut ist das nicht, Kumar.«

»Was dann?« Er sieht mich durch den Rückspiegel an.

»Schau es dir doch mal an«, sage ich.

»Was?«, fragt er und zieht die fein gezeichneten Augenbrauen hoch. »Das Bio-Dorf?«

»Du musst unbedingt kommen, wenn alles fertig ist. Es wird dir gefallen, ich versprech's dir!«

Wieder in meiner Wohnung mache ich mich ans Packen. Ich räume alle Wintersachen, die ich in Klein-Wiesenthal hatte, in den Kleiderschrank und belade den Koffer stattdessen mit allem, von dem ich das Gefühl habe, dass ich es brauchen könnte: T-Shirts, Badesachen und flache Sandalen, mein schickes Chloé-Sommerkleid und sogar ein paar flache Pumps. Dann hole ich ein paar Umzugskartons aus dem Keller und überlege, was ich eigentlich alles mitnehmen würde, wenn ich die Wohnung wirklich irgendwann aufgeben würde – so, wie ich es in den letzten Tagen immer wieder mal gedacht habe. Ich laufe alle Zimmer ab, gucke in alle Schränke, aber am Ende ist es nicht viel. Ich meine, was braucht man schon groß auf dem Land? Einen Crosstrainer? Wohl kaum. Einen Smoothiemaker? Bitte nicht. Eine Nespressomaschine? Kostüme und Wolford-Strumpfhosen und Seidenblusen? Teure Mascaras, Concealer und Nagellacke? High Heels? Elegante Handtaschen? Einen versilberten Stiftehalter? Mundgeblasene Vasen? Murano-Lampen? Die Teppiche, die ich mal aus Marrakesch mitgebracht habe?

Verrückt: Ich habe mir so viel darauf eingebildet, in einem gut sortierten Haushalt zu leben. Eine Wohnung zu haben, die nicht mit überflüssigem Zeugs vollsteht. Aber jetzt wird mir erst klar, wie wenig davon ich wirklich brauche. Tipp: eine Alessi-Klobürste gehört nicht auf die Liste.

Na gut, das Zweitladekabel packe ich dann doch in den Koffer, sicher ist einfach sicher. Meine Schlafbrille, die brauche ich auch. Meine Mumyoui-Yaki-Keramikschale, die ich mal am Flughafen in Osaka gekauft habe. Und natürlich mein geliebtes African-Botanics-Detox-Bad mit Salz aus der Kalahari-Wüste.

Als ich den Koffer geschlossen habe, schreibe ich Nele eine Nachricht. Bei ihr werde ich erst einmal wohnen, zumindest bis zum Dorffest – denn bis dahin ist so viel zu tun, dass ich es unkomplizierter fand, einfach irgendwo unterzukriechen. Für alles andere ist nach dem großen Wochenende immer noch Zeit, daran glaube ich ganz fest.

Kannst du mich heute Abend vom Bahnhof abholen? Komme um 18:30 Uhr an.

Ich drücke auf Senden, beobachte, wie erst ein Häkchen

erscheint, dann das zweite, und dann, wie Nele die Nachricht liest.

Sekunden später habe ich die Antwort. *Klar! Bis später!* Und kurz darauf: *Es gibt Spaghetti!*

Das war's, denke ich. Jetzt ist es besiegelt.

Uffz.

Ich stecke mein Handy weg, lege den Kopf in den Nacken, atme aus und ein und aus. Dann strecke ich die Hände aus und betrachte sie. Sie sind so zerschrunden, wie sie es die ganzen letzten Monate waren, und meine Fingernägel ziert der ewige Schmutzrand, der einfach nicht mehr verschwinden will. Aber: Sie zittern nicht. Sie sind so ruhig, ich könnte als Chirurgin anheuern. Als Gehirnchirurgin. An der Charité.

49

»WO SOLLEN DIE BÄNKE HIN?«, fragt einer der Jungs vom Partyservice. Er schwitzt, immerhin hat er mit seinem Kollegen schon eine kleine Bühne aufgebaut, außerdem einen Stand, auf dem die ersten Prototypen der Klein-Wiesenthaler Produkte ausgestellt werden, eine Getränketheke und einen gigantischen Grillwagen, auf dem der Bürgermeister persönlich heute Abend Würstchen grillen will, und Halloumi für die (den?) Vegetarier, alles in Bio-Qualität natürlich.

»Einfach da drüben unter der Linde abstellen«, befehle ich. Auch unter meinen Armen ist es nass und mir rinnen die Schweißtropfen über das Gesicht.

»Und die Lichtanlage?«

»Neben die Bühne!«

So geht es schon den ganzen Tag. Das halbe Dorf läuft auf dem Anger hin und her, wir schleppen Essen und Getränke, Bänke und Tische. Die alte Linde haben wir mit einer bunten Lichterkette geschmückt, auch der Dorfteich wird festlich beleuchtet. Währenddessen bauen die Jungs von der Freiwilligen Feuerwehr ein lustiges Feuerlöschspiel für die Kinder auf, und August errichtet einen winzig kleinen Streichelzoo mit Ziegen und Kaninchen, ebenfalls für die Kleinen.

Hatte ich Angst, mein Leben auf dem Land würde eventuell zu friedlich werden? Nicht aufregend genug? Oder stressig? Ich muss an Kumars Worte denken. Halber Po? Haha.

»Äh, Frau Thome? Ich bräuchte hier bitte mal ein Autogramm.«

Ein junger Mann im Blaumann steht vor mir. Auch er, Überraschung, schwitzt.

»Für die Autogramme ist hier der Bürgermeister zuständig«, erwidere ich. »Dieter Bartsch, der steht da hinten.«

»Aber der hat mich zu Ihnen geschickt«, erwidert der Blaumann.

»Ach so? Zeigen Sie mal. Was ist das?«, frage ich.

»Der Lieferschein für die Technik.«

»Verstehe. Geben Sie her.«

»Und hier bitte auch noch.«

»Ist das für den Beamer?«

»Genau.«

»Bitte bringen Sie den dort drüben hin!«

Mit angehaltenem Abend sehe ich dabei zu, wie die beiden Jungs vom Partyverleih den Beamer über den Dorfanger hieven. Dass diese Lieferung nicht von Dieter Bartsch abgezeichnet wurde, hat einen einzigen Grund: Ich werde damit heute Abend zum ersten Mal das Konzept für das Ökodorf der Öffentlichkeit präsentieren. Eigentlich ist es fast noch ein bisschen zu früh dafür, aber wären wir nicht dumm, das ohnehin stattfindende jährliche Dorffest nicht dafür zu nutzen? Tja, ich hatte dazu meine Meinung.

August war ebenfalls dafür. Und die anderen haben wir überredet.

»Die Würstchen? Bitte da drüben reinbringen.«

»Nein, dorthin!«

»Die Eiswürfel bitte bei Lydia in der Gefriertruhe zwischenlagern.«

»Ja, da ist Platz, ich habe nachgesehen!«

So schallt es hin und her. Und plötzlich werde ich schon wieder gerufen.

»Lu? Lu!« Es ist Nele, die ziemlich verschwitzt und zerzaust aussieht. »Da hinten ist jemand vom Lokalfernsehen, der dich interviewen will.«

»Oh, wirklich?«

Eigentlich hatte sich kein Fernsehsender angemeldet, nur ein Reporter von der regionalen Tageszeitung und eine freie Journalistin aus dem Nachbarort, die versuchen will, das Thema in den gängigen Öko-Magazinen unterzubringen. Aber da hinten steht tatsächlich ein TV-Team neben einem Kleinbus mit Satellitenschüssel auf dem Dach.

»Puh, ich hoffe, die haben es nicht eilig? Wenn die mich filmen wollen, muss ich mich noch mal umziehen und mich frisieren«, sage ich.

»Sie sagen, sie müssten in einer halben Stunde wieder weg sein«, sagt Nele.

Ich überlege. »Das schaffe ich. Richtest du denen aus, dass ich in ein paar Minuten wieder da bin?«

»Mach ich!«

Ich schwinge mich auf mein Fahrrad und rase damit nach Hause – na gut, nicht nach Hause, sondern zu Nele. Ich schlafe vorerst in ihrem Gästezimmer im ersten Stock, mit einem schönen, großen Fenster, von dem aus man weit über die Felder blickt. Vor dem Fenster gibt es einen wunderbar geräumigen Schreibtisch, und wenn ich da sitze und über Zahlen und Angeboten und E-Mails brüte, dann schweift mein Blick manchmal ab, und ich schaue hinaus in die Natur und staune: über dicke Regen- oder zarte Kumuluswolken, über die zauberische Morgensonne oder das zarte Abendlicht. Mal sieht das Feld still und friedlich aus, manchmal wild wie ein vom Sturm zerwühltes Meer. Es ist wirklich ein Wunder: Da ist immer dasselbe Stück Erde, mit immer derselben dicken Eiche in der Mitte. Aber das, was man sieht, gleicht sich nie. Das Licht, die Schatten, der Himmel, all das ändert sich von einem Augenblick zum nächsten. Täglich, stündlich, minütlich.

Doch jetzt habe ich keine Zeit für das Schauspiel vor meinem Fenster. Ich ziehe ein paar Kleider aus dem Kleiderschrank, hetze damit ins Bad und betrachte mich im Spiegel. Auch ich sehe verschwitzt aus, mein Sommerkleid ist zerknittert und fleckig, und der Dutt, den ich mir heute Morgen hastig gesteckt habe, hat sich komplett aufgelöst. Ich halte mir die verschiedenen Kleider vor die Brust, entscheide mich für das hellgelbe und durchwühle mein Fach im Waschtisch nach Wimperntusche, Lippenstift und Bürste. Als Erstes klappe ich die Puderdose auf, doch ehe ich mit dem Pinsel hineintupfe und anfange, mich anzumalen, blicke ich noch einmal in den Spiegel und sehe mich an. Ich streiche mir eine Strähne aus dem Gesicht, schürze die Lippen und klimpere mit den Wimpern. Dann klappe ich die Dose wieder zu. Denn eigentlich … eigentlich muss ich mich doch gar nicht anmalen und frisieren, oder? Sehe ich nicht genau richtig aus, um etwas über ein neu gegründetes Ökodorf zu erzählen? Sehe ich nicht aus, wie jemand, der etwas geschafft hat? Wie jemand, der verschwitzt und aufgeregt und glücklich ist? O ja, so ist es.

Als ich zurück zur Straße laufe, entdecke ich Saskia, die einsam und ein bisschen verlassen wirkend in Pips Garten steht. Sie kämpft gerade mit einem Spaten, den sie nicht in die Erde kriegt. Es ist Ende Juli, und es hat seit Wochen nicht mehr geregnet, deshalb ist der lehmige Boden hart wie Granit. Als Saskia schließlich mit beiden Füßen auf den Spaten springt, bewegt der sich immer noch nicht. Sie wirkt ziemlich frustriert.

»Na, kämpfst du?«, frage ich mit Anteil nehmender Stimme.

Saskia sieht mit rotem Kopf zu mir herüber. »Ich will eigentlich diese Magnolie pflanzen, aber ich glaube, Löcher graben, das ist nichts für mich.«

»Jetzt im Sommer ist es schwierig«, stimme ich ihr zu. »Der Boden ist kaum zugänglich.«

»Ja, wirklich nervig«, sagt sie und kratzt sich am Kopf. Dann ächzt sie. »Wenn ich wenigstens etwas geschlafen hätte.«

»Hast du nicht?«, frage ich.

Sie schüttelt den Kopf. »Ich lag die ganze Nacht wach. Die Stille hier draußen, die nur von Geraschel und Vogelschreien und Knacksen unterbrochen wird – echt gruselig.«

»Du gewöhnst dich dran«, tröste ich sie.

»Meinst du?« Sie sieht wirklich erschöpft aus.

»Bestimmt.«

»Na gut«, sagt sie.

»Sehen wir uns nachher?«

»Beim Dorffest?«

Ich nicke.

»Ach, ich weiß nicht«, sagt sie und macht ein gequältes Gesicht. »Muss ich?«

»Unbedingt!«, sage ich. »Wenn du hier im Dorf ankommen willst, solltest du dich da wirklich blicken lassen.«

»Okay«, sagt sie. »Mal sehen.«

50

ALS ICH SPÄTER am Abend von der Bühne steige, ist mein Puls so hoch, dass ich mir kurz wünsche, ich hätte doch etwas Make-up aufgelegt. Das Publikum klatscht, freundlich bis begeistert, und hinter mir leuchtet immer noch das Ökodorf-Logo, schön und zart, wie Pip es gestaltet hat. Als hätte er geahnt, was in seiner Laube eines Tages passieren würde, hat er es so entworfen, dass es längst nicht nur für Kräutertees, sondern auch für alle anderen Klein-Wiesenthaler-Produkte passt: für Augusts Eierkartons und die Mehltüten (die noch mit Supermarktmehl gefüllt sind), für die Gemüsestiegen, auf denen sich die Tomaten stapeln, für die winzigen Aufkleber auf den Gurken. Wir haben auch schon ausprobiert, wie es auf Milchtüten aussehen wird und auf Joghurtbechern, auf Honiggläsern und auf Butterpapier. Denn eines Tages wird es so weit sein, da bin ich ganz sicher. Einen Hobbyimker aus dem Ort haben wir schon an Bord; er will ab dem nächsten Jahr Klein-Wiesenthaler Bio-Honig produzieren.

»Du warst toll«, sagt Nele mit strahlenden Augen und drückt mich fest an sich.

»Wirklich?«, frage ich unsicher.

»Wirklich!«, sagt jetzt August, der durch sein verwittertes Gebiss lacht und mich ebenfalls in die Arme nimmt.

»Danke«, sage ich, doch da zieht mich schon die nächste Hand zu sich.

»Thome!«

»Felix!« Überrascht sehe ich ihn an. »Schön, dass du gekommen bist!«

»Ehrensache!« Er lacht. »Du machst dich gar nicht so übel als Biobäuerin.«

»Bürschchen!« Ich mache eine mahnende Geste.

»War nur Spaß«, sagt er. »Sieht gut aus, was ihr da entworfen habt.«

»Oder?«, frage ich. »Hast du die Mehlpackungen gesehen? Sind die nicht hübsch geworden?«

»Ich werde nie wieder ein anderes Dinkelmehl kaufen«, verspricht er grinsend.

»Lügner«, rüge ich ihn mit gespielter Strenge.

»Wirklich!« Er reißt die Brauen hoch, dann wird sein Gesicht wieder ernst. »Nee, jetzt mal ohne Scheiß, Thome. *Well done*. Gut gemacht.«

»Danke«, sage ich und nehme aus einem plötzlichen Impuls heraus seine Hand. »Und du?«

Er sieht mich überrascht an. »Ich?«

»Na ja, wie ist es als neuer Kronprinz?«

»Wie kommst du darauf?«, fragt Felix einigermaßen baff.

»Ich habe meine Quellen«, grinse ich. Dann blicke ich hinüber zu Carl und Lydia Steinkopf, die am Rande des Dorfangers auf einer Bank sitzen und etwas trinken, das aus der Entfernung gefährlich nach Champagner aussieht.

Woher haben sie den? Am Getränkestand gibt es nur Limo und Bier.

Felix folgt meinem Blick – und versteht. »Stimmt, du hast ja jetzt Kontakte«, sagt er.

»Unsere neue Hoteldirektorin«, grinse ich.

»Macht das Fun mit der?«, fragt Felix.

»Ich glaube ja«, sage ich vergnügt. »Sie hat schon ein paar Möbel gekauft, und ich muss sagen, das wird ganz schön … schrill.«

»Zum Beispiel?« Felix zieht fragend eine Augenbraue hoch.

»Im Foyer will sie Bronzeflamingos und goldfarbene Palmenlampen aufstellen. Und einen Louis Quinze-Sessel, der mit senfgelbem Samt bezogen ist. Sie hat so futuristisch-eckige Nachttischlampen gekauft und mehrere Quadratkilometer Tapete mit einem neonpinken Quallen-Print.«

Felix lacht laut. »Das klingt, als würde es kein bisschen zusammenpassen!«

»Na, mal sehen«, sage ich. Dann höre ich auf zu grinsen. »Und, machst du's?«, frage ich noch einmal.

»Was?«

Ich mache eine Kopfbewegung in Richtung der Steinkopfs.

»Du meinst, Partner werden?«

Ich nicke.

»Ich bin noch gar nicht sicher, ob Steinkopf mich überhaupt fragen wird. Wir haben bisher eher theoretisch darüber gesprochen.«

»Felix.« Ich sehe ihn streng an. »Natürlich wird er dich

fragen. Wen denn sonst? Ludger von Berenburg? Das glaubst du doch wohl nicht ernsthaft.«

»Ja, mag ja sein«, sagt Felix und kratzt sich am Kopf.

»Und? Jetzt sag schon!«, sage ich neugierig.

»Also, wenn er mich echt fragt … Dann mache ich's natürlich.«

»*That's my boy*«, sage ich und schnalze anerkennend mit der Zunge.

Er grinst etwas verlegen, dann sieht er zu seinem Chef hinüber. »Vielleicht gehe ich mal zu den beiden hin, was meinst du?«

»Klar, unbedingt! Jetzt zählt's!«

Er drückt mich noch einmal an sich, dann beobachte ich, wie Felix über die Wiese läuft, wie Carl Steinkopf auf der Bank beiseiterückt, wie Lydia sich erhebt, und …

»Lu?«

Plötzlich höre ich eine tiefe Stimme hinter mir. Ich drehe mich um.

»Papa!«

Ich laufe auf ihn zu, werfe mich in seine Arme, und er drückt mich fest an sich.

»Wo ist Mama?«, frage ich, und er hebt schnaufend die Schultern.

»Die hat heute wieder irgend so ein Spendendings«, antwortet er, und macht mir mit einer Geste klar, dass die Details dazu nicht sonderlich interessant sind.

»Verstehe«, sage ich und lache ihn an.

Keine Ahnung, wie oft ich eine Szene wie diese in meinem Leben schon erlebt habe: Ich feiere etwas – Schultheaterpremiere, Abitur, Staatsexamen –, und sie hat einen

Termin, den sie nicht verschieben kann oder nicht verschieben will: eine Deadline für eine Nachtcreme-Anzeige, eine Charity-Kunstauktion, ein Wohltätigkeits-Bridgeturnier. In meiner Kindheit habe ich darunter gelitten, aber inzwischen ist es mir völlig schnuppe, ob sie Zeugin meiner Erfolge wird. Ich brauche ihre Anerkennung nicht. Inzwischen weiß ich selbst, was ich kann und wer ich bin.

»Bist du eben erst gekommen?«, frage ich.

Papa schüttelt den Kopf. »Ich habe deine Rede noch gehört«, sagt er. Und fügt mit schmerzverzerrtem Gesicht hinzu: »Und die des Bürgermeisters auch.«

Ich lache. »O ja, die war ...« Ich suche nach dem richtigen Wort. Dieter Bartsch sollte eigentlich nur kurz begrüßen, aber wer hätte wissen können, dass er damit jeden einzelnen Dorfbewohner meinte?

»... lang«, ergänzt er.

»Lang!« Ich muss lachen. »Das trifft es.«

»Aber du, du hast das wirklich gut gemacht«, sagt er mit einem Hauch von Bewunderung in seinem Gesicht.

»Danke«, sage ich erleichtert. Denn zugegeben, ganz wohl war mir nicht, als ich meine Eltern eingeladen habe. Mein Vater hat zwar immer an mich geglaubt und daran, dass ich alles erreichen kann in meinem Leben. Aber was er sagen würde, wenn er mitbekäme, dass ich gar nicht mehr alles erreichen will? Und meiner Mutter, der ja schon meine Stelle bei Steinkopf Ahmadi nicht gut genug war – was würde sie sagen, wenn sie mich auf diesem Dorfanger sähe?

»Gefällt es dir hier?«, frage ich.

»Ziemlich okay«, sagt er nickend.

»Bist du nicht enttäuscht?«, frage ich.

»Weshalb?«

»Weil ich nicht mehr bei Steinkopf Ahmadi bin?«

»Weshalb sollte ich deshalb enttäuscht sein?«

»Weil ich nur noch einen Bruchteil meines Gehaltes haben werde? Weil ich nicht mehr durch die Welt düse? Weil ich keinen Job mehr habe, auf den du stolz sein kannst? Das alles?«

Er lacht. »Ach, Lu«, sagt er und nimmt mich erneut in den Arm. »Ach, Luise. Glücklich sollst du sein. Stolz bin ich doch ohnehin.«

»Danke«, sage ich, und dann tue ich etwas, was ich schon lange nicht mehr getan habe: Ich küsse meinen Papi dick und fett auf die Wange.

Dann stehen wir da, Arm in Arm, und lassen unseren Blick über den Festplatz wandern. Die Linde strahlt in einem surrealen Grün. Auf den Bierbänken sitzen im Glanz der Lichterketten Dorfbewohner und Gäste, die Grillwürstchen essen, Bier trinken und ganz zufrieden mit dem wirken, was ihnen das Landleben, zumindest heute, bietet. Die Klein-Wiesenthaler Dixieland-Kapelle baut gerade ihre Instrumente auf, ein paar Jugendliche aus dem Nachbarort trinken zu schnell, und Fritz' Sohn steht mit seinen Kindern beim Feuerwehrspiel und kann sich kaum beherrschen, nicht immer wieder den Schlauch an sich zu nehmen und den beiden zu zeigen, wie das mit dem Löschen funktioniert. Felix trinkt mit Carl Steinkopf ungeniert Champagner, und auch Nele sitzt dabei und scheint sich blendend zu amüsieren. Nur Saskia wirkt ein bisschen fehl am Platz. Sie hockt mit einem etwas unglücklich wirkenden Gesicht am Tisch von August, der gerade dem Chefeinkäufer einer Berliner Bioladenkette etwas erklärt – vermutlich, was die Vorteile polnischer Kartoffelsorten sind, oder warum er lettisches Tomatensaatgut dem aus Deutschland vorzieht. Und daneben liegt ruhig und unbeeindruckt der Dorfteich, in dem sich die festlichen Lichter spiegeln.

Nur einer fehlt.

Wo ist er? Meidet er mich? So, wie er mich in den letzten Tagen gemieden hat, als er bei den Vorbereitungen zum Dorffest immer einen gewissen Sicherheitsabstand hielt? Nicht, dass ich es ihm verübeln würde – immerhin weiß er weder von meiner Kündigung noch von meinem Entschluss, mich hauptberuflich um das Ökodorf zu kümmern. Vermutlich ist er immer noch beleidigt, weil ich sein Angebot, eine WG mit ihm zu gründen, nicht angenommen habe und stattdessen zurück in die Stadt gefahren bin.

»Wirklich, Glückwunsch«, sagt mein Vater nun noch einmal. Und jetzt macht er doch noch sein »Achtung, Verhör«-Gesicht. »Du bist dir sicher, dass das mit dem Ökodorf so funktioniert, wie du dir das vorstellst?«, fragt er.

»Ich hoffe es«, sage ich. »Und glaube es auch.«

»Der Businessplan steht?«, fragt er.

»Papa!«, schimpfe ich ihn. »So gut solltest du mich kennen.«

»Und dein Gehalt deckt deine Lebenskosten.«

»Natürlich!«

»Okay«, sagt er und sieht zufrieden aus. »Okay.«

Erleichtert atme ich aus. Und dann, nicht sofort, aber nach einer Weile doch, steigt Freude in mir auf. Und Dankbarkeit.

Dafür, dass er mich so vieles nicht fragt. Dass er nicht fragt, warum ich meinen hochdotierten Job aufgegeben habe. Dass er nicht fragt, ob meine Haarbürste geklaut worden ist. Und dass er nicht fragt, ob ich irre geworden bin, aus meiner schicken, immerhin von ihm mitfinanzierten Wohnung einfach so hinaus aufs Land zu ziehen. Er will einfach nur wissen, ob ich an mein Projekt glaube. Und jetzt sieht man ihm an, dass er mir glaubt, wenn ich glaube, dass es schon gut werden wird.

»Danke, Papa«, sage ich und drücke ihn fest – dafür, dass er es einfach so okay findet, wer ich bin. »Ich hab dich lieb«, flüstere ich ihm ins Ohr.

Und dann entdecke ich ihn doch. Er steht ein bisschen abseits des Festes, im Halbdunkel in der Nähe der Linde. »Papa?«, sage ich, ohne weiter nachzudenken.

»Hm?«

»Ich würde dir gern jemanden vorstellen.«

»Wen?«

»Meinen Nachbarn. Komm mit!«

Wir stapfen über die Wiese auf ihn zu.

»Niko?«

Er sieht auf. »Hey«, sagt er und klingt genauso distanziert wie schon in den letzten Tagen.

»Niko, ich würde dir gern meinen Vater vorstellen«, sage ich und schiebe meinen alten Herrn ein bisschen nach vorn. Niko guckt etwas perplex, weicht aber nicht zurück.

»Thome«, stellt sich mein Vater ein wenig hölzern vor und reicht ihm die Hand.

»Freut mich«, sagt Niko ebenfalls ein bisschen steif.

»Und Sie sind?«

»Ich bin Niko. Lus ehemaliger Nachbar.«

»Was machen Sie hier?«, fragt mein Vater mit seiner manchmal ein bisschen stasi-mäßigen Neugier.

»Ich bin der örtliche Kindergärtner.« Niko lacht schüchtern.

Und obwohl mein Vater sicher dachte, ich würde ihm den kaufmännischen Geschäftsführer oder Vertriebsleiter oder Marketingchef des Ökodorfs vorstellen, macht er ein so interessiertes Gesicht, dass ich schon fürchte, er wird Niko gleich einen Haufen unangenehmer Fragen stellen: Zum Beispiel die, wie ein so talentierter, junger Mann auf die Wahnsinnsidee kommen kann, einen Frauenberuf auszuüben. Aber dann bremst er sich doch und legt stattdessen dieses seltsam konzentrierte Geschäftsmann-Gesicht auf – wie immer, wenn er mit anderen Männern spricht. »Sagen Sie mal, wie ist Ihre Perspektive? Wird das alles so klappen, wie Lu sich das vorstellt?«, fragt mein Vater.

»Ich bin mir ziemlich sicher«, sagt Niko schmunzelnd. »Lu hat das ganze Dorf an Bord. Ich schätze mal, sie muss aufpassen, dass man sie bei der nächsten Kommunalwahl nicht zur Bürgermeisterin wählt.«

Das gefällt meinem Vater. Er sieht mich strahlend an und sagt: »Na, Zeit genug hat sie ja jetzt, nicht wahr, Lu?«

Niko sieht mich fragend an, doch genau in diesem Moment fangen die Klein-Wiesenthaler Jumpers an zu spielen. Trompete, Klarinette, Schlagzeug, Bass und Banjo – all das mischt sich aufs Grausigste.

Mein Vater verzieht das Gesicht. »Na ja, wie auch immer«, sagt er. »Es hat mich gefreut, Sie kennenzulernen, aber ich glaube, für mich wird jetzt die Melodie des Aufbruchs gespielt.« Er grinst, dann drückt er mir einen Kuss auf die Wange. »Mach's gut, Töchterchen.«

»Du willst wirklich schon weg?«, frage ich.

»Ich muss«, sagt er und zieht eine schmerzvolle Grimasse.

»Stimmt«, sage ich. »Die Musik ist schlimm.«

»Aber lasst euch nicht stören«, sagt er, nun schon aus ein paar Metern Entfernung.

»Fahr vorsichtig!«, rufe ich und sehe ihm hinterher.

Er winkt.

Dann drehe ich mich wieder zu Niko um.

»Was hat er gemeint?«, fragt er.

»Hm«, lächle ich. »Laufen wir ein Stück?«

51

DIE NACHT HAT SICH tief über das Dorf gelegt – jenen eigentümlichen, kleinen Ort, der wie ein zusammengekuscheltes Tier inmitten riesiger Rapsfelder liegt. Aus der Ferne tönt immer noch die Dixieland-Kapelle, aber den Leuten scheint die Musik zu gefallen, denn in die Trompetenstöße und Klarinettensoli mischen sich Klatschen, Lachen und Johlen.

Je weiter wir hinaus in die Felder laufen, desto stiller wird es – und irgendwann sind wir ganz allein, allein im silbernen Mondlicht.

Unwillkürlich bleibe ich stehen. »Wie schön es hier ist«, sage ich leise.

»Ganz okay, oder?«, sagt Niko.

Wir lassen unseren Blick über die Felder schweifen. In den letzten Tagen haben Fritz und seine Helfer mit riesigen Erntemaschinen alles abgemäht und staubige, stoppelige Erde hinterlassen– ein ziemlich deprimierendes Bild. Doch jetzt bei Nacht sieht es aus, als würden die Rapsstoppeln im Mondlicht tanzen, und der Acker glänzt im nächtlichen Licht.

»Sind das da drüben Rehe?«, frage ich plötzlich leise.

Gemeinsam beobachten wir, wie die drei Tiere nur einen Steinwurf weit entfernt äsen. Plötzlich schrecken sie auf und verschwinden mit langen Sprüngen in einer Senke.

»Meinst du, sie haben uns bemerkt?«, frage ich.

Niko nickt. »Wahrscheinlich.«

Dann schweigen wir.

»Ich bin froh, dass ich hier ab sofort so viel Zeit verbringen kann«, sage ich nach einer Weile.

Niko sieht mich verständnislos an. »Gehst du doch nicht ganz nach Berlin zurück?«

Ich schüttle den Kopf. »Ich gehe gar nicht zurück«, sage ich und merke, wie mein Herz zu klopfen beginnt.

»Aber du bist doch nach Berlin gefahren, um …« Niko verstummt.

»Ich bin nach Berlin gefahren, ja. Und …« Ich mache eine Pause. »Ich habe gekündigt.«

»Ganz?«, fragt er ungläubig nach.

Ich nicke.

»Ganz vollständig?«

»Absolut ganz vollständig«, sage ich bestimmt.

»Du hast den Job gekündigt, der dich glücklich macht? Den mit dem vielen Geld und den tollen Kollegen?«

Machen mich seine Worte ganz kurz unsicher? Nein, machen sie nicht. Das, was da in meinem Bauch aufsteigt, ist keine Angst – sondern Freude.

Ich nicke erneut.

»Aber warum?«, fragt er.

»Weil ich hier sein will«, sage ich. Und dann nehme ich all meinen Mut zusammen und füge hinzu: »Bei dir.«

Niko sieht mich überrascht an. Errötet er ein bisschen?

Seine Lippen gehen ein bisschen auf und dann wieder zu, und ich verspüre den fast unwiderstehlichen Drang, sie zu küssen.

»Bist du sicher, dass du da keinen Fehler machst?«, sagt Niko. »Ich meine, Pips Laube gehört jetzt Saskia, und du hast selbst gesagt, dass du es sinnlos findest, hier draußen zu sein, wenn du nichts hast, das dir gehört.«

»Das stimmt«, sage ich.

»Oder willst du schon wieder kämpfen?« Er sieht mich misstrauisch an.

Doch ich schüttle den Kopf. Dann lächle ich. »Eben nicht. Eigentlich will ich sogar nie wieder kämpfen. Ich meine, ich weiß, dass das Kämpferische irgendwie ganz schön tief in mir verwurzelt ist und dass ich es nicht gleich abstellen werde können, in Aktionismus auszubrechen und mich in Dinge zu verbeißen. Aber eigentlich … eigentlich habe ich keine Lust mehr darauf, alles in die Tasche zu stecken, was ich in die Tasche stecken kann. Eigentlich will ich nur noch in der Sonne sitzen und dem Gras beim Wachsen zusehen. Und dem Ökodorf natürlich auch.« Ich mache eine Pause. »Und außerdem – ganz ehrlich? Ich glaube, dass sich das Problem mit Saskia irgendwann von selbst löst. Hast du gesehen, wie sie heute mit dem Spaten gekämpft hat?«

Wir lachen, alle beide, was sich irgendwie … gut anfühlt.

»Und bis dahin?«, sagt Niko.

»Kann ich bei Nele wohnen«, sage ich, und mein Herz fängt schon wieder an zu klopfen. Klopfen? Es schlägt so schnell wie das eines Kolibris. Meine Lippen zittern, aber irgendwie bringe ich es endlich über die Lippen, wenn auch so leise, dass man es fast nicht hört. »Oder bei dir?«

Niko antwortet nicht, aber eigentlich will ich auch keine Antwort. Ich nehme seine Hand, mache einen Schritt auf ihn zu – und dann zieht auch er mich endlich näher zu sich. Wir stehen ganz dicht voreinander, ich kann die Wärme seines Körpers spüren. »Ja, vielleicht«, sagt er und macht ein Gesicht, in dem tausend Gefühle auf einmal zu stecken scheinen: Aufregung, Angst, Schüchternheit, Glück, Freude, Begierde. Und nun, als hätte eine unsichtbare Macht das Kommando gegeben, stürzen unsere Lippen aufeinander zu – und es passiert. Unsere Münder berühren sich, und ich spüre seinen warmen, feuchten Atem. Seine Lippen gehen auf, und unsere Zungen stoßen aneinander.

Mein Herz setzt aus. Wie lange dauert dieser Kuss? Eine Minute? Eine Stunde?

Irgendwann lösen wir uns voneinander und sehen uns in die Augen. Ich muss lächeln, und plötzlich ist da so viel Zärtlichkeit, so viel Zuneigung, so viel Nähe in seinem Blick, dass ich nicht anders kann, als seine Hand an meinen Mund zu führen, jeden einzelnen seiner Finger zu küssen und sie dann flach und warm auf meine Wange zu legen. Ich merke, dass er etwas sagen will, doch er kämpft mit den Worten.

»Ja?«, frage ich sanft.

Und endlich bekommt er es über die Lippen. »Das Zimmer …«, sagt er mit etwas krächzender Stimme, »… möchtest du es vielleicht mal sehen?«

Ich nicke und spüre, wie mein Herz hüpft. Wie alles in mir hüpft. Vor Glück.

»Okay«, sagt er und nimmt mich in den Arm.

Wir machen ein paar Schritte, doch dann bleibe ich noch einmal stehen. Niko sieht mich gespannt an, und eigentlich will ich auch etwas sagen. Aber dann schüttle ich den Kopf und sage nichts. Stattdessen kuschle ich mich noch enger an ihn. Plötzlich glaube ich das weiche, zarte Mondlicht auf den Schultern, auf den Wangen zu spüren. Und dann küsse ich ihn noch einmal.

52

Im nächsten Frühjahr

»HALLO AUGUST!«, rufe ich, noch während ich von Pips altem Herrenrad springe. Dabei lande ich fast auf einem ziemlich wild gescheckten Huhn, das gackernd und flügelschlagend flüchtet.

»Luise!«, knurrt er, während er mit dem Weidezaun kämpft, der sein neues Hühnergehege wird.

August hat, Überraschung, am schnellsten begriffen, welche Möglichkeiten das Ökodorf Klein-Wiesenthal für ihn noch so birgt – also, finanzielle Möglichkeiten natürlich. Erst hatte er die Idee, Fleisch von Roadkills zu vermarkten, aber das habe ich ihm schleunigst ausgeredet. Dann hat er gehört, dass man in Berlin bis zu sechzig, siebzig Cent pro Bio-Ei verlangen kann, während man hier auf dem Land für Eier aus eigener Haltung allenfalls zwanzig Cent bekommt. Und er hat prompt nicht nur ein weiteres Gewächshaus dazugekauft, sondern auch einen mobilen Offenstall, den er über die Wiesen um seinen Hof herumschieben kann und der es ihm ermöglicht, seine ebenfalls neu erworbenen achtzig Hühner komplett artgerecht zwischen Wildblumen und Kräutern scharren und picken zu lassen, flattern und dösen und fliegen. Nur der Hühnerzaun scheint ihm Probleme zu machen, denn er schimpft und flucht, dass es nur so scheppert.

»Soll ich helfen?«

»Ja, bitte!«

Ich eile zu ihm, halte das engmaschige Netz fest, während er einen der Zaunpfähle in die Erde hämmert. Als wir das Gehege endlich fertig haben, sind seine zukünftigen Bewohner natürlich auf und davon, und es dauert noch einmal zwei Stunden, bis wir die geflüchteten Tiere eingefangen haben. Eigentlich ist die Hennenjagd gar nicht mal so schwierig: Eine Handvoll Haferflocken lockt die Tiere fast magisch an – man muss sie dann nur noch blitzschnell bei den Flügeln packen. Anfangs traue ich mich nicht so recht, und so entwischen mir die Viecher immer wieder, aber nach einer Weile habe ich herausgefunden, wie man sie sich gegen die Brust drücken muss, damit sie stillhalten und auf ihre Weide bringen lassen. Wie warm und weich und lebendig diese kleinen Tiere sind, die ich bis jetzt hauptsächlich gebraten und halbiert auf dem Teller hatte! Wann hatte ich überhaupt zuletzt ein Tier auf dem Arm? War das die Katze unserer Nachbarin aus Othmarschen? Der Hamster einer Klassenkameradin? Schon verrückt, wie man das mit den Händen fühlt: das pralle, bunte Leben.

Als wir fertig sind, setzen wir uns in die Sonne und trinken ein Glas Schorle aus selbst gemachtem Holunderblütensirup – noch so etwas, was August gern in Berlin verkaufen würde. Ich finde, das ist eine super Idee.

»Lecker«, sage ich.

»Es könnte etwas mehr Zitrone drin sein«, sagt August.

»Meinst du? Ich finde sie eigentlich ganz wunderbar so.« Dann ziehe ich meine Handtasche auf den Schoß und zeige August, weshalb ich hergekommen bin. Einen Eierkarton für sechs Eier, bedruckt mit dem Ökodorf »Klein-Wiesenthal«-Logo.

August pfeift anerkennend.

»Sieht das nicht super aus?«, frage ich.

»Absolut«, sagt er. »Modern und trotzdem ländlich.«

»Die anderen neunhundertneunundneunzig davon lagern bei Fritz in der Scheune«, sage ich lächelnd. »Die erste Auslieferung haben wir für den Mai avisiert.«

»Im Mai …« August kratzt sich am Kopf. Dann ruft er in Richtung Weide: »Habt ihr gehört?« Tatsächlich halten die gackernden Hühner inne und scheinen sich zu ihm umzudrehen. »Also haltet euch besser mal ran, verstanden?«

Auf dem Weg zurück ins Dorf fahre ich bei Nele vorbei, die mit Hilfe von Fritz gerade ihre alte Apotheke renoviert und zur Teestube umbaut – mit angeschlossenem Hofladen für seine Produkte. Eigentlich ist da gar nicht so viel zu tun, denn die Apothekerschränke aus dunklem Holz sind wunderschön, wie sie sind, und obendrein eine perfekte Bühne für die Tees und all die anderen Produkte, die es unter unserem Label geben wird. Die beiden mussten nur ein bisschen streichen und ein paar Tische und Stühle dorthin stellen, wo vorher die Rollaufsteller mit den Hustenbonbons standen. Als ich jetzt hereinschaue, wischen sie gerade die alten Schubladen aus.

»Na, ihr zwei?«

»Magst du uns helfen?« Nele hält mir einen Putzlappen vor die Nase.

»Muss leider gleich wieder weg. Leider, leider!«

Ich habe tatsächlich keine Zeit. Denn seit das Projekt Ökodorf angerollt ist, habe ich fast so viel zu tun wie in meinen härtesten Steinkopf-Ahmadi-Zeiten. Ich komme zu überhaupt rein gar nichts mehr. Ich habe es gerade noch so geschafft, Töpfchen mit Mangold-, Zucchini- und Tomatensamen auf die Fensterbank zu stellen und bin froh, dass sie mir bis jetzt nicht ausgetrocknet sind.

Das klingt alles irre stressig, und so, als wäre ich vom Regen in die Traufe geraten, aber komischerweise: Mir geht es gut. Sehr gut sogar. Eigentlich hatte ich befürchtet, irgendwann an den Punkt zu kommen, an dem ich meine Entscheidung, die Kanzleipartnerschaft auszuschlagen, bereuen würde. Dass ich das Gefühl haben würde, einen Fehler gemacht zu haben, und dass es mir um das viele Geld leidtun würde, das mir durch die Lappen geht. Aber auch dazu komme ich nicht. Und das finde ich gar nicht so übel.

»Guckst du bei Lydia im Hotel vorbei?«, fragt Fritz.

»Ja, sie bekommt gleich ganz besondere Gäste«, sage ich. »Deshalb bin ich auch ein bisschen in Eile.«

»Besondere Gäste?«

Ich winke ab. »Besuch aus Berlin.«

»Sehen wir uns heute Abend am Feuer?«, fragt Nele. »Den Besuch bringst du natürlich mit.«

»Gerne«, erwidere ich.

»Gut, bis dann! Und grüß Niko.«

»Mach ich.«

Zugegeben, hundertprozentig sicher war ich mir nicht, dass Lydia wirklich eine gute Hotelchefin abgeben würde.

Ich kannte sie nur als Paradiesvogel mit leichtem Schlag ins Esoterische; als jene Nervensäge, die von meinem Chef Dinge verlangte, die er natürlicherweise nicht machen würde, Urlaub zum Beispiel.

Aber nein, so ist sie gar nicht. Na gut, ein Paradiesvogel ist sie natürlich trotzdem, aber sie hat genügend Geld und konnte ihren irren Interior-Ideen einen exklusiven Touch verpassen. Und ihr Geschmack ist gar nicht so schlecht. Die kleinen Storchenzimmer im Dachgeschoss hat sie in dem wunderbaren Farrow-&-Ball-Farbton »Dead Salmon« streichen lassen. Unten im Foyer hat sie allen Ernstes die Bronzeflamingos und Palmenlampen aufstellen lassen, genauso wie den senfgelben Louis-Quinze-Samtsessel und die Tapete mit den neonpinken Quallen. Das alles passt null zu einer Pension auf dem Land, aber komischerweise ist es trotzdem gut, und zwar genau deshalb, weil es so ein Bruch ist. Offenbar kommt das Konzept an – denn es haben sich schon mehrere Magazine bei ihr gemeldet, die ganz wild darauf sind, den Gasthof auf ihren Reiseseiten zu präsentieren. Die ersten Gäste haben sich auch schon angekündigt. Wobei angekündigt es vielleicht nicht ganz genau trifft, denn ich habe sie offiziell eingeladen – als Probegäste, bevor es in zwei Wochen richtig losgeht.

Und da hupt es auch schon! Rasch laufe ich zur Tür und sehe einen elfenbeinfarbenen Mercedes-Minivan über den Dorfplatz rollen. Darin sitzen Kumar, seine Frau und drei Paar staunende Kulleraugen in den beiden Sitzreihen dahinter. Die ganze Familie hat herrlich glänzende, schwarze Haare.

Kumar parkt, steigt aus, und wir umarmen uns.

»Wie toll, dass ihr gekommen seid!«

»Danke für die Einladung, Lu. Es ist wirklich sehr schön hier.«

Während Kumar seine Söhne aus ihren Kindersitzen auf der Rückbank befreit, wuchtet Kumars Frau die Babyschale mit dem schlafenden Säugling aus dem Wagen. Sie kommt auf mich zu und hält mir die freie Hand hin, aber ich freue mich so sehr, sie zu treffen, dass ich sie kurzerhand in den Arm nehme, obwohl wir uns noch gar nicht kennen.

»Ich bin Dwani«, sagt sie.

»Lu«, stelle ich mich vor. »Und wer ist das?« Ich zeige auf das Baby.

»Das ist Aamaal«, sagt Dwani stolz.

»Wie alt ist sie?«

»Vier Monate.«

Einen Moment lang betrachten wir andächtig das schlafende Baby.

»Schön, dass ihr es schafft, für uns Urlaub zu machen«, sage ich. »Und wer seid ihr?«; sage ich zu den drei Kindern.

»Das sind Balan, Akil und Ijay«, antwortet Dwani, weil die drei den Mund nicht aufkriegen. »Los, sagt Hallo, ihr Träumer!«

Die Kinder murren etwas, das wohl eine Begrüßung sein soll.

»Hallo, ihr«, grüße ich zurück. »Lydia hat zwei schöne Zimmer für euch, wollt ihr mal raufgehen?«

»Gerne«, sagt Kumar, und endlich begrüße ich auch ihn. »Gut gemacht«, sage ich leise und knuffe ihn herzlich in die Seite.

»Was meinst du?« Er schaut irritiert.

»Na, deine Kinder«, sage ich. »Willkommen in Klein-Wiesenthal! Kommt mit.«

Als ich die sechs an Lydia übergebe und sie im Haus verschwinden, überkommt mich ein unbändiges Gefühl der Freude. Freude nicht nur, weil Kumar sein Versprechen wahrgemacht hat, mich hier draußen zu besuchen, sondern auch, dass Lydia sich bereit erklärt hat, ihn und seine Familie vorab und gratis unterzubringen. Ich weiß ja, dass Dwani und er sich seit Ewigkeiten keinen Urlaub mehr geleistet haben und Kumar sich wahrscheinlich nicht einmal für einen kostenlosen Aufenthalt hier freigenommen hätte. Aber nachdem ich ein bisschen auf ihn eingeredet habe, ist er gekommen – nur, weil er denkt, dass er mir damit einen Gefallen tut.

Ich steige wieder aufs Fahrrad und fahre nach Hause. Nach Hause? Eigentlich sind das ja zwei Orte: Nikos Haus und die Laube von Pip. Saskia hat den Herbst hier draußen nämlich nicht durchgehalten und hat mir das Grundstück für einen nicht ganz freundschaftlichen Preis überlassen. Doch den habe ich gerne bezahlt, auch wenn ich nun gar nicht mehr so oft hier drüben bin. Denn, na ja, ich bin jetzt ziemlich häufig bei Niko. Und das nicht nur wegen der Badewanne, an deren Rand nun mein Kalahari-Badesalz steht. Sondern auch seinetwegen. Wenn ich bedenke, dass fast nichts aus uns geworden wäre, nur, weil ich zu dumm war, einem Provinzkindergärtner eine Chance zu geben!

Doch heute mache ich einen Zwischenstopp bei Pip. Es ist April, und plötzlich muss ich daran denken, dass ich vor fast genau einem Jahr hier angekommen bin. Damals war es März, und es hat geregnet, heute scheint die Sonne – aber sehr viel schöner ist der Garten so früh im Jahr natürlich trotzdem nicht. Ich laufe über die braune, matschige Wiese, betrachte die Bäume und Sträucher, die nackt und dürr vor einem hellen, weißen Himmel stehen. Abgestorbene Stauden stehen kläglich in den Beeten, ein Reisighaufen am Grundstückrand schläft mürrisch vor sich hin. Saskias Kletterhortensie sieht aus wie im letzten Jahr, nur ein bisschen größer. Es sind bloß ein paar nackte Zweiglein, die aus der Erde gucken, mehr nicht. Und doch weiß ich, dass darin ein Versprechen liegt: Das Versprechen auf den Frühling, darauf, dass die Natur sich erholt, darauf, dass aus dem Vergehen bald wieder ein Wachsen wird.

Wie hat Pip in seinem Tagebuch geschrieben? *Wir Gärtner leben für die Zukunft: Sehen wir Apfelblüten, denken wir an die Äpfel. Sehen wir einen Ahornschößling, denken wir an den Baum, der er einmal sein wird. Das Beste liegt immer noch vor uns, und Geduld ist der Weg dorthin. Wer einen Garten hat, hat immer Hoffnung. Er weiß, dass aus dem Tod wieder Leben wird.*

Ich glaube, dass das das Vermächtnis ist, das Pip mir gemacht hat. Das Wunder, das er mich hier entdecken ließ.

Ich will gerade wieder gehen, da entdecke ich etwas: eine winzige Spinne, die in einem ausrangierten Plastikblumentopf am Rande der Terrasse gefangen ist und es nicht schafft, sich die glatten Wände hochzuziehen. Ist es nicht viel zu früh im Jahr für sie? Ich knie mich hin, betrachte sie eine Weile, dann halte ich ihr mit angehaltenem Atem meine Hand hin. Sie zuckt erst zurück, streckt ihre Vorderbeinchen doch nach mir aus und krabbelt tatsächlich zu mir hinüber. Man spürt sie kaum, so winzig ist sie, es kribbelt nur ein ganz kleines bisschen. Dann bleibt sie regungslos sitzen. Todesmutig hebe ich sie hoch und betrachte sie: ihren kleinen Körper, die ausladenden Beine, die vorspringenden Kiefer. Man muss es nur wollen, denke ich plötzlich.

Mein Herz klopft, ich spüre jeden einzelnen seiner Schläge. Doch nun bewegt sich das Tierchen plötzlich, und ich werfe es erschrocken weg, in Richtung Wiese. Ich muss leise lachen, betrachte meine Hand, die Stelle, auf der das kleine Wesen gesessen ist.

Und dann laufe ich quer durch den Garten, hinüber zu Niko. In mein Leben, ins Glück.